KB175287

일회용 아내

THE ECHO WIFE

일회용 아내

세라 게일리 지음
안은주 옮김

한스미디어

차례

1

드레스는 예뻤다. 실제 가격만큼 비싸게 보이는 그런 옷이다. 난 이 옷을 싫어하지 않았다. 예쁘니까. 하지만 좋아하지도 않았다. 처참한 옷이니까. 오늘밤 이 옷을 입은 건 그래야 했기 때문이다.

뇌프만 연회를 6개월 앞두고 산 옷인데 놀랍게도 처음 입었을 때처럼 완벽하게 들어맞았다. 그 6개월 동안 모든 게 바뀌었다. 내 몸만 빼고 전부 다. 적어도 내 몸은 변함없이 여전하다.

그런데도 단추를 채우느라 어깨가 빠질 뻔했다. 땀을 흘리지 않으려 15분이나 낑낑댔다. 누가 도와줬다면 10초 만에 끝낼 일이었는데. 그래도 결국은 혼자 해냈다. 나는 도움이 필요치 않다.

오늘 나는 내 인생에서 두 번째로 나 자신을 화려함 속에 묻어버리기로 했다. 이렇게 화려한 옷을 입음으로써, 이 순간의 중요성을 인지한다는 사실을 사람들에게 증명하는 중이다. 이 드레스는 참회의 의복이다. 나는 나를 보려고 모인 사람들에게 속죄를 표하는 아름다운 의식을 행하고 있다. 사람들은 나를 위해 이곳에 왔다. 그러니 나는 그들의 주목을 끈 일에 대해 사죄하고 그에 상응하는 보상을 해야 한다. 나를 보는 게 즐거운 일이 될 거라 보장해야 한다. 드레스가 조이든, 가격이 비싸든, 아무리 현실성이 없든 상관없이. 계약은 성사됐다. 나는 사람들에게 최대한 아름답게 보이기로 결심했고, 그들의 시선에 답례하기 위해 이 옷을 입었다.

버튼을 채우는 데 정신이 팔린 나머지, 신발을 신고 나서야 내가 오늘 모임을 만족시킬 만큼 사랑스러워 보이는지 아닌지 확인할 방법이 없다는 걸 깨달았다. 부엌칼로 전신 거울의 포장을 뜯으며 나는 스스로가 바보 같다고, 하지만 동시에 임기응변에 능하다고 느꼈다. 거울의 보호 필름을 벗기니 그 안에 서 있는 내가 보였다.

나는 만족해하며 숨을 내뱉었다. 이만하면 충분해.

검은색 실크 드레스였다. 허리춤에 딱 맞게 재봉된 치마는 엉덩이에서 종 모양을 만들었다가 찰랑이는 주름과 함께 완벽하게 늘어졌다. 그 속의 나는 언제나와 같은 사람이지만, 드레스 덕에 눈에 띄는 존재가 됐다. 이 화려한 드레스가 곧 시작할 오늘밤의 행사를 정당화해줬다.

나는 고개를 기울이고 귀고리가 너무 과하지는 않은지 확인하며 손가락으로 드레스의 네크라인을 따라 목을 훑었다. 임무는 완수됐다. 결과가 좋았다.

거울에서 몸을 돌리니 6시였다. 차는 4분 후에 도착할 예정이다. 나는 집 안의 불을 모두 끄고 차를 기다리기 위해 회색빛 이른 저녁으로 발을 내딛었다.

내 결혼식 때 입은 드레스도 예쁘고 비쌌다. 지금 뇌프만 연회를 위해 입은 드레스와는 완전 딴판이었지만. 새하얀 새틴 웨딩드레스는 숨이 막힐 정도로 꽉 죄었다. 라인은 완만하게 떨어졌고, 푹 팬 네크라인은 알랑송 레이스*로 장식돼 있었다. 희망찬 모습을 보이기 위해 작정한 듯 과하게 부드러웠다.

웨딩드레스가 너무 연약했다면, 뇌프만 연회용 드레스는 반대로 모질다는 느낌이다. 웨딩드레스가 부드럽다면 연회용 드레스는 인정사정없이 매섭다.

좀 더 다정한 드레스를 입었던 결혼식 날, 네이선은 내가 옷을 갈아입는 동안 스위트룸에 몰래 들어왔다. 그는 심혈을 기울여 살며시 걸었지만, 왁스칠된 나무 바닥에서 종종 걸음을 치자 신발이 끽끽거리는 소리를 냈다. 네이선은 내

* 1665년 프랑스 알랑송에서 만들어지기 시작한 레이스. 얇고 고운 망사에 바늘로 수를 놓아 정교하고 섬세하며 고급스럽고 화려하다.

게 목걸이가 들어 있는 벨벳 상자를 줬다. 펜던트는 깊이 팬 레이스 바로 위에 매달렸다. 원래 신랑은 결혼식 날 식전에 신부를 봐선 안 됐다. 그런데도 그는 목걸이를 주려고 숨어들었다. 식이 끝난 후에 주려고 했지만 기다릴 수 없었다고 했다. 조금이라도 더 빨리 주고 싶었다나.

그는 뒤에서 목걸이를 걸어주고 뺨에 입을 맞췄다. 그러고는 내가 나무라기도 전에 도망가 버렸다. 우리는 둘 다 그런 걸 별로 신경 쓰는 성격은 아니었지만, 그래도 어쨌거나 지키기로 마음먹은 규칙이었는데.

신부 입장을 하는 동안 주변을 얼씬거리던 햇빛이 펜던트에 달린 사파이어에 반사돼 네이선 아버지의 정장 팔 부분에 닿았다. 결혼식이 끝나자 네이선은 푹 팬 네크라인 부분을 만지며 살짝 웃었다. 오직 내게만 보여주는 비밀스럽고도 작은 미소를 지었다.

그 후로 그 목걸이를 언제 다시 했는지는 기억나지 않는다. 그러고 보니 말도 안 되는 낭비다. 내가 언제 또 사파이어를 차겠는가?

그렇지만 그 미소만은 늘 기다렸다. 데이트나 행사가 있어서 옷을 입을 때마다, 콘퍼런스를 마치고 집에 올 때마다, 싸운 후 화해를 할 때마다. 나는 그 미소로 텅 빈 마음을 채웠고 나중을 위해 간직해놓았다. 우리가 서로를 보지 않는 힘든 시간을 버티기 위해서.

이미 그때, 나는 그 기억이 필요하게 되리란 사실을 알았던 것 같다.

* * *

연회용 드레스를 걸친 지 세 시간 반이 지나서야 모든 준비를 마쳤다. 실크 드레스는 갈비뼈와 허리에 꼭 들어맞았고, 몸매를 돋보이게 하면서도 점잖아 보였다. 하지만 너무 딱 맞아서 숨을 제대로 쉴 수 있을 것 같지가 않았다. 연회장은 사람으로 꽉 찼다. 모두가 날 보거나, 나에 대해 얘기하거나, 나를 생각하고 있었다. 어쩌다 보니 나는 계속 사람들의 시선을 끄는 실수를 저질렀고, 그래서 미소를 띨 수밖에 없었다. 어색하다 느껴질 만큼 다듬어지지 않은 미소를.

사람이 너무 많아서 연회장에 산소가 부족하지는 않을까 걱정이 됐다. 모두가 몇 초에 한 번씩 숨을 내뱉고 있었다. 그걸 피할 방법은 없었다. 사람은 숨을 쉬어야 하니까. 사람들이 숨을 쉴 때마다 공기가 조금씩 더 무거워지는 게 느껴졌다.

사람들은 계속 내게 말을 걸고 끊임없이 말했다. 적어도 몇 시간은 더 이렇게 보내야 했다. 그들은 나를 쳐다보고 입을 열었고 눈썹을 움직이며 내 대답을 기다렸다. 소위 나

다운 대답이 나오길 기대하면서. 나는 그들의 의견과 찬사를, 그리고 교묘한 모욕을 한참은 더 들어야 하겠지. 어색한 미소를 지으며.

내 쪽 연회석에는 나 말고도 일곱 명이 더 앉아 있었다. 맥쩍어하는 종업원들이 연이어 술을 따라주는 바람에 그들의 술잔은 줄곧 반 정도 차 있었다. 내 왼쪽에 앉은 남자는 선정위원회에서 나온 고위 법관이다. 그는 다른 사람들처럼 내게 말을 걸었고, 나는 흥미를 느끼는 척했다. 남자는 영향력 있는 사람이었다. 이름을 외워놨어야 했는데.

데이비드? 아니야. 대니얼이었나?

"굉장히 인상 깊었습니다." 남자가 말했다. "박사님께서 보여주신 기술은 대단히 놀랍더군요. 신경심리학적 조절에 있어서 급성 호르몬 상태를 그렇게 특이하게 통제하는 건 처음 봤습니다." 나는 미소를 지으며 고개를 끄덕이고 리소토를 한 입 먹었다. 알약처럼 혀 위에 자리 잡은 리소토는 아무 맛도 나지 않았다. 삼킬 수가 없었지만 먹어야 했다. 왼쪽 남자는(더글라스였나?) 나를 바라보며 내가 자신의 칭찬을 받아주길 기다리고 있었다.

몇 시간이나 더 이 짓을 해야 한다니.

한참이 지나서야 겨우 리소토가 목을 타고 내려갔고, 남자의 이름이 번뜩 떠올랐다. "감사합니다…… 디트리히. 팀 모두의 노력 덕분이에요."

"말도 안 됩니다." 그가 말했다. 이쪽 분야에 몸담은 남자가 저 표현으로 말을 끊을 때마다 목이 조이는 느낌이 들었다. "박사님 연구팀이 훌륭하다는 건 물론 의심할 여지가 없습니다, 콜드웰 박사님. 하지만 이건 박사님 성과입니다. 박사님 유산이고요. 그러니 인정받으셔야죠. 안 그렇습니까? 박사님이야말로 콜드웰 기법의 개척자입니다. 그러니 누리세요. 오늘밤만이라도."

남자가 잔을 들었고, 나는 어쩔 수 없이 내 잔을 들어올렸다. *못되게 굴지 마, 에벌린* 하고 되뇌며. 테이블의 다른 사람들도 술잔을 높이 들며 기대감을 비쳤다. 디트리히가 먼저 축배를 들었다. "세상을 바꾼 에벌린 콜드웰 박사를 위하여."

페더라우어, 마침내 남자의 성이 생각났다. 디트리히 페더라우어. 어떻게 이걸 잊었지? 멍청이, 멍청이.

여섯 명이 내 이름을 외치며 잔을 부딪치자 수정같이 맑은 소리가 울려 퍼졌다. 맞은편에 앉은 여자가 술을 마시며 숨을 내쉬자 잔에 김이 서렸다. 그녀는 내 눈을 마주보고 웃어 보였지만, 나는 미소로 화답하려는 시도조차 못하고 고개를 돌려버렸다.

조명이 어두워지기 시작했다. 환한 조명이 앞쪽 연단을 비추자 분위기가 엄숙해졌다.

나는 몇 초간 호흡을 멈췄다가 심박이 진정되길 바라

며 입에 머금은 와인을 삼켰다. 초조해할 이유는 전혀 없었다. 연단 위에는 내 이름이 새겨진 은빛 나선형 트로피가 있다. 나와 내 업적에 대한 한 시간 분량의 연설은 이미 완벽히 준비돼 있다. 연회장에 걸린 포스터에는 내 얼굴이 있다. 에벌린 콜드웰 박사의 업적을 기리는 축하의 밤이라 적혀 있다. 초청장에 쓰인 그대로.

모든 게 좋다. 모두가 이미 결정돼 있다. 전부 나를 위한 것이다.

잘못될 일은 없다.

페더라우어가 말했지, 박사님 유산이라고. 오늘밤은 이것만 기억하기로 했다. 다른 건 기억할 필요 없다. 네이선 때문에 내 인생이 순식간에 망신스러운 참사가 된 건 기억하지 않을 테다. 누구도 네이선 얘기를 하지는 않을 것이다. 오늘은 그저 내 업적과 연구, 그리고 성공을 위한 날이다.

나는 머리카락을 귀 뒤로 넘기려고 팔을 들었다가 멈칫했다. 네이선의 목소리가 귓가를 울린다. *또 초조해하는 것 좀 봐. 그럴 때마다 정말 장모님하고 똑같다니까.*

그 말이 맞았다. 그는 얄밉게도 일부러 엄마와 나의 닮은 점을 꼬박꼬박 알려주곤 했다. 나는 엄마와 너무 닮아서 대학원 때부터 *와, 유전자 복제 연구가 정말 잘 됐나본데!* 하는 농담을 듣곤 했다. 빛을 잃은 머리카락에 구정물 같은 회색 눈동자, 얇은 입술까지 닮았으니 이미 최악이었다.

그러니 행동까지 따라할 순 없었다. 하루를 완벽하게 마무리하기 위해 발악하는 것마저 엄마와 닮았던 건 이미 오래전 일이다. 나는 엄마와 닮은 부분들을 남겨두고 떠났고, 결코 뒤돌아보지 않았다.

오직 침착함만이 해결책이다. 움찔하지 말고, 초조해하지 말고, 차분하게 굴어야지.

올리다 만 손을 무릎으로 내리고 주먹을 말아 쥔 후 다른 손으로 감쌌다. 꽉 쥔 주먹 안의 부드러운 살로 손톱을 찔러 넣는 걸 누구도 볼 수 없도록. 침착해 보이도록.

시선이 가득한 곳이지만, 그 모든 시선으로부터 숨을 수 있다는 사실을 떠올렸다. 나는 조용히 걸어 나가는 법을 알고, 눈에 띄지 않고 슬쩍 나가는 방법도 안다. 사람들이 보고 싶어 하는 모습을 보여주는 법도, 그들이 원하는 존재가 되는 방법도 안다. 그리고 내가 원할 때 숨는 법도 알고 있다.

나는 지난해 믿을 수 없을 만큼 끔찍한 일을 겪었지만 이겨냈다. 무서운 발견과 배신, 후유증에서도 살아남았다. 그러니 연회 정도는 감당할 수 있다.

무대 위에선 처음 보는 여성이 내 초기 연구를 설명하고 있다. 그녀는 관절이 하얗게 보일 정도로 마이크를 꽉 쥐고 찬사를 늘어놓았지만, 솔직히 말해 나는 굴욕감을 느꼈다. 초기 단계의 모든 연구가 실은 너무나 미숙한 상태였기 때문이다. 하지만 그때는 그 연구가 세상에서 가장 중요한 것처럼 보였다. 연구실에서 매일 밤을 지새우고, 원심분리기에서 샘플이 도는 동안 테이크아웃 음식을 먹는 게 당연하게 느껴질 정도로.

여성이 아주 눈부신 연구라고 말할 때 나는 불쑥 튀어나오는 웃음을 겨우 삼켰다. 우리는 그때 너무 어렸다. 연구 자료가 가득 적힌 노트를 무릎 위에 올려놓고 면발을 흘리지 않으려 애쓰며 밥을 먹었다. 사랑에 빠진 채로. 우린 이런 밤을 꿈꿨다. 나는 무도회 드레스를 입고 그는 턱시도를 입은 모습을. 우리 둘의 이름이 새겨진 두 개의 은빛 나선형 트로피를.

우리가 남길 유산을.

나는 천 냅킨을 손 안에서 공처럼 굴리다가 문득 정신을 차렸다. 반사적으로 천을 움켜잡고 있었다. 냅킨의 주름을 펴 고이 접어 접시 옆에 올려두곤 두 손을 포갠다. *침착해, 에벌린.* 나는 스스로에게 계속 주지시킨다. *침착해.*

이 연회는 나를 위한 밤이다. 후회의 밤이 아니라, 만족의 밤이 돼야 한다. 그 모든 일을 다 겪었으니, 이 정도는 당연한 거 아닌가?

나는 다리를 꼬고 와인을 마신 뒤 우아한 미소를 장착하고 연단을 향해 턱을 들었다. 10년 전의 에벌린이 원했던 것들을 곱씹어봐야 아무 의미가 없다. 그때의 나는 지금과는 다른 사람이라고, 거의 애나 다름없었다고 되뇐다. 다른 삶과 다른 목표를 가졌던 사람이라고.

상황은 바뀌는 법이다.

모든 것은 사라지기 마련이고.

지금 연회장에는 기라성 같은 지식인들이 가득 차 있다. 와인, 웨이터, 꽃과 프로그램도 있다. 대여한 드레스와 불편한 신발, 연설과 좌석 배치, 이 모두가 나를 축하하기 위한 것들이다. 모두 나만을 위해.

나는 손이 떨리는 걸 허락하지 않는다. 이를 악물지도 않는다. 의자에 올라서서 드레스를 찢지도, 잘못되고 부서지고 사라진 그 모든 것을 향해 힘껏 소리 지르지도 않는다.

기분 상할 일은 하나도 없다. 단 하나도.

2

나는 페이스를 조절하려 했다. 하지만 사람들은 자꾸만 샴페인 잔을 들이밀었다. 한 번도 본 적 없지만 나를 아는 것처럼 보이는 사람들이 내 손에 잔을 쥐어줬다. 모두가 내게 새 잔을 선사하길 원했고, 트로피를 들어보고 싶어 했고, 나와 얘기하고자 했다. 이미 몇 시간이 흘렀는데 앞으로도 갈 길이 멀다. 나와 문 사이에 100명은 되는 사람들이 턱시도를 입고 서 있었다. 오늘밤의 끝은 수평선 저 멀리로 밀려난 것 같았다. 사람이 너무 많아 마치 수천 명은 되는 듯 느껴졌다. 이들 전부를 상대할 순 없었다. 그래서 나는 샴페인을 홀짝이고 모두에게 미소를 지어 보인 다음 사람에 휩쓸려 가는 것처럼 보이려 애썼다. 그래야 술독에 빠지지 않을 테니까.

"트로피가 무겁지는 않나요?"

"앞으로는 어떤 연구를 하실 겁니까?"

"발달과정에 있어서 인지망을 어떻게 쓰신 건지 궁금합니다."

"도대체 어떻게 해서 모어 딜레마에 봉착하지 않고 새로운 길로 갈 수 있었죠?"

"네이선은 어디 있어?"

마지막 질문이 바람에 흔들리는 찔레꽃처럼 나를 찔렀다. 겨우 만든 미소가 흔들렸다. 로나 반 스트루페다. 그렇다, 로나도 반쯤 마신 내 술잔을 낚아채고 새 잔을 쥐어줬다.

로나는 내 예전 멘토로, 인간의 생명 연장을 위해 텔로미어*의 기능을 향상시키는 연구를 했다. 또한 내게 학계의 여성혐오를 품위 있게 피하는 방법을 알려주기도 했다. 키가 크고 건장한 그녀는 대부분의 동료를 지적으로 위협하는 인물이었다. 나는 로나를 볼 때마다 검은 피부의 줄리아 차일드** 같다는 생각을 했다. 로나의 낭랑한 목소리가 웅성거리는 축하의 말을 가볍게 뚫고 들어오자, 이름도 기억나지 않는 벌떼 같은 남자들이 갑자기 조용해졌다. 로나가 말을 시작하면 언제나 그랬다.

* 끝을 뜻하는 그리스어 telos와 부위를 가리키는 meros의 합성어로 DNA의 양 끝에 붙어있는 반복 염기서열을 말한다. 세포분열이 일어날수록 텔로미어의 길이는 짧아지는데, 일정 길이 이하가 되면 세포는 노화하기 시작해 죽는다. 그래서 '노화 시계'라 불리기도 한다.

** 미국의 요리사이자 작가. 프랑스 요리를 미국에 소개해 저명한 요리 연구가로 이름을 날렸다. 188cm의 큰 키로 농구선수로 활동하기도 했다.

나는 보통 남자들이 조용해지면 안도하곤 했다. 로나의 압도적인 존재감이 만들어낸 안전한 피난처가 생겼다는 의미니까. 그렇지만 오늘은 달랐다. 그녀의 냉혹하고도 명백한 질문이 허공에 떠 있었고, 나는 거기에 전혀 답할 수가 없었다. 나는 로나에게 잔을 들어 보이며 목소리에 애정을 담아 열심히 질문을 회피했다. "새 잔 주셔서 감사해요. 방금 건 10초나 들고 있었거든요! 탄산이 다 빠질 뻔했어요."

이는 로나와 내가 출판을 기념하며 처음으로 함께 샴페인을 마셨을 때 만든 오래된 농담이었다. 우리는 유치해져선 샴페인에서 탄산이 빠지는 걸 보며 웃어대기 시작했다. "샴페인이 2차원이 됐어!"라고 외치면서. 술에 취해 들떠 있지 않는 한 재미없는 농담이지만, 우리는 둘 다 취한 상태였고 함께 웃은 기억 때문에 한동안 이 농담만 들어도 웃음이 났다.

하지만 내 계획은 먹히지 않았다. 로나는 그 어느 때보다 진지했고, 자기가 한 질문에 집중하고 있었다. 그 누구에게서도 듣고 싶지 않은, 그러나 여기 있는 모두가 내 귀를 피해 수군댈 그 질문에.

"네이선은 어디 있어?" 너무 큰 소리로 묻는 바람에 사람들이 고개를 돌려 귀를 기울였다. 지금까지는 관심 없던 사람마저도 궁금해할 지경이었다. 다들 수군거리겠지. *이런 제길, 이런 제길, 이런 제길, 로나.* "오늘 어디 있는지 보이지가 않네요. 지난 분기에 보내준 연구 보조에 대해 얘기해야 하는데 말예요. 이 근처엔 없는 것 같은데, 도대체 무슨 생각인지 모르겠……." 로나가 목을 길게 빼고 주변을 둘러보더니, 네이선을 욕할 기회가 생기자 나를 칭찬하는 일에서 신경을 껐다. 그녀가 연구 보조에 대해 이런저런 불만사항을 늘어놓기 시작하자 적잖은 사람들이 흥미를 잃었다. 어찌나 다행인지.

"그 사람 여기 없어요." 내가 말했다. 드레스 솔기가 인정사정없이 피부로 파고들었다. "아마 약혼녀랑 집에 있을 거예요."

"누구랑 있다고? 세상에." 내 말을 알아들은 로나가 갑자기 깊이 걱정하는 눈빛으로 나를 바라봤다. "알겠어. 말해봐. 이제 우리 그 사람 싫어하는 거 맞지?"

"아니, 아니. 물론 아니죠." 나는 나선형 트로피를 좀 더 세게 쥐어 애써 목소리의 평정을 유지했다. 나 자신이 취했는지 아닌지 알 수 없었지만, 취하고 싶었다. 고주망태가 되고 싶었다. "아주 원만하게 지내고 있어요."

로나는 삐죽삐죽하게 난 흰 눈썹 한쪽을 들어올렸다. "이번 주 후반에 커피 사줄 테니 그때 다 털어놔. 일단은 난 아주 조금 싫어할 예정이야. 나중에 엄청 싫어할 때를 대비해 씨를 뿌려놔야지."

"커피 좋죠, 네." 양쪽 볼이 얼얼했다. *그런데요, 정말로*

싫어할 필요는 없어요. 우리 계획대로 일이 흘러가지 않은 것뿐이에요 하고 덧붙이려는 순간, 손 하나가 내 팔꿈치를 잡았다. 나는 또다시 새 샴페인 잔을 받고 다급한 자기소개를 들으며 그 시간을 견뎌야 했다. 뒤를 돌아봤을 때, 로나는 다른 누군가와 대화 중이었다.

오늘밤 행사가 정신없이 굴러간 건 한편으로는 고마운 일이다. 사람들이 네이선에 대해 물어볼 기회가 없었으니까. 직업적으론 옳은 일이라고 해도, 나는 네이선을 옹호할 수 있을 거라 생각하지 않았다. 그것도 로나에게는. 하지만 개인적인 삶을 프로의 세계에 끌고 와 네이선의 학계 명성에 흠집을 내는 건 내게도 좋지 않을 터였다. 그게 정당하다고 여겨질지라도, 이런 상황에선 정당함이 중요하지 않았다. 조심할 필요가 있었다.

나는 우리가 선택한 분야에서 이런 일을 백 번은 봤다. 늘 이혼의 무게를 지고 사는 사람들이 있다. 이 모든 걸 감당할 수 있는 네이선은, 명백히 자신의 잘못으로 생긴 이 상황에서도 털끝 하나 다치지 않은 채 빠져나갈 것이다. 나는 누가 봐도 부당한 취급을 당한 게 뻔했지만, 만약 한 번이라도 상처받았거나 화났거나 슬픈 표정을 짓는 실수를 한다면 그 실수가 앞으로의 경력 내내 나를 따라다니게 될 터였다. 나는 도덕적으로 우월한 위치에 있어야 했다. 그러니까 그 말은, 누가 물어보면 모든 게 다 괜찮다고 말해야 한다는 의미였다. 나는 괜찮았다. 네이선과 나는 괜찮았다. *원만했다.*

하지만 질문은 사양하고 싶었다. 내 머릿속에선 옳은 일과 솔직한 심정이 전쟁을 벌였고, 맘 가는 대로 하겠단 생각도 싸움에 끼어들었다. 나는 단 하루라도 거기서 빠져나오고 싶었다. 그저 숨고만 싶었다.

군중 속에는 숨을 곳이 많았다.

다른 곳이었다면, 인공 양수 개발 얘기만 시작해도 단번에 사람들의 넋을 빼 한 시간은 붙잡아둘 수 있었다. 하지만 여기 사람들은 양수나 골격 손상 없이 뼈 성장을 가속화하는 과정엔 관심이 없었다. 이들은 작업에 대해선 이미 모두 들어 알고 있었으므로, 뭔가 다른 대단한 이야기를 원했다. 내가 뇌프만상을 수상하게 된 일에 관해 듣고 싶어 했다.

성인을 복제한 과정, 그리고 신경 체계로 성격을 집어넣은 것. 이는 내 작업이었다. 모두 내가 한 거였다.

하얗게 지새운 밤들과 연구하다가 난 작은 사고들, 연구실에서 보낸 수없이 외로운 시간들. 누구도 그런 얘기는 듣고 싶어 하지 않는다. 그저 유레카를 외친 순간에 대해서만 궁금해한다. 내 스토리는 괜찮았다. 나는 이렇게 시작하곤 했다.

"아침식사로 달걀을 꺼냈어요. 달걀이 바닥부터 구워지

는 모습을 보다가 갑자기 깨달았죠. 시상하부핵 조직이 굳어지기 전에 프로그래밍을 시작해야 한다는 걸. 저는 이 발견을 적으려고 뛰어갔어요……. 그러는 바람에 스토브에 올린 달걀을 까맣게 잊어버렸고요. 얼마나 심하게 탔던지 프라이팬을 버려야 했다니까요."

그렇지만 절대 말하지 않은 것들도 있었다. 프라이팬을 쓰레기통에 던진 건 네이선이었다. 그는 부엌 창문을 열어 연기를 내보낸 뒤 시뻘건 얼굴로 서재에 와 내게 소리를 질렀다. 그러고는 내가 발견한 걸 듣지도 않고 집을 뛰쳐나가 며칠이나 집에 돌아오지 않았다. 이 부분을 얘기할 때 그를 남편이라고 해야 할지 전남편이라고 해야 할지를 결정하지 못해서, 그냥 혼자 아침을 먹은 것처럼 얘기했다.

그 발견은 내 거였다. 우리의 것이 아니라 나만의 유산이었다.

콜드웰 기법은 우리가 공유했던 게 절대 아니었다.

"초기단계에서 생기는 변연계 반점 형성에 대해서는 걱정하지 않으셨나요?" 무테안경에 구겨진 정장을 입은 남자가 질문했다. 내 방식의 아주 기초적인 부분에도 동의하지 않는다는 암시가 있었지만, 나는 짜증나지 않는다는 듯 질문을 받아넘겼다. *아니, 이 멍청아. 나는 그놈의 변연계를 계속 들여다보고 있진 않았거든. 얼마나 놀랍니. 자, 내 보조금이나 받아 가시든지.*

침착해. 참아. 친절하게 해, 에벌린.

나는 갖가지 질문에 대답하고 사람들을 헤쳐 나가며 사진을 찍었다. 끊임없이 집에 가고 싶다는 생각을 했지만, 곧 '집'이 더이상 존재하지 않는다는 사실이 떠올랐다. 그저 연회장을 빠져나가고 싶었다. 드디어 나갈 수 있게 될 때까지 줄곧 그 생각만 했다. 하지만 바로 그 순간, 군중을 떠나는 게 내게는 최악의 일이라는 사실을 깨달았다.

그렇지만 어쩔 수 없었다. 행사는 결국 끝났고, 나를 기다리는 건 집뿐이었다. 한 손에는 트로피를, 다른 손에는 작고 쓸모없는 클러치를 든 채 검은색 차 뒷좌석에 올랐다. 머리를 창문에 기댔다. 샴페인에 취해 웅웅대는 소리가 벌써부터 두통으로 변하고 있었다. 내일 아침이면 엉망이 되겠지. 스쳐가는 가로등 불빛이 흐릿했다. 겨울 공기 속엔 빛무리가 생겨났다. 나는 빛무리가 왜 생기는지 기억하려 애썼는데, 결국 아무 소용 없었다. 그건 달 주변에 생기는 달무리였다. 내 눈이 잘못된 걸 수도, 일종의 경고 신호일 수도 있었다. *가로등 불빛의 빛무리에 대해서 언급한 사람이 아무도 없다는 걸 알았어야 했는데.*

작은 임대주택 대문을 쾅 닫고 뒷마당을 통해 들어가니 새벽 2시가 넘었다. 구두를 차서 벗고 바닥에 발을 딛자 나도 모르게 신음이 흘러나왔다. 임대 계약 직전에 새로 깐 양탄자. 뭔가 부드러운 것 속에 발가락을 넣고 꼬물댈 수 있다는 건 참 고마운 일이다. 나는 은색의 이중 나선형 트로피를 조립식 식탁 위에 올려놓았다.

식탁을 조립한 건 연회 날 아침이었다. 육각 렌치와 그림 설명서만 가지고 30분 만에 완성했다. 딱 두 가지 물품을 올려놓기 위해서. 내 트로피, 그리고 2.5센티미터 두께의 인덱스 스티커가 가득 붙은 서류 뭉치.

네이선이 무슨 짓을 저지르고 다니는지 더 빨리 알아차렸어야 했다. 일단 제대로 보기 시작하니 너무 뻔했다. 그는 여자의 흔적을 숨기려고 하지도 않았다. 네이선의 탁자엔 집에서 본 적 없는 옷과 보석류 영수증은 물론이고, 나는 한 번도 가보지 않은 식당의 영수증이 흩어져 있었다. 그는 늦은 귀가에 대해 변명하지 않았다. 어깨에 난 이상한 멍이나 등에 난 상처에 대해서도 마찬가지였다. 칼라에 립스틱을 묻혀 온 적이 있었나? 나는 그걸 볼 만큼 네이선에게 신경을 쓰기는 했나?

네이선은 자신이 무슨 일을 벌이는지 알아채지 못할 만큼 내가 멍청하다고 생각한 걸까, 아니면 내가 알아내든 말든 상관없었던 걸까.

나는 다이닝 룸에 깔린 낯선 타일 위를 살금살금 걸어 개방형 주방으로 갔다. 커피 잔에 물을 채운 뒤 전부 마셨다. 그래, 수분공급은 해야 하니까. 그런 다음 다시 잔을 채워 탁자로 갖고 나왔다. 물이 철렁대는 느낌에 속이 거북했다.

바로 지금이 서류에 사인하기 제일 좋은 때라는 생각이 들었다. 여전히 알딸딸한 상태였고, 행사 때 자존감을 가득 충전했으니. 아침이 되면 아마 무슨 일이 있었는지 기억도 못 하겠지.

매일 일터로 가지고 가는 숄더백에서 펜을 꺼냈다. 가방은 셔츠와 속옷 몇 벌, 바지 한 벌, 칫솔을 넣을 만큼 컸다. 하지만 내가 가방만 갖고 떠돌이 생활을 하는 걸 누구도 눈치채지 못할 만큼은 작았다. 나는 그 전에도 자주 연구실에 가장 늦게까지 남아 있곤 했다. 아침에 제일 먼저 와서 앉아 있어도 뭐라 하는 사람이 없었다. 네이선의 불륜 사실을 알아채고 새 거처를 구하기까지, 그 끔찍했던 일주일 동안 내가 사무실에서 살았다는 건 아무도 알 필요 없었다.

나는 노란색 인덱스 스티커가 붙은 첫 번째 페이지에 펜 끝을 갖다 댔다. 내 이름이 적혀 있었다. 결혼 후 이름이. 내 모든 저서가 그 이름으로 나왔으니 영원히 써야 할 이름이다. 심지어 박사학위도 그 이름으로 받았다. 네이선과 결혼했을 때 나는 너무 어렸기에 그가 괜찮은 사람이라고, 내가 원하는 사람은 그라고 확신했다. 둘이서 함께 이 세상을 정복할 거라 생각했다. 그래서 엄마아빠와 함께 나눈 이름을 포기할 준비가 돼 있었다. 누군가 다른 사람이 될 준비가.

트로피가 반짝였다. 은색의 이중 나선형 트로피가 주방 형광등 아래서 빛나고 있었다. 나는 두꺼운 이혼 서류 위에

트로피를 올려 그 무게로 종이를 눌렀다.

“그럴 만한 가치가 있었어.” 스스로에게 속삭였다. 펜이 바닥으로 떨어졌다. 사인이야 아침에 하면 될 일이었다. 커피, 아스피린, 나를 기다리는 두통과 함께. 나는 고통을 받아들이기로, 애처로운 장면을 연출하기로 마음먹었다.

위층으로 올라가 이불 위로 쓰러졌다. 어깨뼈에 단추가 닿을 때까지 드레스를 잡아당겼다. 실크 드레스를 머리 위로 벗고 자유를 느끼며 숨을 몰아쉬었다. 몇 시간이나 조여 있던 갈비뼈가 드디어 풀려났다.

나는 숨을 쉴 수 있었다. 마침내 숨을 쉴 수 있었다.

3

안개가 햇빛 속에서 사라지듯 주말이 월요일로 바뀌었다. 나는 무척 기뻐하며 연구실로 차를 몰았다. 원치 않았던 작은 집을 빠져나오니 안도감이 밀려들었다. 그에 반해 연구실은 내가 원하는 장소였다. 분만을 앞둔 여성들이 가지는 약간의 들뜸 같은 것을 느끼게 하는 곳.

힘겨운 승리였다. 아르테미스 기업은 애초부터 내게 연구실을 주려고 하지 않았다. 내 연구는 군사 계약을 맺지 않아 수익성에 논란의 여지가 있다는 거였다. 나는 몇 년에 걸쳐 그들을 설득했다. 내 연구는 다른 곳에 적용이 가능하고, 민간 기업과 계약해서 엄청난 수익을 올릴 수 있다고. 나는 그동안 대화를 지속할 만큼, 그리고 진짜 문제에는 처하지 않을 만큼의 갈등만 일으켰다. 또 내 실험을 전혀 이해하지 못하는 사람들과 몇 년이고 연구실을 같이 썼다. 물론 세예드는 제외였다. 그는 언제나 내 작업을 이해해줬다. 나를 이해해줬다.

그러던 어느 날 갈등이 끝나고 연구실이 생겼다. 강화유리로 만든 관은 인공 양수로 채워졌다. 텅스텐으로 만든 탁자가, 그리고 필요하다면 인간 샘플이 들어갈 만큼 큰 무균작업대가 설치됐다. 물론 매년 자금을 모으기 위해 싸워야 했지만, 어쩌면 뇌프만상으로 상황이 바뀔 수도 있었다. 어쩌면 결과가 상황을 바꿀 수도 있었다.

어쨌거나, 연구실은 그동안 지냈던 어떤 집보다 더 집처럼 느껴졌다.

"가져왔어요?"

세예드는 "안녕하세요."라고 인사하는 법이 없었다. 격식을 차리는 건 시간 낭비라 여겼다. 하긴 내가 그를 고용한 데에는 그런 이유도 있었다.

그는 무균작업대에 허리까지 집어넣은 상태였다. 공기차단실의 양압 환기 시스템 때문에 머리카락이 흩날렸고, 거길 통과한 뒤에야 세예드가 보였다. 언제나 그렇듯 목소리가 먼저 들렸다. 그는 늘 내 출입 승인을 알리는 삐 소리가 들리자마자 말을 시작한다.

연구실에 들어서니 작업대에서 웅웅거리는 세예드의 목소리가 귀청이 떨어질 듯 크게 들렸다. 나는 연구실 탁자 빈 곳에 뇌프만 트로피를 두며 대답했다. "물론 가져왔지. 안 그랬으면 여기 그만두려고 했을 거잖아."

세예드는 무균작업대에서 몸을 빼낸 뒤 얼굴의 반을 가렸던 마스크를 벗어던졌다. 키가 작고 아주 마른 그는 동그란 얼굴 때문에 거의 학부생처럼 보였다. 턱 중앙엔 세로로 얇게 수염이 나 있었는데, 그 수염에 엄청난 자부심을 보이며 손질을 한다. 그는 탐탁지 않은 눈초리로 은색 이중 나선형 트로피를 쳐다봤다. "생각보다 작네요."

나는 소지품을 책상 위에 두며 트로피를 눈에 익혀두라고 말했다. "무균작업대 관리를 열심히 하다 보면 언젠가 10개는 받을걸." 세예드는 손가락으로 경례를 하더니 다시 마스크를 쓰고 무균작업대로 사라졌다. "그나저나 그 안에서 뭐해?" 내가 물었다. "뭔가 폭발이라도 했어?"

"아니에요. 딱히 그런 건 아니고요. 신경 안 쓰셔도 돼요. 교체장비는 이미 주문해놨어요."

나는 신경 쓰지 않았다. 세예드가 신경 쓰지 말라고 하면 그 말을 따르면 된다. 그는 그런 대접을 받아도 되는 사람이다. 당연히 그는 똑똑했다. 나는 똑똑하지 않은 조수는 두지 않는다. 내가 요구하는 건 똑똑한 것 이상이었다. 내 연구실에서 함께 발맞춰 나가려면 최소한 총명해야 했다. 발을 맞추지 못한다는 건 선택사항에 없다. 그건 위험한 일이다.

세예드는 총명함을 넘어서는 자질을 갖춘 사람이다. 능숙하고, 자립심이 강하고, 나와 페이스를 맞출 만큼 두려움을 몰랐다. 나는 네이선이 저녁 식사에 초대한 세예드를 처음 본 날부터 그의 장점들을 눈치챘다. 그는 네이선 후배의 자리를 넘볼 만큼 뛰어난 대학원생이었다. 그날 밤 내 연구에 대한 세예드의 질문은 예의상의 관심을 넘어선 수준이었다. 세예드의 이는 날카로웠고, 그는 굶주린 상태였다. 네이선이 줄 수 있는 성장으로는 만족하지 못할 만큼.

그래서 나는 세예드가 활약할 수 있는 자리를 제안했고, 결국 같이 일하게 됐다. 네이선이 기분 나빴했는지는 기억나지 않는다. 그때는 그런 데 주의를 기울이지도 않았다.

우리는 대부분 둘이서만 일을 했고, 그는 의심할 여지없이 최고의 작업 파트너였다. 나는 세예드의 판단이라면 내 판단인 양 신뢰했다. 그의 말이라면 덮어놓고 믿었다.

그래서 그가 무균작업대에서 뭘 하는지 들여다볼 생각도 하지 않았다. 대신 견본 탱크 옆에서 클립보드를 꺼내 고용하고 싶지 않았던 주말 인턴이 기록한 영양분 정보 갱신을 확인했다. 세예드나 내가 아닌 다른 사람이 기록한 데이터에는 신뢰가 가지 않았지만, 어쨌든 노동법은 지켜야 하니까.

연구대상 4896-T는 탱크 안에서 8일 동안 성장해 이미 성인 인간과 비슷한 존재로 인식할 만했다. 시험체는 제대로 진전을 보이고 있었지만 인간성장호르몬 수치가 균등하지 못한 게 걱정거리였다. 나는 연구대상의 허벅지에 있는 대근육에 시선을 고정하고 위축되는지 확인했다. 시험체의 근육 성장이 다른 조직의 유연성을 앞서면서 생기는 구획증후군을 눈으로 확인하려면 그 방법밖에 없었다.

말할 것도 없이 위축이 발견됐고, 문제를 고치기에는 이미 늦은 상태였다. 위축이 없었다면 침습적 진단절차 없이는 구획증후군 여부를 가려내기에 어려움이 따랐을 터였다. 침습적 진단절차는 연구대상이 연구 목적에 부합하지 못하게 만들 만큼, 프로그래밍 과정을 상당히 방해하는 작업이었다. 그런 식으로 예산을 낭비한다면 내년 예산을 보장받지 못하는 악몽 같은 일이 일어날지도 몰랐다. 나는 클립보드를 펜으로 두드리며 다른 선택지를 찾았다.

생각하면서 박자에 맞춰 두드리기. 네이선이 질색하는 습관이었다. 지금, 나는 그가 단 한 번도 발을 들이지 않은 나만의 연구실에서 이 습관을 마음껏 행동으로 옮기고 있다. 아직 자르지도 않은 케이크에 손가락을 찌르듯 은밀한 호사를 부리는 느낌으로.

"전화 왔었어요." 세예드가 내 리듬을 방해하며 말했다. 나는 짜증이 나는 걸 참았다. 인간성장호르몬 문제에 대한 해답을 찾지 못한 건 그의 탓이 아니었으니까. 그렇지만 표정을 관리하려고 애쓰지도 않고 뒤를 돌아봤다. 세예드와는 그럴 필요가 없었다. 그는 내가 걱정거리를 거론하면 그제야 내 감정에 신경을 쓰는 사람이었다. 내가 입을 떼지 않는 이상은 신경 쓰지 않았다. 그러니 나는 내 연구실에서만큼은 얼굴을 찌푸릴 여유가 있었다.

"축하 전화겠지? 다시 전화할 필요는 없겠네." 내가 말했다.

무균작업대에서 몸을 빼낸 세예드의 손에 헝겊 한 뭉텅이가 들려 있었다. 그는 손을 한껏 앞으로 뻗어 생물의학 폐기물 쓰레기통까지 가더니 팔꿈치까지 올라오는 장갑과 헝겊을 함께 버렸다. 맨손으로 마스크를 벗고 잠시 숨을 고른 그가 마스크도 쓰레기통에 버리며 말했다. "이름이 '마르틴'이었어요."

클립보드의 철 모서리가 손가락의 부드러운 부분으로 파고들었다.

나는 손에서 힘을 빼려 노력했다. 탱크 유리에 부착된 플라스틱 고리에 클립보드의 구멍을 조심스럽게 끼워 걸었다. 클립보드가 유리에 부딪혀 소리가 나자 탱크 안에 있는 시험체가 씰룩였다. 나는 움찔했다. "세예드, 부탁인데, 연구실에 있는 클립보드를 몽땅 펠트 천으로 좀 덧대줘. 색깔은 무채색으로. 뒤랑 모서리에."

"그러겠습니다." 세예드가 항균 비누로 팔꿈치를 문지르며 대답했다. "기한은요?"

"오늘까지."

나는 연구실 전화기로 다가갔다. 바로 옆 바닥에 쓰레기통이 있고 그 안에 때 지난 메모지가 버려져 있었다. 세예드는 고용되자마자 시스템 간소화 작업에 나섰는데, 이것도 그중 하나였다. 전화기 옆에 있는 리갈 패드에는 배달주문을 시킨 사람의 이름 첫 글자가 줄지어 있었다. 세, 에, 세, 에, 세, 세, 세, 에, 에, 세, 에. 세로로 적힌 글자 옆에 세예드의 글씨로 '마르틴'이라는 이름과 전화번호가 적혀 있었다. 글씨체는 건축가가 쓴 듯 깔끔했다. "뭐 때문에 전화했는지는 얘기 안 했어?"

"아니요." 세예드가 소리쳐 대답했다. "그냥 안부 전해달라고 하고는 '가능한 한 빨리 회신 전화를 요청하는 바입니다.' 하던데요. 도대체 어떤 사람이 그런 식으로 말을 하죠?"

그런 식으로 말하는 사람은 없지.

하지만 우리 엄마는 그런 식으로 말했어.

마르틴도 그런 식으로 말했고.

나는 고맙다고 답했지만, 내 목소리에서 뭔가 느껴진 게 분명하다. 그가 괜찮으냐고 물었으니까. 세예드는 내게 괜찮은지 묻는 법이 없다, 절대로. 그는 내가 정말 힘들어 보일 때나 관심을 보일 사람이다. 나는 괜찮다고 대답하며 치솟는 분노를 힘겹게 삼켰다. "그러니까 괜찮지 않은데, 근데 괜찮아." 이 대화가 벌써부터 싫었다.

"네, 그렇군요." 내 대답이 믿을 만하다는 듯 세예드의 목소리는 한결같았다.

아마 그것 때문에 그에게 진실을 말하게 된 것 같다. 아무 얘기도 하지 않으려 했지만, 세예드는 내 말을 믿는 것 같았다. 그러니까 세예드라면 내가 지금 같은 상황에서도 괜찮을 수 있다고 생각해줄 것 같았다. "마르틴은 네이선의 약혼녀야."

나는 네이선에 대해 얘기하고 싶지 않았다. 특히 일터에서는. 특히 세예드에게는. 사실상 그 둘의 관계는 내가 끊은 거나 다름없으니까. 하지만 지금, 연구실에서, 세예드가 들을 수 있게 말이 튀어나왔다. *마르틴은 네이선의 약혼녀야.* 이 문장을 이렇게 정확하게 입 밖으로 낸 건 처음이었다. 혀에 깡통과 식염수 같은 뒷맛이 남았다.

세예드가 이 사이로 쯥 하는 소리를 냈다. "벌써 약혼했다고요? 젠장, 유감이에요. 빌어먹을 만큼 끔찍하네요."

"그래." 세예드가 옳았다. 누군가 다른 사람이 그런 식으로 말해주는 걸 들으니 이상하게도 만족이 됐다. 왜냐하면 정말 그러니까. 그건 정말 빌어먹을 만큼 끔찍한 일이었다. "둘이 같이 지낸 건 좀 됐어. 그 여자하고는 대화다운 대화를 해본 적이 없는데." 나는 고개를 흔들었다. "왜 이리로 전화한 건지 모르겠네."

세예드가 멈칫했다. 아이오딘이 든 스포이트가 슬라이드 위에서 흔들리고 있었다. "그거야 여기 전화번호가 직원명

부에 올라가 있으니까요." 그는 조심스럽게 중립을 고수하며, 실수하지 않으려 노력했다. 그와는 전혀 어울리지 않게. "아마 선생님한테 연락하는 방법 중 가장 정중한 방법을 택한 것 같은데요."

관자놀이 주변으로 두통이 번지고 있었다. 새로 생긴 두통인지, 아니면 숙취가 계속되는 건지는 알 수 없었다. "그건 그래. 근데 그 말이 아니라, 도대체 나한테 왜 전화를 했는지 그 이유를 모르겠다고."

"알아보려면 방법은 하나뿐이에요." 세예드가 억양 없이 단조롭게 말했다.

나는 세예드를 쳐다봤지만 그는 작업에서 눈을 떼지 않았다. 나는 리갈 패드에서 전화번호가 적힌 부분을 찢어 앞주머니에 찔러 넣었다. 전화야 나중에 해도 될 일이다.

마르틴이 나한테 급한 용무로 전화할 일은 없을 테니까.

회신 전화라는 불쾌한 일을 미루기는 아주 쉬웠다. 연구실은 시급히 처리해야 하는 일로 꽉 차 있었다. 세예드가 채취한 조직 샘플을 평가하고, 시험체 탱크의 액체를 조정하고, 4896-T에서 새로운 체액을 채취 및 검사해 몇몇 시험체의 호르몬 범위를 같은 수준으로 맞춰야 했다. 연구소장에게 지출보고서도 제출해야 했는데, 점점 증가하는 비용을 해명하기 위해 보고서의 숫자를 뭉개서 쓸 방법을 찾아야 했다. 우리는 예산이 감당할 수 없을 만큼 물자를 빨리 소진하고 있었고, 오직 돈만이 그 해결책이었다.

전화를 미루는 건 쉬운 일이었다. 주머니 속 구겨진 종이와 머릿속에서 자꾸 깜빡이는 작은 불빛만 아니었다면. *마르틴이 전화를 했어. 마르틴이 전화를 했어. 마르틴이 전화를 했어.*

도대체 왜 마르틴이 전화를 한 걸까?

4

늦은 오후, 세예드가 옆에 있는 의자에 앉더니 내 손에서 연필을 빼냈다. "저기, 에벌린 선생님?" 그는 고개를 수그려 커다랗고 차분한 갈색 눈으로 나를 쳐다봤다.

"응?"

"선생님 때문에 정말 미쳐버릴 것 같아요." 세예드가 연필로 내 클립보드 옆면을 딱딱 두드리며 스타카토 리듬을 탔다. 박자가 고르지 않아 진심으로 짜증이 솟았다. 그는 의자에서 몸을 돌려 연구실 전화기를 바라보고, 클립보드로 시선을 옮겼다가, 다시 연필을 두드리기 시작했다. "선생님 하루 종일 이러고 계신다고요. 그냥 마르틴에게 전화를 하세요."

창피함에 얼굴이 달아올랐다. *또 초조한 모습을 보였어.* "그 말이 맞아. 왜 이러는지 모르겠네. 곧 할게. 응?" 나는 거의 사과할 뻔했지만 적당한 타이밍에 멈췄다. 이건 나만의 법칙이었다. 어렸을 적 아버지가 내게 주입시킨 법칙. 대학원과 박사과정 시절, 존경과 인정을 받으려 끊임없이 분투했던 그 시간 동안 지켜온 법칙. 절대 연구실에서 사과하지 않기. 절대 직장에서 사과하지 않기.

사과라는 것 자체를 아예 하지 말기.

"왜 이러세요, 보스. 선생님은 그 유명한 에벌린 콜드웰이잖아요. 뇌프만상을 받은 장본인이시고요. 그 여자는 선생님에 비하면 아무것도 아니에요."

나는 찡그린 얼굴로 고개를 끄덕였다. 세예드가 나를 "보스"라고 부르는 건 날 진심으로 격려하고 싶다는 신호였다.

그는 최선을 다하고 있었다.

그렇지만 뭔지 모르는 일을 도와줄 수는 없는 노릇이었다.

* * *

나는 낙관했던 적이 없었다.

모든 신호가 부정적인 와중에 거기서 긍정적인 결과가 나올 거라 기대한 적은 한 번도 없었다.

딱 한 번 빼고.

나는 딱 한 번 낙천주의에 굴복했는데, 그건 실수였다.

그때 나는 박물관에 있었다. 로나의 다른 연구 보조와 나를 맺어주려는 사람들의 무분별한 시도를 견디는 중이었다. 그 연구 보조는 매일 연구소까지 자전거를 타고 출근하고 점심으로 생야채를 먹는 사람이었다. 키가 컸고 힘줄이 다 드러날 정도로 말라, 철사로 된 뼈대에 느슨하게 걸려 있는 힘줄의 집합체 같았다. 그는 인간관계를 형성하는 데엔 도움이 될 것 같았다. 진짜 친구가 되지 않더라도 말이다. 지금은 이름도 기억나지 않지만. 아마 크리스였던 것 같은데, 아니면 벤이거나.

화장실에 간 그를 기다리는 날 먼저 본 건 네이선이었다. 네이선은 충돌형 가속기 모형도 옆에 서 있는 내게 쭈뼛쭈뼛 다가왔다. 그때 그는 셔츠 칼라를 덮을 만큼 긴 머리를 아래로 내려 묶고 있었다. 나는 묶은 머리를 보자마자 그가 내게 말을 걸기도 전에 눈알을 굴렸다. 훗날 네이선은 결혼식 직전에 머리를 잘랐는데, 나는 그게 아쉬워 울다가 잠이 들었다.

"데이트가 별로 재미없어 보이네요." 네이선이 처음으로 한 말이었다. 목소리가 낮아 처음에는 나한테 하는 말인지도 몰랐다. 내가 돌아보자 그는 곁눈질로 내게 시선을 고정한 채 보조개를 드러내며 반쯤 웃고 있었다.

"데이트 아닌데요." 내가 쏘아 말했다. "같이 일하는 사람이에요."

"저 사람은 데이트라 생각하는 것 같던데." 그가 말했다. "당신도 그럴 거라 믿고 있는 저 사람만 불쌍해졌군요. 자꾸 그쪽 손을 잡으려고 시도하더라고요." 내가 기겁해서 쳐다보자 그는 양손을 들어 손바닥을 보이더니 한 걸음 뒤로 물러났다. "계속 보고 있던 것도 아니고, 따라다니거나 뭐 그런 거 아닙니다. 어쩌다 보니 박람회에서 몇 번 본 것 같더라고요. 그래서 알아본 거예요. 죄송합니다."

나는 주머니에 손을 넣고 멀어져 가는 그를 불러 세웠다. "데이트 아니라고요." 나는 목소리를 죽일 생각도 않고 말했다. "저 사람도 데이트 아니라는 거 알아요. 우리는 그냥 동료예요." 바로 그때 데이트 상대가 아닌 그 사람이 화장실에서 나와 두리번거리다가 나를 발견했다. 그가 전시관을 가로질러 오자 나는 어찌할 바를 몰랐다. "그러니까," 나는 네이선에게 말했다. "지금 당장 전화번호 주세요." 그는 활짝 웃더니 내 핸드폰을 가지고 가 자신에게 문자를 보냈다. *안녕하세요, 저는 네이선이에요. 이상한 상황에서 구출해준 장본인이죠.*

그가 문자를 보낸 직후 동료가 우리에게 다가왔다. 나는 추파를 던지는 것처럼 보이려고 얼굴에 철판을 깔고 네이선에게 윙크를 했다. 나중에 네이선이 말하길, 사실은 그때 허둥지둥하는 것처럼 보였다고 했다.

"전화 주세요." 네이선은 불쌍한 크리스, 아니 벤이었나,

이름이 뭐였든 간에 우리 둘 사이를 흘끗 보며 말했다.

나는 필요한 걸 얻어냈다. 내 동료는 자신이 원하는 일은 절대 일어나지 않는다는 걸 알게 됐다. 나는 그에게 해맑게 데이트 신청을 받았노라 전했고, 우리는 동료로서 이런 견학을 더 자주 해야 한다고 말했다. 그러곤 그의 실망한 얼굴을 못 본 척했다.

나는 네이선에게 전화할 의향이 전혀 없었다.

그렇지만 결국 전화했다. 이렇다 할 이유도 없었고, 무슨 근거로 그런 결정을 내렸는지도 모르겠다. 혹시나 하는 마음이었다.

나는 그때, 낙관적이었다.

* * *

마르틴은 두 번째 신호음에 전화를 받았다. 그녀의 목소리는 높고, 가볍고, 따스했다. 위협적이지도 않았다. 그걸 듣고 있자니 독약을 한 입 가득 삼키는 것만 같았다.

"안녕하세요, 여기는 콜드웰의 집입니다. 저는 마르틴이고요."

나는 그녀가 네이선의 성을 사용한 사실을 무시하려 애썼다. 마치 자신도 포함된다는 듯, 마치 자기도 콜드웰이라는 듯. 자기에게도 이름이 필요하다는 듯. 나는 나도 모르게 콘퍼런스 발표 때처럼 낮고 무뚝뚝한 어조로 말했다. "에벌린이에요. 연구실 보조가 메시지를 받아놨더라고요." 나는 어떤 질문도 하지 않았고, 반신반의하는 느낌도 주지 않았다. 권위 있게. 당당하게. *초조해하지 말 것. 사과하지 말 것.*

마르틴은 너무나 예의발랐다. 심지어 신이 난 것 같았다. 내 남편을 빼앗아놓고선 내가 오랜 친구라도 되는 양 얘기하고 있었다. *억울해.* 나는 스스로를 꾸짖었다. *저 여자 잘못이 아니잖아.* 나는 통화를 오래 할 수 없다고 말했다. 도망가는 게 아니라 진짜 이유가 있어서 그런 것처럼.

"오, 잊어버리기 전에 먼저 축하를 드리는 게 맞겠죠." 마르틴이 너그러운 목소리로 말했다. 대화를 주도하는 능숙함에 감탄할 수밖에 없었다. 그녀는 내게 자비를 베푼 거였다. 내가 통화하고 싶지 않다고 말하며 무례를 저지르기 전에 내 말을 끊음으로써. 그렇게 실례를 무릅쓰고 내 말을 끊어준 덕에 나는 어색한 감정에서 빠져나올 수 있었다. 얼마나 예의가 바른지.

나는 그녀의 작전을 알아차렸다. 바로 우리 엄마가 쓰던 방법이었다.

마르틴은 자신과 차 한 잔 하는 게 어떠냐고 물었다. 내가 한참 대답을 못하자 그녀가 듣고 있느냐고 물었다. "네, 듣고 있어요." 나는 목을 가다듬었다. "그런데 왜 저랑 차를 마시고 싶은 거죠, 마르틴?"

마르틴이 가볍고 차랑차랑하게 웃었다. 파티에서 사람들을 즐겁게 해주는 그런 웃음. 그것 역시 우리 엄마의 웃음과 같았다. "걱정하게 만들었다면 미안해요, 에벌린. 차 마시면서 조금 친해지고 싶었어요. 네이선과 있었던 일이 딱히 이상적이지는 않지만, 그렇다고 우리 사이가 껄끄러워지는 건 싫거든요. 우리가 친구가 되면 좋겠다고 생각하지 않으세요?"

나는 웃음이 터져 나오려는 걸 참았다. "친구요?"

"친해지고 싶어요." 마르틴은 이 모든 게 완벽히 정당한 요청이라는 듯 말했다. 나는 네이선과 결혼했던 사람이고, 마르틴의 존재로 삶이 산산조각 났는데 나랑 친해지고 싶다니. 물론 그러시겠지. 왜 아니겠어?

그녀는 다시 물었다. 이번에는 간청하는 기색이 묻어났다. "그냥 차만 마셔요. 한 시간이면 돼요. 그게 다예요. 진짜 안 돼요?" 통화는 그게 끝이었다.

세예드에게 의견을 묻지 않았는데도, 그는 역시나 가지 말라고 했다.

"가야 돼. 가겠다고 했거든."

"그 여자랑 커피 같은 거 마시지 마요. 이상하잖아요. 이상하다는 거 아시죠, 그죠?"

이게 얼마나 이상한지 넌 상상도 못할걸.

"커피가 아니라 차를 마시자고 했어. 가긴 가야 해."

세예드는 클립보드에 붙이던 펠트 천에서 시선을 떼고 고개를 들었다. "그 사람 부탁은 왜 들어주는데요? 여기서 가정파괴범은 당신이 아니잖아요."

"마르틴은, 하여튼 말하자면 복잡해, 사이. 게다가 이미 간다고 했다니까."

"객관적으로 봐도 정신 나간 이 행동은 언제 하실 예정이죠?"

"내일 아침. 그러니까 액체 샘플 추출 좀 해줘."

그가 눈썹을 치켜떴다. "그러니까 그 말은 선생님이 하지 말아야 하는 일을 하는 동안 나는 선생님 업무를 대신 해드려야 한다는 거네요."

"그러네." 내가 말했다. "제발, 사이."

"최고네요." 세예드는 작업이 끝난 클립보드를 탱크에 걸고는 옆 탱크에서 다른 클립보드를 가져왔다. "완벽해요. 저는 뭐 할 일이 없는 사람이니까요."

세예드는 나 때문에 짜증이 나 있었다. 당연했다. 나는 그에게 모두 다 말할까 고민했다. 내가 왜 마르틴에게 싫다는 말을 못 하는지, 내가 그녀에게 무슨 신세를 지고 있는지, 내가 왜 그녀를 만나야 하는지를. 그렇지만 마르틴 얘기를 하고, 네이선이 부정을 저질렀다고 말한 것만 해도 이미 과했다.

세예드에게 마르틴의 실체를 말한다고 생각하니 마음이 온통 움츠러들었다. "10시까지는 올게."

"그 여자를 전에 직접 만나본 적은 있어요?" 그가 물었다. "만약 그 사람이, 그러니까 살인자면 어떡하려고요?"

나는 네이선의 두 번째, 그러니까 그가 숨겨둔 집에 가서 빨갛게 칠해진 현관에 노크하던 기억이 나 얼굴을 찌푸렸다. 손잡이가 돌아갔다. 미소 짓던 마르틴이 내게 시선을 돌렸다. 그녀의 눈빛은 공허했지만 따스했다. 우리가 서로를 알아보기 전까지는. "만난 적 있어. 멀쩡한 사람이야."

세예드는 고개를 절레절레 흔들고 펠트 천을 잘랐다. "그래도 선생님이 스스로에게 이러지 않았으면 좋겠어요." 그가 부드럽게 말했다. "제 의견이 중요하다는 뜻은 아니에요."

마지막 문장은 가시 돋친 말이 아니었다. 사과였다. 그는 자신이 너무 나섰다는 걸, 주제넘었다는 걸 알아챘다. 세예드는 자신의 의견이 내게 중요하다는 사실을 잘 알았다. 그는 내게 이의제기를 해도 되는 사람이다. 의견을 줘도 되는 사람이다. 내 연구실 자금에 문제가 생겨 회의할 때 발언이 허락되는 사람이다. 그 회의가 생존을 위한 투쟁이라 하더라도.

나는 세예드를 존중했다. 그는 내 뒤를 이을 사람이었다. 의견을 가져도 되는 사람이 있다면 그가 유일했다.

"그러면 안 된다는 거 알아, 사이. 그렇지만 가려고."

나는 마르틴에게서 등을 돌릴 수 없었다.

나 자신에게서 도망칠 수 없듯이, 그녀로부터는 도망칠 수 없었다.

5

마르틴이 고른 찻집은 귀여웠다. 좁은 찻집에는 서로 어울리지 않는 가구와 투박한 벨벳 소파가 있었다. 카운터 뒤엔 분필로 쓴 메뉴가 걸렸다. 계산대 뒤 벽에는 찻잎이 담긴 유리병이 줄지어 섰다. 수증기와 목재용 광택제 냄새가 났다. 공공게시판에는 손으로 써 붙인 전단지가 가득했다.

우리 둘의 집에서 정확히 중간에 위치하는 곳이었다. 문을 여니 문 위에 달린 방울에서 명랑한 쇳소리가 났다. 나는 주위를 둘러보며 그녀가 없었으면 하고 기대했지만 실패했다. 그녀는 거기 있었다.

마르틴은 이미 자리에 앉아 김이 모락모락 나는 머그잔을 들고 책을 읽고 있었다. 책에 몰두한 나머지 내가 온 걸 눈치채지 못했다. 찻집의 공기가 희박하게 느껴졌다. 호흡이 빨라졌다. 나는 코트걸이가 있는 곳에서 천천히 스카프를 풀고, 코트를 벗고, 마르틴의 행동거지를 바라보며 시간을 끌었다. 페이지를 넘기기 몇 초 전에 다음 페이지에 손가락을 끼워 넣는 모습을 바라봤다. 차를 호호 불어가며 망설이듯 마시는 모습을 쳐다봤다.

뭔가에 홀린 느낌이었다. 마르틴은 나와는 다른 식으로 행동했다. 그러니까 내가 애써 의식적으로 피하는 일들을 했다. 팔과 다리를 드러내지 않아 몸을 작게 만들어 눈에 띄지 않게 한다든가, 망설이는 것처럼 보이게 살짝 몸을 떤다든가, 사람들의 신뢰를 얻지 못할 만큼 우유부단하게 군다든가.

그렇지만 비슷한 점도 있었다. 독서할 때 뭔가 추측해야 하는 부분이 나오면 입술을 깨무는 버릇은 여지없이 똑같았다. 유리잔을 탁자 위에 놓을 때 신경 쓰는 모습도. 관심을 끌 만한 게 보이면 그쪽으로 턱을 움직이는 것도.

차를 주문하려고 카운터에 가니 직원이 멍하니 나를 보다가 깜짝 놀랐다. 그는 주문을 받으면서도 계속 나를 뚫어지게 쳐다봤다. 소리 지르고 싶다고 생각한 찰나, 그가 고개를 가로저으며 사과했다. "죄송합니다. 그러니까 그게……. 여기서 누굴 만나기로 하셨나요?"

"네. 저분이요." 나는 마르틴의 등을 가리키며 다음 질문을 예상했다.

"쌍둥이신가 봐요?" 직원이 머그를 따듯하게 데우려고

뜨거운 물을 부으며 물었다. "되게 묘하네요."

"네. 쌍둥이 맞아요." 거짓말을 하는 게 편했다. "다 되면 갖다주시겠어요?"

"잠깐이면 됩니다." 직원이 말했다. 하지만 난 이미 그에게서 멀어지고 있었다. 피부가 움찔거렸다.

쌍둥이. 그렇고말고.

* * *

네이선의 불륜을 알아차린 건 세상에서 가장 멍청한 방법을 통해서였다. 더할 나위 없이 진부한 방법. 머리카락 발견하기.

내 머리카락은 연한 색이었다. 금발이지만 빛을 잃은, 관자놀이에서 엷어져서 마치 튜더 왕가의 넓은 이마를 가진 것처럼 보이게 하는 머리카락이었다. 우리 엄마처럼.

다른 사람의 머리카락을 발견한 우연의 일치는 터무니없이 일어났다. 내가 1분이라도 좀 더 일찍, 혹은 좀 더 늦게 떠올렸다면 일어나지 않을 일이었다. 그랬다면 몰랐을 텐데. 단서 같은 건 찾지 못했을 텐데.

직장에 가려고 집을 나서는 순간, 내 책상에 이력서를 넣고 싶어 하는 대학원생들이 견학 올 예정이고 그들에게 샘플 추출 기술을 선보이기 위해 머리카락 하나가 필요하다는 생각이 떠올랐다. 나는 호의를 보인다는 의미로 일 년에 몇 번 대학원생 견학을 받아주곤 했다. 시범으로는 누구도 기절할 걱정 없는 기술을 보여줬다. 오래되고 죽은 조직을 이용하는 거였다. 그러기에는 머리카락이 제격이었다. 작고, 추적하는 게 성가시고, 조작하기 어려웠으니까.

한여름의 습도 때문에 얼굴과 목에 들러붙지 않도록 머리카락을 막 높게 올려 묶은 참이었다. 그런데 집을 나서다가 네이선의 코트에 붙은 머리카락 하나를 발견했다. 나는 위층으로 올라가 빗에서 머리카락을 떼어낼 필요가 없어졌다고 좋아라 하며 그걸 집었다. 그러곤 주머니에 있는 영수증 사이에 넣고 접었다. 버터와 방울양배추, 면봉을 사고 받은 영수증이었다.

눈을 동그랗게 뜬 대학원생들 앞에서 표본추출 기법을 보여주는데 뭔가 이상했다. 유전자 시퀀싱 결과에서 세예드와 내가 시험체에 입력해놓은 표식이 나온 거였다. 그 바보 같은 코드라인은 전환하면 다음과 같은 뜻이었다. 살아있음. 작은 농담이었다. 우리가 만든 서명 같은.

잠시라도, 내 일부가 이럴 리 없다고, 반사적으로 부정의 감정을 느꼈다고 말할 수 있으면 얼마나 좋을까. 하지만 아니었다. 그렇게 말하면 그건 거짓말이다.

나는 알았다. 바로 알았다. 의사가 전할 소식이 나쁘다는 걸 미리 아는 것처럼. 심장이 쿵 하고 떨어지고, 목 안에 뜨거운 열감이 느껴지던 게 기억난다.

예감이 안 좋아. 나는 생각했다. 그리고 내 생각은 틀리지 않았다.

나는 가식적으로 굴지 않고 데이터 검사를 다시 했다. 학생들이 떠난 후엔 샘플 시퀀싱 작업을 다시 했다. 검사에 사용하고 남은 머리카락이 아직 있었다. 세 번이나 다시 검사하고, 세 번째 측정값을 세예드에게 보여줬다. 그는 즉시 우리만의 서명을 발견했다.

나는 의자에 깊숙이 앉아 느리게 숨을 내뱉었다. "흠, 이상하네. 세예드." 말하는 목소리가 떨리고 있었다. "근데 이거 내 머리카락이 아닌 것 같아."

그다음에 일어난 일은 또렷하지 않다. 사립탐정을 고용하고, 네이선이 모르는 집에 들어서는 사진들을 받고, 뭐라도, 이름이나 이유를 찾겠다며 늦은 밤 그의 문자와 이메일을 뒤졌던 일들. 그 모든 기억은 쓰라린 분노와 결단이라는 사나운 물결 속에서 희미해졌다.

고스란히 남은 기억은 그녀와 맞선 그 순간뿐이다. 그 집 문을 두드리던 순간.

다른 여자가 문을 열어줌과 동시에, 눈앞에 서 있는 데이터가 내 가설을 확인해준 그 순간.

진주 목걸이를 한 채 공허한, 그러나 따스한 미소를 짓고 있는 거울 속의 나와 마주했던 그 순간.

* * *

나는 인사도 없이 마르틴의 맞은편에 앉았다. 머릿속으로 *절대 사과하지 마*란 문구를 되풀이하면서.

마르틴은 고개를 들어 미소를 보이고는 책을 덮었다. 바로 가방에 넣는 바람에 책 제목은 볼 수 없었다.

"에벌린, 시간 내주셔서 정말 기뻐요. 무지하게 바쁘신 거 알고 있거든요."

나는 탁자 아래에서 주먹을 꽉 쥐었다. "무지하게 바쁘다."라는 말이 "결혼생활이 엉망이 될 정도로 일만 한다."라고 들렸기 때문이다. 물론 내가 과민반응을 하는 거였다. 그렇지만 마르틴이니까, 내 입장에서는 과민반응해도 되는 거 아닌가? 나는 하고 싶은 말을 꾹 참았다. "물론 와야죠. 이 정도는 해드려야죠."

마르틴은 머그잔을 잡은 채 탁자 끝에 손목을 걸치고 있었다. 팔꿈치가 아니라. 팔꿈치를 올리는 건 무례할 수 있지만, 손목 정도는 괜찮다. 그 자세를 알아본 나는 혐오감으로 입술을 오므리며 몸을 바로 세웠다. 그녀는 눈치채지 못했고, 내 차를 가져다준 직원을 향해 웃어 보였다. 그리고 내 대신 감사인사를 해줬다. 그는 잠시 우리 둘을 번갈아 보다가 자리를 떴다.

나는 차를 한 모금 마셨다. 너무 뜨거웠다. 하지만 입을 데든 말든 상관없이 한 모금 더 마셨다.

"몇 가지 질문하고 싶은 게 있어서요." 마르틴은 이렇게 말한 후 시선을 내리깔았다. "잠시 자리를 비워도 될까요? 좀 일찍 와서 차를 마신 탓에 벌써 소화가 됐나 봐요."

나는 괜찮다고 말할 참이었다. 머릿속으로는 당연히 괜찮다고, 원한다면 언제든 일어나 떠나도 된다고, 높은 다리에서 뛰어내리든 말든 내 알 바 아니라고 생각하던 중이었다. 그런데 내가 입을 떼기도 전에 마르틴이 의자를 밀며 일어섰다. 서 있는 그녀를 보자 나는 턱 하고 숨이 막혔다.

마르틴은 작게 웃어 보이고 화장실로 향했다. 한 손으로 살짝 나온 동그란 배를 쓰다듬으면서.

나는 마침내 "아" 하고 소리를 뱉어내는 데 성공했다.

오늘 하고 싶은 얘기라는 게 이거였구나.

6

나와 네이선이 가장 심하게 싸운 건 마르틴 때문이 아니다.

그 싸움은 마르틴이 존재하기 몇 년 전에 벌어졌다. 심지어 결혼 전이었다. 그때 우리는 연애 3년차였고, 2년 동안 같이 일하고 있었다. 우리는 이미 집을, 연구실을, 내 생각엔 미래의 꿈까지 공유하고 있었다.

그런데 임신을 했고, 나는 내가 그를 얼마나 오해하고 있었는지 알게 됐다.

그는 나와 함께 병원에 가지 않았다. 그가 원하지 않아서가 아니라, 내가 병원에 간다고 말하지 않았기 때문이다. 그게 실수라는 건 인정한다. 아이를 지울 거라 확실하게 말했어야 했다. 네이선은 개념을 확실히 파악하기 위해 애쓰는 사람이었고, 나는 그걸 충분히 알 정도로는 오래 그와 일했다. 그러니 내가 조심스레 스포이트로 용액을 나누고 신경 써서 장갑을 처리하듯, 그 지식을 내게도 똑같이 적용했어야 했다.

어찌 보면 나는 매번 작은 것까지 모두 말하진 않아도 될 거라고 기대했던 듯하다. 내가 시시콜콜 말하지 않아도 그가 무언가를, 아니 무엇이라도 이해해줄 거라고 생각했다.

그렇지만 네이선은 아이가 우리 꿈을 파괴하고, 우리가 쌓고 있는 경력을 무너뜨릴 거라는 사실을 이해하지 못했다. 나를 3년 동안이나 알아놓고, 내가 끝없이 일하는 걸 봐놓고, 내가 이쪽 분야에서 곧 이름을 떨치리란 걸 알면서도. 그 모든 것에도 불구하고, 그는 내가 아이를 지울 거라고는 짐작도 하지 않았다. 그는 내게 필요한 건 오직 경력뿐이라는 사실을 이해하지 못했다.

메스꺼움을 느끼며 휘청거리는 다리로 클리닉에서 나와 집으로 왔더니 그가 탄산이 든 사과주 한 병을 들고 기다리고 있었다. 좋은 소식이 있다고 했다. 조교수 자리를 맡게 됐는데 종신교수로 가는 고속 코스라고 했다. 그러면서 자기가 우리 가족을 부양할 수 있다고, 그러니 나는 *몇 해 동안은 일을 쉬어도 될 거*라고.

싸움은 계속 이어졌고, 우리는 서로에게 잔인하게 굴었다. 네이선은 자신의 야망을 접은 게 '가정의 안정'을 위해서라며 나를 비난했다. 나는 그를 비겁하다고 몰아세웠다. 무조건 자신을 사랑해줄 아이 뒤에 숨는 거라고, 네이선의 작업은 엉성한데다 쓸모없고, 그는 그의 꿈이 별거 아니라는 사실을 모르는 동료 뒤에 숨어 도피하고 있다고 말했다. 네이선은 내게 소리쳤고, 의자를 넘어뜨렸고, 주먹을 꽉 쥐고 마치 곧 칠 것처럼 나를 노려봤다.

나는 주방 식탁에 한 줄기 노란 담즙을 토했다. 머리가 빙빙 돌았고, 시야에는 하얀 불꽃이 점점이 나타났다. 네이선은 내 무릎에 키친타월을 던지곤 나더러 이기적이라고 했다. 나는 그걸 다시 그에게 던지며 그가 순진해 빠졌다고 외쳤다.

너무 끔찍했다.

싸움 자체도 이미 엉망이었지만, 타이밍이 그야말로 재난급이었다. 그날만 지났다면 나는 견뎠을 것이다. 나는 차라리 네이선이 나를 때려서 상황을 최악으로 만들길 원했다. 하지만 그는 담배를 피우겠다며 밖으로 뛰쳐나갔다. 나는 30분을 기다리고 나서야 그가 금방 오지 않을 거란 사실을 깨달았다.

네이선이 집에 왔을 때 나는 식탁을 청소하고 델 것처럼 뜨거운 물로 샤워를 한 후 잠자리에 든 참이었다. 그는 침실 탁자의 스탠드를 켜고 내 이름을 부르며 나를 깨웠다.

"에벌린, 일어나봐." 그가 부드럽고 차분하게 말하며 조심스럽게 내 등에 손을 댔다. 나는 아직도 그에게서 나는 스카치와 담배 냄새가 관자놀이의 고통에 맞춰 고동치던

게 기억난다.

네이선은 미안하다고 말했다.

컨디션이 더 좋았더라면, 막 잠에서 깬 상태가 아니었다면 아마 그 사과는 새로운 싸움으로 번졌을 터였다. 네이선은 사과할 때마다 내가 그에게 화를 냈다는 사실에 죄책감을 느끼도록, 내 주장을 굽히도록 만들었으니까.

만약 그때 정신이 또렷했다면, 나는 네이선의 사과가 비열하다고 말했을 것이다.

하지만 그 순간, 그는 내게 사랑한다고 말했다. 그러고는 상자도 없이 엄지와 중지로 반지 하나를 꺼내 탁자에 올려놓았다. 반지가 나무에 부딪쳐 딸각 하는 소리가 났다. 그는 말없이 방을 빠져나갔다.

욕실 수도꼭지가 끼익 하며 돌아가고 물이 쏟아지는 소리가 들렸다. 나는 작은 아파트의 오래된 파이프에서 물이 흐르는 소리를 들으며 반지를 끼워봤다. 가느다란 황금 반지에는 에메랄드 두 알이 박혀 있었는데, 약간 헐렁해서 내 손에는 안 맞는 것 같았다.

나는 반지를 낀 채 잠이 들었다가 아침에 빛나는 반지를 보고 깜짝 놀랐다.

최악으로 싸웠는데 그게 약혼으로 마무리되다니.

그 뒤 네이선과 나는 결코 아이를 갖느냐 마느냐로 다투지 않았다. 우리는 모든 언쟁을 멈췄다. 말다툼을 시작하면

"싫어"를 넘어선 대화를 하게 될 테니까.

그러나 그는 종신교수가 되기 직전 다시 아이 얘기를 시작했고, 나는 네이선이 자신의 경력에 싫증이 났다는 이유로 내 경력까지 포기할 생각은 없다고 못을 박았다. 그게 끝이었다. 이 얘기는 여기서 끝났다.

그렇게 우린 동의를 했다.

적어도 난 그렇게 생각했다. 찻집에 가기 전까지는.

* * *

나는 마르틴이 시야에서 사라질 때까지 기다렸다가 막간을 이용해 잠시 무너졌다. 하지만 딱 몇 초만 의자에 몸을 기댄 뒤 다시 자세를 바로잡았다. 마르틴에게 패배자의 모습을 보여줄 순 없었다.

그럴 리가 없어.

마르틴이 임신을 했다니. 만삭은 아니었지만 확실히 임신한 건 맞았다. 불가능해, 이건 완전히 불가능한 일인데. 그럴 리 없었다. 하지만 그녀의 배가 볼록 튀어나온 건 확실했다.

마르틴은 임신할 수가 없는데.

그런데 성공했다.

훗날, 나는 평정심을 잃은 스스로를 책망했다. 침착함을 유지했어야 했다. 하지만 마르틴이 돌아와 자리에 앉았을 때 나는 고작 이렇게 말했다.

"불가능해요."

마르틴은 내가 그 순간을 바로잡을 수 있도록 기회를 줬다. 내가 아직 아무 말도 안 했다는 듯, 대화가 끊긴 데서 다시 시작하려고 노력하면서.

"말씀드렸다시피……."

하지만 난 그녀의 말을 잘랐다. "가능하지가 않다고요." 너무 크게 말하고 있다는 건 알았지만 자제가 안 됐다. 나는 음산한 불신에 사로잡혀 탁자에 몸을 기울이며 말했다. "당신은 임신을 할 수가 없어요, 가능하지가 않다고요, 그건……." 나는 너무 분한 나머지 말을 하다 멈췄다.

마르틴은 손바닥을 명치에 대며 볼을 살짝 올려 모나리자처럼 웃어 보였다. "그런데 했잖아요. 그러니 가능한 것 같은데요."

나는 마르틴의 배 쪽을 대놓고 바라보며 고개를 흔들었다. "그럴 리가 없어요. 불가능하다고요." 머릿속으로 계산을 하고 데이터를 떠올리며 어디서 실수한 건지 알아내려고 했지만, 이 일을 만든 구멍은 찾아낼 수가 없었다. 어떻게? 어떻게? 도대체 어떻게?

마르틴의 얼굴은 딱딱하게 굳어졌다고 말할 정도는 아니었다. 반숙에서 완숙 사이의 노른자 정도? 그녀는 여전히 솔직했고 따뜻했지만, 나는 그녀의 선의를 빠른 속도로 소진하고 있었다. 눈에 보일 정도로.

"물어보고 싶은 게 있어요." 마르틴이 다시 말을 이었지만 나는 손을 들어 그녀의 말을 막았다. 도대체 무슨 일이 벌어진 건지 알아낼 때까지는 아무것도 할 수 없었다. 내 연구의 어디서 문제가 생긴 걸까. 어째서 그녀가 내 연구를 이토록 철저하게 망치게 된 걸까.

"지금 뭘 잘 모르셔서 그래요." 나는 시간을 벌려고 애쓰며 말했다.

"저 완전히 이해하고 있어요." 마르틴이 말했다. 목소리에서 늘한 기운이 돌았다.

"아니요." 나는 딱 잘라 말하며 짜증을 냈다. "모르고 있어요. 네이선이 감옥에 갈 수도 있어요. 저도 그럴 수 있고요. 이건, 이건 대단히 비윤리적이고, 불법이고……."

"기적이죠." 마르틴이 말했다. 그녀는 더없이 행복하다는 듯 미소를 지었다. 그녀에게서 빛이 났다. 나는 마르틴을 불에 태워 없애고 싶었다.

"아니요. 당신은 임신을 할 수 없어요. 클론은 그게 불가능하다고요."

마르틴은 블라우스 위로 배를 문지르며 말했다. "결과를 보면," 그녀의 미소가 옅어졌다. "가능한 것 같은데요."

7

찻집에서 마르틴에게 한 조언은 순조롭게 흘러가지 못했다. 나는 '술 한잔 해야겠다'란 개념을 좋아한 적이 없다. 내가 꼭 아빠라도 된 것처럼 느껴졌기 때문이다. 그렇지만 '술 한잔 해야겠다'란 생각에 굴복할 적당한 때가 있다면, 그건 바로 지금이다.

나는 판지 상자를 봉한 포장용 테이프에 가위를 찔러 넣었다. 가위 날로 상자를 가를 때 느껴지는 원초적이면서도 순수한 감각에는 무언가 완벽한 게 있었다. 테이프를 가른 후 손으로 상자를 잡아당겨 찢었다. 내 주위엔 온통 '주방'이라고 적힌 상자들이 반쯤 열려 있었다. 상자 위로는 종이와 뽁뽁이가 솟아나 있었다.

네이선이 마르틴과 같이 지내리란 게 확실해졌을 때, 나는 포장 서비스에 연락했다. 저렴했지만 각각의 방에서 나온 상자에 방 이름을 써놓아 아주 유용했다. 직원들은 대화를 시도하지도 않고, 어떤 질문도 하지 않았다. 그저 집에 들어와 내 물건을 회색 종이에 싸서 박스에 담고 테이프로 칭칭 감은 후, 내가 건네는 수표를 받고 조용히 떠났다.

나는 종이더미에 팔을 깊이 넣었고, 손가락에 차갑고 두꺼운 유리잔이 닿자마자 승리감에 도취됐다. *찾았다.* 팔을 들어올리니 손이 암녹색 와인병 목을 꽉 움켜쥐고 있었다. 팔꿈치를 틀어 라벨을 읽었다. 특별한 와인도 아니고, 기념일을 위해 아껴두고 있던 것도 아니었다. 그저 상자더미 사이에서 처음으로 찾아낸 와인이었을 뿐이다. 그 정도면 아주 완벽했다. 같은 상자에 다시 팔을 넣어 이번에는 코르크따개를 건져냈고, 거기에 붙은 접이식 칼로 병 목에 붙은 포장지를 뜯고 서둘러 와인을 땄다.

지나고 나서 보니, 네이선이 마르틴을 선택할 거라 짐작도 못한 내 자신이 이해가 안 갔다. 그녀는 완벽했으니까. 마르틴은 네이선이 원한 모든 걸 갖고 있었다. 네이선이 그녀를 그런 식으로 만들었으니까. 네이선은 우리 둘 사이에서 누구를 고를까 결정할 상황이 올 거라 생각도 못했겠지만, 결론적으로 봤을 때 그가 원하는 건 마르틴이었다.

단순히 마르틴이 임신해서가 아니었다. 물론 이 사실을 받아들이는 것도 힘들었지만, 만약 네이선이 눈 맞은 상대가 다른 여자였다고 해도 힘든 건 마찬가지였을 것이다. 그녀가 만약 한때의 바람 상대라 해도, 임신했다는 사실은 여전히 나를 괴롭혔겠지. 임신은 잠시 왔다 사라지는 한때의 흔적이 아니라, 네이선의 배신을 보여주는 명백한 증거가 되기 때문이다.

그런데 그게 아니었다.

마르틴은 임신이 불가능해야 했다. 가능할 수가 없었다.

무슨 방법인지 몰라도, 네이선은 클론 복제 체계에 내재된 불임 요소를 피해 갔다. 그건 내 연구를 합법적이고 윤리적으로 만들어주는 몇 가지 사항 중 하나였다. 모든 클론은 섬과 같이 고립된 존재로, 생식이 불가능하며, 궁극적으로는 일회용이었다. 이게 내 연구 기반이었다.

클론은 가정을 가지지 않는다.

그런데 어떻게 했는지 몰라도 네이선(거의 10년 전에 업계를 버리고 학계로 간 비겁한 패배자에, 내가 하는 연구에는 접근도 못할 수준의 사람)이 내 원칙을 무너뜨린 것이다. 나의 원칙을.

딱 거기까지라면 그래도 괜찮았을 것이다. 그것뿐이라면 나 또한 평정심을 유지했을 테니까. 그게 다였다면, 그 말들을 뱉지 않았겠지.

하지만 아니었다. 그 모두가 한꺼번에 일어났다. 이 모든 게 갑자기 생긴 일은 아니었지만, 나로서는 뺨이라도 맞은 듯한 기분이었다. 나는 지난주 내내 손으로 헹궈 계속 쓴 머그잔에 와인을 가득 따랐다. 코르크를 병에 다시 끼울 생각도 않고, 두 손으로 잔을 움켜잡은 채 바닥에 주저앉았다.

맛을 음미할 여유도 없이 재빨리 술을 마셨다. 그리고 세예드에게 문자를 하나 보냈다. 몸이 안 좋아, 오늘은 집에 있으려고. 내일 봐. 한 잔을 더 따라 이번에는 천천히 마셨다. 나는 핸드폰을 무릎 옆에 두고 머리는 벽에 기댄 채 이 끔찍한 사태를 직면하기 위해 애썼다.

내 마음을 무너뜨린 건 직업적인 모욕감이나 네이선이 나와 함께 사는 동안 마르틴을 임신시켰다는 사실보다 더 깊은 무언가였다. 네이선이 그저 자신의 판타지를 충족시키기 위해 마르틴을 만든 게 아니라는 사실이었다. 그는 더 다루기 쉬운 아내, 나와는 달리 그를 위해 시간을 내주고 참아주는 아내를 만들려고 이 일을 벌인 게 아니었다.

마르틴이 나를 좀 더 조종하기 쉽게 만든 버전이라는 사실은 이미 알고 있었다. 그녀를 처음 봤던 몇 달 전, 나는 울고불고 싸우면서 내가 결혼의 끝에 도달했다는 사실을 깨달았다. 그리고 그때 받은 쇼크를 수용했다. 하지만 지금, 새로운 양상이 드러났다. 네이선은 나라면 하지 않을 일을 시키기 위해 마르틴을 만들었다. 내가 노골적으로 거부했던 일, 그걸 미연에 방지하기 위해 무엇이든 불사했던 일, 오래전 내가 의견을 바꿀 생각이 없다고 대놓고 말했을 때 네이선 역시 포기했다고 생각했던 일.

네이선은 가족을 갖기 위해 마르틴을 만들었다.

나는 네이선이 아이에 대한 마음을 내려놨다고 생각했다. 그렇지만 아니었다. 네이선은 그 꿈을 전혀 포기하지 않았다. 그냥 나를 포기해버렸을 뿐이다.

마치 약을 삼키듯 와인을 마시며, 나는 마르틴에게 잔혹하게 얘기한 걸 후회하지 않으려 노력했다. 내가 한 말은 옳지 않았다. 나도 알고 있다. 하지만 가끔 토하고 나면 기분이 좀 나아지듯, 그런 종류의 쾌감이 느껴졌다. 내 뱃속에 있던 독을 뿜어낸 것 같았다.

당신은 진짜 사람도 아니잖아요.

당신은 그저 과학실험 대상일 뿐이에요.

당신은 그냥 나한테서 발톱을 뺀 버전이라고요.

마르틴은 상처받고 충격을 받은 것처럼 보였다. 그녀의 행동양식 시스템에는 못되게 구는 것 자체가 없는 듯했다. 네이선이 그렇게 만들었겠지. 왜냐하면 내 그런 부분에 대해 늘 질색했으니까. '침 없는 독'. 그는 나를 이렇게 부르곤 했다. 수없이 한 말이 또 하나 있다. "당신은 말벌 같아. 된다 싶으면 아무때나 쏘아대니까."

찻집에 마르틴만 두고 나온 후, 나는 아파트로 돌아와 와인병을 친구 삼아 바닥에 앉은 채 내 상처를 후벼 팠다. 외면할 수도 있었지만 비참했고 슬펐다. 또 자학적이라고 해야 할지, 더 깊은 슬픔을 느끼고 싶었다. 그래서 상처의 끝까지 파내려 가 슬픔의 무게가 폐에서 나오는 호흡을 짓밟게 하고 싶었다. 그러면 몸을 웅크릴 수 있으니까.

펑펑 울기라도 한다면 마르틴에게 끔찍한 말을 하게 만든 내 분노를 쏟아낼 수 있지 않을까 하는 생각이 들었다. 그 말을 할 때 진심이었다는 게 최악이었다. 나는 잔인하게도, 그냥 참고 지나가질 못해서 심한 말을 퍼부었다. *당신이 무슨 이유로 만들어진 거라 생각해요? 당신이란 존재가 무엇을 위해 생긴 것 같아요?*

마르틴은 차분하게 두 손을 배에 얹고는 계속되는 독설을 모두 받아들였다. 마지막 말까지. 나는 밖으로 뛰쳐나갔다. 내 클론이 눈물을 흘리는 걸 보고 싶지 않아서.

우리 결혼이 끝으로 치달을 때, 나를 말벌이라고 부르던 네이선은 더 간단하고 직설적인 단어를 쓰기 시작했다. 그러니까 나를 나쁜 년이라고 불렀다. 그렇지만 전자가 후자보다 더 오래 마음에 남았다. 좀 더 특이해서 그랬나. 나쁜 년이라고 불린 적은 많았으니까. 때로는 좋은 의미로도 말이다.

하지만 네이선은 무슨 이유가 있어서 나를 나쁜 년이라 부른 게 아니었다. 그는 마치 궁지에 몰린 개가 몸집이 더 커 보이려고 으르렁거리듯 나를 그렇게 불렀다.

나는 여전히 당혹스러웠다. 그걸 알아차리는 데 이토록 긴 시간이 필요했다니. 모든 게 떡하니 앞에, 내 바로 앞에 있었는데, 나는 내가 결혼한 사람을 제대로 보기까지 너무 오랜 시간이 걸렸다.

그를 미워하기까지 너무 오래 걸렸다.

상처를 후벼 파고 또 판다. 나는 마르틴이 수치심을 느끼길 바랐고, 내 시도는 성공했다. 나와 똑같이 난 그녀 얼굴의 주름 사이로 수치심이 내려앉는 걸 봤고 만족감을 느꼈다. 눈이 뜨거워졌지만, 목구멍에 구덩이 하나가 입을 벌리고 있어서 눈물이 넘칠 일은 없었다.

손으로 머리를 쓸어 넘기며 길고 느린 숨을 내뱉었다. 울어야 했지만, 눈물이 나오려 할 때마다 오랫동안 뼛속 깊이 새겨진 익숙한 말이 울려 퍼졌다. *울지 마. 아니면 진짜로 울고 싶게 만들 테니까.*

나는 아무리 노력해도 그 말을 극복하지 못했다.

또 다른 실패.

바닥에 둔 핸드폰 화면이 밝게 빛났다. 화면에 뜬 이름은 네이선 콜드웰이었다. 전화를 받지 않으면 나중에 그가 남긴 길고 장황하고 두서없는 보이스 메일을 들어야 할 터였다. 문자로 연락하라고 그토록 얘기했건만, 네이선은 쓸데없이 길고 자세하게 음성을 남기길 고집했다. 지금 받지 않으면 나중에 지워야 하는 건 물론이고 전화를 다시 걸지 말지도 결정해야 했다. 나는 이를 악물고 전화를 받았다.

처음에 들린 건 정신 나간 듯 들쑥날쑥한 거친 숨소리였다. 기침 소리, 흐느껴 울며 숨을 들이쉬는 소리가 들렸다. 네이선이 아니었다. 뭔가 잘못됐다. "누구세요?"

"에벌린?" 목소리는 밝지도, 경쾌하지도, 듣기 편하지도 않았다. 목이 쉬어 거의 으르렁거리고 있었다. "저예요, 마르틴."

"괜찮아요?" 이 말이 저절로 튀어나왔다. 마르틴의 거칠고 날선 목소리를 듣자 뜻밖에도 걱정이 됐다.

"일이 좀 생겼어요. 집에요. 제발 여기로 와주세요. 지금요. 이건, 이건 비상사태예요. 부탁이에요."

무슨 일이 생긴 건지 물어보려고 했지만 마르틴이 이미 전화를 끊은 후였다.

나는 손에 든 핸드폰을 봤다가 탁자의 와인병을 봤다. 난 거기 갈 필요가 없다. 그녀는 대체 무슨 권리로 내게 전화한 걸까? 마르틴에게는 그 어떤 권리도 없잖아? 법적으로 따지면 진짜 인간도 아니고, 하물며 친구는 절대 아니지. 그러다가 나는, 그런데도 그녀가 나한테 전화를 했다는 사실을 떠올렸다. 마르틴은 내가 뱉은 끔찍한 말들을 전부 듣고도 내게 전화를 했다.

그러니까 마르틴 또한 혼자라는 뜻이었다.

차를 한 대 불렀다. 신발을 신고 나가니 밖에서 대기 중인 차가 보였다. 오후인데 몸이 덜덜 떨리게 추웠다. 흐릿하고 희미한 빛이 내리쬐는 가운데 밖으로 발을 내딛자 불현듯 정신이 들었다. 나는 현실의 무게에 짓눌려 잠시 멈춰 섰다. 꿈에서 깨어나는 것 같았다. 문제는 꿈과 현실이 완전히 똑같다는 점이었다. 나는 대기 중인 차를 향해 억지로 발을 떼며 스스로에게 말했다. *네가 지금 새로 입주한 집에서 걸어 나오는 건, 남편이 너를 대신하려고 만든 임신한 클론을 도와주기 위해서야. 그래, 이거 진짜야. 그래, 너 지금 그러고 있는 거야.*

나는 차창을 내려 한기가 뺨을 치도록 했고, 이를 덜덜 떨지 않으려 턱에 힘을 줬다. 가는 길은 20분이 걸렸고, 그 20분은 나 자신이 멍청하다고 느끼기엔 충분한 시간이었다. 마르틴의 어조에 너무 깊이 의미를 부여한 거야. 갈 필요 없어. 나는 혼잣말을 했다. 클론의 전화에 쪼르르 달려가는 선례를 만드는 건 나쁜 생각이야. 게다가, 마르틴한테 무언가 응급상황이 생기면 네이선한테 전화하면 되잖아. 벌집을 쑤신 건 그 사람이니까. 마르틴을 벌집이랑 비교하는 건 좀 야박하지만, 그래도 그게 사실이야. 클론에게 문제가 생긴다면 그건 네이선의 문제가 돼. 그리고 네이선에게 문제가 생긴다면 그건 그 사람이 알아서 처리할 일이고. 이혼이 그런 거 아니겠어.

운전기사에게 팁을 줄 때쯤엔 마르틴에게 할 말을 머릿속으로 다 구상해놓은 상태였다. 찻집에서 이성을 잃어서 얼마나 후회하는지 모른다고 말하고, 내 행동에 대해 정중히 사과할 예정이었다. 내가 잘못한 건 인정하지만 친하게 지낼 수는 없다는 사실을 강조할 것이다. *당신은 당신의 삶을 살고, 나는 내 삶을 사는 게 좋을 것 같아요.* 나는 머릿속으로 연습했다. *우리가 알고 지내는 건 정상적이지 않아요. 다시는 저한테 전화하지 않는 게 좋을 것 같아요.*

아빠의 목소리가 기억 속에서 울려 퍼졌다. *이 문제에 대해서는 더이상 말 꺼내지 마라.* 아빠가 내 앞에서 한 마지막 말이었다.

이슬이 반짝이는 잔디 사이로 중앙에 포석이 깔려 있었다. 나는 그 길을 걸어 들어가며 계속해서 할 말을 연습했다. *이런 건 정상적이지 않아요.* 진저브레드로 만든 것 같은 사랑스러운 집에는 리드라이트* 창문과 담쟁이덩굴, 그리고 베란다용 그네가 있었다. 말쑥한 미국식 잔디에 둥지를 튼 영국식 시골집이었다. 한 층짜리 벽돌집에 지붕널이 놓여 있었다. *나라면 다르게 꾸몄을 텐데.* 네이선과 내가 살던 집과는 전혀 달랐다. 그곳은 모던하고 청소하기 쉬운 집이었다. 어이없을 만큼 떠나기도 쉬웠던 집. 반면에 이곳은 아이들이 뛰어놀 만한 장소였다. 청소를 위해 마르틴의 손길을 끝없이 갈구하는 집이었다. *좋은 생각이 아닌 것 같*

* 납으로 만든 틀로 무늬를 만들고 사이사이 유리를 넣어 만드는 창문 형식. 여기에 색을 넣으면 스테인드글라스가 된다.

아요. 현관은 핼러윈에 호박 랜턴을 늘어놔도 될 만큼 넓었고, 전면에 있는 커다란 퇴창은 마치 액자처럼 거대한 미송나무를 완벽하게 담고 있었다. 네이선이 크리스마스를 즐기기 시작했는지 아닌지는 모르겠지만.

나는 깨끗하게 비질이 된 넓은 현관으로 올라섰다. 할 말이 치아 뒷면을 누르고 있는 것 같았다. 고급스러운 나뭇결을 드러낸 현관문을 두드리려 주먹을 들었다. 그러나 첫 노크를 하기도 전에 문이 열렸다. 지난번 이곳에 왔을 때처럼, 마르틴의 얼굴이 나를 향하고 있었다.

하지만 이번에는 공허하고 따스한 미소 따윈 없었다.

마르틴은 어두운 안색으로 몸을 떨고 있었다. 그런데도 짐승의 본능과도 같은 강렬한 눈빛으로 똑바로 날 응시했다. 헝클어진 머리칼 끝에 머리핀이 느슨하게 매달려 있었다. 목은 검푸른 자국으로 얼룩덜룩했다. 그녀는 폭풍으로 침몰하는 배에서 단 하나 남은 기둥을 잡듯, 오른손으로 문손잡이를 꼭 붙들고 있었다.

왼손에는 자단으로 만든 식칼 손잡이가 들려 있었다.

나는 잠깐 아래를 내려다봤다. 뭘 본 건지 확인하는 데엔 그거면 충분했다. 마르틴의 치마는 빨갛게 젖어 다리에 들러붙었다. 허리와 가슴께에는 피로 포물선이 그려져 있었다. 종아리와 발목에 묻은 피는 벌써 거의 말랐다. 하지만 치마는 아직 흠뻑 젖은 상태였다.

다시 마르틴과 시선을 맞췄을 때 나는 그녀의 눈 안에서 완전한 공포를 봤고, 이 집에 온 게 옳은 일이었다는 사실을 깨달았다.

"와주셔서 감사해요." 마르틴은 쉰 목소리로 속삭이듯 천천히 단어를 뱉어냈다. 그러고는 목을 가다듬은 뒤 고통스러운 듯 주춤거리며 말했다. "끔찍한 일이 벌어졌어요."

8

클론을 만드는 일에 있어서, 조건화는 배짱을 필요로 하는 과정이다.

클론 복제는 물론 유전학을 기반으로 한다. 샘플에서 감각체가 되기까지 걸리는 시간은 100일이다. 모든 주요 물질은 본체의 유전자에 기초한다. 모든 표본은 본체의 텔로미어가 감소된 상태에서 양수검사를 통해 채취된다. 그러면 클론은 본체와 똑같은 나이가 된다. 달라봤자 기껏 몇 주의 차이가 있을 뿐이다. 텔로미어가 더 긴 클론들은 본체와 똑같은 속도로 늙지 않는다. 클론의 조직은 일반 조직보다 아주 조금 느리게 퇴화한다. 그렇지만 클론을 한 번에 몇 달 이상씩 사용하는 일이 없었으므로, 그건 문제가 되지 않는다.

그렇게 100일을 채우면 누군가와 완벽하게 똑같은 복제인간을 만들 수 있다. 바로 내 연구실에서. 모두 유전학 덕이고, 배양 덕이다.

그러나 이 과정에는 문제점이 하나 있다. 중간 개입이 없으면 클론들이 최적의 조건을 따라 발달한다는 거였다.

인간은 원래 최적의 조건대로 발달하는 일이 거의 없다. 나는 클론을 본체와 아주 똑같이 복제하는 데 연구의 중점을 두었다. 예를 들어 정치인의 대역을 만든다고 했을 때, 암살자가 클론에게 총알을 날릴 만큼 클론과 본체는 똑같아 보여야 했다. 그렇지 않다면 복제인간을 만드는 데 드는 비용이 너무 비싸게 느껴질 것이다. 둘이 똑같지 않다면, 복제 프로세스를 개발하는 데 드는 비용 자체가 모든 명분을 잃게 될 것이다.

그러므로 조건화는 필수불가결했다. 발달 과정에 있어 영양 수치는 세심하게 조절돼야 했다. 빛에 대한 노출, 알레르기 유발원의 삽입, 중금속 노출. 이 모든 게 세포 배양과 성숙의 초기 단계에서 결정적인 요소가 됐다.

하지만 결과에 영향을 미치는 요소는 더 있다. 본체의 코가 골절을 겪은 이후로 휘어졌다거나, 눈에 띄는 화상 자국이 있다거나, 아니면 팔다리가 없는 경우도 있다. 부러진 다리를 제대로 맞추지 않아 절뚝거리는 경우도 있고, 바에서 싸움이 일어나거나 강도를 당해 치아에 금이 간 경우도 있다.

그래서 조건화를 할 때는 약간의 거리감, 떨리지 않는

손, 강한 비위가 필요했다.

법적으로 따지자면 클론은 사람이 아니다. 그들에게는 권리라는 게 없다. 그들은 그저 시험체일 뿐이다. 그들은 대역이자 장기이식을 위한 농장, 혹은 연구 소재일 뿐이다. 잠깐만 살다가 쓸모가 없어지면 생물의학 폐기물이 된다. 그들은 일회용이다. 정신만 똑바로 차리면, 클론을 조건화하는 일은 다른 연구 과제와 별 다를 바 없이 느껴진다. 쥐의 척추에 줄기세포를 이식한다거나 까마귀의 날개를 절단해 통제 공간에서 날 수 없게 만드는 것처럼 말이다. 피를 보는 일은 맞다. 게다가 불쾌하기도 하다. 하지만 연구를 위해서는 필요한 일이다.

마르틴의 현관 앞에 섰던 그때, 나는 몇 년이나 성인 복제인간을 조건화하던 참이었다. 그리고 그보다 훨씬 더 오랫동안 성공하거나 실패했던 시험체들을 처리했다.

비위가 상할 여유 같은 건 없었다.

"무슨 일이에요?" 나는 무슨 말이라도 하려고 질문을 던졌다. 거기 그렇게 마냥 서 있을 수는 없었으니까. 시간을 다시 흐르게 하려면 내가 먼저 행동해야 했다. 조치가 시급했다.

"우리가 싸웠어요." 마르틴이 거칠게 말을 뱉었다.

피가 너무 많았다.

"그는 화가 나 있었어요." 마르틴이 말했다. "당신하고 같이 차 마신 얘기를 했거든요. 그리고 당신이 한 얘기에 대해 질문했어요. 내가 왜 만들어졌는지에 대해서요."

나는 무슨 말이든 하려 했다. 사과는 말고, 그건 절대 아니고, 그냥 내가 너무 가혹하게 말한 것 같다고 인정하려 했다. 하지만 그녀는 내가 끼어들 틈을 주지 않았다.

"당신 말이 맞았어요. 나는 목적이 있어서 만들어진 거예요. 그런데 궁금해한 적이 한 번도 없었어요." 그녀는 배를 가리켜 보였다. "아이를 원하느냐는 질문을 받아본 적도 없어요. 그래서 네이선한테 물어봤어요. 뭐라고 했냐면……." 그녀는 힘겹게 침을 삼키며 손을 목에 가져다 댔다. "만약 내가 원하는 게 다른 거라면, 내가 엄마가 되기 싫다면 어쩔 거냐고 물어봤어요." 그녀는 내게 흘끗 시선을 던졌다. 눈빛이 매서웠다. "엄마가 되고 싶긴 해요. 제가 원하는 건 임신이 맞아요. 저는 그냥 저한테 발언권이 있는지 알고 싶었을 뿐이에요."

난 마르틴의 말을 믿었다. 네이선이 그녀가 무엇보다 아이를 원하도록 프로그래밍했을 테니까. 하지만 거기에 더해, '만약'이라는 질문을 하지 않도록 프로그래밍했어야 한다. 적어도 나라면 그렇게 했을 것이다. 완벽하고 고분고분한 버전의 나를 만들겠다는 심산이었다면 말이다. 나는 일말의 만족감을 느꼈다. 그렇지, 그런 식으로 대충 하지 않으면 네이선이 아니지. 그는 늘 그렇게 일을 하는 둥 마는 둥 했다. "그랬더니 뭐래요?"

"엄청 화를 냈어요. 자기가 실패했다며, 내 결점을 간과했다나. 저는 저녁을 하고 있었는데 칼꽂이에서 식칼을 꺼내려고 하니 칼이 없더라고요. 다시 살펴보니 그 사람이 들고 있었어요. 그리고……." 마르틴은 말을 멈추더니 고갤 숙여 자기 손에 있는 칼을 봤다. "앗," 그녀는 칼에서 갑자기 가시라도 돋아난 것처럼 놀라 칼을 떨어뜨렸다. "오, 아니야. 아니야. 아니야." 마르틴은 제정신이 아닌 듯 점점 목소리를 높이며 말을 반복했다. "오, 이럴 수가. 그는, 그 사람은 칼을 들고 나한테 왔고, 나는 소리를 질렀어요. 그의 손을 쳐서 칼을 떨어뜨렸더니 손으로 내 목을 졸랐어요. 그리고……."

나는 크게 손뼉을 쳐서 마르틴이 깜짝 놀라 말을 끊게 만들었다. "심호흡해요, 마르틴. 무슨 일인지 알겠어요. 말 안 해도 돼요. 그냥 깊게 호흡해요. 잘하고 있어요. 나를 봐요. 땅 보지 말고 나를 봐요." 나는 그녀를 상냥하게 대하지 않았다. 지금은 상냥하고 자시고 할 때가 아니었다. 점점 커지는 마르틴의 공포를 눌러야 할 때였다. 살아 있는 표본의 조건화 과정을 견디지 못한 연구 보조들 때문에 이미 수십 번이나 해본 일이었다. "이제 내 쪽으로 세 걸음 걸어와요." 마르틴은 눈도 깜빡이지 않은 채 나를 바라보며 지시를 따랐다.

나는 그녀의 팔을 잡아 집 안으로 데리고 들어갔다. "욕실이 어디예요?"

"복도 끝이요." 마르틴이 속삭였다.

"좋아요. 우린 지금 욕실로 갈 거예요." 나는 계속 고압적인 어조를 유지했다. 그래야 마르틴이 누군가 이 상황을 통제하고 있다고, 그게 바로 나라고 생각할 테니까. *앞으로도 말이다.*

우리는 톤 다운된 보라색과 회녹색으로 장식된 욕실로 들어섰다. 나는 손잡이를 돌려 샤워기를 켜고 물이 따뜻해지기를 기다리며 마르틴의 옷을 벗겼다. 마치 인형을 움직이는 것 같았다. 마르틴의 입술이 창백했다. 시선은 자기 앞에 있는 벽에 고정하고 있었다. 나는 피에 젖은 드레스의 지퍼를 내려 바닥으로 옷이 흘러내리게 했다. 마르틴의 발목은 끈적이는 피로 뒤범벅돼 있었다. 속옷은 아주 좋은 재질로, 누가 봐도 비싸 보였다. 까만 레이스에 하얀 자수. 찻집에서 뱉은 말이 머릿속에서 메아리쳤다. *당신이란 존재가 뭘 위해 생긴 것 같아요?*

나는 가능한 한 접촉을 줄이며 마르틴의 속옷을 벗겼다. 살짝 볼록한 배, 임신 때문에 색이 진해지고 커진 젖꼭지는 보지 않으려 애썼다. 내 복제인간의 팔을 잡고 욕조 안으로 들어가게 한 다음 물줄기를 맞도록 했다. 그녀는 몸을 떨더니 온수 온도를 조금 더 높였다.

"그래요." 나는 소매가 젖어도 아랑곳하지 않으면서 마르틴의 다리 아래로 흐르는 물이 분홍색으로 변하는 모습을 지켜봤다. 시야에 들어오는 거라곤 배수구에서 소용돌이치는 피뿐이었다. 나는 힘들게 눈을 깜박였다. "잘했어요. 씻을 수 있겠어요?"

마르틴은 고개를 끄덕였지만, 내가 비누를 건네줄 때까지 꼼짝하지 않았다. 기계적으로 몸을 문지르고 말라붙은 암갈색 피를 씻어내자 뽀얀 피부가 드러났다. 그녀의 몸에는 내 몸에 있는 주근깨나 상처가 하나도 없었다. 흠 하나 없는 피부는 보드라웠고 털도 없었다. 심지어 튼살도 없었다.

나는 내 남편이 원했던 여자를 바라보며, 그녀가 모든 면에서 나와 다르다는 걸 알 수 있었다. 이 부분도 대충대충 했구나. 네이선은 마르틴의 조건화를 소홀히 했다.

아니면 일부러 그랬을 수도 있었다. 흠 없는 아내를 얻을 수 있는데, 왜 굳이 무릎에 상처를 만들어 넣겠는가? 뭐 하러 시간을 들여 손목을 부러뜨리고 부목을 대 약간 비틀어지게 만들겠는가? 네이선이 바란 건 또 다른 내가 아니었다. 마르틴은 나와 완전히 다른 무언가, 다른 사람이었다.

마르틴은 네이선이 바라던 여자였다. 네이선은 내내 그녀만을 바랐을까? 나는 그냥 초안이었을까?

마르틴은 내가 손을 뻗어 손목을 잡을 때까지 문지르기를 멈추지 않았다. "충분해요. 그만해도 돼요." 그녀는 돌아서서 마지막으로 얼굴과 팔에 남은 비눗기를 씻어냈다. 몸을 수그려 천천히 물을 잠갔는데, 손에 힘이 들어가지 않는 듯했다.

나는 수건으로 마르틴의 몸을 감쌌다. 그녀는 내 팔 안에서 눈을 꼭 감은 채 수건에 둘러싸여 부들부들 떨고 있었다.

"저는 정말로 아이를 원했어요." 마르틴이 속삭였다. "다른 무엇보다도. 그냥 제가 선택한 일이 맞는 건지 알고 싶었을 뿐이에요. 그게 다예요. 맹세해요."

"알아요." 나는 발을 뻗어 피에 젖은 옷을 시선이 닿지 않는 변기 뒤로 밀어 넣으며 중얼거렸다. 타일에 희미하게 분홍색 얼룩이 남았다. "그 말 믿어요."

"맹세해요." 마르틴이 다시 말했다. "맹세해요."

나는 수건을 몸에 두른 채 침대맡에 앉아 자기 손을 바라보는 그녀를 두고 나왔다. 그녀가 울기 전에 나와야 했다. 이런저런 일들이야 감당할 수 있지만, 마르틴의 눈물을 볼 여력까진 없었다.

마르틴은 혼자 울어야 했다.

주방에 가서 보니 네이선이 죽어 있었다.

움직이지 않는 그의 등을 보면서도, 그게 거의 10년을 같이 산 사람이라는 생각은 들지 않았다. 저렇게 엎드려 있는 한 저 시신은 누구라도 될 수 있었다.

바닥에 흐른 피 주위를 걸으며 상황을 살펴봤다. 현장은 어쩐지 터무니없이 작고 단순했다. 얇은 껍질을 벗은 양파 하나가 도마 옆에서 칼질을 기다렸고, 스토브 근처에는 비닐 포장된 닭다리가 있었다. 칼꽂이는 네이선이 급하게 마르틴을 찌르느라 쓰러진 것 같았다. 그리고 물론, 피도 있었다.

연구 보조들에게 조건화에 관한 교육을 시킬 때면, 나는 혈액이 들어 있는 유리병을 그들 앞 바닥에 던지곤 했다. 10cc, 그러니까 숟가락 하나보다 적은 양이었다. 하지만 땅에 떨어지면 무척 참혹해 보였다. 나는 그들에게 피가 많아 보여도 절대 얼어붙지 말라고 가르쳤다. 그러고는 그들이 걱정을 시작하기도 전에 시험체가 조건화 중 얼마나 많은 피를 흘릴 수 있는지 알려줬다. 옷에, 타일에, 철제 물건들에 피가 퍼져 있는 걸 봐도 당황하지 않도록 일종의 예방접종을 하는 거였다.

나는 연구를 하며 혈액의 양에 대해 수없이 고찰했다. 보기만 해도 머릿속으로 숫자가 떠오를 만큼. 네이선은 성인 남성이다. 그러니 몸속의 혈액은 약 6리터 정도다. 그는 기절한 게 아니라 죽었다. 사망. 그러니까 주방 바닥에는 적어도 3리터의 피가 있다. 어쩌면 더 많을 수도 있고.

연애 초기, 우리 둘이 가장 좋아하는 허름한 술집에 가서 도수 낮은 맥주를 피처로 들이키며 다트 놀이를 하고 앉으로 만들어갈 미래에 대해 얘기했던 게 떠올랐다. 바닥에 쏟아진 3리터의 혈액. 피처에 나눠 담으면 하나는 꽉 차고 하나는 3/4이 차는 양. 그러니까 바닥에 있는 피는 맥주 피처 두 개보다 살짝 적다는 얘기다. 이런 식으로 얘기하니까 별로 많아 보이지 않았다. 피처 두 개도 채우지 못하다니.

그런데도 그의 몸은 너무 작아 보였다. 텅 빈 것처럼.

나는 그를 보다가, 피를 보다가, 슬픔이 나를 덮치길 기다렸다. 언젠가는 슬픔이 내게 타격을 줄 거라는 사실은 분명했다. 그에게 분노하고 있었어도, 그가 나를 속였어도, 변해버린 그의 모습이 싫었음에도 불구하고 네이선은 여전히 내 남편이었기 때문이다. 토요일 저녁 나는 그가 사준 드레스와 장신구를 걸치고 우리 친구들과 그의 가족들 앞에 서 있곤 했다. 내 인생을 그의 인생에 꽁꽁 묶었었는데. 어디선가 바람을 타고 오는 담배 연기처럼 슬픔의 냄새가 살짝 느껴졌다.

하지만 아직은 아니었다. 내가 볼 수 있는 거라곤 그의 등과 피뿐이었다. 당장 느껴야 할 건 처리해야 할 과제의 무게뿐이었다.

경찰을 부를 수는 없었다. 그것만큼은 확실했다. 경찰을 부른다면 결과는 감당할 수 없을 터였다. 적어도 윤리위원회가 난공불락의 복제인간 모델이 훼손됐다는 사실에 대해 조사하는 동안 연구자금이 동결될 테니까. 나는 공개적으로 창피를 당하고, 과학계는 내가 이쪽 산업의 전문가이자 선구자, 천재라는 사실을 지워버릴 것이다. 대신 그들은 내 남편이 내 연구를 이용해 더 나은 버전의 나를 만들었다는 것만 기억하겠지.

아울러, 무슨 일이 벌어졌는지 알리는 것 자체가 어려웠다. 조사를 한다고 해도 만약 마르틴이 거짓말을 하겠다고 마음을 먹으면, 네이선을 죽인 게 그녀라고 확실히 밝혀낼 방법이 없었다. 마르틴과 나는 유전자가 같으니까. 작은 목소리가 마음속에 울려 퍼졌다. *그렇다면 살인 동기를 가진 사람은 누구야? 누가 여기까지 차를 타고 왔지? 그가 죽었을 때 운 사람은 누구고, 청소한 사람은 누구지?*

아니야. 마르틴을 경찰에 넘기는 건 가능하지 않은 옵션이었다.

나는 닭다리를 쓰레기통에 버리고(여기서 얼마나 방치됐는지 누가 알겠어?) 양파는 신선식품 보관실에 넣으며 내가 선택할 수 있는 것들에 대해 따져봤다.

먼저 시험체는 연구소에서 생물의학 폐기물과 함께 화장된다. 처리실 관리가 엄격해서 거기에 시신을 끼워 넣는 건 불가능했다. 나는 범죄수사 드라마에서 본 것과 소설 속 인물들이 저지르는 실수, 늦은 밤 친구들과 술에 취해 시체 숨기는 최고의 방법에 대해 논했던 내용을 떠올려보려 애썼다. 그럴 때면 사람들은 늘 돼지 먹이로 준다는 아이디어를 떠올렸다. 마치 모퉁이만 돌면 돼지 농장이 널려 있다는 듯이.

엎드려 있는 네이선의 시신을 그대로 두고 나는 이런저런 해결책들을 머리에서 지웠다. 그를 돌려 눕힐 이유는 없었다. 때가 될 때까지는. 마르틴이 왔을 때 나는 식칼을 문질러 닦는 중이었다.

"아직도 계시네요." 마르틴이 문가에 서서 말했다. 머리를 스카프로 동여맸다. 그렇게 보니 나와 더 똑같아 보였다. "가신 줄 알았는데."

나는 그녀를 보며 눈을 몇 번 깜박였다. 간다는 생각은 하지도 못했다. 그녀가 전화를 걸었고, 내가 전화를 받았다. 그리고 나는 여기 있다.

나는 무언가 슬픔 같은 느낌에 속이 뒤틀렸고, 잠시 후 그게 죄책감이란 사실을 깨달았다. 속이 뭉근하게 아팠다. 처음엔 무시할 수 있을 정도였지만, 마르틴의 얼굴에 떠오른 순수한 감사의 표정을 보니 감정은 어느새 면도날처럼 날카로워져 더이상 못 본 척할 수가 없었다.

내가 이곳을 떠나지 않은 이유는 결국 이게 내 잘못이기 때문이다.

내가 그렇게 말벌처럼 행동하지 않았다면(내 기억은 기꺼이 나쁜 년이란 단어를 소환했다), 네이선은 지금 살아 있었을 것이다. 내가 그렇게 연구에만 매달리지 않았다면, 네이선이 결혼생활에서 그렇게 쉽게 발을 빼지 못했을 것이다. 그리고 내가 연구를 하지 않았다면, 그가 내게서 발을 빼게 만든 마르틴이란 존재 자체가 없었겠지.

나는 이 집과 피, 빌어먹을 복제인간을 남겨두고 떠날 수도 있었다. 하지만 진실로부터는 결코 도망치지 못했을 것이다. 네이선이 죽은 게 내 잘못이라는 사실에서 도망칠 수는 없었으리라.

그래서 나는 마르틴에게 미소를 지었다.

"당연히 안 갔죠. 당신이 이 일을 혼자 겪게 할 순 없어요."

마르틴은 나를 믿는 것 같았다. 나의 좋은 면을, 나의 선의를. 나는 마르틴의 신뢰의 눈빛을 마음에 담은 후 고개를 돌렸다. 네이선의 발목을 잡고 살짝 일어나, 혹시 몰라 그걸 흔들어봤다.

바닥은 아주 매끄러웠다.

그 위에서 시신을 끄는 건 별로 어렵지 않았다.

9

우리 엄마는 정원사였다.

나는 옷에 흙이 묻지 않도록 까는 원예용 깔개 위에 무릎을 대고 정원에서 한참을 놀곤 했다. 엄마는 정원이 지저분한 건 용인해도 옷을 더럽히는 건 참지 못했다. 엄마는 부드러운 손과 깨끗한 손톱을 위해 장갑을 꼈고, 제멋대로 자란 식물 사이로 길을 내며 다녔다. 엄마의 떨리는 손은 장미 나무 가지를 잡을 때면 진정되곤 했다.

어린 마음에 엄마를 이해하고 싶다고 생각했던 옛날, 나는 정원에서 일하는 엄마를 따라가 그 옆에서 질문을 해댔다. 이 식물은 물을 주는데 저건 왜 안 줘요? 왜 달팽이는 나쁘고 사마귀는 좋아요? 나를 가장 당혹스럽게 만든 건 가지치기였다. 포도나무와 장미와 진달래 모두 건강하고 행복해 보였으니까. 나는 물어봤다. 왜 잘라내요? 장미에서 꽃을 자르면 안 되잖아요.

엄마가 내게 가르쳐준 것 중에 유용한 건 딱 하나였다. 스트레스가 성장을 촉진한다는 것. 무언가를 옳은 방향으로 발전시키려면 가끔은 손상을 입혀야 한다는 것. 엄마는 내게 가위를 쥐여주며 라일락이 피어 있는 곳을 가리켜 보였다. 그리고 시들고 있는 꽃이 무엇인지 알려줬다. 그러면서 지금 싱싱한 꽃을 자르지 않으면, 내년에는 꽃이 피지 않을 거라 말했다. 엄마는 내가 행동을 취할 때까지 참을성 있게 기다렸다.

나는 엄마가 가리키는 꽃을 죄다 잘라냈다.

그런 뒤 아빠가 집에 오면 주려고 잘라낸 꽃을 물이 담긴 컵에 꽂았다. 하지만 다음 날 아침에 일어나니 꽃은 쓰레기통에 처박혀 있었다. 밤사이 시든 걸 본 엄마가 아빠가 보기 전에 쓰레기통에 넣은 거였다.

마르틴의 정원은 우리 엄마의 정원만큼이나 아름다웠다. 자작나무, 라벤더 관목, 위를 향해 자라나는 포도나무. 격자 구조물을 따라 자라는 포도덩굴은 하얗게 칠한 나무 가로대 주위로 덩굴손을 말고 있었다. 땅에서는 딸기가 자랐다. 모든 게 꼼꼼하게 손질돼 있었다. 풍성하다기보다는 세심하게 정리된 정원이었다. 모든 것이 기분 좋게 배치돼 보는 나도 기분이 좋았다. 하지만 마음을 뒤흔드는 무언가는 하나도 없었다.

어찌 보면 마르틴의 정원에서 했던 작업만이 내 마음을

흔들었다. 아름다움 같은 건 전혀 없었지만.

그날 밤 발밑으로 후드득 떨어지던 비 덕분에 일은 훨씬 수월했다. 안개보다 아주 조금 더 굵은 가랑비였다. 마르틴의 뒷마당 땅은 단단하지 않았고, 정원용으로 잘 일궈진 데다가 비에 젖어 축축해져 흙을 옮기기가 쉬웠다. 아무리 생각해봐도 구덩이를 파는 건 쉬운 일이 아니었다. 하지만 나는 모든 힘을 실어 삽질을 시작했고, 잠시 후 부드럽게 떨어지는 빗방울을 느끼며 잠깐 멈춰 섰다.

몇 미터 떨어진 곳에 네이선의 시체를 감싼 침대보가 물을 머금고 있었다. 설사 죽은 사람의 피로 물들지 않았다 하더라도 비 때문에 망가졌을 터였다.

한편 집 안에서는 마르틴이 표백제를 부어 주방 바닥에 침례를 베풀고 있었다. 주방 바닥에서 네이선의 몸을 굴려 이불보에 올리는 건 그야말로 시련이었다. 여전히 뜨인 그의 눈을 보고 마르틴은 욕실로 달려가 구역질을 했다. 나는 토할 정도는 아니었지만, 그의 텅 빈 눈을 보는 게 생각보다 힘들긴 했다. 나는 영화 속 히어로가 그러듯 네이선의 눈을 감겨주진 않았다. 그래봤자 눈은 다시 뜨일 것이고, 그의 텅 빈 눈은 깜빡이지도 않고 자신 앞에 있는 무언가를 응시할 테니까.

나는 마르틴이 피를 닦게 두고 나오면서, 땅을 파는 일보다 쉬운 일을 골라 잘 맡긴 거라고 스스로를 설득했다.

사실 생각하면 할수록 땅을 파는 일을 쉽다며 맡기고 싶었을 게 분명했다. 난 내가 어떤 일을 선호하는지 알고 있었고, 그래서 순전히 이타적인 마음으로 그녀가 실내 청소를 맡도록 했다. 청소는 간단하고 복잡하지 않으며 분명한 종료가 존재하는 일이었다. 바닥을 네이선의 생명이 쏟아지기 직전과 같은 모습으로 만들어놓을 것.

나는 삽을 구덩이 안에 세워놓고는 뻣뻣한 손가락에 온기를 불어넣을 요량으로 손을 털었다. 고작 반밖에 못 했는데 손은 이미 화끈거렸다. 한편으로 흐뭇한 기분도 들었다. 이는 고행할 때 나타나는 신체적 징후였으니까. 마르틴에게 잔혹하게 말한 것 말고는 회개할 일은 전혀 없다고 생각하고 싶었지만, 내 안의 음침한 부분은 고통으로 인해 만족하고 있었다. 엉덩이까지 흙투성이였고, 어깨는 비명을 질렀고, 흠뻑 젖어 너무 추웠지만, 나는 괜찮았다.

땅을 파는 내내 *괜찮아, 괜찮아* 하고 말하면서도, 나는 죄책감으로 멍든 부분을 누르고 또 눌렀다. 마르틴의 존재는 두 가지를 여실히 보여주는 증거였다. 네이선이 모든 면에서 우리 관계가 부족하다 생각했다는 점, 그리고 내가 실패했다는 점.

나는 들러붙은 머리카락을 떼어내며 스스로를 비난했다. 감정이 몸속에서 독처럼 보글보글 끓어오를 때까지. *네가 아이를 안 낳아서 그가 죽은 거야. 네가 이기적이어서 그가*

죽었어. 네 잘못이야, 모두가 네 잘못이라고. 그가 원하는 아내가 돼줬더라면…….

"얼마나 깊이 파려고 그래요?"

나는 집을 향해 고개를 들었다. 뒷문 아래에 선 마르틴의 팔에 분홍빛을 띤 천이 둘러져 있었다. 나는 소매 부분에 있는 깅엄체크 무늬를 보고 그게 네이선의 와이셔츠라는 걸 알아차렸다. 죽은 이의 셔츠로 주방 바닥에 묻은 피와 표백제를 닦아내다니, 마르틴의 실용성에 존경과 충격이 동시에 일었다. 증거를 제거하기 위해 어떤 천도 낭비하지 않겠다는 거군. 어쨌거나 셔츠는 결국 버려야 할 테니까. 지독할 만큼 깔끔한 효율성이었다.

기억 속에서 엄마의 목소리가 떠올랐다. *낭비가 없다면 부족할 일도 없지.*

"다 한 것 같아요." 내가 말했다. 구덩이는 이제 턱까지 잠기는 깊이였다. 울퉁불퉁한 타원형에 모서리부터 중앙까지는 들쑥날쑥하게 경사가 져 평평하지도 않았다. 하지만 예쁠 필요는 없었다. 시체 하나만 넣을 수 있다면 그만이었다.

마르틴은 가장자리에 서서 안을 들여다보더니, 팔을 뻗어 피에 젖은 와이셔츠를 구덩이로 떨어뜨렸다. 묘하게도 아이 같았다. 손을 뻗는 모습과 뻣뻣한 팔꿈치, 셔츠가 축축한 땅에 철썩 부딪치는 걸 보는 그녀의 모습에는 무언가 순수한 면이 있었다. 그러더니 그녀는 구덩이 가장자리에 무릎을 꿇고 내게 손을 내밀었다. 표백제의 독한 냄새가 안개처럼 솟아올랐다. 주방 바닥을 문질렀던 마르틴의 손가락은 차가웠고 퉁퉁 불어 있었다. 나는 몇 초 동안 멍하니 그 손을 쳐다보다 정신을 차리고 마르틴의 손목을 잡았다. 내 클론이 내가 만든 무덤에서 나를 잡아당기는 동안, 내 발은 허우적거리며 밟을 곳을 찾았다.

둘이서 힘을 합치니 네이선은 그리 무겁지 않았지만, 젖은 침대보의 무게 때문에 다루기가 힘들었다. 그렇지만 우리 중 누구도 침대보를 빼자는 말은 하지 않았다. 비를 멍하니 응시하는 그의 맨얼굴을 보느니 불편하더라도 그걸 가린 채 일을 처리하는 게 나았다.

나는 망가진 셔츠 위로 시신을 던진 후에도 그쪽으로 시선을 주지 않았다. 구덩이 바닥에서 꼼짝도 하지 않는 네이선의 작은 몸을 보고 싶지 않았다. 하지만 삽을 들어 구덩이를 메우려 하는데, 마르틴이 멈추라고 말했다.

"왜요?" 내가 물었다. 마르틴은 손을 하나 든 채 무덤 안을 들여다보고 있었다. 나는 솟아오르는 짜증을 참았다. 그와 마지막 순간을 보내고 싶었다면 내가 오기 전, 그의 몸이 식기 전에 했으면 될 일이었다. 잘 가라는 말은 죽이기 전에 했어야 하는 것 아닌가 하는 생각을 안 할 수가 없었다.

감상을 느낄 시간 따위는 없었다. 일을 마무리해야 했다.

나는 어떻게 하면 무자비한 괴물처럼 보이지 않으면서 마지막 인사를 서두르라고 말할 수 있을지 고민했다. 하지만 내가 입을 떼기도 전에 마르틴이 무덤 속으로 뛰어 들어갔다. 그 어색하고 이질적인 동작을 보며, 나는 그녀가 저런 식의 행동을 생각했다는 것 자체가 이상하다는 느낌을 받았다. 뭐하는 거냐고 물었지만, 마르틴은 내 말을 듣지 않았거나 무시하기로 작정한 모양이었다.

구덩이에 들어간 그녀는 네이선의 시신 앞에서 무릎을 꿇었다. 너무 어두워 그녀가 하는 행동이 잘 보이지 않았다. 나는 마르틴이 무언가 얘기하거나 마지막 작별 인사라도 하고 있는가 보다 하고 짐작했다. 바로 그때 그녀가 몸을 펴고 일어났다. 손에는 비에 젖은 침대보를 쥐고 있었다. 침대보를 홱 잡아당기자 안에 있던 네이선의 시신이 땅으로 굴러 떨어졌다. 그녀는 웅크린 시신 옆에 침대보를 떨어뜨렸다. 그런 다음 내 도움도 없이 구덩이 벽면에 손가락을 찔러 넣고 가장자리에서 몸을 끌어올리며 무덤에서 기어 나왔다. 그러고는 진흙투성이가 된 몸으로 숨을 헐떡이며 정원 창고를 향해 성큼성큼 걸었다.

마르틴은 알루미늄 외벽에 진흙의 흔적을 남기며 문을 잡아당겼다. 창고 안은 어두웠고 포대와 장비가 가득했다. 한쪽 벽면에 바닥부터 천장까지 하얀 상자가 쌓여 있었다.

“이게 도움이 될 거예요.” 그녀는 양손에 하얀 상자를 들더니 내게 하나 건넸다. 나는 상자에 적힌 상표를 읽었다. 유기농 원예용 석회.

"석회는 왜 그렇게 많이 갖고 있어요?" 나는 상자를 열고 내용물을 무덤에 뿌리며 물었다. 터무니없게도 4학년 때 학급에서 키우던 물고기에게 밥을 주던 일이 떠올랐다.

"장미는 산성흙을 좋아하거든요." 마르틴이 주방 창문 아래 줄지어 선 장미를 가리키며 말했다. 그녀는 시신 위로 크게 포물선을 그리며 흰 가루를 뿌렸다. 나는 하얀 상자가 쌓여 있는 걸 보면서, 장미 대여섯 그루를 위한 것 치고는 너무 많다는 생각을 했다. "여기 땅은 엄청나게 알칼리성이에요." 마르틴이 빈 상자를 구덩이 안에 넣으며 차분하게 말했다.

나는 그녀를 따라 내 상자를 던지고 삽을 들었다. 가볍게 내리는 비가 석회가루에 떨어지자 흰 가루가 반죽으로 변했다. 삽으로 흙을 퍼 네이선의 시신 위로 던졌다(다소 고의적으로, 얼굴부터 가리도록 뿌렸다). 마르틴이 정원용 창고로 다시 돌아갔다.

"정말 효과가 있을까요?" 나는 마르틴의 등에 대고 물었다. 사그라드는 빛 속에서, 보이는 것이라곤 마르틴이 어깨를 으쓱하는 것뿐이었다.

그녀는 내가 쥐고 있는 것보다 더 작은 삽을 들고 나왔다. "효과가 있는지는 모르겠지만, 텔레비전에서 본 적이 있어요. 나쁠 건 없잖아요, 그렇죠?"

마르틴이 텔레비전을 본다는 생각에 나는 깜짝 놀랐다. 그러지 말아야 했다. 그녀는 복제인간이지 로봇이 아니니까. 네이선이 쳐다보지 않을 때면 가만히 앉아 활동을 멈추는 존재가 아니니까. 그렇지만 그녀가 자리에 앉아 텔레비전을 즐긴다는 게 이상하게 느껴졌다. 내가 평일 밤에 무료함을 물리치려 본 프로그램을 마르틴이 봤을 수도 있었다. 숨겨진 시신과 도덕적으로 고민하는 수사관이 등장하는 드라마. 나는 그녀가 다리를 올리고 무릎에 담요를 덮은 채 와인 한 잔을 들고 있는 모습을 상상했다. 네이선의 팔이 그녀의 어깨를 두른 모습도.

우리는 끊임없이 내리는 비의 보호막으로 더욱 고요해진 침묵 속에서 함께 그를 묻었다. 마침내 삽을 던졌을 때 비는 더욱 거세졌다. 우리는 흠뻑 젖어 덜덜 떨었고, 꽁꽁 얼어 무감각해진 채 안으로 들어갔다.

10

집 안에서 독한 표백제 냄새가 났다. 나도 모르게 반사적으로 얕은 숨을 쉬었다. 목에 들러붙은 젖은 머리를 들어 올리며 몸을 돌리니 마르틴이 나와 똑같은 행동을 하고 있었다. 곁눈질로 보니 거울에 비친 것만 같았다. 그 모습에 현기증이 났다.

그녀와 내가 똑같은 행동양식을 지녔다는 사실은 반갑지 않았다. 전혀 마음에 들지 않았다.

나는 시선을 돌리며 말했다. "우리 씻어야겠어요." 내 목소리는 이상하고 딱딱하게 들렸다.

"복도에 있는 화장실을 쓰세요." 마르틴이 진흙투성이 신발을 벗으며 대답했다. 그녀의 목소리는 다시 부드럽고 상냥해졌다. 또 고통스러울 만큼 공손했다. "그쪽 욕실이 더 크거든요. 저는 안방 욕실을 쓰면 돼요. 어차피 아까 한 번 씻었으니까요."

신발을 벗다 말고 나는 잠시 멈칫했다. 마르틴은 프로그래밍대로 행동하고 있었다. 그녀는 헌신적이고 예의바른 완벽한 안주인으로 디자인된 존재였다. 자기 남편을 묻은 지금 이 순간에도 다른 사람을 먼저 위하고 있었다.

"고마워요." 나는 마르틴의 희생에 가타부타 말 얹지 않고 대답했다. 나는 그녀와 달랐으니까. 더 큰 욕실이 좋았고, 따뜻하게 몸을 데우고 싶었다. 향긋한 바닐라 비누를 쓰고 회녹색 타월로 몸을 감싸고 싶었다. 나는 그걸 원했다. 마르틴도 그걸 원하는지는 나랑 상관없었다. 그냥 내가 원하는 대로 할 참이었다.

네이선은 내게 이기적이라 말하곤 했다. 어쩌면 그 말이 맞는 것도 같다.

그렇지만 욕실 문을 닫고 손잡이에 달린 잠금 버튼을 누르자, 그의 말이 옳든 그르든 전혀 상관없어졌다. 그렇게나 간단한 일이었다. 네이선이 숨쉬기를 멈추자 그의 의견은 의미를 잃었다.

치워버릴 수 있었다.

마치 시험체처럼.

그 사실이 머리에 박혀 새겨지도록, 반복해서 여러 번 되뇌었다.

나는 두 손을 겨드랑이에 끼고 몸이 떨리지 않을 때까지 기다렸다. 추워서 그래. 중얼거리며 천천히 숨을 쉬었다. 피곤하기도 하고. 무덤 파는 건 힘든 일이잖아. 힘든 하루였지. 그냥 피곤한 것뿐이야. 샤워하고 푹 자기만 하면 돼. 그러면 모든 게 영원히 과거의 일이 될 거야.

물을 틀었다. 수증기가 가득 차 수도꼭지에 내 모습이 비치지 않을 때까지 기다렸다. 그러고는 눈을 감고 물보라 쪽으로 몸을 기울였다. 거기서 감각이 없어질 때까지 머물렀다. 데일 정도로 뜨거운 물에 몸을 맡겼다.

절대 사과하지 마.

절대 뒤돌아보지 마.

앞만 봐, 에벌린, 앞만. 그게 살 길이야.

* * *

머리카락에서 떨어진 물이 빌려 입은 셔츠의 어깨를 적셨다. 주방에 들어서니 조리대 위에 뚜껑을 딴 와인 한 병과 잔 하나가 있었다. 미색 라벨에 금색 글자로 양조장 이름이 음각돼 있는 샤르도네 와인이었다. 두꺼운 녹색 병에 물방울이 맺혀 있었다.

나는 1인분이 훨씬 넘는 양을 따랐다.

마르틴은 거실에서 나를 기다리고 있었다. 네이선이 별거를 요구할 때 우리 집에 있었던 파란 소파에 앉아서, 출입구를 등진 채로. 목 뒤로 낮게 틀어 올린 머리는 잠옷 깃에 닿을락말락했다. 그녀는 마치 발소리를 기다리고 있었다는 듯, 내가 다가가자 살짝 고개를 돌렸다.

나는 다시 아홉 살이 된 것만 같았다. 그때 나는 침대에서 몰래 기어 나와 오밤중까지 아빠를 기다리는 엄마를 보곤 했다. 엄마는 아빠가 집에 오기 전엔 절대 먼저 잠들지 않았다. 동틀 때까지도 자지 않고 기다렸다. 엄마는 늘 기다리며 사는 여자였다.

밤이 아침으로 스며드는 날이면, 아무리 조용히 걸어도 엄마는 내 발소리를 듣고 딱 저렇게 고개를 돌리곤 했다. 내 발소리를 들었다는 눈치를 줄 만큼, 하지만 자기 얼굴이 보이지는 않을 만큼만 살짝. 나한테 다시 침대로 들어가라고 알려줄 만큼만.

엄마와 그녀의 동작은 너무 비슷했다. 귀에서 웅웅대는 소리가 울렸다. 치기 어린 반항심이 불끈 솟았다. 마르틴은 나를 침대로 되돌아가게 할 수 없어. 어디로든 나를 보내지 못해. 물론 말도 안 되는 생각이었다. 그녀는 나를 위해 와인 잔을 꺼냈고, 함께하기 위해 기다리고 있었으니 말이다.

그렇다고 해도.

소파 팔걸이에 걸터앉으며 왜인지는 모르겠지만 기분이 나빠졌다. 이 소파가 여기 있는 게 이상했다. 슈퍼마켓에 갔다가 초등학교 선생님이라도 마주친 것 같은 기분이었다. 전후사정이 엉뚱하게 흘러가는데 그 정보를 처리할 준비가 안 돼 겁나는 상황 말이다.

이 파란 소파는 나와 네이선이 처음으로 함께 구입한 물품이다. 작은 원룸 아파트에서 방이 딸린 집을 거쳐 마침내 주택으로 이사할 때까지, 소파는 우리와 함께 옮겨 다녔다. 우리 인생의 한 부분이자 우리 집의 한 부분이었다. 수년간 우리가 함께 싸우고 먹고 웃었던 곳이었다. 심하게 다툰 뒤 네이선이 너무 화가 나 날 침대에 들이지 않으면 소파에서 잠을 청하기도 했다. 그가 다 포기하고, 모든 게 괜찮은 척하며 자신만의 새로운 삶을 만들기 전까지의 이야기다.

이곳에 있으니 소파는 몰라볼 만큼 어색했다. 더이상 내가 잠들던 그 소파가 아닌 것 같았다. 이제는 마르틴이 다리를 올리고 앉아, 시신을 석회와 함께 묻으라고 알려주는 드라마를 보는 소파가 됐다.

갑자기 그 소파가 너무나 싫어졌다. 불현듯 극단적인 앙심이 생길 정도로. 소파는 내 결혼이 산산조각 나는 것을 보고서도 이 집에 왔다. 나를 배신했다. 소파가 불에 타는 모습을 보고 싶었다. 그런 다음 고압세척기로 재를 날려 사라지게 하고 싶었다.

"아직 깨 있어서 놀랐어요." 내가 말했다.

"8시밖에 안 됐잖아요." 마르틴이 사근사근 대답했다. 그녀는 물잔을 감싸 쥐고 잔에 남은 립스틱 자국을 보고 있었다. 자기 전에도 저렇게 항상 화장을 하는지, 아니면 손님이 있어서 그런 건지 궁금해졌다. "저는 9시 반에 잠들어요. 지금 자러 가도 그 시간까지는 깬 채 누워 있죠."

"오." 나는 조용하고 부드러운 마르틴을 대면하는 게 어색했다. 그녀는 내 삶이 지금과 완전히 달랐다면 짓고 있을 그런 표정을 하고 있었다. "아직 8시밖에 안 됐군요. 더 늦은 줄 알았는데."

나는 불편했고, 화가 났고, 슬펐고, 지쳐 있었다. 모든 게 너무 과했다. 내가 느끼는 모든 감정은 마르틴의 물잔에 묻은 립스틱으로 요약되는 것 같았다. 그녀는 내가 얼룩에 시선을 고정한 걸 보더니 엄지로 문질러 지워버렸다. 그렇지만 문제는 없어지지 않았다. 그 립스틱은 이제 엄지에 남았다. 그녀는 다른 곳에 얼룩을 묻히지 않으려고 엄지를 조심스레 들고 있었다.

나는 한 번도 부러져본 적 없는 그녀의 손목을 낚아채 낯선 그 손을 붙들고 파란 소파에 문지르고 싶은 마음이 간절해졌다. 소파 커버를 망쳐버리고 싶었다. 누구도 아닌 바로 그녀가 망치게 만들고 싶었다.

"저는 왜 9시 반 이전에는 잠들지 못하는 걸까요?" 마르틴이 물잔을 보며 말했다.

자기가 소리 내어 말했다는 건 알고 있는 걸까. 궁금해하는 사이 그녀가 멍한 눈을 크게 뜨고 나를 보며 말했다. "아무리 애를 써도 안 돼요. 저는 아이랑 이것저것 때문에 늘 피곤하거든요. 밤중에는 아무때나 일어날 수 있는데, 낮잠을 못 자요. 잠이 안 와요. 절대 잠에 빠지질 않아요. 9시 반까지는요. 아침 6시가 지나도 마찬가지고요. 왜 그럴까요?"

나는 와인을 마시며 내가 낸 꿀꺽 소리에 움찔했다. "아마 그렇게 프로그래밍된 거겠죠. 네이선이 24시간 주기를 사용하지 않았나 봐요. 그건, 그러니까 당신 건 초기 방식이라 몇 년 전부터 안 쓰거든요."

"고칠 수 있나요?" 마르틴이 속삭였다.

"잘 모르겠어요."

"왜 모르세요? 그 방식은 이제 안 쓰신다면서요. 그럼 되돌릴 방법도 아실 거 아니에요." 덜덜 떨며 목소리를 높이는 모습에서 마르틴의 절박한 심정이 묻어나왔다. 그녀가 잔을 너무 세게 쥐는 바람에 손가락과 유리 사이에서 뽀드득거리는 소리가 났다.

"그 세대 시험체 중에 남은 게 없거든요." 내가 시험체라는 단어를 입 밖에 내자 그녀가 눈을 가늘게 떴다. "그래도 한번 알아볼게요. 알아볼 순 있어요."

마르틴은 들고 있던 물잔을 커피 테이블에 놓고 일어섰다. "게스트 룸에서 주무실 수 있게 준비할게요. 오늘 일 때문에 피곤하실 거예요." 그녀는 내가 뭐라 말하기도 전에 집 뒤편으로 사라졌다.

나는 와인을 마시며 기다렸다. 소파 팔걸이 끝부분의 가두리 장식을 따라 손가락을 움직였다. 손톱을 장식 아래로 찔러 넣어 아플 때까지 꼭 쥐고는, 작게 툭-툭-툭 하고 바늘땀이 풀리는 소리가 들릴 때까지 놓지 않았다.

그러고는 재빨리 손을 뺐다. 더 망가뜨리기 전에 그만둔 거라고 여기려 했지만, 사실은 보이지 않는 작은 손해를 끼쳤다는 사실에 만족했다. 몹시 화가 난, 맹수와 같은 나의 일부(생각하기 싫고, 너무 가까이서 보기 싫은 나의 일부)가 몇 달 후 가두리 장식이 모두 풀리기를 원하고 있었다. 마르틴이 본인을 책망하기를 바랐다. 애초에 솔기를 느슨하게 만든 게 나라는 건 전혀 모른 채 말이다.

나는 마르틴이 그렇게 어리둥절해하길, 단단하다고 생각했던 것이 허물어질 때 오는 갑작스러운 불안을 느끼기를 바랐다. 그녀가 가두리 장식 말고도 또 뭘 방치했는지 스스로에게 의구심을 갖게 되길 원했다. 예고도 없이 또 무언가가 그렇게 무너지진 않을까 하고 의심하길 바랐다.

이러는 건 공정하지 않았다. 마르틴은 잘못한 게 없으니까. 내 결혼을 망친 건 그녀가 아니었다. 그렇지만 그녀도 고통을 받았으면 했다. 네이선은 죽었으니 그에게 상처 주는 건 이제 불가능했다. 내 삶에 일어난 일에 대한 무게를 대신 질, 나 아닌 누군가가 필요했다.

나는 소파 팔걸이에서 떨어져 가두리 장식에서 멀어졌다.

그리고 클론을 다시 프로그래밍하는 문제에 집중하려 애썼다. 시험체를 처리하고 다시 시작하는 게 아니라 문제를 고치기 위해 재프로그래밍을 한다니. 연구 중 같은 문제에 직면한 적이 있었다. 계속 연구해 개선점을 찾을 수도 있었지만, 당시에는 그게 해결해야 할 문제라고 생각하지 않았다. 시험체는 언제나 처분이 가능했으니까. 거기에 매달리는 건 멍청하고 물러터진 짓이라 느껴졌다. 그러니 굳이 개선 연구를 할 이유가 없었다.

하지만 마르틴이 자신은 왜 잠들지 못하냐며 묻자 마음 속 깊은 곳에서 무언가가 뒤틀리는 느낌이 들었다. 나는 어둠 속에 누워 있는 마르틴을 상상했다. 늘 피곤한 임신 초기에, 자신이 아무리 노력해도 더 쉴 수는 없다는 사실을 아는 그녀를. 아이가 태어나면 한숨 돌릴 시간도 없으리란 걸 아는 그녀를.

어떤 시험체도 마르틴만큼 오래 살아서는 안 됐다. 어떤 시험체도 이런 종류의 책임감을 감내할 필요는 없었고 그래서도 안 됐다. 복제인간이란 어떤 목적을 위해 창조되고, 그 목적이 달성되면 죽을 운명을 지닌 존재니까.

뱃속 깊은 곳에서 느껴지는 무언가가 죄책감은 아니었다. 나는 내가 한 일을 후회하지 않는다. 그러니 죄책감이 생길 이유는 없다. 마르틴의 존재가 지속되는 건 잘못된 일이었다. 그건 그녀를 창조한 과학에 대한 모욕과 같았다.

내 연구를 뒤틀어 살고 살고 또 사는 여성을 만들겠다는 네이선의 결심 때문에 나는 실패에 봉착했다. 생산품이 절대 사용돼서는 안 되는 방식으로 사용되고 있었다. 그 남용이 내 연구의 약점을 두드러져 보이게 했다. 참을 수 없는 일이었다.

이건 죄책감이 아니었다. 하지만 죄책감과 전혀 동떨어진 무언가도 아니었다.

나는 잔을 비우고 와인병을 찾아 주방으로 갔다. 귀를 기울여도 마르틴의 소리는 들리지 않았다. 네이선이 그녀를 조용히 작업하고 조용히 울도록 프로그래밍한 건지 궁금했다.

아니, 애초에 눈물이란 걸 흘릴 수 있게 프로그래밍했는지가 궁금했다.

11

마르틴의 집에서 나오면 마음이 좀 편해지겠거니 했다. 하지만 돌아온 곳은 내 집이라고 부르기도 뭣한 장소였다. 임대주택은 마치 새 신발처럼 거슬렸다. 마르틴은 주름 없는 린넨 천과 향긋한 비누를 쓰는데, 나는 걸을 때마다 상자와 포장지가 걸리적대는 곳에 있다니.

나는 내가 마르틴의 집 같은 곳에서 사는 게 당연하다고 여겼다. 어릴 때 살았던 집은 집이라기보다는 그저 건물에 불과했다. 실제보다 오래돼 보이는 거대한 건물. 외부 석조 건물에는 담쟁이덩굴이 자랐는데, 엄마는 열과 성을 다해 덩굴을 다른 곳으로 옮겼다. 주춧돌을 망치면 안 되니까. 나무 골조가 노출된 집 안에는 짙은 색 나무와 하얀 벽, 말도 안 되게 많은 벽난로가 있었다. 방은 모두 거대해 외풍이 심했고, 천장은 낮았으며, 출입구는 작았다. 옷장에는 깊이가 얕은 선반이 박혀 있었다. 어두운 구석과 숨겨진 공간이 많았던 게 기억난다. 거기서 살았던 삶이 그곳에 대한 기억을 지웠다. 그 집은 매력적인 장소가 될 수도 있었다. 물론 그러려면 모든 걸 다 뜯어고쳐야 했겠지만.

* * *

어린 내게 아빠의 서재는 신비한 공간이었다. 아래층에 있는 단 하나의 독립공간이 아빠의 일을 위해 할애됐다. 다른 공간들은 모두 서로 이어져 있었다. 거실과 주방은 아치형 통로를 통해 다이닝룸으로 이어졌고, 사이에는 문이 하나도 없었다. 침실은 계단 위에 있는 좁은 복도를 따라 죽 늘어서 있었다. 계단 아래에 있는 아빠의 서재만이 거대하고 무거운 참나무 문으로 막힌 공간이었다.

문이 닫혀 있으면 엄마와 나는 아빠의 일을 방해하지 않기 위해 조용히 있어야 했다. 하지만 문이 열려 있어도 우리는 전혀 다른 이유로 조용히 지냈다.

서재에는 의자가 두 개 있었다. 하나는 내가 발을 들이는 게 허락되지 않은 책상 앞에, 나머지 하나는 책상 맞은편에. 두 번째 의자는 오로지 한 가지 목적 때문에 존재했다. 아빠와 나의 만남. 나는 일주일에 한 번 그 의자에 초대받아 아빠에게 질문을 했다.

나중에 엄마한테 들은 얘기로는, 그 시간은 내 어린 시절의 끈질긴 호기심 때문에 생겼단다. 수그러들 줄 몰랐다나. 나는 모든 것이 왜 그런 건지, 어떻게 하면 바뀔 수 있는지 알고 싶었다. 아빠는 내가 일을 방해할 수 있는 시간을 아예 정해줘서, 자신을 끊임없이 성가시게 굴지 못하게 했다. 그때만큼은 아빠의 관심을 독차지할 수 있었다.

그건 엄마가 자신의 입장에서 해준 얘기였다. 아빠는 내게서 '놀라운 지적 가능성'을 봤기 때문에 그런 시간을 만들었다고 말했다. 그리고 이 입장을 고수했는데, 그러면 자신을 놀라운 통찰력을 가진 사람으로 그려낼 수 있기 때문이다.

아빠 말에 따르면 나는 어떤 질문이든, 무슨 질문이든 해도 괜찮았다. 물론 그렇지 않았다. 난 여섯 살 때 이미 어떤 질문이 용인 가능한지 터득했다. 내가 절대로 잊지 못할 기억을 통해서.

그날 아빠는 자석에 대한 과학을 설명했다. 나는 맞은편 의자 가장자리에 앉아 발을 흔들면서 손톱을 만지작거렸다. 그건 아빠 앞에서 마음 놓고 할 수 있는 단 하나의 행동이었다. 손만 무릎에 두고 있으면 몰래 꼼지락거릴 수 있었다. 아빠의 설명은 간결했고 정확했으며, 빈틈이 없었고 거들먹거리지도 않았다. 그는 좋은 선생님이었다.

아빠는 거의 30분 가까이 도표를 그려 가며 설명하는 중이었다. 책상 위에 모래시계가 있어서 알 수 있었다. 질문에 대답하는 시간을 적절히 할당하기 위해 갖다둔 거였다. 그때는 윗부분 절반이 거의 사라진 상태였다.

극성에 대해 말하다가 멈춘 아빠는 나를 보며 더 궁금한 게 있냐고 물었다. 아빠는 언제나 그 질문을 빼놓지 않았고, 나는 모래시계가 거의 비어서 더 얘기할 시간이 없다는 걸 알았기 때문에 아니라고 말하려 했다. 하지만 나는 무언의 규칙을 아직 이해하지 못한 터라, 바보처럼 또 다른 질문을 하고 말았다.

왜 엄마가 하루 종일 침대에 누워 있느냐는 질문을.

무례를 저지르려고 한 건 아니었다. 나는 일주일에 한 번 갖는 아빠와의 만남에서는 학구적인 대화만 해야 한다는 걸 몰랐다. 그리고 이해가 안 가는 게 너무 많았다. 아빠는 뭐든 물어보라고 했고, 그래서 엄마에 대해 물어도 괜찮을 거라 생각했다.

아빠는 회색빛 눈동자로 단호하게 날 쏘아봤다. 연못에서 쏜살같이 움직이는 물고기 비늘이 수면에 잠시 드러나듯, 겉으로 보이는 고요함 뒤로 분노가 번뜩였다.

책상 밖으로 나온 아빠가 한 손으로 내 턱을 쥐었다. 아빠의 손가락은 딱딱한 뼈에 닿을 때까지 부드러운 피부를 파고들었다. 그 순간, 나는 내 얼굴에 아직 젖살이 있고 그 덕분에 덜 아프다는 사실에 안도했다. 동시에 굴욕감으로 얼굴이 화끈했다.

"다시 말해봐." 위협적인 목소리에 피가 얼어붙었다. 내가 뭘 잘못한 건지 알아내려고 애쓴 기억이 난다. 질문하는 태도가 문제였나? 어조가 잘못됐나? 단어 선택을 잘못했나?

나는 힘겹게 침을 삼켰다. 턱이 아팠다. 말을 하려고 했는데, 턱을 움직이지 못해 단어가 납작하게 튀어나왔다. "죄송해요." 마침내 아빠가 턱을 놔줬다. 나는 주저하며 무슨 말을 할까 고민했다. *다시 말해봐*. 아빠가 이렇게 말하면 다시 질문해야 했다. 제대로. 두 번째 질문마저 실패해선 안 됐다. 꽉 잡혔던 얼굴에서 열감이 솟아올랐다. 나는 아빠가 손가락으로 파고든 부분이 빨갛게 변하리란 걸 깨달았다.

나는 다시 질문했다. "자석의 극을 반전시킬 수 있나요?"

아빠가 미소를 지으며 호의를 보이자 안도감에 가슴이 내려앉았다. 제대로 해냈다. 그는 모래시계를 뒤집고 약 30분 동안 극성 조작, 실험의 규모, 실험 규모를 키우는 것에 대한 과학계의 우려 등등 다양한 지론을 설파했다. 나는 질문 몇 개를 더 할 수 있을 만큼 귀 기울여 들었다. 아빠가 질문했을 때 제대로 기억하고 대답할 수 있도록. 하지만 내 마음속 깊은 곳에는 두려움이 도사리고 있었다. 내 턱을 잡았던 손아귀에 대한 두려움. 아빠의 눈빛에서 거침없이 드러난, 분노로 이루어진 약속에 대한 두려움.

아빠는 나를 보내기 전에 다시 한 번 내 턱을 잡았다. 나는 몸을 움찔했다. 이번에는 손길에서 분노가 느껴지지 않았다. 아빠는 내가 집중하고 있는지 확실히 하기 위해 내 눈을 봤다.

"누군가 네게 화가 난 것 같다는 이유로 사과하는 건 절대 금물이다." 아빠가 말했다. "사람 마음을 달래주려고 미안하다는 말을 뱉는 사람이 되지 마라. 비겁한 인간을 존중하는 사람은 어디에도 없어, 에벌린. 절대 사과하지 마. 알겠어?"

고개를 끄덕이자 아빠가 나를 풀어줬다. 바로 그 순간, 엄마가 침대에서 나오지 않는 이유를 내가 이미 안다는 사실을 인정할 수밖에 없었다. 나는 그 이유가 궁금한 게 아니었다. 다른 방법은 정말 없는지 설명을 원했을 뿐이다. 엄마가 아빠의 요구에 굽히고 들어가는데도 싸우는 이유는 뭘까? 왜 두 분이 싸우고 나면 엄마는 하루 종일 내게 말도 못하는 상태로 지내는 걸까?

내가 정말로 대답을 듣고 싶었던 질문은 이런 것들이었다. 그게 바로 내가 알고 싶은 거였다. 그렇지만 아빠와의 저 대화 이후, 물어보지 말아야 하는 질문이 있다는 걸 배웠다.

모든 애들이 똑같은 교훈을 얻는 건 아니다. 그걸 모르는 사람들, 잘못된 답변 때문에 고통을 느껴본 적 없는 사람들, 진실을 아는 단 한 명의 성인이 퍼덕이는 물고기처럼 눈빛으로 분노를 드러내는 걸 본 적 없는 사람들과 얘기하는 건 말할 수 없을 만큼 짜증나는 일이었다.

네이선이 떠나고 몇 달 동안, 그러니까 새 집의 임대계약서를 쓰기 전 임시로 셋방살이를 할 때만 해도 나는 분노에 잠겨 있었다. 무슨 일이 일어났는지, 어쩌다 이렇게 된 건지, 누구 탓인지 하는 질문을 셀 수 없이 많이 받았기 때문이다. 그때마다 나 역시 눈 뒤에서 퍼덕이는 물고기를 느끼곤 했다.

나는 좋은 의도로 묻는 친구들과 동료들에게 *다시 말해 봐*라고 말할 수 없었다. 뼈가 으스러질 때까지 그들의 얼굴을 쥘 수도 없었고, 어떤 질문은 하지 말아야 한다고 이해시킬 수도 없었다.

그들은 나를 두려워하지 않았다.

그럴 이유가 없었으니까.

그래서 나는 뼛조각처럼 목에 걸려 잘 나오지 않는, 누구 탓도 하지 않는 대답을 해야만 했다. 다시는 이런 식의 고통을 삼키지 않으려고 열심히 인생을 쌓아왔건만, 네이선은 나를 이런 처지로 만들어놓고 내 생각은 전혀 하지 않은 것 같았다. 일단 마르틴을 갖게 되자 내 생각 같은 건 아예 할 필요가 없었겠지.

* * *

네이선이 죽고 난 다음 주, 나는 그 뼈들이 마르틴의 목에 박혀 있도록 내버려뒀다. 네이선이 왜 동료들의 전화에 회신하지 않는지, 왜 강연에 나타나지 않는지에 답하는 건 이제 그녀의 일이다. 하지만 마르틴은 사람들이 잘못된 질문을 했을 때 화를 내는 법을 배운 적이 없었다. 그녀는 젊고, 온순하고, 겁에 질려 있었다. 그들을 어떻게 무시해야 하는지, 그 야만적인 호기심에 어떻게 접근해야 하는지 아무도 알려주지 않았다.

둘이서 우리의 남편을 땅에 묻은 후 어느 날, 저녁나절에 마르틴이 전화했을 때 나는 그녀가 보인 공포를 오해했다.

마르틴은 네이선의 친구가 저녁 약속 확인을 위해 전화했고 그를 대신해 약속을 취소했다고 말했다. "나를 비서라고 생각하더라고요." 목소리가 떨렸다. "주로 그렇게들 생각해요. 전화가 오면 네이선은 지금 바쁘다고 말하거든요. 그렇게 말하는 거 맞죠?"

"물론이죠." 나는 설렁설렁 대답했다. 시험체 4896-T의 인간성장호르몬 문제가 심해지고 있었다. 나는 연구소장이 왜 이렇게 시간이 오래 걸리는지, 왜 더 빠르고 싸게 할 수 없는지 물어보면 어떻게 설명해야 할지 고민에 빠져 있었다. 그래서 그녀의 응석을 받아줄 시간 같은 건 없다고, 지금쯤이면 그런 호기심을 피하는 방법쯤은 알아야 하는 거 아니냐고 생각하고 있었다.

어쨌든 1년 반 동안 숨어 있었으니까. 내 도움 없이도 그런 식으로 계속 숨어 있을 수 있을 테니까.

"항상 이런 기분이 드는 게 맞나요?" 마르틴이 물었다. "한 번도 해본 적이 없어서요."

"살인이요? 마르틴, 나도 그건 해본 적 없어요." 나는 짜증을 내며 말했다. 마르틴이 나한테 살인에 대해 충고를 구한다는 것 자체가 싫었다. 나는 시험체의 작동을 멈춘 적은 있어도 사람을 죽인 적은 없었다.

"살인 말고요." 그녀가 낮은 목소리로 말했다. "거짓말이요."

나는 얼어붙었다.

그녀는 거짓말을 해본 적이 없었다! 그럴 이유가 전혀 없었다. 숨어 살았고, 사람들이 오해하는 걸 내버려두긴 했지만 그릇된 발언을 한 적은 결코 없었다.

나와 네이선이 결혼했을 때 우리의 일상은 작은 거짓말, 그러니까 하루를 온전히 보낼 수 있게 해주는 거짓말로 구멍이 나 있었다. 나는 궁금했다. 남편에게 거짓말을 하는 게 불가능하다는 건 어떤 느낌일까? 그럴 수 있다는 선택권 자체를 모른다는 건? 네이선은 어떻게 그녀를 자신이 원하는 대로 생각하도록 만들었을까? 덕분에 그녀는 네이선이 오해할 만한 행동을 하지 않았다.

그녀는 다시 말했다가 잘못되면 어떻게 될까 두려워하는 법을 얼마나 오랜 시간에 걸쳐 배우게 된 걸까?

마르틴은 네이선에게도, 그 누구에게도 거짓말을 한 적이 없었다. 나는 생존을 위해 그녀가 배워야 할 것들이 산더미 같다는 생각에 조바심이 나 괴로웠다.

"나아질 거예요." 나는 말했다. "곧 익숙해질 거예요."

* * *

첫 2주 동안 마르틴은 내게 자주 전화를 걸었다. 집으로 전화해서 네이선에 대해 물어보는 사람들에게 뭐라고 해야 하냐고 물었다. 그들 대부분은 마르틴을 비서라고 믿었고 그녀는 그들의 추측을 바로잡지 않았다. 그런 식으로 그녀는 숨어 지낼 수 있었다. 네이선은 그녀의 존재를 아무에게도 말하지 않았고, 사람들은 그에게 스케줄 관리를 해주는 숨겨둔 부인이 있을 거라고는 짐작도 못했기 때문이다.

마르틴은 사람들에게 그가 아프다고 말했다. 그가 수업에 나타나지 않자 5일 동안 수업을 대신 진행한 조교는 그가 언제쯤이면 복귀할지 알고 싶어 했다. 약속을 했지만 같이 점심을 먹지 못한 학과장도 있었다. 골프 약속을 했다가 한 시간이나 기다린 친구도 있었다. 그들은 모두 똑같은 얘기를 들었다. 네이선이 등산 여행으로 얼마간 떠나 있을 예정이고, 돌아오는 대로 전화할 거라고.

마르틴에게서 전화를 여덟 통은 받고 나서야(첫 번째 전화만큼 겁에 질려 있었고, 날 불안하게 만들었다) 더이상은 안 되겠다고 판단하고 그녀의 집으로 갔다. 잠그지 않은 코트를 나풀거리며 성큼성큼 걸었다. 내 몸을 때리는 바람 때문에 예민하고 날카로운 상태였다. 하지만 바람이 없었어도 그랬을 거였다. 실은 매서운 바람을 즐기고 있었던 것 같다.

마르틴이 문을 열자 나는 그녀를 밀치고 집 안으로 들어갔다. 그녀는 손가락을 비틀고 있었는데, 보는 사람이 아플 만큼 관절이 어긋나 있었다. 배 쪽을 보지 않으려 애썼지만, 그럼에도 불구하고 더 볼록 나온 배가 눈에 들어왔다. 지난번보다 훨씬 임산부 티가 났다. 외면할 수 없을 만큼, 의심할 나위 없이 임산부였다. 어찌된 셈인지 아이는 계속 자라고 있었다. 실행 가능한 것은 물론이고 존재 자체가 불가능한 그 아이가.

유산이 되지 않았다. 유산돼야 마땅한데.

아이는 종양이어야 했다. 거짓말이어야 했다. 성장이 불가능해야 했다. 가능할 리가 없었다.

나는 어떻게라는 단어를 억지로 삼키고 시급한 문제부터 대면했다. 어떻게라는 질문은 나중에라도 답을 찾을 수 있을 터였다. 더 급한 문제가 당장 앞에 있었다.

"그 사람 스케줄표가 필요해요. 여행 갔다는 얘기만 계속할 순 없잖아요. 그때마다 나한테 전화하는 것도 안 되고요."

마르틴은 고개를 흔들며 문을 잠갔다. "그 사람이 그걸 어디다 뒀는지 모르겠어요."

"책상은 어디 있어요?" 내가 묻자 마르틴이 주방 옆에 있는 작은 다이닝룸으로 나를 안내했다. 네이선의 뚜껑 달린 책상이 거기 있었다. 그건 우리가 결혼한 해의 어느 주말에 함께 발견한 골동품이었다. 당시만 해도 우리는 주말마다 나가서 모험을 했고, 뭔가를 같이 발견했고, 가구를 보며 함께 흥분했다. 나는 왼쪽에 있는 서랍을 열고 까만 노트를 꺼내 그녀에게 건넸다. "여기 있네요. 살펴보고 무슨 약속이 있는지 찾아요. 앞으로 빠지게 될 약속들 말이에요. 그 사람들한테 전화해서……."

"뭐라고 하죠?" 마르틴이 물었다.

나는 멍하니 그녀를 쳐다봤다. 거기까지는 생각하지 않았다. 생각한 거라곤 스케줄표를 찾고, 약속을 알아내서, 모두 취소하기뿐이었다.

대체 무슨 핑계를 대야 그 모든 약속 취소를 감당할 수 있을까? 핑계의 유효기간이 지나면? 핑계를 대는 데도 한계가 있었다. 그런 다음엔? 우리가 실종신고를 해야 하나?

아니면 다른 사람이? 경찰이 와서 네이선의 실종에 대해 조사하면(그리고 마르틴이 임신한 걸 보면) 그들은 자신들이 보고 있는 게 뭔지 알까?

법적으로 보면 마르틴은 신분이 없었다. 존재하지 않는 사람이었다. 하지만 내가 그녀를 쉽게 찾아낸 걸 보면, 경찰이 네이선 실종을 아무리 형식적으로 조사한다 해도 그들 또한 내가 찾은 이곳에 도달할 것이다.

누군가 네이선을 찾아다니는 걸 막지 못하면 그녀를 숨길 방도가 없었다. 그리고 그녀가 발견되면, 나의 연구(나의 유산)를 지킬 방도가 없었다.

"젠장. 이렇게는 안 될 것 같아요."

"뭐가 안 된다는 거예요? 왜 안 되는데요?" 마르틴이 물었다.

그녀의 질문에 반사적으로 분노가 솟아나 피부 아래서 물결쳤다. 나는 심호흡을 하며 애써 그걸 억눌렀다. "약속만 취소한다고 될 것 같지가 않아요. 좀 더 장기적인 해결책이 필요해요." 마르틴은 내가 지시를 내려주길 기다리며 나를 쳐다보고 있었다.

나는 분노에 차올라 눈을 감았다. 마르틴이 본능적으로 보이는 굴복과 순종이 못마땅한 게 아니었다. 그녀는 그렇게, 고분고분 지시를 기다리게 프로그램됐으니까. 나는 그저 질문만 할 뿐 자신의 의견을 제시하지 못하는 그녀의 무능함을 보며 분노를 느꼈다. 분노를 억누르자 깊은 곳에 있던 무언가가 수면 위로 올라왔다.

빌어먹을 네이선.

마르틴이 이런 일을 혼자 할 수 없는 이유는 그가 그렇게 프로그래밍했기 때문이다. 나는 그녀를 포기할 수도, 신고할 수도 없었다. 만약 아이가 있다는 사실이 밝혀지면 내 경력이 처참히 무너질 테니까. 이 모든 게 그가 만든 난장판인데 청소할 사람이 나밖에 없었다. 무슨 일이 생기든 그 결과는 내가 감당해야 했다.

항상 이런 식이었다. 연구소에서 함께 작업한 수년간, 그러니까 임신에 대해 싸우고 반지를 받고 그가 연구소를 탈출하기 전에도 난 비슷한 실망을 했다. 그건 내게 상처로 남았다. 그는 언제나 일을 대충 하고 쉬운 방법만을 택했다. 공동 연구는 그의 엉성한 기술, 그리고 결과가 본인 마음에 들게 나오면 그에 대해서는 의문을 품지 않는 무능함 때문에 싸움으로 점철됐다. 그는 나를 잔소리꾼이라 했고, 자신의 데이터를 사소한 부분까지 참견한다며 손가락질했다. 하지만 만약 내가 그의 수치를 점검하지 않았다면, 나는 그와 함께 나락으로 떨어졌을 것이다.

바로 지금처럼. 그가 마르틴을 만들 때 옆에서 감시하지 못했다는 이유 때문에 나는 지금 그 결과물을 처리하고 있었다. 언제나 그렇듯 더 많은 일이 주어졌다. 네이선 때문에.

나는 몇 초간 순수한 분노에 나를 맡겼다. 다시 눈을 떴을 때 마르틴은 여전히 나를 보며 기다리고 있었다. 인내심에 한계가 왔다.

"마르틴. 네이선이 한 번이라도……." 나는 당신을 사용한 적이 있냐고 묻기 직전에 말을 멈췄다. "네이선이 한 번이라도 이런저런 아이디어를 떠올릴 때 도와달라고 한 적 있나요?"

"언제나 그랬어요. 저 그거 잘하거든요." 그녀가 술술 대답했다.

물론 그랬겠지. 네이선은 자기보다 똑똑한 아내는 참아줄 수 없었지만, 자신의 아이디어를 이리저리 손봐 제대로 된 형상으로 만들어줄 정도의 아내라면 괜찮았던 듯하다.

"와인 한 병 따죠." 내가 말하자 마르틴은 즉시 주방으로 향했다. 그렇게 즉각적으로 복종하는 그녀의 모습을 보자 부끄럽게도 만족감이 솟아났다. "같이 머리를 맞대야 해요."

* * *

마르틴은 생각을 나누기에 아주 유용한 파트너라는 사실이 곧 드러났다. 네이선을 인정하는 건 마뜩치 않지만, 그는 자신을 위해 아주 탁월한 보조를 만들어낸 것이다. 우리는 몇 시간 동안 당면한 문제에 대해 다각도로 대화했다.

마르틴은 내 아이디어를 뒷받침하는 논리나 전후관계에 구멍이 생기면 그걸 지적하며 내 말을 끊었다. 그녀는 새벽이 돼서야 자신의 의견을 표했다.

"우린 네이선이 필요해요." 그녀가 말했다.

얼굴을 손에 묻고 있던 나는 고개를 들며 대답했다. "우린 그가 필요하지 않아요. 우리끼리도 문제를 해결할 만큼 충분히 똑똑하잖아요."

마르틴은 나를 향해 머리를 흔들어 보였다. 그녀는 한참이나 비어 있던 내 와인 잔을 가져가 설거지를 하기 시작했다. "아니요. 해결책을 위해 필요한 게 아니라, 그 사람이 해결책이라고요."

나는 분통이 터진다는 걸 조금 우스꽝스럽게 표현하려고 두 손을 들었다. 이 여인, 내 복제인간이, 두뇌까지 나와 정확히 똑같이 만들어진 사람이, 태어날 때부터 나와 똑같은 가능성을 가진 사람이 한다는 말이 이거라니. 나는 그녀가 이렇게 멍청한 말을 했다는 게 믿어지지 않았다. 이리도 쓸모없는 말이라니. "그러니까, 네, 마르틴." 나는 날이 선 목소리로 말했다. "네이선이 있으면 유용하겠죠. 사실 모든 문제가 해결이 돼요. 네이선이 시체가 아니기만 하면, 우린 이 난리를 겪을 필요가 없잖아요."

마르틴은 내 목소리에서 느껴지는 신랄함에도 움찔하지 않았다. 그저 천을 집어 들어 와인 잔의 물기를 닦으며 나를 향해 반 바퀴 빙글 돌았다. "그거예요." 그녀가 말했다. "살아 있는 네이선을 구할 수만 있다면요."

그녀는 잔을 빛에 비춰보며 얼룩이 없는지 확인했다. 내가 이해할 때까지 일부러 시간을 끄는 거였다. 내가 따라잡기를 기다리고 있었다. 나는 마르틴의 목을 조르고 싶었다. 그녀가 있지도 않은 얼룩을 닦는 바로 그 순간, 나는 마침내 그녀의 말이 무슨 뜻인지 깨달았다.

처음으로 느낀 감정은 경악과 믿을 수 없다는 느낌이었다. "안 돼요."

"알았어요." 마르틴이 정성스레 천을 접으며 말했다.

"그러면 안 돼요." 나는 탁자에 손바닥을 댔다.

그녀는 천의 주름을 따라 손톱을 움직이며 고개를 끄덕였다. "이해했어요."

"그 어떤 경우라도."

"그래요."

"마르틴, 당신은 그게 어떤 일인지 전혀 몰라요."

마르틴은 천을 오븐 손잡이에 걸고는 정확히 가운데에 오도록 잡아당겼다. 그녀는 몇 초간 아무 말도 하지 않았다. 마침내 입을 열었을 때 그 목소리는 너무 작았다. 나는 무의식적으로 다시 말해달라고 할 뻔했다. 하지만 너무나 정확하고 신중한 말이라, 나는 모든 단어를 알아들었다.

"맞아요. 저는 거기에 대한 지식이 없죠. 그렇지만 당신이 설명해줄 수도 있잖아요."

머리가 빙빙 돌았다. 마르틴은 나는 상상도 못할 인내심을 가지고 나를 보고 있었다. 그녀의 얼굴은 차분했다. 그녀는 마치 영원히 기다릴 수 있다는 듯 냉정한 모습으로 서 있었다.

"그럼 말이죠." 나는 그녀의 시선에 굴복하며 말을 시작했다. "우선 할 일은, 그의 시체를 파내는 거예요."

12

나는 그간의 인터뷰에서 과학과 첫사랑에 빠졌다고 말하곤 했다. 선의의 거짓말이었다. 솔직히 말하자면, 나는 과학과 사랑에 빠진 적이 단 한 번도 없었다. 과학을 사랑한다는 건 내게 있어 내 손톱을, 폐를, 임파선을 사랑하는 것과 마찬가지였다. 내게는 늘 과학이 있었고, 나는 늘 과학 속에서 살았으며, 과학에 의지했다. 버섯이 자신을 품고 있는 땅을 좋아하거나 싫어할 필요가 없는 것처럼, 내게는 과학을 사랑하거나 싫어할 이유가 없었다.

내 첫사랑은 네이선이었고, 그는 마르틴을 만들기 훨씬 이전부터 나를 속였다.

네이선은 영리하고 재미있는 사람이었다. 그는 자기 손에 질문이 있고, 내 피부가 그 모든 질문에 금세 대답해줄 수 있다는 듯 나를 만졌다. 나는 그게 너무 좋았다. 우리는 서로의 친구에게도 인사를 나눴고, 해변에 갔고, 영화를 봤고,

같이 책을 읽으며 몇 시간을 보내곤 했다.

우리는 서로의 아이디어를 차용하며 끊임없이 연구 얘기를 나눴다. 둘이서 함께 세상을 바꾸자는 꿈을 조금씩 꾸기 시작했다. 호르몬 조건화 시스템을 발전시키고 싶다고 하자, 그는 밝은 얼굴로 이렇게 탁월한데도 어쩜 이토록 태연할 수 있냐며 이럴 때 내가 가장 아름답다고 말해줬다.

나는 그걸 칭찬으로 느끼지 않았다. 나는 사랑을 느꼈다.

네이선과 사랑에 빠지는 건 쉬웠다. 그의 주변에 있는 것도 쉬웠다. 그는 결코 나를 겁먹게 하지 않았고, 내가 뭔가 잘못 말했나 하고 나 자신을 의심하게 만들지도 않았다. 그때는 심지어 다투는 것도 수월했다. 의사소통에서 오해한 부분을 바로잡고 서로가 좋은 의도로 그랬다고 판단하면 끝이었으니까.

나는 우리가 옥신각신할 때마다 그가 재빨리 싸움을 중단하는 걸 보며 짜증낼 생각도 하지 못했다. 그저 그가 사리에 맞게 행동한다고 생각했다. 그가 내 정신을 사랑한다고 말했을 때 그게 이상하다는 생각도 하지 못했다.

나는 어렸고, 아주 다양한 남자들에게 익숙해진 상태였다.

그래서 분노를 주의하는 것과 같은 방식으로 비겁함도 주의해야 한다는 생각은 하지 못했다.

* * *

네이선의 클론을 만드는 건 쉬운 일이어야 했다. 틀에 박힌 시퀀싱 작업과 복제 작업은 다른 연구대상과 다를 바 없었다. 그러니까 쉬웠어야 했다.

그렇지만 쉽지 않았다.

샘플 채취는 문제가 아니었다. 일단 시신을 파내자 사용 가능한 조직은 넘쳐났다. 죽은 사람에게서 샘플을 채취하는 건 평소보다 더 쉬웠다. 샘플의 크기나 위치를 따지지 않아도 됐고, 조심할 필요도 없었으니까.

다시 파헤친 구덩이에 들어가자 시체 썩은 달큼한 냄새와 흙냄새에 숨이 막힐 것 같았다. 하지만 지금까지 했던 샘플 채취 중 가장 쉽게 일을 끝냈다. 땅 속에 2주간 묻혀 있던 네이선은 무르고 흐물흐물했다. 피부는 닳아 해진 나일론처럼 느슨했고 축 처져 있었다. 나는 염기서열 전체를 확보할 만큼 커다란 샘플을 채취했다. 샘플을 채취하는 동안 마르틴은 고개를 돌리고 있었다. 네이선의 복부를 파낼 때 나는 소리를 듣고는 심하게 움찔했다. 그녀는 조직 실린더를 넣는 냉장 박스를 보는 것마저 거부했다.

나는 직경 10센티미터 정도의 샘플이 운송 중에 망가질까 두려워 꼭꼭 싸맸다. 마르틴은 지퍼백에 물을 가득 채워 내게 건넸다. 부패 중인 무른 조직의 경우 얼음을 이용하는 것보다 이렇게 하는 게 손상을 덜 입었다. 그녀는 운송을 위해 샘플을 처리하는 동안에도 내내 싱크대에만 시선을 고정했다. 자신이 저지른 일임에도 불구하고 조금이라도 시선을 돌리려 하지 않았다.

네이선이 그녀를 만들 때 비위를 강하게 하지는 않은 것 같았다.

연구실에 들어가는 일은 샘플 채취처럼 매끄럽게 흘러갔다. 우리는 한밤중에 도착했다. 거기 있는 건 제대로 보수를 받지 못하는 경비원 한 명뿐이었다. 그는 내 얼굴만 보면 일행이 누구든 신경 쓰지 않을 터였다. 우리는 그냥 연구실에 들어가 장비를 준비하고 시퀀싱 작업만 하면 됐다. 남은 샘플은 버리고, 밤새 배양 가속기를 틀어놓고 떠나면 그만이었다. 그러면 다음 날 아침에 유아 사이즈의 느슨한 조직 덩어리가 인공 림프액과 양수에 둥둥 떠 있을 거였다.

완벽한 계획이었고, 실행에는 어려울 게 없었다. 샘플을 채취하고, 그걸 처리해서, 시험체를 키운다.

하지만 쉽지 않았다. 말할 것도 없이 쉽지 않았다.

자정을 조금 넘긴 시각, 나는 전용 주차공간에 차를 세웠다. 텅 빈 주차장은 다른 세계로 들어서는 입구인 양 광활했고, 아무것도 없는 삭막한 공간은 벌거벗은 것처럼 느껴졌다. 마르틴은 손을 무릎에 올리고 조수석에 얌전히 앉아 있었다. 차에서 내린 내가 트렁크를 열 때에도 가만히 있었다. 내가 창문을 두드리고 어깨에 메는 냉장 박스를 든 후에야 안전벨트를 풀었다.

창문을 두드렸을 때 그녀는 놀라지 않았다. 멍하게 있다가 갑자기 정신을 차리는 것 같지도 않았다. 그저 한 손으로 버클을 풀고 조심스레 안전벨트에서 빠져나왔다. 내가 문을 열어주자 여유롭게 차에서 내려 스커트의 주름을 펴더니 잔잔하고 끈기 있는 눈빛으로 나를 쳐다봤다. 뭘 해야 할지, 어디로 가야 할지 지시를 기다리고 있었다. 허락을 기다리고 있었다.

나는 짜증 섞인 분노가 솟아오르는 걸 억지로 삼켰다. 프로그래밍된 대로 행동하는 거니까 어쩔 수 없어. 그렇게 설계된 거니까. 허락을 기다리라고 만들어진 거니까. 그래서 매번 유순한 모습으로 주저했던 거였다. 그녀는 내가 음료를 마시는 걸 보고 나서야 자신의 것을 한 모금 마셨고, 출입구에 서서 나와 눈을 마주치고 내가 고개를 끄덕여야 방으로 들어갔다. 그러니 내가 차에서 내리라는 신호를 확실히 줄 때까지는 안전벨트를 맨 채 조수석에 앉아 있던 거였다. 거실에 들어갔을 때 잠옷을 입고 소파에 앉아 내 발소리를 기다리던 그녀가 떠올랐다.

나는 고개를 저었다. 마르틴이 이렇게 된 건 그녀의 잘못이 아니었다. 네이선이 이런 걸 원한 게 마르틴의 잘못은 아니었다. 이 상황이 너무나 답답했지만 그렇다고 마르틴을 원망할 수는 없었다. 불도그가 숨을 거칠게 쉰다고 뭐라 할 수 없는 것과 마찬가지였다.

그녀는 이런 식으로 만들어졌다. 그러니 나는 그녀가 이 일에서 빠져나올 때까지만 상대하면 그만이었다.

마르틴은 나를 따라 연구소 건물의 아무도 없는 복도를 걸었다. 나는 그녀의 시선으로 건물을 보려고 노력했지만, 연구소는 내게 너무 익숙한 공간이었다. 그래서 이 공간이 내 것이라는 느낌에서 거리를 둘 수가 없었다.

연구실 문밖에 있는 검은색 무광 스캐너에 직원 카드를 갖다 대자 삐 소리가 났다. 마르틴이 몸을 움찔했다. 평소라면 그녀가 흠칫 놀라는 모습에 눈알을 굴렸겠지만, 이번엔 나도 간신히 움찔대지 않을 수 있었다. 삐 소리가 별안간 너무 크게 들렸다. 어떻게 이렇게 거슬리는 소리를 매일 듣고 지냈는지 모를 일이다. 나는 세예드한테 클립보드에 천을 대달라고 한 것처럼, 관리인에게 이 소리를 무음 처리해달라고 부탁하고 싶다는 충동에 휩싸였다. 그렇지만 연구실에는 방음시설이 돼 있었다. 삐 소리는 오직 공기차단실 바깥에 있는 사람들에게만 들렸다. 왜 내 출입을 건물에 있는 사람들 모르게 하고 싶은 건지 설명할 방법이 없었다.

"괜찮아요. 아무도 없어요."

"확실해요?" 그녀가 어깨에 잔뜩 힘을 주며 물었다.

"확실해요. 이쪽 건물에는 밤 근무가 없거든요. 근무 시간 외에 내 연구실에 접근 가능한 사람은 나밖에 없고요. 여긴 우리밖에 없어요."

"정말로 확신해요?" 공기차단실의 바깥문을 열 때 마르틴이 다시 물었다.

나는 그녀를 홱 잡아당기고 싶은 충동과 싸웠다. "백 퍼센트 확신해요." 나는 내 인내심이 전해지길 바라며 소리 낮춰 말했다. "믿어줘요."

마르틴은 나를 따라 공기차단실로 들어왔다. 나는 그녀에게 양압 환기 장치 때문에 강한 바람을 맞게 될 거라 주의를 줬다. 그런 식으로 미립자와 오염물질이 연구소로 들어오는 걸 막는다고 설명했고, 포자와 종자의 위험에 대해서도 말했다. 필요 이상으로 많은 정보를 줄줄 나열하고 있었다.

나는 불안할 때마다 이렇게 무의식적으로 누군가를 가르치곤 했다. 네이선과의 공동 연구를 그만두고 처음 연구 보조를 뽑았을 때 생긴 버릇이었다. 대화를 나눌 파트너가 없었기에 연구 보조에게 말을 하곤 했다. 보조가 내 연구를 지켜볼 때면 모든 과정을 자세히 설명했다. 내가 하는 행동과 그 이유를 설명하는 건 곧 자연스러운 일이 됐다. 그렇게, 행동을 하면 곧이어 설명하는 버릇이 생겨났다.

계속 말을 하자 심장박동이 서서히 느려졌다. 복도에서 스며든 공포는 사라졌다. 마르틴에게 주변 환경에 대해 계속 설명하는 한, 나는 이 상황을 잘 아는 사람이 된다. 나는 믿을 만한 사람이고, 상황을 꽉 잡고 있었다.

마르틴은 침착하게 서서 내 얘기를 들으며 공기 순환이 끝나길 기다렸다. 그녀는 눈을 몇 번 깜빡였지만 절대 감지는 않았다. 입술이 움직였는데, 바람 소리 때문에 제대로 들을 수가 없었다.

"뭐라고요?"

"그러니까, 여기 우리 둘만 있는 게 정말 확실해요?"

나는 이를 갈며 말했다. "네, 마르틴. 그렇다고 했잖아요." 이번에는 목소리를 낮출 생각도 하지 않았다. 말 중간에 공기 순환이 끝나는 바람에 '그렇다고 했잖아요.'가 크게 울려 퍼졌다. 마르틴은 이마를 잠시 찌푸리곤 더이상 아무 말도 하지 않았다. 그저 입술을 꽉 다물었다. 나는 마르틴이 화가 났을 땐 이런 모습인가 보다 하고 생각했다.

어쨌든 상관없었다. 마르틴은 내게 화낼 자격이 없었다. 나는 지금 그녀가 만든 난리통을 정리하고 있었다. 그녀가 내게 부탁한 것(그녀를 대신해 감수하고 있는 위험)은 어마어마한 일이었다.

그러니 나는 소리칠 권리 정도는 있었다.

그게 아니더라도, 이미 걱정하지 말라고 수없이 말한 터였다. 우리밖에 없다고 몇 번이나 말했다. 나는 얘기했는데, 그녀는 듣고 있지 않았다.

그 순간, 나는 동물적인 조바심을 느꼈다. *내 얘기를 듣도록 만들겠어.* 나는 그 감정을 무시하려 애썼다. 그저 그녀가 똑같은 질문을 또다시 하지 않기만을 바랐다. 계속 그렇게 우겨대면 그 조바심이 얼마나 크게 자랄지 스스로도 몰랐기 때문이다.

나는 그녀를 무시하려 노력하며 공기차단실 안쪽 문을 열고 연구실로 들어갔다. 그리고 본능적으로 전등 스위치 쪽으로 손을 뻗었다. 내 뒤를 따라온 마르틴이 공기차단실 문을 닫는 소리가 들렸다. 걸쇠가 걸리는 순간 스위치를 눌렀다. 형광등이 깜빡이며 불이 켜졌다.

텅스텐으로 된 실험대. 강화유리 탱크는 양수로 가득 찼고, 그 안에는 성장 단계에 따른 다양한 시험체가 있었다. 부검대와 용해된 조직을 수용 가능하게 깊이 만든 배수로. 거대한 무균작업대. 화이트보드.

벽장문이 열려 있었고 물건들이 어수선하게 널려 있었다. 메스 한 박스가 바닥에, 칼날과 스포이트 유리관이 리놀륨 바닥에 흩어져 있었다.

그리고, 검은색 스키마스크를 쓴 키 작은 남자가 인공 양수 자루를 움켜쥐고 서 있었다.

나는 스위치에서 손을 떼고 내 물품을 들고 있는 남자를 쳐다봤다. 그는 얼어붙은 채 나를 응시했다.

"설명할 수 있습니다." 그는 전에는 단 한 번도 하지 않은 말을 했다. 그렇게 오래 함께 일했는데, 그런 말은 처음이었다.

내 뒤에 선 마르틴이 작게 헛기침을 내뱉었다.

나는 바로 알아차렸다. 그녀는 내게 경고한 거였다. 자신이 아는 최고의 방식으로. 싸움을 유발하지 않고, 내게 정면으로 반박하지 않고, 그 결과 내 짜증을 받아내게 됐음에도 불구하고.

그녀는 경고하려 노력했다. 듣지 않은 건 나였다.

그녀가 옳았다.

정말로, 우리 둘 말고 누가 또 있었다.

13

나는 인정할 수 있다. 지금까지 살아오면서 일에서, 또 인간관계에서 실수를 저질렀다는 걸. 그렇다고 해서 이 부분을 확대해석해서는 안 된다. 나는 과학자다. 스스로의 실수를 검토하는 건 내 직업의 일부다. 솔직한 자기평가 없이 성장은 불가능하다. 만약 연구에서 인간의 실수를 배제할 수 없다면, 결과는 바로 중요성을 잃게 된다.

나는 실수를 하지 않으려 애썼다. 물질적 투자가 결과로 이어지는 어떤 상황에서도 인간의 실수라는 새로운 요소를 얹지 않기 위해 애썼다. 사람들은 나를 보며 고립이란 단어를 떠올릴 수도 있겠지만, 나는 그들 마음에 들자고 혼란을 추구할 생각은 없었다. 놀이친구 몇 없이 차갑고 권위적인 아버지 밑에서 자란 어린 시절에도 나는 괜찮았다. 넓게 뻗은 석조가옥에서 엄마와 둘만 지낼 때에도 괜찮았다. 기숙학교에서 지내던 10대 때, 휴일에 집에 오라는 소리를 듣지 못해도 괜찮았다. 그러니 굳이 다른 사람에게 의지해야 할 이유를 찾지 못했다.

누군가를 필요로 하려고 노력할 때마다 그건 실수로 남았다. 나는 네이선을 필요로 했지만, 그가 원하는 만큼은 아니었다. 네이선은 자신이 꼭 필요한 사람이길 원했다. 네이선의 숨겨진 자아는 내 무게를 견디고 싶어 했다. 내가 홀로 서려고 하면 그런 나를 원망했다. 아마 그래서 마르틴을 만들기로 결심했을 것이다. 마르틴은 네이선을 필요로 했다. 개가 먹이를 줄 사람을 필요로 하듯, 진정으로 그를 필요한 존재라 여겼다. 왜냐하면 그게 그들 관계의 목적이었기 때문이다. 마르틴은 나와는 다르게, 네이선 자신이 극히 중요한 사람이라 느끼게 해줬다.

하지만 나는 예전부터 알고 있었다. 꼭 있어야 하는 사람 같은 건 어디에도 없다는 걸. 아빠가 사라진 뒤 엄마는 더이상 그의 무게를 견디지 않아도 됐다. 그러니 나를 지탱해줄 수도 있었다. 하지만 그러지 않았다. 그냥 내가 혼자 알아서 살게 내버려뒀고, 그게 가능해지자마자 나를 멀리 보냈다. 없는 아빠 대신 사랑을 쏟아주는 엄마가 되려고 노력하지 않았다. 내게는 잘된 일이었다. 나는 진공상태에서 숨 쉬는 법을, 수중에서 걷는 법을, 세상에서 홀로 사는 법을 배웠다. 엄마가 내게 준 외로움 때문에 다른 사람에게 너무 기대지 않는 법을, 아니 아예 기대지 않는 법을 배웠다. 남편에게도 예외가 아니었다.

하지만 이미 언급했듯이, 나는 실수를 저질렀음을 인정한다. 엄마 덕분에 교훈을 얻긴 했어도, 나는 완벽한 사람은 아니다. 내 규칙에는 단 하나의 예외가 있었다.

오랜 시간 함께 일하며, 세예드에게 의지하기 시작한 것이다.

* * *

그는 내 눈을 보려고 들지 않았다.

손에 든 스키마스크를 너무 세게 움켜쥐는 바람에 손바닥과 천이 마찰하는 소리가 들렸다. 나는 마스크를 낚아채 바닥에 던지고 그가 나를 보게 만들고 싶었다. 그에게는 후회할 권리가 없었다. 죄책감이라는 감정을 주는 것마저 선물처럼 느껴졌다.

"학자금 대출 때문에 그랬어요." 마침내 입을 연 그의 목소리엔 수치심이 가득했다. "너무 많았거든요. 그 빚을 어떻게 다 갚을지 모르겠더라고요. 그런데 그들이 접근했어요. 물품을 좀 팔 수 있겠냐고 묻더라고요. 그게…… 아무에게도 해가 될 것 같진 않았어요."

"얼마나 이랬어?" 내가 물었다. "내 연구자금으로 부업 수익을 올린 게 언제부터냐고?" 그는 무언가 중얼거렸지만 들리지 않았다. 나는 침묵이 짙게 내려앉아 숨이 막힐 때까지 마냥 기다렸다. 아버지한테 배운 수법이었다. 어렸을 때의 나처럼, 세예드에게도 이 방법이 잘 먹혔다. 몇 초 후 그는 힘겹게 침을 삼키고 말을 시작했다.

"1년쯤 됐습니다."

내가 욕을 하자 그가 움찔했다. 과거의 순간들이 떠올랐다. 지난 12개월 동안 기금을 위해 싸워야 했던 순간들. 내 연구실을 가동시키는 데 얼마나 돈이 많이 드는지 해명하고, 시장성을 위해선 다음 분기까지 기다려야 할 거라고 설명해야 했던 순간들. 아직 주류로 뛰어들 준비는 안 됐지만, 일단 그렇게만 되면 투자한 가치가 드러날 거라고 말했던 순간들.

그 모든 시간 동안 세예드는 도둑질을 하고 있었다. 나는 그가 움찔하는 모습을 보며 솟아오르는 분노를 겨우 참았다. 이렇게 잡히고 나서야 초라하고 유약한 척 행동하다니. 1년간 내 뒤통수를 쳤던 자신감은 다 어디 가고? 나는 그에게 차라리 당당한 배신자가 되라고 몰아세우고 싶었다. 마르틴이 내 팔에 손을 얹었다. 나는 그녀를 봤다. 반은 그녀가 원하는 게 뭔지 보기 위해서, 그리고 반은 움츠린 세예드에게서 시선을 돌리고 싶은 마음에서였다.

마르틴은 차분한 얼굴로 숨 좀 돌리라고 내게 속삭였다. 입 끝이 살짝 올라가 미소가 보일락 말락 했다. 그녀가 내 팔을 부드럽게 잡았다. 나는 충격을 받았다. 그녀는 어떻게 하면 나를 진정시킬 수 있는지 본능적으로 아는 것 같았다. 엄마랑 너무나 똑같았다.

그 순간 잠시 의문이 들었다. 내가 지금 아빠처럼 보이는 건 아닐까.

나는 그녀에게 고개를 끄덕이고 미소를 지어준 후 다시 세예드에게 몸을 돌렸다. "좋아, 좋다고. 용납하진 못해도 왜 도둑질을 하기로 결심했는지는 이해했어."

"너무 죄송합니다." 그가 말을 더듬었다. 마르틴은 내 팔을 다시 한 번 부드럽게 잡았다.

"이건 용납할 수 없는 일이야." 나는 반복해서 말했다. 세예드는 내가 목소리를 높이지 않았는데도 움찔했다. "누구한테 팔았어?"

그가 주저하며 아까 했던 말을 반복했다. "그들이 접근했어요. 선생님 방식을 따라 집단 연구실에서 연구를 하겠다는 사람들이요. 그들이 필요로 한 건 어차피 우리한테서 좀 남는 물품이었으니까요. 그리고……."

"우리한테 남는 게 있었어?" 나는 날카롭게 말을 끊었다. "남을 만큼 주문했던 건 아니고?"

세예드가 스키마스크를 또다시 비틀며 속삭였다. "죄송합니다."

마르틴이 천천히 호흡하는 소리가 들렸다. 나는 나도 모르게 그 소리에 맞춰 숨 쉬고 있다는 사실을 깨달았다. 네이선은 혹시 지금 나처럼 분노를 느낄 때 이를 누그러뜨리기 위해 이런 행동마저 프로그래밍해둔 걸까? 아니면 네이선과 함께 지내면서 마르틴이 혼자 터득한 걸까? 네이선은 자신을 달래줄 누군가가 있어야 한다는 걸 알았던 걸까? 그는 자신의 팔에 닿는 마르틴의 차가운 손에 호흡이 느려지는 걸 느끼며 자신의 분노가 무엇 때문인지 깨달았을까?

눈 뒤에서 심장이 뛰는 것 같았지만, 마르틴과 함께 호흡하자 그를 후려치고 싶다는 엄청난 욕망에 굴복하지 않고도 세예드를 똑바로 볼 수 있었다. 그 역시 내가 자신을 보고 있다는 걸 알아차렸다. 마침내 고개를 들어 나와 눈을 마주쳤기 때문이다.

바로 그때, 세예드는 처음으로 마르틴을 봤다. 그녀가 거기 있는 건 알았지만, 본의 아니게 내게만 집중하던 터라 제대로 보질 못했다. 지금까지는.

그는 마르틴을 보고 나를 보더니, 또 한 번 번갈아 그녀와 나를 봤다. 마르틴을 바라보며 입술을 벌리던 그가 나를 흘긋 봤다. 우리의 생김새를 비교하고 있었다. 깨닫고 있었다.

예상할 순 있어도 막을 순 없는 해안 침식처럼, 세예드의 시선이 마르틴의 배로 떨어졌다. 나는 그의 표정이 놀라움에서 불안으로, 그리고 조심스러운 무표정으로 바뀌는 걸

봤다. 그는 서둘러 차분함이라는 가면을 쓰는 데 성공했다. 하지만 나와 눈이 마주친 아주 짧은 순간, 이미 극단적인 공포를 드러낸 뒤였다.

"이 사람 누구예요?" 그가 물었다.

나는 이를 악물고 대답했다. "마르틴이야."

* * *

세예드는 예상보다 더 오래 내 연구실에서 일했다. 이전에 있던 연구 보조들보다 훨씬 오래. 솔직히 말하자면, 나는 그가 몇 달 이상 버틸 거라고 생각하진 않았다. 내 밑에 있는 보조들이 그보다 오래 머무르는 일은 드물었다.

물론 내가 그에게 거는 기대는 컸다. 세예드는 곧바로 그 자리를 차지했고, 나는 후보자 면접을 중단했다. 원래는 책상 위에 이력서를 산처럼 쌓아뒀다가 예상대로 보조가 일을 그만두면 맨 위에 있는 사람을 고용하곤 했다. 그러나 세예드는 달랐다. 그는 내가 직접 뽑아 온 사람이었다. 나는 박사학위를 취득하고도 발전성이라곤 전혀 없는 네이선과 그의 프로그램에 매달려 있던 세예드를 구제해 진짜 연구라는 환하고 찬란한 빛의 세계로 데리고 왔다. 나는 그가 지닌 지적 가능성을 봤고, 양성할 만큼 가치가 있다고 생각했다.

세예드에게 나를 도와 일을 해달라고 제안한 건 모험이었다. 나는 그 때문에 네이선과 설전을 벌였다. 그는 자기한테서 세예드를 훔쳐가는 게 옳은 일이냐며 말도 안 되는 소리를 했다. 나는 이렇게 대답했다. 납치라도 하지 않는 한 사람을 훔쳐가는 건 불가능하며, 나는 그 비슷한 짓도 하지 않았다고. 멍청하고 무의미한 싸움이었지만 싸움은 싸움이었고, 내 결혼생활은 더이상 싸움을 감당할 수 없었다. 하지만 나는 밀고 나갔다. 세예드에게 운명의 길을 선택할 기회를 주고 싶어서였다.

세예드를 연구실로 데리고 왔을 때, 나는 밝고 순진하고 머리에 피도 안 마른 그가 과하게 버석거리는 연구실 가운 속에서 다리를 휘청거릴 거라 예상했다. 그동안의 다른 보조들처럼 움츠러들고 초조해하며 극성맞게 굴 거라 예상했다. 허둥지둥하면서 발밑에서 걸리적대고, 나를 멘토로 삼기 위해 날 구워삶으려 할 거라 예상했다. 그러다 나를 짜증나게 하고, 결국 요구사항이 덜한 다른 연구실을 찾겠다고 결심할 거라 예상했다.

그러나 세예드는 내 예상과는 전혀 달랐다. 그는 일할 준비를 마친 뒤 나타났고, 정보란 정보는 거의 모두 흡수했다. 내가 설명할 때면 귀를 기울였다. 이미 알고 있는 내용이라고 해도, 내가 스스로에 대한 의구심을 떨치기 위해 그저 주절댄다는 느낌으로 설명할 때에도. 그는 제대로 된 질문을 했다. 스포이트 팁은 제대로 처리했다. 장갑을 자주 교체했으니 두 겹으로 겹쳐 쓰라고 말할 필요도 없었다. 장갑을 주변에 방치하지도 않았고, 대체 다른 사람들은 왜 그러는지 모르겠지만, 재사용하려 들지도 않았다.

세예드는 내 감정을 들여다볼 생각은 전혀 하지 않았다.

그는 무엇이 중요한지, 무엇이 그렇지 않은지 알고 있었다.

그의 판단은 흠 잡을 데 없었고, 그가 내리는 결정은 주어진 정보 내에서라면 나라도 그렇게 할 만했다. 나와 네이선의 다툼은 그 이후 연이은 싸움으로 점점 희미해졌다. 내게 남은 건 오직 깊은 만족감뿐이었다. 세예드에 대한 내 판단은 옳았다. 그에게 들인 시간은 아깝지 않았다. 당시엔 그렇게 생각했다. 그는 내가 바랐던 딱 그만큼 능숙한 사람이었고, 심지어 매일 더 나아졌다.

연구실에서 6개월을 함께 지낸 후(제일 오래 있었던 연구보조의 기록을 깬 거였다), 자율 작업을 시킬 만큼 그를 신뢰하게 된 건 당시에는 자연스러운 일이었다. 세예드는 늘어난 업무량에 주저 없이 적응했다. 오히려 책임감이 가중되자 더 활약하는 것처럼 보였다. 우리는 쉽게 리듬을 맞췄다.

나는 네이선이 연구실을 떠난 이후로 가까운 연구 파트너를 가져본 적이 없었다. 나는 세예드를 신뢰했고, 그에게 의지하는 법을 배웠다. 그는 집보다 더 집처럼 느껴지는 내 연구실에서 필요불가결한 존재가 됐다.

그는 나와 함께 일했던 보조 중 최고였다.

* * *

"저 여자는 임신이 불가능해요." 눈을 동그랗게 뜬 세예드가 마르틴을 가리키며 중얼거렸다. "그건 불가능해요. 그건……."

"나도 알아." 나는 마르틴을 살인자로 만든 그 논쟁을 되풀이하고 싶지 않은 마음에 그의 말을 가로챘다.

"에벌린, 무슨 짓을 한 거예요?"

지금 생각해보니 나는 그때 거짓말을 할 수도 있었다. 마르틴이 내 쌍둥이라고 말할 수 있었다. 자연스러운 모습의 그녀는 나와 아주 약간 달라 보였으니, 그가 믿을 가능성도 있었다. 만약 세예드가 나를 믿었다면 상황은 완전히 달라졌을 것이다. 나는 그를 그 자리에서 해고하고 남은 연구를 혼자 했을 수도 있고, 일이 마무리되는 대로 모든 것에서 손을 뗐을 수도 있었다.

하지만 나는 그에게 거짓말할 생각은 하지 못했다. 내 뒤통수를 쳤다는 증거를 코앞에 두고도 진실을 말할 만큼 여전히 그를 신뢰했기 때문이다. 최근 들어 마주친 배신과 비교하면, 그가 연구실 장비를 훔친 건 그다지 심각한 일도 아니었다.

내 인생에 단 하나 남은 믿을 만한 사람을 잃을 마음의 준비가 안 됐던 걸까. 나는 네이선을 떠나며 그를 용서하지 않겠다고 다짐했다. 관계에 깊은 골을 내겠다는 마음으로, 우리가 함께했던 삶에 선을 그어 그를 알았던 삶과 몰랐던 삶으로 나눴다. 내 중심을 도려내는 것 같은 선택이었다.

나는 세예드와의 관계에서까지 그러한 선택을 하고 싶지 않았다. 도려낼 수 있는 부분에는 한계가 있었으니까. 나는 이 배신마저 돌이킬 수 없는 것으로 만들 용기가 없었다.

그래서 거짓말을 하는 대신 모든 걸 얘기했다.

마르틴은 필요 이상의 소음을 만들어내며 쏟아진 물품 청소를 하고 있었다. 듣지 않을 테니 마음껏 얘기하라는 뜻이었다. 나는 마르틴이 누구인지, 무엇인지, 그리고 무슨 일을 저질렀는지 얘기했다. 네이선이 바람을 피운 얘기도, 시신이 된 얘기도 했다.

나는 얘기하는 내내 세예드의 시선을 마주하며 반응을 살폈다. 내가 지금 그에게 한 번 더 기회를 주고 있다는 걸 이해하는지 궁금했다. 그는 나와 마르틴을 몇 번이나 번갈아 봤지만 아무 말도 하지 않았다. 그냥 듣기만 했다.

내가 말을 끝내자 세예드는 내 손에 들린 냉장 박스로 시선을 떨궜다. 그가 시선을 고정하더니 입술을 깨물었다. 그는 그 안에 든 게 뭔지 듣지 않고도 이미 알고 있었다.

그에게 옳은 길은 오직 하나였다. 단 하나 있는 그 길로 가야 안전했다. 모든 것을 알게 된 지금, 그 길을 벗어나겠다고 마음먹는다면 위험부담이 견딜 수 없을 만큼 커지는 거였다. 그에게 주어진 올바른 대답의 영역은 아주 좁았고, 나는 그가 거기서 벗어난 말을 하면 어떻게 해야 할지 모르는 상태였다.

필요한 일이라면 뭐든 했겠지.

그는 결정을 내린 듯 고개를 한 번 끄덕였다.

"탱크가 필요합니다." 그가 입을 열고는 잠시 생각에 빠졌다. "4896-T는 못 쓰게 됐어요. 크레아틴 포스포키나제 지수가 높아졌어요. 미오글로빈 수치도요. 아침에 말씀드리려던 참이었습니다."

크레아틴 포스포키나제와 미오글로빈은 근육 감소의 지표였다. 두 가지 효소가 혈액으로 흘러 들어간다는 건 조직이 죽어간다는 의미였다. 우려하던 구획증후군이 발생해 골격근으로 가는 혈류가 차단됐고, 덕분에 조직은 거대한 폐기물이 됐다. 근위축증이었다. 근력 저하와 움직이지 않는 상태가 조건화된 다른 시험체였다면 생존 가능할 수도 있었다. 하지만 이 시험체는 탱크에서 나와 달리고 싸울 준비가 돼 있어야 했다. 이동성을 입증할 수 있어야 했다. 그러니 이제 남은 건 시험체를 어떻게 할지 선택하는 것뿐이었다.

4896-T에 대한 나쁜 소식에도 불구하고, 나는 세예드가 정답을 말한 데에 무척 안도했다. 그는 여전히 무엇이 중요하고 무엇이 중요하지 않은지 잘 안다는 사실을 내게 증명했다.

이제 우리에게 중요한 건 앞으로 어떻게 하느냐였다.

"4896-T를 부검하고 서류 작업을 하자. 이 시험체는 일반적인 성장 실패로 분류하고." 내가 말했다. 나는 일렬로 늘어선 어둑한 탱크를 바라보며, 4896-T를 만들 때 종자가 됐던 예비조직들을 떠올렸다. 연구실에는 예상치 못한 실패가 생겼을 때 그 자리를 메울 수 있는 정지 상태의 문제없는 조직이 적어도 3개는 있었다. "4896-V를 활성화시켜. 그 시험체라면 따라잡을 수 있을 거야. 영양 부하를 줄여서 조직이 일을 덜 하게 하고."

세예드는 벌써 새 실험가운의 비닐을 뜯고 있었다. 그는 실험대에서 작업할 때만 실험가운을 입었기 때문에, 보호장비가 필요할 때면 언제든 새것을 쓰도록 했다. 가운은 티끌 하나 없이 깨끗했지만, 저녁나절이 되면 항상 생물의학 폐기물 쓰레기통에 버려 처리했다.

그는 실험가운을 입고 버튼을 채우기 시작했다. 스키마스크를 쑤셔 넣은 주머니가 불룩했다. 세예드가 나를 보며 물었다. "살균을 먼저 할까요, 부검을 먼저 할까요?"

"부검. 탱크 준비는 내가 할게." 그의 이마에 주름이 졌다. 나는 거의 1년 동안 탱크 준비를 한 적이 없었다. 그런 작업은 늘 세예드에게 맡겼다. 그가 나만큼이나 철저하다는 믿음이 있었기 때문이다. 우리 역할은 보통 반대였다. 세예드가 탱크를 처리하고 내가 부검을 하는 식으로. 그렇게 하면 내가 데이터를 직접 처리하면서 실패의 반복을 미연에 방지할 수 있었다.

잠시 후 그가 이해했다는 듯 얼굴을 폈다. 지금 하는 부검은 그저 형식상의 절차였다. 4896-T에서 잘못된 게 뭔지 우리는 이미 알고 있었다. 그리고 문제를 해결하려는 어떠한 시도도 없이 시험체를 폐기하는 상황이었다. 그에 반해 탱크 준비는 너무나 중요한 일이라 망치면 안 됐다. 새로운 네이션을 만드는 기회, 제대로 할 수 있는 기회는 오직 한 번뿐이었다. 그러니 한 치의 오차도 없이 진행돼야 했다.

나는 세예드에게 부검을 맡김으로써 메시지를 전달했다. 그는 언제나 그렇듯 그 의미를 완전히 이해했다.

메시지는 다음과 같다. 네가 저지른 일은 넘어가주겠다. 넌 용서받았다.

하지만 나는 더이상 널 신뢰할 수 없다.

14

마르틴을 처음 봤던 날, 네이선은 늦게까지 일한다고 했다. 나는 농성하듯 소파에서 꼼짝도 하지 않던 엄마를 따라 하기 싫어서, 다이닝룸에 앉아 계속 그를 기다렸다. 나무 의자에 닿은 허벅지에서 감각이 사라질 때까지 몇 시간이나 거기 앉아 있었다. 차를 마시며 레스토랑 리뷰를 읽었다. 분노를 누그러뜨리지 않기 위해 신랄한 평만 골라 읽었다. 진정하고 싶지 않았고, 네이선이 집 안에 발을 들이는 순간 내장을 파버리겠다는 결의를 잃고 싶지 않았다.

솔직히 말하자면 나는 약간 흥분해 있었다. 간만에 내가 우세한 위치에서 싸우게 됐다는 게 확실했기 때문이다.

그러나 집에 와서 재킷을 의자 등받이에 떨어뜨리는 네이선의 얼굴은 이제 끝났다는 표정이었다. 그걸 보니 내 흥분은 모두 가라앉고 말았다.

"그러니까," 그가 입을 뗐다. "마르틴한테 들었는데 당신

오늘 그 집에 갔다며."

"그랬지. 눈으로 확인한 건 오늘 아침인데, 꽤 전부터 알고 있었어."

나는 네이선이 변명이라도 하길 바랐다. 화를 내고, 나를 비난하며, 몇 년 동안 내게 던지던 욕설들을 다시 꺼냈으면 했다. 피할 수 없는 미사일 같은 자신의 배신에 대항하는 걸 보니 단단히 정신이 나갔다고 말하기를 원했다.

하지만 그는 그러지 않았다. 그저 재킷을 다시 집어 들고 나를 향해 씁쓸하지도, 승리에 취하지도, 심지어 후회하는 기색도 없는 미소를 지어 보였다. 상상할 수 있는 것 중 가장 최악인 그 미소는, 그간 네이선이 내뱉은 그 어떤 잔인한 말보다 내게 더 큰 상처가 됐다.

그것은 예의를 차린 미소였다.

"다음 주에 내 짐 정리할 사람을 보낼게." 그는 조리대 그릇에 담긴 사과를 하나 집으며 말했다. "그때까지는 여기서 필요한 짐은 없을 거야. 필요한 건 집에 있거든."

나는 너무 놀라 할 말을 잃었다가, 그가 말한 '집'이 마르틴과 함께 살고 있는 장소를 의미한다는 걸 깨달았다. 그는 내가 미처 할 말을 찾기도 전에 사과를 깨물어 먹으며 밖으로 나갔다.

그리고 일주일 후, 그가 말한 대로 이삿짐센터 직원들이 도착했다. 나는 팀장에게 명함을 달라고 해서 받았다. 몇 달이 지나 네이선이 보낸 이혼서류를 받은 날, 나 역시 그 집에서 이사 나오기 위해 그곳에 연락했다.

그렇게 간단했다. 네이선은 싸우지 않았다. 울지도 않았다. 머무르기 위해 노력하지도 않았다. 상자 몇 개를 싸고 서류 작업을 마치자 끝나버렸다.

우리는 그렇게 끝났다.

* * *

할 일은 많았는데 시간은 부족했다.

네이선의 조직을 준비한 뒤엔 탱크 준비를 마쳐야 했고, 4896-T는 작동을 멈추고 검사한 후 처리해야 했다. 보통 이 모든 과정에는 이틀이 걸린다. 예전 시험체를 위해 하루, 그리고 새로운 시험체를 위해 하루.

하지만 우리에게 주어진 건 겨우 몇 시간이었고, 한 치의 오차도 용납할 수 없었다.

본격적으로 작업에 착수한 건 새벽 2시 즈음이었다. 정확히 말하자면 2시 반. 왜냐하면 그때 세예드가 자신이 4896-T의 양수를 빼고 안락사시키는 동안 나더러 마르틴을 연구실 밖으로 데리고 나가라고 우겼기 때문이다. 그는 감상적으로 굴고 있었지만 이해할 수 있었다. 시험체의 가동을 멈추는 걸 보는 일은 힘들었다. 특히 시험체가 깨어 있을 때에는.

그래도 나는 그게 시간 낭비 같았다. 마르틴이 그 과정을 보고 싶지 않다면 그냥 등을 돌리고 서 있으면 되는 거 아닌가.

우리가 연구실로 돌아오니 실패한 시험체는 부검대에 올라가 있었다. 세예드는 부검대 쪽에 천을 걸어 연구실과 분리했다. 간혹 자기네 돈이 어떻게 쓰이는지 확인하려는 회사 간부들의 방문 때마다 쓰는 차단막이었다. 그들은 진척사항은 보고 싶어 했지만, 연구 과정에 대해서는 늘 비위상해 했다.

처음에는 차단막을 보고 과하다고 생각했다. 하지만 세예드가 절개를 시작하는 순간 그가 왜 그렇게 생각했는지 이해했다. 거의 아무 소음도 없는 연구실은 피부가 절개되는 소리로 가득 찼다. 마르틴은 세예드가 메스를 연구실 트레이에 놓으며 쨍그랑 소리를 내자 격하게 움찔했다. 그냥 등을 돌리고 있는 것만으로는 전혀 충분하지 않았을 것이다.

"마르틴." 초조하게 치마를 잡아당기고 있는 그녀를 보며 내가 말했다. "나 좀 도와줄래요?"

"좋아요." 그녀가 속삭였다.

나는 도움을 구하는 게 친절을 베푸는 차원인 척할 수 있었다. 차단막 너머에서 들려오는 질퍽이는 소리를 듣지 않게 하려고 말이다. 아니면 그녀의 돕고자 하는 욕구를 이용하는 척할 수도 있었다. 잔인하고 타산적으로, 내 작업 속도를 내기 위해 사람들에게 쉽게 협조하는 그녀의 기질을 이용하는 척하면서. 어쨌든 그중에서 하나를 골라 그런 척할 수 있었다. 그리고 심지어 그 행동이 진짜인 척할 수도 있었다.

그러나 상관없었다. 중요한 건 시퀀싱을 위해 조직 샘플을 준비한 게 바로 마르틴이라는 사실이었다.

나는 그녀에게 실험가운을 빌려주고, 갈아 끼울 때 편하도록 장갑을 두 겹으로 끼는 법을 알려줬다. 마르틴의 손바닥은 이미 땀으로 젖기 시작했다. 나는 조심스럽게 단계적으로 지시사항을 알려줬다. 부드러운 목소리와 단순한 말을 사용해서.

그녀가 내 요청을 이해한 것처럼 보이자, 나는 절단기와 메스, 유화제를 그녀에게 맡겼다. 작업하는 내내 그녀의 시중을 들어야 한다는 생각을 하니 벌써부터 걱정이 됐다. 나는 늘 연구 보조들에게 그래야 할 때마다 분개했지만, 오늘만은 모든 과정이 끝날 때까지 마르틴의 손을 잡아줄 준비가 돼 있었다.

그러나 놀랍게도 마르틴은 도움이 전혀 필요하지 않았다. 그녀는 빠르고 능률적으로 일했으며, 딱 필요한 만큼만 지도를 요청했다. 나는 모든 과정에서 그녀의 작업을 확인했고, 그녀는 매번 내가 요청한 걸 정확하게 해냈다.

우리는 몇몇 중요한 순간에는 자리를 바꿨지만(내가 조직 분리라든가 유체 시료 채취 작업을 하는 동안 그녀가 탱크 준비 등의 허드렛일을 하는 식이었다) 결론적으로는 그녀의 작업이었다.

내가 그녀에게 맡긴 작업은 사실 세예드에게 주는 편이 더 나았다. 그는 샘플 준비를 어떻게 하는지 알았고, 내 감독 없이도 일할 수 있었으니까. 마르틴에게 탱크 준비를 맡기고, 부검은 내가 하고, 세예드가 샘플을 맡았다면 아마 모든 게 괜찮았을 것이다. 만약 실험을 다시 하게 된다면 분명히 그렇게 할 거라 장담한다.

하지만 그때만 해도 그런 생각은 떠오르지 않았다. 샘플을 다루는 건 탱크 준비와는 다르게 고체를 다루는 일이었고, 다루는 크기도 더 작았다. 더 복잡한 작업이었지만 설명하기엔 더 쉬웠고, 단계를 구분하기도 쉬웠다. 어쨌든 이 모든 명분을 차치하고, 마르틴에게 그 일을 맡기고 도전할 거리를 준다는 게 날 기분 좋게 만들었다.

그녀는 맡겨진 임무에 열중한 나머지 세예드가 쓰는 골 절단기의 위잉 소리에도 불안해하지 않았다. 나는 그녀가 작업하며 종종 만족스러운 미소를 짓는 모습을 목격했다.

이 분야에 지식이 없다고 걱정한 것에 비하면, 마르틴은 놀랄 만큼 전 과정을 잘 따라왔다. 타고난 것처럼. 대견하다는 느낌이 들 정도였다.

동이 틀 무렵, 준비가 끝났다.

시험체 4896-T는 시체 자루에 담긴 채 소각을 기다리고 있었다. 네이선으로 자랄 핵심 부분도 준비됐다. 기계로 추출한 줄기세포, 대여섯 개의 성장인자, 안정제, 가장 기본적인 것만 남긴 유동성 세포 조직. 이 모두가 저용량의 인공 양수에 떠 있었다. 유화액 수치를 다시 한 번 확인하는데 피곤함에 손이 떨렸다. 이게 내가 결혼한 남자의 새로운 버전을 만들어낼 복합체라니.

우리에게는 여분의 발육용 재료가 없었다. 내 업무예산상 더 쓰는 건 해명이 불가능했고, 세예드가 부업이라며 벌인 일 때문에 남은 예산이 얼마 없는 지금은 더더군다나 그랬다. 또 여분의 네이선도 없었다.

그러니 완벽하게 해내야 했다.

"좋아요." 내가 말했다. "준비가 된 것 같네요."

그 뒤 이어진 작업에는 이렇다 할 중요한 부분이 없었다. 부담감도, 긴장도, 승리감도 없었다. 우린 모두 지쳐 있었다. 세예드와 나는 우리 사이에서 어슬렁거리는 배신이라는 감정을 밟지 않으려 애쓰며 늘 하던 대로 작업을 진행했다. 마르틴은 방해하지 않고 장비에 시선을 고정한 채 조용히 우리를 보고 있었다.

계획에 따라 탱크를 채우는 건 평소와 조금도 다를 바

없이 진행됐다. 세예드가 압축 펌프를 누르자 네이선의 유화액이 탱크 안으로 밀려 들어갔다. 그와 동시에 나는 인공 양수와 과불화탄소를 혼합한 기질基質*을 유입시켰다. 두 액체는 같은 비율로 탱크에 들어가 균일하게 섞였다. 걸쭉한 조직 안에 들어간 양수는 기질과 더 쉽게 결합했다. 그리하여 조직이 너무 빨리 굳는 걸 방지했고, 동시에 질퍽하게 엉겨서 쓸모없는 덩어리 군단이 되는 것도 막았다.

잘못된 건 없었다. 분홍색 액체가 강화유리 탱크를 천천히 채우며 꾸준하게 수위를 높이고 있었다. 걸쭉한 액체에서 거품이 일어 표면으로 솟아올랐다. 거품이 다 사라지자 액체는 차게 식힌 젤라틴처럼 보였다.

남편의 외도 사실을 알게 된 건 5183-N 시험체 배양을 시작한 날이었다. 나는 그날 연구실에 혼자 남아 탱크를 채우며 최대한 늦게 집에 가려고 계속해서 일했다. 그때는 네이선에게 맞설 준비가 안 돼 있었다. 내 심증을 뒷받침할 증거를 전부 확보할 때까지는 그럴 수 없었다. 동시에 그의 옆에서 잠들 용기도 없었다.

그날 밤 나는 한 시간 동안 탱크 앞에 서서 거품들이 느릿느릿 위쪽으로 향하는 걸 봤다. 분홍색 액체가 탱크 안에서 부드럽게 퍼지며 맑아졌고, 한 사람을 자라게 하는 장

* 결합 조직의 세포가 분비한 기본 물질.

소로 변하고 있었다. 거품이 다 사라질 때쯤, 나는 우리 결혼에서는 아무것도 성장할 수 없다는 걸 깨달았다.

더이상은 아무것도 자랄 수 없다. 그가 한 짓을 생각하면 더더욱.

지금 마르틴은 내 옆에서 탱크를 보고 있었다. 그날 밤 내가 그랬던 것처럼. 그녀는 연구실 스툴에 앉아 손가락으로 좌석 밑바닥을 두드리고 있었다. "양이 많아 보이진 않네요."

"좋은 거예요." 내가 장갑을 벗고 눈을 비비며 말했다. "지금은 그냥 배양액이거든요. 시간이 좀 지나야 농도가 짙어질 거예요." 시야에서 하얀 점들이 춤을 췄다. 나는 손바닥의 불룩한 부분으로 눈을 누르며 마지막으로 잠든 게 언제인지 머릿속으로 계산했다.

"선생님." 세예드가 질문을 하려고 했지만 나는 그의 말을 잘랐다.

"오늘은 여기까지." 나는 논쟁의 여지가 없도록 일부러 퉁명스럽게 말했다. "집으로 가. 좀 쉬어." 나는 날카로운 눈초리로 그를 봤다. "오늘밤 약속했던 배달은 해야지. 이번이 빌어먹을 마지막이라고 확실히 전해. 내일 보자고."

"누군가 남아서 지켜봐야 하지 않을까요? ……저 사람을요." 마르틴은 자신을 창조한 사람의 복제품이 생길 탱크를 가리키며 말했다. 자신을 임신시킨 사람. 자신을 죽이려 했던 사람.

그를 지켜봐야 한다고 생각하다니 말도 안 되게 웃겼다. 나는 미친 듯 웃음이 나려는 걸 꾹 참았다.

"아니에요. 지금 우리가 할 일은 없어요. 설령 있다 해도, 기술 없이는 할 수 있는 게 없어요. 지금은 아니에요. 그리고 솔직히 마르틴, 거울 좀 봐요. 지쳤잖아요. 우리 모두 그렇죠. 집에 가서 좀 자야 해요." 나는 세예드를 향해 의미심장하게 고개를 끄덕여 보였다. "마무리 제대로 해."

세예드는 마르틴에게 거울 같은 선글라스를 하나 건넸다. 그녀가 쓰기에는 너무 커 보였다. "나가실 때 이거 쓰세요." 마르틴이 고개를 끄덕였다. 선글라스가 얼굴의 반을 가렸다. 그 말을 마지막으로 세예드는 아무 말도 하지 않았다. 내 지시에 더이상 반박하지 않겠다는 뜻이었다.

새로운 일은 아니었다. 보통 그는 내가 시킨 대로 행했고, 대개 따지지 않고 나를 따랐다. 그렇지만 오늘은 뭔가 달랐다. 우리에게는 서로 존중하는 마음이 있었다. 우리는 편안한 파트너였다. 하지만 지금 우리의 관계는 복종이라는 느낌을 띠고 있었다. 그렇게 생각하니 입 안에서 몰락의 맛이 느껴졌다.

그러라지. 그가 자처한 일이니 말리지 않을 것이다. 어쩌면, 언젠가는(시간이 많이 흐르고, 일을 많이 하면) 다시 그를 신뢰할 수도 있겠지. 예전과 같은 방식으로 다시 일할 수도 있겠지.

우리가 그곳에서 나올 때 동료들은 막 출근하는 참이었다. 선글라스를 쓴 마르틴이 내 뒤를 따랐지만 누구도 그녀에게 시선을 주지 않았다. 나는 온기라고는 없이 인사를 건넸지만, 늘 그런 식으로 말했기에 이상하게 생각하는 사람은 없었다. 진심에서 우러나지만 약간은 무시하는 듯한 말투. 당신에게는 관심 없고, 나는 지금 더 중요한 일을 하러 간다는 느낌을 주는 말투였다.

그들이 나한테 중요한 사람이라는 생각은 할 필요가 없었다. 내가 원하는 건 그저 그들이 내 일에 참견하지 않는 거였다. 마르틴은 차에 탈 때까지 선글라스를 벗지 않았다. 그녀는 안전벨트를 매고 머리를 뒤로 젖힌 뒤 긴 한숨을 내뱉었다. 햇살 때문에 뺨에 난 가는 솜털이 눈에 띄었다. 나는 나도 모르게 그녀 얼굴에서 주름이 없는 부분(입가와 뺨)을 쳐다봤다. 선글라스 아래에 숨은 눈가도 매끄럽겠지. 하지만 미간에는 주름이 생기고 있었다. 무엇 때문에 주름이 생기기 시작한 걸까 궁금해졌다.

"저를 도와주시는 이유가 뭐예요?" 그녀는 나를 쳐다보지도 않고 물었지만, 나는 그녀가 내 시선을 느끼고 있다고 확신했다.

나는 거짓말하지 않았다. 물론 할 수도 있었다. *옳은 일을 하는 거예요*, 혹은 *당신에게는 제가 필요하니까요*, 아니면 *물론 도와드려야죠* 등등. 하지만 이 모든 일을 함께 겪은 사이니 마르틴은 솔직한 얘기를 들을 자격이 있었다.

"당신과 같이 침몰하고 싶지 않아서예요. 내가 돕지 않으면 사람들이 당신을 발견할 테고, 그럼 내 연구가 망가지거든요." 나는 쓸데없이 백미러를 고치며 차 시동을 걸었다. "윤리적으로 문제가 제기될 거고, 연구방법에 대한 조사가 시작될 거예요. 그럼 제 신뢰에 금이 가겠죠. 그걸 회복하려면 수십 년이 걸릴 거예요. 난 그럴 수 없어요." 나는 다른 차가 지나갈 수 있도록 브레이크를 밟았고, 그 틈을 타 그녀를 쳐다봤다. "위험을 줄이기 위한 차원에서 하는 일이에요. 피해를 최소화하는 거죠. 선택의 여지가 없으니까."

마르틴은 고개를 끄덕이더니 선글라스를 머리 위로 올려 썼다. 그러면서 자신도 모르게 눈을 감았다. 나는 운전을 시작했고, 몇 분간 이어진 침묵 끝에 마침내 그녀가 입을 뗐다. 여전히 눈을 감은 채로. "저 자는 거 아니에요. 그러기엔 너무 일러요. 그런데 눈이 좀 피곤하네요. 그게 다예요. 저를 위해 잠자코 있으실 필요 없어요."

나는 침을 삼켰다. 왜냐하면 정말로 그녀를 위해 조용히 하고 있었기 때문이다. 얼마나 피곤할지 짐작이 갔기에 배려하던 참이었다. 그렇지만 그녀가 얼마나 피곤함을 느끼든 상황은 달라지지 않았다.

9시 반까지는 잠을 잘 수 없는 몸이니까.

마르틴은 잠들기 위해 아직도 열네 시간을 기다려야 했다. 그 시간 내내 그녀와 함께 깨어 있을 생각을 하니 욕지기가 올라오는 것 같았다. 그러자 어딘가 어두운 곳에 눕고 싶다는 원초적 욕망이 생겼다.

"진정제 같은 걸로 효과 본 적은 없었어요?" 내가 물었다.

그녀가 배를 가리키며 말했다. "먹어본 적이 없어요. 임신한 후는 물론이고, 그 전에는 임신을 준비하고 있었으니까요. 네이선은 우리 기회를 날려버릴 만한 건 하나도 못 먹게 했어요."

나는 침대 옆 협탁에 놓인 클로노핀을 떠올리며 마르틴에게 안전할지 기억을 더듬었다. 태아에게 안전한 약이었나? 머리가 돌아가질 않았다. 너무 피곤한 탓이었다.

"괜찮아요." 마르틴은 입술을 잡아당기는 형식적인 미소를 지으며 대답했다. 나는 그녀의 눈은 웃지 않을 거라 생각했지만 다시 내려 쓴 선글라스 때문에 확실히 알 수는 없었다. "잠시라도 다리를 올려놓고 눈도 쉬게 할 수 있으니까, 제 걱정은 마세요."

나는 손가락을 핸들에 대고 두드렸다. 지금 느끼는 수치심이 피곤 때문에 생겨난 부산물이라 여기면서. 내가 뭔가 잘못한 것 같지는 않았다. 왜냐하면 마르틴은 자신이 밤까지 못 잘 거라는 걸 알면서도 아무 말 하지 않았으니까. 쉴 수 있는 시간이 있었는데도 누워도 되냐고 묻지도 않았다.

그건 그녀의 선택이지 내 선택이 아니었다.

나는 그녀의 모든 요구를 만족시켜줘야 하는 사람이 아니다.

그렇다 해도, 내 양심은 흔들렸다. 아이가 엄마의 소맷자락을 잡아당기는 것 같았다. 마르틴의 결정에 내 책임이 없다는 사실은 별로 중요하지 않았다.

마르틴은 다른 사람의 기분을 맞춰주도록 프로그램됐다. 다른 사람에게 복종하도록 프로그램됐다. 네이선은 내 기술을 이용해 그녀가 자신의 밤잠을 포기하면서 내 까다로운 일을 도와주도록 만들었다. 그녀를 연구실에 데려올 때 나 또한 이 사실을 잘 알고 있었다. 나는 그녀의 수면주기에 제한이 있다는 걸 잊어버리긴 했지만, 그게 변명이 될 순 없었다. 나는 마르틴을 이용했고, 그녀는 그로 인해 고통받고 있었다.

나는 한숨을 쉬었다. 죄책감과 피로가 몸을 훑고 지나가자 방어가 무너졌다. *그러지 뭐.* "나랑 같이 있을래요?" 나는 이렇게 묻고 나서 곧바로 희망을 담아 주의를 줬다. "만약 혼자 있고 싶다면 당연히 그래도 돼요. 내 생각에는 그냥……."

"네. 그러고 싶어요." 마르틴이 대답했다. 기진맥진한 듯한 목소리였다. "오늘 남은 시간을 그 집에서 보내고 싶지 않아요. 하물며 혼자서는 더욱이요."

"내 집은 엉망이에요." 나는 집 쪽으로 방향을 틀며 일러줬다. "짐도 거의 안 풀었고요."

"괜찮아요." 그녀가 아주 희미하게 짜증을 보이며 말했다. 이때가 처음으로 차분함과 거리가 먼 마르틴의 목소리를 들은 때였다. "상관없어요." 그녀가 좀 더 다정히 덧붙였다. 그렇지만 나는 그 대조에 연연하고 있었다. 좀 전에는 화난 목소리였다고.

이유가 뭔지는 모르겠지만 안도감이 들었다. 그녀는 완전히 나긋나긋한 사람이 아니었다. 그 안에는 나와 비슷한 면이 있었다. 네이선이 늘 내게 말벌이라고 몰아세우던 그런 면이.

나는 생각했다. 어쩌면 마르틴은 나와 완전히 다르지는 않을 거라고.

어쩌면 나보다 전적으로 나은 존재는 아닐 거라고.

15

나는 한밤중에 새 소파에서 깼다. 어쩌다 여기서 이러고 있는지 떠올려봤지만 실패했다. 소파 천에서는 아직도 가구 전시장 냄새가 났다. 내가 덮고 있는 건 이불을 찾겠다고 상자를 뒤질 생각에 진저리가 나서 일주일 전에 구입한 플리스 담요였다. 나를 위로해줄 물건을 찾으려면 상자를 다 열어봐야 한다는 생각에 격렬한 분노를 느끼며 상점에 갔었다.

이건 네이선 탓이야. 나는 맹렬히 그를 비판했다. 한 시간 동안 꼭 맞는 시트를 찾지 못한 것만으로도 그는 죽어 마땅했다.

그날 샀던 담요는 부드러운 데다 도톰했고, 거의 아무것도 없는 거실에 인위적인 아늑함을 선사했다. 내가 선택했는데도 불구하고 그 물건에 이렇게나 위안을 받는다는 사실이 분했다. 그 담요로 받는 위로는 부적절해 보였고, 뻔한 조작에 넘어갔다는 생각이 들었다. 내가 그걸 필요로 한다는 게 싫었다. 거기에 매달리는 내가 싫었다.

나는 담요를 두르며 어쩌다 내가 소파로 왔는지 기억을 더듬었다. 집 쪽으로 방향을 꺾었던 게 기억났다. 주차를 하고 집으로 들어오는 순간은 희미한 안개가 낀 듯했다. 그 후에 기억나는 건 긴 어둠, 그리고 짙은 벨벳 같은 어둠으로 가득한 깊은 수면뿐이었다.

어깨를 담요로 감싸며 나는 살금살금 복도로 나갔다. 히터는 꺼져 있었다. 나는 이사한 이후 처음으로 히터 작동 버튼을 누르며 몸서리가 쳐지는 걸 참았다. 집 안쪽 어딘가에서 딸깍하더니 웅웅거리는 소리가 들렸다. 곧 먼지 냄새가 공기를 채우기 시작했다.

히터를 켤 만큼 추운데도 마르틴은 히터 생각은 못 한 것 같았다. 온도조절장치를 어떻게 사용하는지 몰랐던 걸까? 온도를 바꾸면 내가 싫어할 거라 생각했나? 나는 네이선의 무덤 위에서 비를 맞고 서 있던 마르틴을 떠올렸다. 그녀는 나보다 훨씬 뒤에야 몸을 떨기 시작했다. 어쩌면 나만큼 추위를 타지는 않는지도 몰랐다.

나는 침실과 서재로 향하는 계단 아래에 서 있었다.

네 살 때, 엄마는 내게 밤중에 집 안에서 돌아다닐 일이 생기면 어떻게 계단을 밟아야 하는지 알려줬다. 당시 아빠는 저녁 약속이 있어서 몇 시간이나 집에 없었고, 밤늦게 쥬

니퍼[•]와 담배 냄새를 풍기며 돌아오곤 했다. 엄마는 나와 몇 번이나 계단을 오르내리며 앞꿈치로 발을 놀리는 법을 보여줬다. 계단과 벽에 맞닿은 부분을 가리키며 그곳을 밟아야 삐걱거리는 소리가 나지 않는다고 했다. 또 밟으면 끼익 소리가 나는 계단을 외우게 했다. 한참이나 계단을 오르내리며 연습한 결과, 나는 마침내 엄마처럼 조용히 다닐 수 있게 됐다.

내가 준비됐다고 여긴 엄마는 나를 계단 위로 올려 보냈다. 그러더니 뒤를 돌아 눈으로 손을 가리고는 계단 아래에서 기다렸다. 그때 내 얼굴에 닿은 엄마의 손가락 끝이 떨리던 게 기억난다. "나 몰래 내려와봐." 엄마가 말했다. "내가 못 듣게 조용히 내려와서 현관문을 치는 거야."

나는 첫 번째 시도에 바로 성공했다. 손가락이 하얗게 칠한 나무 현관문에 닿자마자 나는 의기양양해서 소리를 질렀다. 엄마는 나를 들어 올려 꽉 안았고, 내 머리카락에 얼굴을 묻고 웃었다.

나는 오늘 배운 걸 어서 아빠에게 보여주고 싶다고 말했지만 엄마는 고개를 저었다. "이 비법은 아빠가 몰라야 돼. 이건 우리만의 비밀이야." 엄마의 눈빛은 무척 진지했다.

숙연해져서 고개를 끄덕인 기억이 난다. 나는 그저 엄마

• 증류주인 진의 원료가 되는 노간주나무 열매를 뜻한다.

와 무언가를 공유했다는 데 만족했다. 새로 배운 잠행법은 아빠가 보지 않을 때만 써야 한다는 걸 그때 이미 알았다.

왜 그래야 하는지는 몰랐다. 왜 엄마가 내게 집 안에서 들키지 않고 돌아다니는 법을 알려준 것인지 나는 전혀 이해하지 못했다. 하지만 당시에는 그저 엄마와 비밀을 공유한다는 것에 만족했다.

나는 내 작은 집의 계단을 오르며 엄마를 떠올렸다. 벽에 붙어 앞꿈치로 계단을 올랐다. 아무 소리도 나지 않았다.

침실 문은 아주 약간 열려 있었다. 내가 건드리자 문이 방안으로 밀렸다. 경첩은 조용했다.

마르틴은 나갈 때 입은 옷 그대로 이불도 덮지 않고 왼쪽으로 누워 웅크리고 있었다. 나는 내가 이 방에 들어온 낯선 사람이 돼 마치 나 자신이 자는 모습을 보는 초현실적인 상황이 일어났다는 확신에 사로잡혔다. 나는 그녀의 뒷모습을 봤고, 내가 잘 때 등이 어떤 모습인지 비로소 알게 됐다.

나는 그녀의 실루엣을 눈여겨봤다. 어깨와 골반 사이에 형성된 괄호 모양의 윤곽에서부터 목 뒤에 튀어나온 척추 모양까지. 베개 위에 머리카락이 펼쳐져 있었다. 어렴풋이 쏟아져 방을 회색빛으로 물들이는 달빛에 금발이 반짝였다.

그녀는 너무 작아 보였다. 호흡은 느렸고 얕았다. 베개 위에 올린 왼손을 보니 손가락으로 엄지를 꼭 말아 쥐고 있었다. 반대편 손은 배꼽을 지나 아래로 처져 있었다.

태아를 보호하려는, 지키려는 자세였다.

나는 시험체가 자는 걸 본 적이 한 번도 없었다. 내가 본 건 의식이 없거나, 탱크 안에서 똬리를 틀거나, 검사대 위에서 사지를 펼치고 있는 모습이었다. 아니면 조건화를 위해 진정제가 투여된 상태라든가. 물론 죽어 있는 모습도 봤다. 해부를 용이하게 하기 위해 견갑골 사이에 받친 폼 블록 때문에 가슴을 내민 모습도.

그렇지만 잠을 자는 시험체는 본 적이 없었다.

마르틴이 저렇게 누운 건 그렇게 프로그램돼서일까, 아니면 몸의 모양새 때문일까? 침대 저쪽에 누운 건 네이선이 다른 쪽에 누워서 그런 걸까, 아니면 스스로 선택한 자리일까? 엄지를 쥐고 있는 건 장기 조건화 때문에 생긴 버릇일까, 아니면 깊이 자리 잡은 본능 때문일까?

나는 마르틴을 따라 다른 손가락으로 엄지를 감싸고 부드럽게 주먹을 쥐었다. 어렸을 때 아빠가 해준, 누군가를 쳐야 할 일이 생기면 엄지를 빼고 주먹을 쥐라고 했던 말이 떠올랐다. 그래야 엄지가 부러지지 않는다는 거였다. 아빠는 엄지손가락 관절에 무리가 올 만큼, 내 손을 부러질 듯 꽉 쥐었다. "얼마나 아픈지 알겠지? 이제 뭔가를 쳐야 한다고 생각해봐. 순식간에 이런 압박이 생길 거라고. 그러면 네 엄지는 잔가지처럼 부러지고 말 거야."

나는 소리를 내지 않으려고 입술을 깨물며 고개를 끄덕

였다. 만약 소리를 냈다면 아빠는 내 손을 조금 더 세게 쥐었을 것이다. 내가 그의 말을 제대로 이해했는지 확인하기 위해서.

아빠한테 그렇게 배우지 않았다면, 나도 마르틴처럼 엄지를 쥔 채 잠이 들었을까?

나는 소파에서 가져온 폭신한 담요를 어깨에 두른 채 그대로 침대에 올랐다. 마르틴을 등지고 누워 우리의 척추가 마주보게 했다. 다리를 들어 발바닥이 그녀의 것과 닿게 했다. 그녀는 움직이지 않았다.

마르틴의 고른 호흡을 들으며 나는 오른손을 베개 위로 올렸다. 느슨하게 쥔 주먹이 입 가까이에 있었다. 따스한 숨결이 손목에 닿았다. 나는 엄지로 검지의 윤곽을 더듬으며 잠을 청했다. 관절 가장자리마다 잡힌 굳은살이 느껴졌다. 일생 동안 손을 쓰며 얻어낸 작고 거친 부분. 그건 내 것이었다.

나는 엄지로 굳은살을 문지르고 나만의 것을 느끼며 잠이 오길 기다렸다.

그러고는 한참 후에야 잠에 빠져들었다.

* * *

어렸을 때 가장 심하게 다친 건 손목이 부러졌던 때였다.

내가 한 손을 감추고 뭘 하든 다른 손으로만 하는 걸 눈치챈 건 엄마였다. 엄마는 뒤에서 몰래 내 팔을 잡고는 손가락을 내 손목에 두르고 내가 울고 싶을 만큼 꽉 쥐었다.

나는 가까스로 침묵을 지켰다.

엄마는 작게 놀라는 소리를 내더니, 내 고통을 읽기 위해 얼굴을 뜯어봤다. 그러더니 손가락을 내 입술에 갖다 대고는 조용히 신발을 신게 도와줬다. 아빠가 일하는 곳에서 멀리 떨어진 병원에 가기 위해서였다.

엄마는 무슨 일이냐고 묻지 않았다.

의사는 엑스레이를 보여주며 척골尺骨에 나선형골절이 생겼다고 했다. "뼈가 젊고 안정 골절이라." 그가 말했다. "금방 나을 거야. 정글짐에서 떨어졌니?"

나는 고개를 저었고, 그는 천천히 반복해 말했다. "떨어진 거야, 그치? 정글짐에서. 그렇지?" 그는 눈도 깜빡이지 않고 강렬한 눈빛으로 뚫어지게 나를 쳐다보다가, 내가 고개를 끄덕인 후에야 시선을 거뒀다. "그럴 줄 알았다." 이 말을 들은 그때, 나는 처음으로 모든 의사와 과학자가 서로를 아는 게 분명하다는 생각을 했다.

나는 넋을 잃고 골절된 부분을 쳐다봤다. 그건 거의 하루 종일 숨겨온 내 고통의 증거였다. 아빠는 하늘색 깁스를 보고 눈알을 굴렸지만, 그날 밤 서재로 나를 불러 인체 골격 도해를 보여줬다. 나는 아빠에게 의사가 뼈가 젊다고 했는데 그게 무슨 뜻이냐고 물었고, 아빠는 성장판에 대해 가르쳐줬다. 나는 골절된 부분을 보여줬다. 아빠는 내가 운이 좋다고 했다. 어른이었다면 나선형골절 때문에 수술할 수도 있다면서. 그러면서 뼈를 고정하기 위해 핀을 박는 경우도 있다고 했다. 아빠는 자기 다리에 있는 상처를 보여줬고, 잘못된 크기의 핀을 박아 불쑥 튀어나온 부분을 만져보게 했다.

깁스를 풀자 팔은 개구리의 아랫배처럼 이상하게 퉁퉁 불어 있었고 하얬다. 나는 손목을 부드럽게 만지며 손가락 끝으로 지나치게 민감해진 피부를 느꼈다. 나는 내가 6주 전과는 달라졌다는 사실을, 내 몸은 영영 변했고 내가 죽고 난 뒤 살이 뼈에서 분리되면 그 상처가 눈에 보일 거라는 사실을 깨달았다. 내 안에 있는 무언가가 영원히 달라진 거였다.

나는 누군가가 다른 사람을 지배해서, 그토록 영원히 지속되는 변화를 만들어낼 수 있다는 사실에 경악했다.

이 문제에 대해서는 아빠와 얘기할 기회를 갖지 못했다. 내 팔이 원래의 색으로 돌아올 때쯤, 아빠는 이미 사라졌으니까.

16

다음 날 아침 일어나니 나는 다시 혼자였다.

침대 옆자리(그런 식으로 생각하고 싶지는 않지만 마르틴의 자리)는 깔끔하게 정리돼 있었다. 나는 여전히 담요를 두른 채 어깨가 귀에 닿을 만큼 움츠리고 있었다. 다시 잠들기에는 너무 추웠다. 히터의 먼지 냄새는 가라앉았고, 그 대신 뭔가 다정한 냄새가 풍겼다. 뭔가 달달한 냄새가. 바닐라 향이 살짝 나는 듯했고, 뜨거운 물에서 나는 습기를 머금은 향이 희미하게 느껴졌다.

나는 담요를 침실에 두고 나왔다. 그걸 두르고 있는 모습을 마르틴에게 보였다고 생각하니 당혹감이 느껴졌다. 담요에 애착을 보이는 유아처럼 보였을 거라는 사실이 싫었다. 맹렬했던 피곤이 가라앉은 지금 생각하니, 실은 마르틴이 내 집에 있다는 사실 자체가 싫었다. 그녀는 내가 자는 동안 또 뭘 봤을까.

아래층으로 내려가 보니 생각보다 더 참담한 상황이었다.

거실 전체가 정리돼 있었다. 상자에 있던 책은 비어 있던 선반에 자리를 잡았다. 조립된 램프에는 불이 켜져 있었다. 단정히 접은 담요가 소파 끝에 작은 더미를 이뤘다. 있었는지도 몰랐던 초가 커피 테이블 위에서 타고 있었다. 바닐라 향은 초에서 나는 거였다. 공간은 따뜻하고 아늑했고, 나라면 생각할 수 없을 만큼 꼼꼼하게 정리된 상태였다. 상자 같은 건 눈에 띄지 않았다. 정말로 누군가가 삶을 사는 공간처럼 보였다.

주방에서 달그락 소리와 작은 탄성이 들려왔다. 나는 조용히 거실을 지나 주방 출입구 앞에 섰다. 마르틴은 접시 닦는 수건을 어깨에 걸친 채 의자 위에 올라서서 접시 더미를 찬장에 정리하는 중이었다. 스카프로 머리를 동여매고 있었는데, 네이선을 묻을 때 맸던 그 스카프 같았다. 짐을 풀거나 차고를 정리하거나, 아니면 시신을 묻을 때 쓸 용도로 계속 가지고 있던 건지 궁금해졌다.

"왜 이걸 다 했어요?" 내가 물었다. 날카롭게 말할 의도는 없었지만, 그렇다고 부드럽게 말하려는 생각도 없었다. 마르틴은 갑자기 나타난 나를 보고도 놀라지 않았다. 나는 그녀가 항상 귀를 기울이며 무언가 기다리는 사람처럼 보인다는 데에 생각이 미쳤다. 그러니 내 소리를 들었겠지.

위층에서 부주의하게 움직이며 낸 발소리나 천천히 거실로 내려오는 소리, 출입구에서 멈춘 소리까지.

마르틴은 내가 거기 있다는 걸 알았다. 자신을 보고 있다는 것도 알았다. 그녀는 이런 게 신경 쓰이지 않는 모양이었다. 아마 적응이 된 거겠지.

"달리 뭘 할 수 있겠어요?" 그녀가 마지막 접시를 올리며 대답했다. 그러더니 나를 향해 몸을 돌리고 손등으로 이마를 닦았다. "나는 6시면 깨요, 기억하죠? 그냥 벽만 보고 앉아서 당신이 깨기만 기다릴 순 없었어요."

"그거 말고라도……. 모르겠네요. 책을 읽거나 텔레비전을 보거나, 아니면…… 다른 걸 할 수도 있었잖아요." 목소리가 의도한 것보다 모나게 들렸지만 나는 점잖은 척할 수가 없었다. "이걸 다 할 필요는 없었어요."

마르틴이 고개를 저었다. "할 수 있는 것도 없고, 고칠 것도 없었어요." 그녀는 내 얼굴을 보며 분명하게 말했다. "만약 텔레비전을 보고 싶다면 저는 동시에 뭔가 다른 걸 해야 해요. 그냥 앉아 있을 수가 없어요. 조바심이 나거든요. 게다가 책이 든 상자를 열었는데, 선반이 바로 저기 있더라고요. 정말 별거 아니에요."

나는 이상하고도 역겨운 분노를 느꼈다. 별거 아니라니. 나는 시작할 엄두도 못 내던 일이었는데 말이다. 마르틴이 짐 정리가 진짜 별거 아니라고 느낀 건지, 아니면 내가 이

쉬운 일을 미루고 있었다는 사실을 상기시키려고 그런 말을 한 건지 구분이 안 갔다. 게다가 그냥 앉아 있을 수 없다는 말이 무슨 뜻인지도 알 수 없었다. 정말 가만히 못 있겠다는 걸까, 아니면 네이선이 휴식을 취하지 못하게 프로그래밍했다는 걸까? 그 둘이 다르기는 한 걸까? 그걸 물어볼 방법이 있기나 할까?

그런데 이게 뭔 상관이람?

나를 못마땅해하는 엄마의 얼굴이 갑자기 머릿속에 떠올랐다. 너무 생생해 목소리가 들릴 정도였다. *그냥 호의를 베풀어준 거야, 에벌린.*

"고마워요, 마르틴." 나는 나도 모르게 진심으로 말했다. "정말 도움이 됐어요. 이렇게 많이 남겨놓지 말았어야 했는데."

"괜찮아요." 그녀가 말했다. "정말이에요. 저는 그러라고 있는 거니까요."

또 시작됐다. 예리하고 날이 선 냉소. 마르틴은 주방 의자에서 내려와 그걸 정리하더니 나를 돌아보며 웃었다. "게다가 다 했어요. 적어도 주방이랑 거실은요. 나머지 공간은 어떻다고 말 못하겠지만요."

우리는 몇 초간 서로를 바라봤다. 나는 발끈했지만 왜 그런 건지 알 수 없었다. 그냥 혼이 난 것처럼, 작은 전투에서 진 것처럼 느껴졌다. *나머지 공간은 어떻다고 말 못하겠*

*다*는 그녀의 말에서 위협 같은 게 느껴졌다. 궁지에 몰렸는데, 어쩌다 그리된 건지도 몰랐다.

물론, 나는 쓸데없이 방어적으로 굴고 있었다.

네이선은 나와 싸울 때면 늘 이 부분을 지적했고, 그가 생각하는 나에 대해 일장연설을 늘어놓았다. 그 말은 늘 옳았다. 언제나 상황을 통제하려는 욕구라든가, 누군가 내가 일을 제대로 못한다는 암시를 보냈다고 생각하면 이성을 잃고 화를 내는 거라든가. "당신은 꼭대기에 있지 않으면 진짜 나쁜 년이 된다는 거 알지." 그는 몇 번이고 투덜거렸다. 주로 가계 지출에 대해 대화를 시작하려 할 때마다.

솔직히 말하자면 나도 동의한다. 나는 가계 지출에 관한 싸움을 시작하려던 참이었다. 우리는 결혼생활 동안 재정 관리를 나눠 했다. 네이선이 예산을 세우고 집행하면, 나는 공과금이 제때 나가는지 확인했다. 그 당시만 해도 말이 되는 분담이었다. 그렇게 하면 업무를 끝까지 확인하는 내 능력과 논리적인 계획을 꾸준히 세우는 데 열심인 그의 능력을 잘 사용하는 거라 생각했다.

그렇지만 그렇게 하는 바람에 나는 네이선의 개인 연구실로 우리 돈이 새고 있다는 걸 눈치채지 못했다. 존재도 몰랐던 연구실. 새로운 아내를 키운 그 연구실. 돈이 사라진다는 걸 알아챘을 때(왜 우리 예금 잔액이 예상보다 적으냐고 물어보려고 했을 때), 그는 아니나 다를까 내가 화를 내는 이유에 대해 완벽하게 정확한 의견을 들이밀었다.

"당신은 그저 나를 감독하지 못해서 짜증이 난 거야." 네이선은 그렇게 말했다. 그 말이 옳았을지도 모른다. 나는 그가 우리의 경제상황에 대해 자세히 얘기해주지 않는 게 싫었다. 그의 판단만 믿고 있어야 한다는 것도 싫었고.

그렇지만 여기서 최악인 건 결국 내 판단이 맞았다는 사실이다. 모든 걸 1분 단위로 통제하려는 욕구가 도움이 안 된다는, 오히려 유해하다는 걸 나 스스로도 잘 알고 있었다. 그래서 할 수 있는 한 자제하려고 했다. 그렇지만 남편은 우리 돈을 새로운 아내를 키우는 데 썼고, 연구 보조는 내 보조금을 자신의 부업에 이용했다. 그런데 내가 바짝 경계하지 않으면 어떻게 되겠는가. 그러니 통제 욕구를 굳이 자제해야 할 이유는 없었다.

그 싸움은 처음부터 내게는 승산이 없는 게임이었다. 모든 걸 통제하려는 나쁜 년이 되거나, 아니면 호구가 되거나 둘 중 하나였으니까.

마르틴은 단지 내가 완벽한 클론을 만드는 데 실패했다는 증거만이 아니었다. 처음 만났을 때, 그러니까 결혼하기 전 내게 잘해준 남자한테 매달린 게 실수였다는 사실을 보여주는 징표뿐만이 아니었다.

그녀는 내가 모든 걸 제대로 처리하는 데 실패했기에 튀어나온 산물이었다.

그런데 지금 그녀가 내 주방에 서서, 내 날붙이가 어디에 있는지도 모르는 내게 차갑고 단호한 시선을 날리고 있는 거였다. 나를 평가하면서.

바로 그거였다. 그래서 내가 발끈한 거였다. 어떻게 감히라는 생각이 들었다. 마르틴이 나를 판단했기 때문에, 그리고 내가 원하지도 않은 일들을 묻지도 않고 했기 때문에 화가 났다. 그녀는 초대장도 없이 내 인생에 들어와서는 내 집으로 들어왔고, 그럴 권리라도 있다는 듯이 내 물건에 간섭했다. *어떻게 감히 그럴 수 있지?*

분노가 내 안에서 넘실거렸다. 감정의 파도가 난폭하게 솟아오르며 나를 휩쓸고 지나갔다. 어둡고 잔인하고 익숙한 감정. 그걸 속으로 삼키려다 거의 질식할 뻔했지만, 결국엔 성공했다. 나는 마르틴의 수준에 맞게 행동하기로 결심했다. 친절함과 예의를 갖추기로. 나는 이 게임에서 지지 않겠다고, 내 집에선 그럴 수 없다고 마음먹었다.

나는 미소를 지었다. "정말 고마워요." 엄마랑 꼭 닮은 목소리가 튀어나왔다. 부드럽고 낮은, 언제나 약간은 화가 난 목소리. "무척 다정하네요. 전혀 예상 못 했어요. 해달라는 생각도 못 했고요."

"아무것도 아니에요." 그녀가 차분한 얼굴로 말했다.

"씻고 싶지 않아요?" 내가 물었다. "옷 빌려드릴 수 있어요. 잠옷으로 쓴 옷을 계속 입고 싶지 않다면요."

내 말은 마치 척수에 직접 놓은 주사처럼 곧바로 효과가 드러났다. 마르틴은 눈에 띄게 누그러졌다. 그녀는 잠시 눈을 감더니 어깨를 축 늘어뜨리고 고개를 끄덕였다. "정말 그러고 싶네요." 그녀가 속삭였다.

문장 중간부터 그녀의 목소리가 갈라졌다. 나는 이해했다. 그러자 뱃속에 구멍이 생겨 넘실거리던 분노가 빠져나가기 시작했다. 물기가 다 빠져 중간이 휑한 괴물만 남았다.

나는 반쯤 멍한 상태로 욕실을 알려줬고 수건을 하나 건넸다. 물을 트는 소리가 들리자 바닥으로 주저앉았다. 나는 두 손에 얼굴을 묻고선 눈도 깜빡이지 않고 무릎만 노려봤다.

아까는 마치 교착상태처럼, 신경전처럼 느껴졌다. 마르틴이 나를 약하게 만들려고 노력하는 것 같았다. 내가 하지 않았던 일들이 자신에게는 쉽다며 나를 밑바닥으로 끌어내리는 것 같았다. 그녀가 마침내 자신의 고요한 잔인함을 드러내는, 그런 위태로운 순간인 것만 같았다. 왜냐하면 그녀 또한 고요한 잔인함을 가졌을 게 분명했기 때문이다. 그녀는 나와 같은 종자로 만들어졌으니까.

하지만 내가 잘못 생각한 거였다. 내가 판단당하고 간섭받았다고 느꼈던 감각—그녀의 관자놀이에 손을 대고 두개골이 내 분노에 항복할 때까지 눌러버리고 싶었다—은 아무것도 아니었다. 근거가 없는 추측이었다.

마르틴은 나한테 일종의 수동공격을 행한 게 아니었다. 내가 서 있는 자리에 톱질을 해서 날 떨어뜨리려던 것도 아니고, 함정을 놓거나 위협적으로 이를 드러낸 것도 아니었다.

그녀는 그저 기다리고 있던 거였다.

그게 다였다. 마르틴은 내가 일을 그만하라고 말하길 기다렸던 거다. 욕실을 이용하라는 허락과 함께, 며칠이나 입은 옷을 갈아입으라고 얘기하길 기다렸던 거다. 나는 진날 입을 옷을 권하지도 않고 씻을 곳을 알려주지도 않은 채 잠에 빠졌으니까. 내가 하루 종일 소파에서 꿈도 꾸지 않고 잠에 빠졌을 때, 그녀는 뭐라도 먹었을까? 물이라도 마셨을까? 아니면 그것도 허락을 기다리고 있었을까?

나는 눈을 감고 억지로 숨을 쉬었다.

나는 이 모든 일에 전혀 준비가 되어 있지 않았다. 그녀를 어떻게 돌봐야 할지, 그녀의 욕구를 어떻게 이해해야 하는 건지 몰랐다. 마르틴의 욕구가 뭔지 알아낼 수나 있을까. 나는 제대로 해내지 못하고 실수를 연발해 모든 게 잘못될 거라는 생각에 몸이 벌벌 떨렸다. 왜냐하면 정보가 하나도 없었기 때문이다.

나는 한 번도 아이를 원한 적이 없었고, 이런 걸 원한 적도 없었다.

하지만 나는 떠올렸다. 준비 없이 닥친 일은 이것 말고도 있었다. 남편이 나를 사랑하지 않는다는 사실과 마르틴이 존재한다는 사실을 알게 된 것. 마르틴이 저질렀던 일과 내게 요구했던 일. 그녀를 돌보고 먹이는 건 그에 비하면 위협이라고 할 수도 없었다.

물소리가 멈췄다. 나는 두 발로 단단히 일어서 마르틴에게 줄 옷을 찾아 침실로 갔다. 상자를 뒤져 몇 년 전 네이선이 선물했지만 단 한 번도 입지 않았던 원피스를 찾아냈다. 그걸 받았을 때 당혹스러웠던 기억이 났다. 그는 뭘 보고 내가 이런 스타일의 옷을 입을 거라 생각한 걸까 하고 의아해한 기억도 떠올랐다. 나는 그때 내게 어울리지 않는 선물에 소심하게 화를 냈었다.

나는 이제야 깨달았다. 그 원피스는 나를 위한 게 아니었다.

그래서 욕실 문을 두드려 원피스를 건네기 전부터, 그 옷을 돌려받지는 않겠다고 생각했다.

그건 줄곧 그녀의 것이었다.

17

마르틴과 내가 연구실에 도착했을 때, 세예드는 늘 그랬듯 이미 와 있었다. 눈 밑의 다크서클이 짙었다. 얼굴에는 처량한 기색마저 돌았다. 나는 이렇게 몸이 상할 때까지 일하는 그를 보며 불쾌해졌다. 나 역시 피곤했다. 하지만 그렇다고 해서 그가 나를 배신했다는 사실이 변하는 건 아니다.

하지만 그를 보자 어쩔 수 없이 마음이 조금 누그러졌다. 나는 자주 동정심을 느끼지는 않지만, 잔인한 사람도 아니다. 남의 약점을 손에 쥐고 착취함으로써 벌을 내리는 사람이 아니다.

나는 괴물이 아니다.

"진행 상황은?" 나는 공기차단실을 지나자마자 질문했다. 그는 인사하느라 시간을 낭비하지 않고 펠트 천을 댄 클립보드를 내밀었다.

"지금까지 수치는 좋습니다. 20분 전에 피질 시동체의 첫 번째 용량을 주입했어요."

차트를 훑어보니 세예드가 시험체 이름을 Nate-2로 설정해놓았다. "이 이름 붙인 건 모두 없애." 나는 차트를 그에게 돌려주며 말했다. "4896-Zed로 설정해. 인간성장호르몬 억제제도 주입하고. 알아들었지?" 나는 새로운 네이선이 담긴 탱크 아래의 온도계를 봤다. "온도가 좀 높아."

세예드는 고개를 끄덕이더니 일을 하러 갔다. 그를 평소보다 모질게 대하는 건 아니었지만, 우리 사이에 있던 편안한 신뢰관계는 사라져버렸다. 그러니 그는 시험체가 담긴 탱크의 온도를 올리는 실수 따위 할 여유가 없었다. 농담을 주고받을 틈 같은 것도 없었다. 나는 언제나처럼 그에게 일을 시키고 그는 그 일을 했지만, 우리 사이에 있던 무언가는 깨져버렸다. 나는 그 깨진 부분이 봉합되는 미래로 가는 법을 알지 못했다. 우리는 그저 균열이 난 곳에 체중을 싣고 절뚝거리며 걷는 수밖에 없었다.

나는 복잡한 심경으로 연구실 구석 기우뚱한 탁자에 앉은 마르틴에게 갔다. 그녀는 페퍼민트 차가 담긴 컵을 양손으로 감싼 채 시험체가 담긴 탱크를 뚫어지게 쳐다보고 있었다. 새로 생긴 이마의 주름이 더 깊어질 만큼 찌푸린 표정이었다.

나는 그녀를 만날 준비가 돼 있지 않았고 그녀의 욕구 같은 것도 이해할 수 없었지만, 이것만은 쉽게 읽어낼 수 있었다.

그리고 이건, 내가 풀 수 있는 문제였다.

* * *

내가 처음 로나에게 신경 인지 프로그래밍에 대해 제안했을 때, 그녀는 그 대화를 학습의 기회로 삼았다. 그때 나는 그녀의 연구 보조였고, 눈을 반짝이며 세상을 바꿀 준비가 돼 있는 풋내기였다. 박사논문의 잉크가 채 마르기도 전이었다. 네이선을 만나기 1년 전이었고, 클론 생산을 위한 강화 배아 발달 연구를 하는 로나를 위해 물 심부름을 하던 때였다.

그녀에게 있어 내 제안(클론이 만들어질 때 정신을 형성하는 것)은 학습문제 같은 거였다. 고도의 사고를 필요로 하는 수업. 그녀는 내가 말하는 게 왜 불가능한지 나 스스로 알아내길 원했다.

당연히 내가 언급한 건 가정에 불과했다. 자동견본기가 실행되는 늦은 밤, 시간을 죽이기 위해 했던 이런저런 가정이었다. 우리는 기름으로 젖어 휘어진 종이접시를 받치고 피자를 먹었고, 내 가설이 왜 절대 통하지 않을지에 대해 대화를 나눴다.

"일단은," 로나가 말했다. "다시 만들고 싶은 사람의 전체 인지지도가 필요해."

"누군가의 전체 인지지도가 있다 쳐도요, 정확하게 만들어내는 건 거의 불가능해요." 나는 로나가 원하는 대로 내 의견을 반박하는 입장에 섰다. 내 가설에 구멍이 있다는 걸 나도 알고 있다고 보여주기 위해서였다.

"그런 다음에 그 인지지도를 적용할 방법을 찾아야겠지? 그러니까, 깨끗한 두뇌에?" 그녀는 악의 없이, 하지만 '깨끗한'이란 개념이 얼마나 황당한지 드러나도록 그 단어에 무게를 실어 말했다.

나는 피자로 그녀를 가리키며 말했다. "기억을 지우는 광선을 만들어내면 되지 않을까요. 쉭! 그러면 두뇌는 티 없이 깨끗해질 테고, 거기에 다른 사람의 뇌를 찍어내는 거죠. 완전 쉽죠."

그녀가 미소를 지었다. "그래, 완벽하네. 그래서 뇌를 싹 지운 다음에 새로운 사고체계를 그냥 뽕 하고 집어넣으면 된다는 거지……. 그런데 어떻게?"

"컴퓨터 칩으로 안 될까요?" 나는 피자로 입을 반쯤 채운 채 대답했다. "아니면…… 호르몬 조건화는 어때요?"

"오, 호르몬 조건화라니 완벽하군." 그녀는 잔주름이 질 만큼 눈웃음을 지으며 고개를 세차게 끄덕였다. "왜냐하면 우리는 어떤 호르몬이 어떤 행동이랑 연관돼 있는지 아니까. 논의의 여지가 있는 추측 정도가 아니라, 아주 분명하게 아니까 말이지."

"그거예요, 쉬운 일이죠." 나는 밝게 얘기했다. "그런 다음엔 그냥 사고체계를 단단히 고정해서 클론이 초반 몇 주 동안 옆길로 새지 않게만 하면 되는 거예요."

"식은 죽 먹기네." 로나가 웃었고 나도 그녀와 함께 웃었다. 나는 내 생각이 얼마나 터무니없고 허점이 많은지, 왜 불가능한지 인정했다.

그렇지만 그날 밤 늦게, 로나는 생각에 잠겨 나를 쳐다봤다. 그러고는 며칠 후 내게 신생아의 인지발달 이론에 대한 책과 논문을 건네줬다.

"읽어봐." 그녀의 말에 나는 읽었고, 이해하기 시작했다.

* * *

"일할 준비 됐어요?" 내가 물었다. 마르틴은 나를 보며 눈을 깜박였다. 말을 이해하는 데 시간이 걸리는 것 같았다. "물론이죠. 뭐가 필요하세요?"

"글쎄요." 나는 탁자를 사이에 두고 마르틴의 맞은편에 앉아 그녀가 나와 동등한 사람이라는 듯 그녀를 봤다. "좀 까다로운 작업이에요. 신경 인지 프로그래밍에 대해 아는 거 있어요?"

그녀의 얼굴은 여전히 차분했다. "죄송해요." 그녀가 천천히 말했다. 목소리는 한결 부드러워졌다. "제가 잘못 들은 것 같아서요. 부디 너그럽게—."

"그럼요." 아직 느껴지지 않은 분노를 앞지르며 말을 끊었다. 책임감에 흠뻑 젖어 사과하는 마르틴의 말투에 벌써부터 짜증이 났다. "프로그래밍이요. 우리는 네이선의 뇌를 프로그래밍해야 해요. 어떤 식으로 하는 건지 아세요?"

마르틴은 차를 한 모금 마시더니 내 어깨 너머 어딘가에 시선을 고정했다. 이마에 있는 주름이 조금 더 깊어졌다. "아니요." 그녀가 마침내 대답했다. 그 대답에는 여러 의미가 담겨 있었다. 다른 사람이라면 아마 그 안에 숨겨진 어떤 고통을 감지했을 것이다. 관심을 갖고 무슨 일 있느냐고 물었을 것이다.

그렇지만 우리에게는 감정 때문에 낭비할 시간이 없었다. 세예드가 이미 주입하기 시작한 피질 시동체는 새로운 네이선의 뇌 구조를 규정하는 데 도움이 될 것이다. 우리는 일에 착수해야 했다.

"원래는 말이죠," 내가 말을 시작했다. "우린 이 모든 걸 신경 지도를 가지고 시작해요." 나는 마르틴이 이해했나 살펴봤지만 그런 기색은 전혀 보이지 않았다. 그녀는 텅 빈 눈으로 나를 바라보며 기다리고 있었다. *늘 빌어먹을 만큼 기다리지.* "먼저 복제하고 싶은 뇌의 사진을 찍어요." 나는 노력하며 말했고, 그녀는 한 번 끄덕여 보였다.

나는 그녀와 토론하기 위해 설명 수준을 낮춘 다음 모든 용어를 가능한 한 쉽게 표현했다. 기업의 투자금을 받으려 애쓰기 시작한 이후로, 나는 늘 소비자가 알아듣기 쉬운 용어를 쓰라는 당부를 들었다. 우린 거기까지 가지도 못했다. 연구실에 돈 많은 사람들이 갑작스레 몰려들어 불편한 참관을 하는 지점까지 가지도 못한 거다. 그렇지만 나는 내 연구를 이해하는 데 관심이 없는 사람들에게 어떻게 하면 제대로 설명할 수 있을지 오랜 시간 고민해왔고, 그 설명을 최대한 활용했다. 언젠가 더 넓고 우둔한 시장을 겨냥할 날을 위해 개발한 전략을 모두 사용한 것이다.

그냥 방해가 안 되도록 마르틴을 구석에 내버려두는 게 어느 모로 보나 더 쉬웠을지도 모르겠다.

하지만 난 그녀가 자신이 누구인지, 왜 만들어졌는지를 파고들다 불안정해졌을 때 무슨 일이 생겼는지 봤다. 이미 시신을 묻었고, 그 시신을 다시 파냈다. 시험체 탱크를 보던 그녀의 시선을 생각하니, 구석에 혼자 두면 생각에 생각을 거듭할 테고 그러면 내가 기꺼이 감수할 수 있는 위험 단계를 넘어설 것만 같았다. 나는 그렇게 마르틴에게 복제 과정에 대해 설명하는 나 자신을 합리화했다.

하지만 물론 다른 이유도 있었다.

나는 망가진 관계 속에서 세예드랑 둘이서만 일하고 싶

지 않았다. 마르틴을 혼자 두기 싫었던 마음도 있긴 했던 것 같다. 모든 게 잘못됐지만, 그렇게 무너진 상태라 해도 그 둘을 옆에 두는 게 없는 것보다는 나은 것 같았다. 한편으로 나는 우리 모두를 구하고 싶었다. 그리고 무엇보다, 마르틴의 도움이 필요했다. 인정하고 싶은 것보다 더 많이.

나는 모든 개념을 마르틴이 이해할 수 있는 수준으로 낮추며 인지지도에 대한 설명을 이어갔다. "우리는 두뇌가 어떻게 작용하는지 사진을 찍어요. 선택은 어떻게 하는지, 여러 자극에 어떻게 반응하는지요. 그 다음에 클론을 원하는 대로 조절해요."

"알겠어요." 그녀는 이를 꽉 다물고 대답했다.

"그렇게 하면 우리는 시험체의 두뇌를 본체의 뇌와 똑같이 할 수도, 다르게 할 수도 있어요." 나는 계속 설명했다. "두뇌가 모양을 갖추게 하는 건 복잡해요. 먼저 각각의 구획을 다루고, 그런 다음 그 구획들이 다른 부분과 상호작용하는 것도 처리해야 하거든요." 지금 와서 생각해보니 마르틴은 이 모든 걸 꽤 쉽게 따라왔지만, 당시만 해도 나는 내가 그녀에게 혼란을 선사하고 있다고 확신했다. 나는 고개를 흔들었다. "이런 건 중요하지 않아요. 문제는 우리가 미리 수정을 해서 새로운 지도를 가지고 클론의 뇌를 프로그래밍해야 한다는 거예요. 그렇게 확실히 해놓으면, 예를 들어 정치인의 클론을 만든다고 해도 그는 절대 그 정치인인 척하지 않아요. 아무리 똑같이 생겼다고 해도요." 나는 잠시 멈추고 그녀의 얼굴 표정을 읽으려 했다. "무슨 말인지 이해가 가나요?"

그녀가 다시 끄덕였다. "물론이죠." 그리고 말을 이었다. "네이선의 뇌 지도가 있나요?"

나는 가방에서 태블릿을 꺼내 파일을 하나 열어 그녀에게 보여줬다. "이건 5년 전 기예요. 스캐너를 새로 샀을 때 테스트한다고 찍은 거죠. 그 스캐너는 아직도 쓰고 있고, 오래된 자료긴 해도 데이터는 다 있어요." 나는 스크린을 터치하며 네이선의 뇌를 찍은 얇은 단면 이미지를 보여줬다. 여러 색상을 이용해 강조해놓았지만 그녀에게는 무의미하겠지. "완벽하다고 할 순 없지만, 나한테 있는 건 이것뿐이에요."

마르틴은 이미지를 뚫어지게 쳐다봤다. 그러고는 검지로 연두색 부분을 터치했다. 그러자 이미지가 사라지고 그동안 분석할 생각도 안 했던 일련의 정보가 튀어나왔다. "'우리'가 할 일이 있다고 하셨잖아요. 그런데 일할 사람은 당신밖에 없는 것 같은데요. 저는 여기 왜 있는 거죠?" 그녀는 아무렇지도 않게 말했지만 자신이 여기 왜 있냐고 말할 때 내 눈을 휙 쳐다봤다. 나는 그 질문 뒤에 숨은 네이선의 죽음의 무게를 느꼈다.

나는 태블릿을 내려놓았다. "우리가 작업할 네이선의 뇌 파일은 5년 전 거예요, 그렇죠?" 내가 물었다. "세예드와 나는 분석을 통해 그 당시의 네이선을 복제하면 나올 클론의 성격을 파악할 수 있어요. 하지만…… 스캔했던 때랑 비교하면 지금은 많이 달라졌잖아요." 마르틴이 시선을 돌리는 걸 보며 나는 목소리를 가다듬었다. "그러니까 내 말은, 네이선은 5년 전과는 다른 사람이었어요. 죽기 전에, 그는 여러 자극에 대해 스캔했을 때와는 다른 반응을 보였어요."

"저는 5년 전의 네이선은 몰라요." 그녀가 속삭였다.

나는 무릎 위에서 주먹을 꽉 쥐었다가 손가락을 쫙 펼쳤다. 그리고 스스로에게 진정하라고, 집중하라고 되뇌었다. "그게 더 나을 수 있어요." 내 목소리가 어딘가 먼 곳에서 들려오는 것처럼 느껴졌다. "나보다 편견이 없잖아요. 그러니 그의 행동에 대해 더 즉각적인 분석을 할 수 있을 거예요."

뇌 사진을 보는 그녀의 눈에서 동경이 적나라하게 느껴졌다. 나는 내가 실수한 건 아닌지 잠시 고민했다. 마르틴은 코로 깊이 숨을 들이쉬더니 서서히 심란한 마음을 가라앉혔다. 이마가 펴지고, 입가가 부드러워지고, 눈에 담긴 절박함이 꽉 쥔 손에서 모래가 빠져나가듯 사그라지고 있었다. "좋아요." 다시 침착해진 그녀가 대답했다. 그리고 다시 한 번 연두색 구역을 가리켰다. "이 부분은 뭘 의미하는 거죠?"

나는 추가 데이터를 불러오며 당시 뇌 지도를 만들기 위해 사용했던 실험 시스템을 기억하려고 노력했다. "이건 네이선의 편도체예요. 기억, 감정, 주의력과 관련된 정보를 처리하죠. 시작하기 좋은 영역이라 이 부분을 먼저 프로그래밍해요." 나는 그녀가 보고 있던 슬라이드에서 보충 기록 섹션을 발견하고 첫 번째 주요 항목을 소리 내어 읽었다. "'사진 785-W와 관련된 기억으로 나타난 편도체 자극.' 잠시만요. 사진 여기 다 있어요." 나는 W 폴더를 열어 700장이 넘는 하위 폴더에서 사진을 찾았다.

785번.

나였다.

"오." 마르틴이 사진을 제대로 보기 위해 고개를 옆으로 기울이며 작게 소리 냈다. 나는 목이 깊이 팬 하얀 드레스를 입었다. 목과 가슴 사이에는 사파이어 펜던트가 자리 잡고 있었다. 내 손은 누군가의 팔꿈치에 얹혀 있었다. 네이선의 아버지였다. 사진 속에서, 나는 눈은 물론이고 온몸에서 빛을 뿜어내고 있었다.

사진 속의 나는 이보다 더 확신에 찬 적이 없는 것처럼 보였다.

무슨 말을 해야 할지 알 수 없었다. 모든 게 불필요할 만큼 감상적으로 느껴졌다. *아무것도 아닌 걸로 너무 난리 치지 마라.* 마음속 깊은 곳에서 으르렁거리는 듯한 아빠의 목소리가 들려왔다. 하지만 그 사진이 얼마나 감상적으로 느껴지는지와는 상관없이, 있었던 일을 없는 척할 수는 없었다.

"그 슬라이드는," 나는 차분히 말을 시작했다. "우리 결혼식 날 내가 신부 입장을 하는 사진을 보고 반응한 네이선의 편도체를 찍은 거예요." 나는 추가 데이터 페이지로 돌아와 그의 옥시코신과 엔돌핀 수치를 가리켰다. "이 수치들이 상승됐죠. 그건 그가 느끼는 게, 아니 느꼈던 게 행복이라는 걸 알려주는 거예요." 나는 이 수치들이 그의 뇌를 스캔했던 당시 그가 여전히 나를 사랑하고 있었다는 사실을 보여준다는 말은 하지 않았다. 그저 마르틴이 이 정보를 조합해 그 사실을 이해할 수 있을 만큼 똑똑하지 않을 거라고 생각하기로 했다.

마르틴은 아무 말 없이 의자를 뒤로 밀었다. 그녀가 불쑥 일어서자 의자가 타일을 긁으며 날카로운 소리를 냈다. 연구실을 가로질러 성큼성큼 걸어간 그녀는 며칠 전 세예드가 뒤지다 들킨 벽장을 활짝 열었다. 나는 이를 악물었지만, 그녀가 무엇을 왜 하는지 예측을 시도할 만큼 어리석지는 않았다. 그녀는 그날 밤 정원에 네이선을 묻으며 이미 자신을 증명했다.

마르틴은 한 손에 새 공책을, 다른 손에는 볼펜 한 상자를 들고 탁자로 돌아왔다. 공책을 열고는 첫 페이지에 할 일 목록을 만들듯 네모 칸을 그리고는 "785-W : 편도체"라고 적었다. 그녀는 엄마의 회색 눈빛과 아빠의 꽉 다문 입 모양을 하고 있었다.

"자," 그녀는 평소의 나처럼 딱 부러지는 말투로 말을 시작했다. "이번에 쓸 설계도에서는 이 부분을 고치신다는 거죠. 그러려면 어떻게 해야 하죠?"

* * *

5년 전 테스트 삼아 네이선의 뇌 지도를 만들었을 때만 해도 그는 여전히 나를 사랑했다. 그는 한 달 동안 매주 주말에 연구실에 올 만큼 나를 사랑했고, 덕분에 나는 뇌 스캔을 완벽하게 하는 방법을 터득할 수 있었다. 그는 또한 평일 밤에도 연구실에 올 정도로 나를 사랑했고, 덕분에 그가 가져온 저녁거리를 나눠 먹으며 하루에 18시간씩 일할 수 있었다. 그때만 해도 수천 개는 되는 것 같은 문제를 한 번에 해결하려고 노력하던 중이었다. 나는 탁자 위로 몸을 빼 그에게 입을 맞추고, 내 인생에서 유일하게 고칠 필요가 없는 존재가 돼줘서 고맙다고 말했다.

네이선은 나를 사랑했다. 나는 그렇게 믿었다. 그리고 그때만 해도 그거면 충분했다. 나는 네이선 역시 그걸로 충분할 거라 생각했다.

그러던 그가 언제부터 바뀌었는지 모르겠다. 아침으로 달걀을 조리한 날보다 먼저라는 것만은 분명하다. 그가 했던 결정, 그러니까 내 노트를 훔치기 시작하고 내 연구를 가져다가 우리 결혼생활을 끝장낸 건 달걀을 태웠다고 해서 할 만한 결정은 아니기 때문이다.

내 생각에 사람들 대부분은 누군가를 존중하기를 멈추는 것과 똑같은 방식으로 사랑하는 것도 멈춘다. 만약 무언가 엄청 끔찍한 일이 둘 사이에 벌어지면, 그 둘은 동시에 일어나기도 한다. 그렇지만 대개는 서서히 그렇게 된다. 수천 개의 아주 작은 경멸의 순간이 모여 자신이 알고 있다고 생각한 사람의 이미지를 깨뜨린다.

나는 수없이 극복하려 노력했다. 우리가 함께했던 삶에서 그런 작은 순간들이 도대체 언제 있었던 걸까 궁금해하며 셀 수 없이 많은 밤을 지새웠다. 과연 네이선은 언제 처음으로 나를 경멸하는 시선으로 봤을까? 나도 모르는 새 나를 얼마나 원망했던 걸까? 그 모든 무관심은 대체 어디에 있던 것일까?

나는 여러 순간들을 떠올려봤지만, 그것만으로는 부족했다. 마치 모두 합쳐놓으면 겉을 덮을 피부는 나오지만 뼈와 근육, 중추신경계가 없어 서지 못하는 사람처럼 말이다. 나는 내가 무엇을 놓친 건지 결코 알지 못하겠지.

나는 결코 만족할 수 있을 만큼 충분히 알게 되진 못할 것이다.

18

나와 마르틴이 네이선 인지지도의 초기 리뷰에 들인 시간은 총 2주였다.

내가 그에 대해서 잘못 알았던 것들은 다음과 같다.

◊ **그린빈**. 네이선은 그린빈을 좋아하지 않았다. 절대 그런 적이 없다. 나는 처음 스캔했을 때 그 부분을 자세히 보지 않았고, 그의 음식 기호가 내가 생각했던 것과 다른지 살피지 않았다. 뭐 하러 그러겠는가? 몇 년 동안 그는 그린빈이 좋다고 했다. 그리고 그가 거짓말을 한 이유를 이제는 영원히 알 수 없게 됐다. 마르틴은 그가 그린빈을 싫어한다는 걸 알고 있었다. 그린빈 맛이 마치 유황 같다고 했다나.

◊ **개**. 뇌 스캔을 하고 5년쯤 후부터 네이선은 조금씩 개를 무서워하기 시작했다. 공포증까지는 아니었지만 아주 싫어했고 개가 등장하면 긴장했다. 마르틴 말로는 내가 그 집에

처음으로 들이닥치기 직전, 네이선이 개한테 물렸다고 한다. 나는 그가 개에게 물렸다는 얘기도 듣지 못했고, 상처를 본 기억도 없다.

◊ **사파이어**. 내가 사파이어 목걸이를 하지 않는다는 걸 그가 인지하고 있을 줄은 꿈에도 몰랐다. 결혼식 이후 목걸이는 옷장 아래에 있는 내화성 금고에 넣어놓았고, 내 기억 속에서 사라진 것처럼 그도 잊어버렸을 거라고 생각했다. 그렇지만 아니었다. 네이선은 상처를 받았다. 그는 내가 목걸이를 더이상 좋아하지 않는다는 데에 실망했고, 내가 그를 무시했다는 생각에 당혹해했다. 마르틴이 사용한 단어는 '의기소침'이었다. 그렇게 오랜 세월이 지났어도 그때의 감정을 털어놓고 싶을 만큼 기분이 상했던 거였다.

◊ **나**. 물론 내가 포함돼야겠지. 그가 나에 대해 느낀 감정과 내게 보인 존중. 나를 얼마나 원하는지. 나를 얼마나 사랑했는지.

마르틴은 그에 대해서 잘못 알고 있는 게 없었다.

네이선은 그녀에게 모든 걸 다 말해준 것 같았다. 심지어 그가 해서는 안 될 얘기들도.

예를 들면 나의 어린 시절이나 우리의 부부관계 같은 것. 마르틴은 그 모든 걸 알고 있었다. 나는 여기에 화를 낼 필요가 없다며 스스로를 다독였다. 네이선은 마르틴에게 거짓말을 하거나 감출 이유가 없었으니까. 이미 돌이킬 수 없는 방법으로 내 신뢰를 저버린 그가 내 자존감 하나 꺾는 걸 걱정할 리 없었다. 마르틴이 나한테 그 얘기를 전할까 봐 걱정할 필요도 없었겠지. 사실 마르틴은 얘기할 사람이 하나도 없었다. 그녀는 고립돼 있었고, 나는 그녀의 존재도 몰랐으니까.

네이선은 자신이 잘못을 저지르고 있다는 생각 자체를 하지 않았던 거다.

보통 때라면 이렇게 꼼꼼하게 점검하지 않았을 것이다. 본체와 똑 닮은 대리인 기능을 위해 클론 복제기술을 개발한 게 아니었으니까. 내 연구의 윤리적 정당성은 바로 거기에 기초했다. 기금을 신청할 때마다, 심의위원회 앞에 설 때마다, 누군가 내 연구가 얼마나 신중하게 진행되느냐고 물을 때마다, 나는 내가 만드는 것은 사람이 아니라 도구라는 사실을 증명해야 했다.

마르틴의 발달이 그렇게 불완전하고 의존적이 된 것은 바로 그 때문이었다. 네이선은 내 초기 신경 구조를 손에 넣었지만, 내 정신과 사고방식 전체를 복제할 수는 없었다. 그래서 마르틴을 완벽한 주체의식을 가지고 스스로 결정을 내리는 온전한 사람으로 만들 수 없었다.

그렇게 만들 수 있는 사람은 아무도 없다.

나는 이 사실을 마르틴에게 알리지 않기로 결심했다. 이런 주제로 대화할 수 있는 사람은 오직 단 한 명, 세예드뿐이었다.

그렇다고 그를 다시 신뢰한다는 뜻은 아니다. 아직은 아니다. 하지만 마치 지하실에 눈석임물이 스며들듯 신뢰의 기운이 돌아오는 게 느껴졌고, 나는 그를 조금씩 다시 의지하기 시작했다. 이런 거대한 비밀을 함께 공유할 수 있는 사람이 있다는 건 참 다행이었다.

괜찮은 느낌이었다. 우리가 져야 할 위험에 대해 세예드에게 털어놓는다는 것이. 위로가 된다고나 할까. 거의 매일 밤, 마르틴이 잠들면 세예드와 나는 주방 탁자에 앉아 술을 마시며 우리가 하고 있는 이 작업이 위험하고 불가능한 일이라고 이야기했다. 음식은 제대로 챙겨 먹지 않고 술만 들이켰는데, 이미 술로 그득한 위장이 다른 건 더이상 소화할 수 없었기 때문이다.

어찌 보면 우린 아마도 깨진 관계를 되돌리려고 노력했던 것 같다. 짐을 나눠 지기 위해서는 하나가 돼야 했으니까 말이다.

우리가 짊어진 짐이란, 설사 이 불가능한 일을 가능케 하더라도 누구에게도 말하지 못할 거라는 사실이었다. 우리는 발표를 할 수가 없다. 심지어 속삭여서도 안 된다. 그저 우리가 이룬 성과를 깔고 앉아 세상이 우리가 알아낸 가능성을 모르게 해야만 했다.

우리가 창조해낸 이 가능성을 말이다.

"이건 신기원을 이룰 거야." 뻔하고 장황한 말에 앞서는 이 소개말 같은 문구를 나는 종종 쓰곤 했다. "우리는 사람을 만들고 있다고. 시험체나 도구가 아니라 사람을. 온전한 인간을 만들고 있는데, 자랑을 한 마디도 할 수 없다니."

세예드의 대답은 그가 마신 술의 양에 비례해 달라지곤 했다. 정신이 멀쩡한 날에는 내 의견에 반박하며 우리가 만드는 건 사람이 아니라 클론이라 주장했다. 좀 더 복잡하긴 하지만 클론은 클론이라고.

그렇지만 이 작업을 하는 동안 세예드가 술에 취하지 않은 날은 손에 꼽았다. 그가 중압감을 느끼고 있다는 건 이해가 갔다. 내가 마르틴과 둘이서만 작업을 하는 바람에, 세예드가 연구실 일을 거의 혼자 하느라 평소보다 시험체 조건화를 많이 했던 시기가 있었다. 그는 그런 날이면 눈이 게슴츠레해지고 손을 제대로 못 가눌 만큼 술을 마셨다. 술에 취하면 그의 주장도 사라져버렸다.

"우리는 늘 사람을 만들었어요." 세예드는 술잔과 눈을 맞추듯 시선을 고정하고 어눌한 발음으로 말했다. "여태까지 그래왔죠. 선생님은 이번 작업을 다르게 느낀다는 거 알아요. 왜냐하면 아는 사람이니까요. 그렇지만 저한테는 다를 게 없어요. 늘 똑같았다고요."

하지만 나와 마르틴이 네이선의 5년 묵은 신경 프로세스를 놓고 작업하면서, 나는 세예드의 말이 틀렸다고 생각하기 시작했다. 우리가 만들고 있는 사람은 내가 아는 사람이 아니었다.

난 내가 네이선을 전혀 몰랐다는 사실을 깨달았다.

* * *

달걀을 태워먹은 사건이 있던 날 아침, 네이선은 이미 늦은 상태였다. 그는 서둘러 일하러 가려고 안달이 나 있었다. 몇 달 전부터 다른 연구원과 하는 어떤 작업에 몰두하고 있던 참이었다. 내가 아내로서 좀 더 신경을 썼다면(만약 내가 마르틴이었다면) 문제가 뭔지 알았을 테고, 그가 왜 그리 극성을 떨었는지도 기억했을 것이다. 하지만 네이선은 하찮은 갈등도 늘 심각하게 여겼다. 그래서 나는 거기에 관심을 주고 싶지 않았다. 심지어 그냥 듣는 척만 해줬더라도 논쟁을 피할 수 있었을 텐데 말이다.

문제는 여기에 있었다. 만약 내가 관심을 줬다면(주의를 기울였더라면) 네이선은 그 문제를 내가 대신 해결해주길 바랐을 것이다. 물론 그걸 상의라든가, 함께 머리를 맞대고 해결책을 찾는 거라고 포장했을 테지만.

결국 나는 스스로 자처한 문제를 해결하려는 그의 손을 잡아주며 네이선을 대신해 해결책을 찾았을 것이다. 결혼생활 동안, 나는 그가 일에 대한 걱정을 얘기하며 밑밥을 깔아도 그냥 무시하는 편이 낫다는 사실을 배웠다.

그렇게 해야만 그가 자신의 문제를 스스로 처리하게 될 거라 생각했다. 진정으로 그가 성장하길 바라는 마음에 그렇게 한 거였다.

상관없다. 문제는 내가 돌파구를 발견한 그날 아침, 네이선은 싸울 거리를 찾았다는 데 있었다. 그는 직장에서 문제를 일으킨 사람과 싸우는 대신 비겁하게도 내게 화풀이를 하겠다고 마음먹었다. 그래서 화낼 핑계를 찾고 있었다.

연기로 가득 찬 주방에 들어와선 이거다 싶었겠지.

달걀도 프라이팬도 쓰레기통에 처박혔다. 거기까지는 나도 이해한다. 둘 다 타버렸으니까. 그는 내 요리 솜씨에 대해 신랄한 말을 했다. 능숙함을 가치로 여기는 사람이 어떻게 이렇게 기초적인 일에도 서투를 수 있냐는 그런 말이었다. 이건 좀 억울했다.

나는 엄청난 돌파구를 발견해 잠시 자리를 비웠다고 설명했다. 사과는 안 했지만 몇 분만 기다리면 뭔가 다른 걸 만들어주겠다고 했다. 하지만 그는 내 말에 관심이 없었다. 내게 화를 내는 것에만, 소란을 피우는 것에만 관심이 있었다.

그는 찬장의 커피 머그들이 흔들릴 정도로 문을 쾅 닫고 집 밖으로 뛰쳐나갔다.

하지만 그날 저녁 집에 돌아와선 성질을 부려 미안하다고 사과했다. 내게 입을 맞추고는 포장해 온 음식을 건넸다. 요리는 못 맡기겠다며 농담도 했다. 내 말을 들어주지 않아서 미안하다고도 했다. 그래서 난 그가 자신이 저지른 일을 제대로 이해했다고 생각했다. 게다가 네이선은 자신이 내 작업과 연구과정에 좀 더 관심을 둬야 마땅하다고 했다.

그러면서 내가 찾은 돌파구를 설명해달라고 했다.

나는 네이선이 아침에 보인 행동 때문에 여전히 불안한 상태였다. 그가 사과를 더 길게 해주길 바랐고, 죄책감을 느끼길 바랐다. 내게 상처를 준 만큼 그도 상처받길 원했기에, 사과 내용에서 허점을 찾아 그를 공격했다. 그래서 내게 일말의 관심이나 있냐고 물었다. 정말로 내 작업에 대해 알고 싶은 게 맞느냐고 물었다.

"물론 알고 싶지." 그는 부드러운 목소리로 말했다. "관심이 없는 것처럼 보였다면 미안해. 나 관심 있어. 당신 작업에 대해 얼마나 많이 신경 쓰는데. 그러니 말해줄래? 이거 클론 프로젝트에 대한 거지, 그렇지?"

그 멍청한 질문을 곰곰이 곱씹었던 기억이 난다. 나는 그 질문을 신랄하게 물어뜯을 수 있었다. 내 모든 연구는 '클론 프로젝트'였기에, 아직도 내가 무슨 일을 하는지도 모르냐며 비난할 수도 있었다. 너무 멍청한 질문이었다. 하지만 나는 그가 최선을 다하고 있다고 생각하기로 했다. 비록 그의 최선이 그다지 좋지는 않았지만, 흘려보내기로 마음 먹었다.

나는 그와 함께 식탁에 앉아 테이크아웃해 온 중국 음식을 먹었다. 그리고 그날 발견한 돌파구를 말해줬다. 대화 초반에는 옹졸하게 저항하며 그가 정보를 구걸하고 계속 사과하게 만들었다. 그렇지만 그는 내 얘기에 귀 기울이고 있다는 걸 증명하듯 영리한 질문을 했고, 나는 점점 신이 나기 시작했다.

나는 내 작업과 머릿속 아이디어, 그리고 필요한 자금과 물품이 주어진다면 연구를 어떤 방향으로 진행할지에 대해 말해줬다.

우리는 그렇게 몇 시간이나 대화를 나눴다. 식사를 마치자 그는 내 두 손을 잡고 나를 침실로 데려갔다. 작은 침대 매트리스에 나를 눕히고 관자놀이에 입을 맞추며 나를 똑똑한 사람이라 불렀다.

다음 날 아침, 잠에서 깨니 침대에는 나 혼자 있었다. 우리가 서로에게 잘 대해줬다는 생각에 베개를 보며 미소를 지었던 기억이 난다. 싸웠지만 화해를 했고, 그래서 이전보다 더 좋아졌다고 생각했다. 결혼생활의 암호와 비밀을 푼 것 같았다. 우리는 해낼 수 있을 거라는 느낌이 들었다.

나는 목욕 가운을 두르고 승리감에 도취돼 침실에서 빠져나왔다. 그래서 네이선이 공동서재에 있는 내 책상에서 뭔가를 보고 있어도 이상하게 생각하지 않았다. 그는 이마를 찌푸리며 기록노트 몇 페이지를 살펴보고 있었다. 나는 몇 분간 문가에 서서 그가 내 노트를 살피는 모습을 봤다. 그에게 뭐 하냐고 물었을 때, 그는 "아무것도 아니야."라고 답하며 내게 입을 맞췄고 출근을 위해 옷을 갈아입으러 갔다. 나는 더이상의 질문은 하지 않았다.

결국 몇 년 후까지도 그 생각은 하지 않았다. 그가 하던 게 뭔지, 그가 무슨 일을 저질렀는지 알게 될 때까지도.

나는 네이선이 왜 내 작업과 연구, 노트에 그렇게 관심이 많았는지 의심한 적이 없었다. 그게 사랑 때문이라 생각했다. 사람들이 사랑을 하면 자연스럽게 서로에 대해 관심이 생기고 서로가 하는 일에도 관심을 갖는 법이라고 생각했다.

나는 그의 의도를 신뢰해도 된다고 믿었다.

그가 정보를 빼 간다는 생각은 전혀 해본 적 없었다. 나를 대신할 누군가를 만들기 위해 내 연구를 이용할 거라는 생각도 하지 못했다. 나는 그의 관심과 우리가 다시 얘기한다는 사실이 기쁠 뿐이었다.

나는 우리가 작업에 대한 걱정과 스트레스로 어려운 시기를 통과하는 중이라 생각했기에 네이선에게 모든 걸 털어놓았다. 저녁을 먹으며, 커피와 술을 마시며, 그리고 침대에 누워 정보를 나누는 일은 우리를 하나로 묶어줬다.

내가 만들어낸 모든 진전.

내가 이겨낸 모든 방해물.

그리고 1년 후 독자 생존이 가능한 성인 시험체를 얻어낼 때까지, 나는 그간 이룬 모든 성공을 말해줬다.

난 당연히 그에게 모든 걸 말했다.

그러지 말아야 할 이유가 없었으니까.

* * *

나와 마르틴이 매일 네이선의 스캔 자료를 구석구석 살피는 동안, 세예드는 부유액을 주입하고 나중에 할 뇌지도 작업 준비를 했다.

시험체는 아직도 질펀하게 풀어진 상태였고, 직접적 자극 없이 굳어지지 않을 세포들은 분열을 통해 서서히 엉겨 붙고 있었다. 탱크에 있는 존재는 네 개의 굵은 촉수와 어두운 부분을 지닌 해파리처럼 보였다. 촉수는 사지로 발달하고, 부드러운 근육과 신경조직이 있는 어두운 부분은 계속해서 엉겨 붙을 예정이었다. 신경세포 노출과 발육의 정확한 균형 하에서, 세예드는 모양을 잡아갔다.

마르틴은 차차 사람으로 변할 반투명한 덩어리를 자주 쳐다봤다. 어느 날 아침 커피 당번을 하고 온 날, 나는 또다시 탱크 앞에 서 있는 그녀를 발견했다. 마르틴은 유리에 손가락을 댄 채 어서 자라라고 재촉하듯 쳐다보고 있었다.

"만지지 마세요." 나는 식품섭취 전용 탁자에 그녀의 차를 내려놓으며 말했다.

"왜요?" 그녀는 탱크에서 손을 떼지 않고 몸만 돌려 나를 보고 물었다.

수천 가지 대답이 떠올랐지만 그 중에 진실은 없었다. 체온이 탱크 내부 온도에 지장을 줄 수 있다, 혹은 유리가 약해서, 아니면 피부 유분 때문에 부식이 일어날 수 있다고 거짓말할 수도 있었다. 그렇지만 너무 빤했다. 그녀는 나를 꿰뚫어봤을 것이다.

거짓말하다 걸리는 것보단 아무 말 안 하는 게 낫지.

그렇지만 진짜 대답을 할 수는 없었다. 진짜 대답에 담긴 진실은 잔혹했으니까. 나는 마르틴을 가혹하게 대하지 않으려 노력 중이었다. *만지지 마세요, 당신은 여기 사람도 아니잖아요.*

나는 대신 말을 돌렸다. "해야 할 일이 있어요, 이쪽으로 와요."

마르틴은 나를 향해 입을 삐죽이더니 몇 초간 서 있다가 탱크에서 몸을 돌려 탁자에 앉았다. 지시에 따르기 전에 뜸을 들이고, 내 요구와 자신의 응답 사이에 시간 간격을 두는 건 새로 생긴 행동이었다.

그건 나를 유례없이 짜증나게 했다.

그녀는 자신에게 주입된 프로그래밍과 맞서 싸울 수 있는 존재가 되면 안 됐다. 변화가 있어서는 안 되는 존재였다. 신경 인지 프로그래밍의 의도는 상태를 고정시키는 거였다. 그러니 마르틴이 변한다는 사실은 내 작업의 진실성에 대놓고 모욕을 하는 거나 마찬가지였다.

그래서 나는 마르틴의 기분 따위 신경 쓰지 않으려 노력했다. 기분이라는 것 자체가 애초에 그녀가 가지면 안 되는 거였기에, 내 초기 프로토콜을 성의 없이 실행한 네이선의 무능함을 탓했다. 나는 연구 보조를 대하듯 최선을 다해 그녀를 대했다. 세예드에게 말하는 것과 똑같은 태도로 그녀에게 말을 걸었다. 내 연구실에서 내 자금으로 얻어낸 물품을 이용해 연구에 참여하는 사람들을 대하듯이.

그런데도 마르틴은 눈에 띄게 짜증을 냈다. 내 말에 얼굴을 찌푸린다거나 내가 딱딱거리며 말하면 눈알을 굴리곤 했다. 심술을 부리지 않는다 해도 지시에 따르기 전에 꼭 몇 초씩 머뭇거렸다. 매번 그렇게 뜸을 들였다.

나는 마르틴이 자립심을 키우는 걸 보며 우쭐할 수도 있었다. 하지만 그녀는 순종적일 때 더 유용했다. 네이선이 프로그래밍한 방식에는 경멸을 느꼈지만, 그녀의 감정에 대해 걱정할 필요가 없었기에 편했던 건 사실이었다. 그가 순종적인 클론을 원한 건 비겁한 일이긴 하지만, 왜 그러고 싶어 했는지는 이해가 갔다.

완벽한 복종을 원하는 건 아니다. 지금 모습 그대로도 나는 그녀를 다룰 수 있었다. 하지만 내 말에 곧이곧대로 따를 때가 더 좋긴 했다.

하지만 그렇다고 해서 내가 네이선과 같은 사람이 됐다는 뜻은 아니다. 마르틴을 이렇게 만든 건 네이선이니까. 나는 그저 이미 생긴 것에서 이득을 좀 취하는 것뿐이다. 도구를 만든 건 내가 아니다. 나는 그저 그걸 효과적으로 사용하고 싶을 뿐이다. 그런다고 해서 내가 괴물이 되는 건 아니다. 그녀가 처음 디자인된 대로 행동하길 바란다고 해도, 그게 잘못은 아니다.

게다가 그래서 내가 괴물이 된다 해도, 그런 식으로 생각할 여유 따윈 없었다. 그 생각을 파고들기에는 너무 바빴다.

중요한 일이 바로 눈앞에 있었다.

19

엄밀히 말하자면 이 기간 동안 마르틴과 나는 같이 살지 않았다. 그녀는 그녀만의 공간이 있었고, 내게는 나만의 공간이 있었다.

그렇지만 우리 중 누구에게도 집이라는 곳은 없었다.

마르틴은 자신의 얼마 안 되는 인생 동안 자신의 주택을 집이라는 따스한 공간으로 만들려고 했지만, 결국 그곳은 네이선만을 위한 집이 됐다. 그녀에게는 그런 공간이 되지 못했다. 마르틴은 며칠 밤을 그곳에서 보냈지만, 대개는 연구실에서 나와 함께 차를 타고 우리 집으로 왔다.

우린 이 문제에 대해 거론한 적이 없었다. 그저 내 침대에서 서로 등을 맞대고 누워 몸을 말고 잠을 잤다. 기온이 쌀쌀해지기 시작하자 나는 이불을 덮었지만, 마르틴은 나와는 다르게 이불 위에 누워 꼼짝도 하지 않고 잠이 들었다. 매일 나보다 먼저 일어났고, 내가 아래층으로 내려갈 시간에는 이미 옷을 차려입고 있었다.

그녀가 온 이후로 나는 상자를 하나도 풀지 않았다. 마르틴에게 상자 정리를 하지 말라고 말은 했지만 여러 번 주지시키지는 않았다. 절대 안 된다고 고집부리지 않았다는 뜻이다. 결국 그녀는 나를 대신해 짐을 풀었고, 나는 굳이 막지 않았다.

네이선의 신경 인지 프로그래밍을 한 지 한 달쯤 됐을 때(시험체 4896-Zed의 기초물질로 살균 탱크를 채운 후 6주가 지난 때), 아침에 일어나 아래층으로 내려가니 마르틴이 주방 싱크대에서 속옷을 빨고 있었다.

"뭐 해요?" 내가 물었다. "우리 세탁기 있어요."

"세탁기를 더럽히고 싶지 않아서요." 마르틴은 손으로 천을 꽉 잡고 문지르며 중얼거렸다.

"무슨 일인데요?" 내가 묻자 그녀가 고개를 저었다.

"피가 좀 났어요."

"얼마나요?"

마르틴이 팬티를 뒤집어 속을 보여줬다. 레이스 속옷의 사타구니 부분 천이 짙은 적갈색으로 물들어 있었다.

"임신한 상태에서 그만큼 피가 나면 안 되는 것 같은데요, 마르틴." 나는 침착한 톤을 유지하려고 애쓰며 말했다. 매일 조금씩 더 커져가는 그녀의 배를 봤다. 기초적인 것 말고는 산부인과에 대한 지식이 전혀 없었기에 내 말은 무용지물이나 마찬가지였다. 마르틴의 배 모양이 일반적인 건지 아니면 잘못된 건지도 알 수 없었다. 그녀의 배는 단단히 잠겨 있었고, 그 안에는 내가 아무리 노력해도 이해할 수 없는 무언가가 담겨 있었다.

나는 '불가능한 임신'에 대해 그냥 흘려보낼 수가 없었다. 그건 세예드와 나의 밤늦은 대화 주제 중 하나였다. 우리는 도대체 어떻게 해서 그녀가 아이를 가진 건지 밝혀내기 위해 애썼다. 마르틴이 배에 손을 갖다 댈 때마다 마치 물집이 잡힌 것처럼 머릿속 어딘가가 따끔거렸다. 해답을 발견하지 못했기 때문이다.

이 모든 걸 차치하고서, 혹시나 그녀의 불가능한 아이에게 뭔가 잘못된 게 있더라도 나는 도울 방법이 없었다. "산부인과 의사한테 전화해봐야 할 것 같은데요." 이 말을 들은 마르틴이 나를 멍하니 쳐다봤다. "담당 의사 없어요?" 내가 다시 물었다.

그녀는 고개를 저으며 속옷에 남은 주방세제 거품으로 시선을 돌렸다. "저한테는 그런 분 없어요. 그렇지만 괜찮아요."

나는 마르틴 쪽으로 다가가 수도꼭지를 잠그고, 그녀가 꼭 쥐고 있는 속옷을 놓게 했다. "임신했을 때 피를 많이 흘리는 건 보통 일이 아니에요." 나는 최선을 다해 다정한 목소리로 말했다. "그리고 전 이 시기에 허용되는 출혈량에 대해 잘 몰라요. 임신 관련해서 강의나 뭐 그런 거 들은 적 없어요?"

그녀가 고개를 저었다. 책임을 다하지 못했다는 생각에 고통이 밀려왔다. 나는 물어본 적이 없었다. 혹시 예약 잡은 게 있는지, 읽어야 할 책이 있는지 물어본 적도 없었다. 아이는 그녀의 책임, 그녀의 문제라고만 여겼다. 그래서 물어볼 생각도 하지 않았다. 왜냐하면 그렇게 생각하고 싶지 않음에도 불구하고(내 모든 행동은 반대라고 얘기하고 있지만), 나의 일부분은 마르틴을 성인 어른이라 생각하고 있었기 때문이다.

마르틴은 출혈에 대해서 걱정을 해야 하는지조차 모르는 상태였다. 네이선이 그녀에게 아무 말도 해주지 않고, 공부할 수 있는 도구도 전혀 주지 않은 탓이었다. 마르틴에게는 핸드폰도 컴퓨터도 없었다. 인터넷이 뭔지는 알까 의심스러울 정도였다. 필요한 게 생기면 네이선이 다 말해줄 거라 믿었겠지만, 지금의 그는 그녀에게 도움을 주지 못한다.

그리고 지금, 나 또한 도움이 안 되고 있다.

"좋아요." 나는 죄책감은 나중을 위해 미뤄두고 말을 시작했다. "지금 기분은 어때요?"

"괜찮아요. 경련이 조금 있는 것 같기도 해요."

나는 시선을 아래로 내리며 임상적인 시각으로 상황을 보기 시작했고, 그러자 내 손에 들린 다른 이의 속옷 때문에 느끼는 갑작스럽고 이상한 친밀감을 모른 척할 수 있었다. 세제가 만든 거품은 이미 사라졌고, 그 덕에 사타구니 부분에 닿은 천 대부분이 피로 물든 게 선명하게 드러났다. 그녀가 피를 몇 cc나 흘렸는지 짐작하려 했지만 레이스의 흡수성에 관해서는 아는 바가 전무했다. "아직도 피 나요?"

"조금요." 마르틴은 당혹해하지 않고 주저 없이 대답했다. 그 질문에 곤혹스러움을 느끼지 않는 것 같았다. 네이선은 그녀를 제대로 만들었는지 확인하겠다는 이유로, 분명 그녀 인생의 처음 몇 주를 이런 질문으로 채웠을 것이다. 그녀가 내 시선을 슬쩍 피했다. "욕실 싱크대 아래에서 생리대를 꺼내 썼어요. 그래도 괜찮은 거 맞죠. 저는……."

나는 말을 잘랐다. "물론 괜찮죠. 여기서 필요한 건 마음껏 써도 돼요. 그렇게 규칙을 정해요. 그래도 확신이 안 가면 나한테 물어보면 되고요."

친절을 베풀려고 그런 건 아니었다. 그녀가 내 물건을 쓰는 것 때문에 불편해할까 고민하고 싶지 않았기 때문이다. 그뿐이었다.

나는 시내 진료소로 마르틴을 데리고 갔다. 살인을 멈추라는 피켓을 들고 농성하는 사람이 있을 것 같은, 그런 무시무시한 종류의 진료소였다. 마르틴은 덧문 초인종 옆에 설치된 카메라를 보자 불안해했다.

"여기도 연구실인가요?" 그녀가 속삭였다. 나는 고개를 저으며 카메라 반대편에 있는 사람에게 예약 없이 진료를 받으러 왔다고 말했다. 우리는 이중문을 통과해 진료소로 들어갔다. 연구실의 공기차단실과 상당히 비슷하다 느꼈는데, 다시 생각해보니 우리 연구실 문은 방탄이 아니었다.

"여기는 진료실이에요." 나는 마르틴에게 말했다. "아이가 괜찮은지 봐주실 거예요."

모든 게 완벽했다. 데스크 직원은 내가 물어보지 않았는데도 비밀보장이 된다고 말해줬다. 나는 나도 모르게 직원이 질문하지 않았는데도 마르틴의 자매라고 말했다. 우리는 현금을 지참했고, 차에서 내리기 전에는 마르틴에게 내 의료정보 중 가장 중요한 사항을 알려줬다. 직원에게 가명을 말할 필요도 없었다. 직원은 나를 기억하지 않을 것이다. 그녀는 어떤 감정도 드러나지 않는 얼굴로 우리를 잠시 번갈아 보더니 서류를 내밀었다.

나는 진료 내내 마르틴 옆에 머물렀다. 초음파 검사를 할 때는 손을 잡아줬다. 의사가 촉진검사를 하겠다고 하자 마르틴은 움찔하지도 않고 침대 끝에 있는 받침대에 다리를 올렸다. 그녀의 눈은 멍했고 나와 맞잡은 손에서는 힘이 빠져 있었다.

마르틴은 진료소에 한 번도 가보지 않았지만 어떤 종류의 검사를 할지는 알 것 같다고 말했던 터였다. 나는 그 순간만큼 네이선을 혐오한 적이 없었다.

검사가 끝나자 의사는 나더러 잠시 나가 있어 달라고 말했다.

"가지 마세요." 마르틴이 속삭였다.

"미안해요." 의사는 진심이라는 듯 나를 쳐다보며 말했다. "잠시 둘만 있어야 해요."

그렇게 5분 정도 혼자 있었나, 의사가 밖으로 걸어 나왔다. 나를 지나치며 미소를 지어 보였는데, 나 같은 사람을 수없이 보고 내일이면 또 수없이 만날 사람이 지을 법한 미소였다. 위로가 느껴지지만, 나중에 곰곰이 되돌아보면 다분히 의도적이었다고 생각되는 미소. 나를 보긴 했지만 굳이 기억하지 않겠다는 느낌의 미소였다. 딱 내가 원하는 만큼의 익명성을 선사한 거였다.

몇 분이 지나 마르틴이 옷을 고쳐 입고 진료실에서 나왔다. 관자놀이 옆 머리카락이 정리돼 있었다. 나는 그녀가 진료실 개수대에서 손끝에 물을 묻혀 머리카락을 정돈하는 모습을 상상했다. 마르틴은 의사로부터 2~3일 후에 결과를 받을 수 있을 테니 그동안 휴식을 취하라는 말을 들었다고 했다.

나는 마르틴이 차에 탈 때까지 기다렸다가 기분이 어떤지 물었다.

"괜찮아요." 그녀가 대답했다.

나는 평소보다 조심스럽게 주차장을 빠져나왔다. 시선

을 앞에 고정하고 마르틴 쪽으로 고개를 돌리지 않으며 물었다. "내가 밖으로 나왔을 때 의사가 뭐라고 했어요?"

마르틴의 목소리에는 긴장한 투가 역력했다. "질문만 몇 개 했어요. 내가 안전한지 물어보더라고요. 하기 싫어하는 걸 억지로 하고 있느냐는 질문도 했고요."

"그래서 뭐라고 답했어요?" 손가락 끝으로 핸들 모서리에 느껴지는 바늘땀을 훑으며 물었다.

"네, 그리고 아니요, 라고요." 그녀가 불쑥 말했다. "각각의 대답이에요."

왜인지는 모르겠지만 믿음이 안 갔다. 너무 단순해서 그랬나. 뭔가 숨기고 있는 게 확실했다. "정말이에요?" 내가 물었다.

"네."

"아이를 원하는 건 확실해요?"

마르틴이 한숨을 쉬며 말했다. "네. 에벌린." 그녀의 짜증 섞인 목소리를 듣자 마음속에서 희망적이고도 방어적인 뭔가가 치솟았다. "저는 아이를 원해요." 그녀가 다시 말했다.

나는 뺨 안쪽 살을 씹었다. 그리고 결국 입을 다물지 못하고 말해버렸다. "왜요?"

마르틴이 그렇게 분노를 터뜨리는 모습은 처음이었다. 그녀는 처음 연구실에 온 날 세예드가 빌려준 선글라스를 홱 벗더니 조수석 대시보드를 향해 던졌다. "왜냐하면 제가 원하니까요, 됐나요? 저는 나만의 것이 필요해요. 당신이 저를 멍청하고 단순하고 너무 뻔하다고 생각하든, 아니면 다른 뭐라고 생각하든지 간에, 최소한 나도 무언가를 원할 수는 있는 거잖아요!"

그녀는 몇 초간 팔짱을 끼고 있다가 어색하게 손을 뻗어 기어로 떨어진 선글라스를 집어 들었다.

"알았어요." 나는 천천히 부드럽게 말했다. 네이선과 싸우다가 그가 소리를 지르며 물건을 던지기 시작하면 그렇게 대응하곤 했다. 나는 세상에서 가장 분별력 있는 사람, 도발 같은 건 전혀 하지 않을 사람으로 태도를 바꿨다. "양해해줘요. 그런 의미로 말한 건—"

"오, 물론 그런 의미로 말한 건 아니시겠죠." 마르틴이 딱 잘라 말했다. 목소리에 앙심 같은 건 거의 느껴지지 않았다. 나는 갑자기 깨달았다. 그녀는 진심으로 싸우는 게 아니었다. 그냥 시험 삼아 해보는 거였다. 그래서 선글라스를 던진 거였다. 그녀는 이전에 봤던 분노를 흉내 내며 자신의 감정과 들어맞는지 살펴보고 있었다. "진심으로 생각하는 게 뭔지는 말씀 안 해주실 테니까요. 저한테 진심 같은 걸 털어놓고 싶진 않으시잖아요."

나는 그녀의 기대를 저버리고 사실 지금 싸우는 건 아니지 않느냐며 실토하게 만들지, 아니면 그녀에게 발 뺌을 공간을 줄지 고민하며 물었다. "내가 진짜로 원하는 게 뭐라고 생각하는데요?"

"당신은 나를……." 마르틴이 창문 쪽으로 고개를 돌리며 말을 흐렸다. 목소리는 다시 부드러워졌다. 심지어 거의 부끄러워하는 듯 들렸다. "내가 그러면 안 된다고 생각하시잖아요. 그러니까, 아이를 원하는 거요." 나는 뭐라고 대답해야 할지 몰라서 잠자코 있었다. 그녀는 틀리지 않았다. 그것보다는 좀 더 복잡한 감정이었지만, 그녀의 요약은 딱 적당했다. 나는 마르틴이 아이를 원하면 안 된다고 생각했다.

진짜 좀 더 복잡한 문제가 맞긴 한가? 나는 그게 선택의 문제이자 기능의 문제라고 되뇌었다. 클론의 임신은 이상하게 느껴진다는 이유로 잘못된 게 아니다. 그게 잘못된 이유는 마르틴이 그런 것들을 가질 자격이 없기 때문이다. 그녀는 만들어진 존재였다. 도구였고, 애초에 도구는 자신이 어떻게 사용될지 선택할 권리가 없다. 마르틴이 얼마나 열심히 자신의 성격과 욕구를 개발하는가와는 상관이 없었다.

네이선은 마르틴의 뇌가 아이를 원하게 만들었고, 그걸로 그녀를 이용했다. 마르틴 자신이 뭘 원하는지는 상관없이, 임신과 출산을 위해 이용되는 건 반대하거나 옹호할 수 있는 사항이 아니었다. 그 단순한 사실 때문에 네이선이 한 일에는 윤리적으로 변명의 여지가 없었다. 마르틴이 네이선으로부터 부여받은 삶을 통해 행복을 느낀다 해도 이미 물은 엎질러졌다. 그걸 괜찮은 것처럼 만들 수는 없었다.

나는 마르틴이 아이를 원해서는 안 된다고 생각했다. 그녀가 아이를 원하는 게 가능해서는 안 된다고 생각했다.

"당신에게는 선택권이 전혀 없었어요." 마침내 내가 입을 뗐다. "네이선은 당신이 거부하지 못하게 만들었고, 그런 다음 당신을 이용한 거예요."

"정말 그렇게 생각하는 거예요?" 그녀가 목소리를 높이며 물었다. "그가 날 이용했다고 생각한 거예요? 내가 원한 다니까요, 에벌린. 난 언제나 원했어요. 네이선이 아이 심장 소리를 들려줄 때보다 행복한 적은 없었다고요. 당신은 이해 못 하시겠지만요."

나는 그녀를 향해 고개를 흔들며 필요 이상으로 세게 브레이크를 밟았다. "당신이 그날 행복하다고 느낀 건 그렇게 프로그램됐기 때문이에요. 당신이 아이를 원하는 건 네이선이 그렇게 프로그래밍했기 때문이고요. 이해를 못하는 건 당신이에요. 왜냐하면 클론의 뇌를 만들 때는 그게 기본이거든요. 당신은 스스로의 모습에 화를 내지 못하게 설계됐어요. 네이선이 당신을 그런 식으로 이용한 것 자체가 잘못됐어요. 그런데……."

마르틴은 안전벨트를 풀고 차를 세우라고 말했다.

"뭐라고요?" 나는 그녀와 옆으로 빠르게 지나가는 차들을 번갈아 봤다. "안 돼요, 마르틴. 몇 분만 있으면 집에 도착해요. 벨트 다시 매세요."

"싫어요." 그녀가 떨리는 목소리로 말했다. "내보내줘요. 차를 세우고 여기서 내리게 해달라고요." 마르틴이 차 문으로 손을 뻗는 그 순간, 나는 자동 잠금장치를 켰다. 그녀는 동물 같은 소리를 내며 미친 듯이 계속 레버를 당겼다.

"빌어먹을 안전벨트 매요." 내 목소리는 조용하고도 무시무시하게 들렸다. 곁눈질로 보니 마르틴은 얼어붙은 것 같았다. 그녀는 조용히 안전벨트를 다시 매고는 집에 도착할 때까지 대시보드에 시선을 고정했다.

집에 다다르자 나는 잠금장치를 풀어줬다. 그녀는 내가 차에서 내려야 한다고 말할 때까지 손을 무릎 위에 둔 채 잠자코 있었다.

"당신은 이해 못 해요." 마르틴이 여전히 조수석에 앉은 채 중얼거렸다. "네이선 때문에 아무리 힘들어도 이 아이 덕분에 버틸 수 있었어요. 내가 그를 견딜 수 있었던 건 아이가 생겼다는 걸 알았기 때문이에요." 그녀는 손가락으로 아주 가볍게 배를 건드렸다. "그래서 그걸 다 견딜 수 있었던 거예요."

우리는 정적 속에 앉아 있었다. 마르틴은 무릎에 시선을 고정했고, 나는 무슨 말을 해야 할지 알 수 없어서 어쩔 줄을 몰랐다. 언쟁을 벌일지 사과를 할지 결정해야 했다. 차 속 산소가 없어지는 것 같아 견딜 수 없게 되자 나는 문을 열었다. 내가 문간에 다다랐을 때 내 뒤에는 마르틴이 있었다.

그녀는 오후 내내 침실에서 빨래를 개고 정리하며 시간을 보냈다. 나는 그녀를 두 번 확인했다. 한 번은 어디 있는지 보려고, 나머지 한 번은 진료소에서 온 전화 내용을 알리려고.

"별일 아닌 것 같대요." 내가 말했다. "그냥 좀 쉬면 될 거라고, 그런데도 피가 또 나면 다시 오라고 했어요. 어쨌든 지금은 다 괜찮은 것 같아요."

"정말 다행이네요." 마르틴은 천천히 셔츠를 개며 나를 향해 웃어 보였다. 그녀의 손은 리듬을 타며 부드럽게 움직이고 있었다. 다 갠 뒤엔 손바닥으로 문질러 깔끔하게 마무리했다. 그런 다음엔 몇 주 동안 입지 않은 치마를 꺼내 턴 뒤 바닥에 내려놓고 다시 접기 시작했다.

"정말 다행이네요." 그녀는 나를 똑바로 보고 계속 미소를 지으며 이 말만 반복했다.

20

내가 엄마와 대화를 그만둔 건 열세 살 때였다. 그때 엄마는 나를 기숙학교로 보냈는데, 좋은 학교라 아빠의 생명보험금을 몽땅 쏟아부어야 했다. 조지아주에서는 실종 후 4년이 지나면 사망한 거라 간주했다. 엄마는 보험회사가 사망증명서를 인정하자마자 학교를 알아보겠다며 전화를 돌렸다.

나를 치워버리고 싶어서 그런 건 아니었다. 당시에도 그걸 알았기에 나는 굳이 심술을 부리지 않았다. 우리는 너무 오랫동안 필요 이상 가깝게 지냈고, 아빠의 실종으로부터 기숙학교에 들어간 첫해까지 4년간 특히 힘든 시간을 보냈다. 아빠가 있었을 때는 어쩔 수 없이 동지애로 똘똘 뭉쳐 아빠로부터 서로를 보호했다. 하지만 그가 사라지자 처음으로 서로를 가까이서 보게 된 것이다.

그 모든 것을 함께 겪었음에도 불구하고, 엄마가 흥분하고 떨면 나는 그 모습이 그렇게 싫었다. 엄마는 내 진로를 응원하기로 결심했음에도 불구하고 내가 아빠와 적성이 똑같다는 것 자체를 싫어했다.

우리는 떨어져 있는 게 최선이었다.

적대감 때문에 엄마와 대화를 그만둔 건 아니었다. 무슨 이유가 있어서 그런 게 아니었다. 우리는 그냥 말을 멈췄다. 우리의 대화는 그저 논리적이고 형식적이었다.

여름 방학에 집에 오니? 아니요.

휴일에 열릴 기숙사 파티에서 뭐라도 사 먹게 돈 줄까? 좋아요.

그럼 혹시 친구들에게 줄 선물 살 용돈이 더 필요하니? 필요 없어요.

그래도 나는 9월이 오면 일 년에 단 한 번 아빠가 사라진 날에 엄마에게 전화를 걸었다. 내 결혼식 날 엄마는 푸른 드레스를 입었고, 예식 중에 조금 울기도 했다. 내가 이혼했다고 하자 꽃을 보내줬다.

우리는 다정했다.

그렇지만 엄마와 마지막으로 대화를 했던 때(그러니까 진짜 대화라는 걸 했던 때)는 아빠가 사라지고 몇 년 지난 후이자, 엄마가 기숙학교 브로슈어 뭉치를 건네며 고르라고 하기 몇 주 전이었다. 우리는 내 미래에 대해 논의 중이었고, 나는 생물학 연구를 하고 싶다고 털어놨다.

"네 아빠처럼?" 그 말만은 듣고 싶지 않았는데, 엄마는 정확히 그렇게 말했다.

"난 아빠와 달라요." 내 대답에 엄마는 고개를 끄덕였다. 엄마는 오랫동안 밝은 표정을 지어 보였고, 나는 불안해하지 않으려 애를 썼다. "진심이에요." 내가 덧붙였다. 엄마는 안다고, 물론 나는 아빠와 다르다고 말해줬다. 조용히 침실에 가서 소리 없이 방문을 잠근 기억이 난다.

바로 그날이 엄마와 대화를 그만둔 날이었다. 나는 정말로 아빠와 달랐지만, 그걸 엄마에게 증명할 방법이 없다는 걸 깨달았기 때문이다. 한 달 후 나는 짐을 싸서 기숙학교로 갔다. 엄마는 훗날 내가 모르는 어떤 남자랑 재혼을 해서 떠났고, 나는 그제야 엄마 집으로 돌아갔다. 엄마는 가구를 모두 두고 떠났다. 가구들은 하얀 천을 덮은 채, 내가 어렸을 때 봤던 위치 그대로 자리하고 있었다.

마르틴과 싸우고 나니, 엄마랑 아직도 대화를 하는 사이였다면 얼마나 좋았을까 하는 생각이 들었다. 왜 나를 가졌냐고 물어볼 수 있다면 좋으련만. 넋두리처럼 들리겠지만*(날 괜히 낳았다고 생각한 적은 없어요?)* 그걸 물어보지 않았다는 게 믿기지 않았다.

하고 싶은 질문은 명확하다. 엄마는 정말 아이를 원했던 걸까? 아니면 아이를 원한 건 아빠고, 엄마는 그저 아빠가 원하는 대로 해준 걸까? 아니면 평생 동안 친구와 부모님

그리고 조부모님에 의해서 주입된 의견 때문에 아이를 원하게 된 건 아닐까?

엄마도 예전에 내가 한 번 그랬던 것처럼 양성 반응이 나온 임신 테스트기를 보며 암울하게 체념했던 건 아닐까? 아니면 마르틴처럼 소유욕에 벅차 배를 문지르며 자신의 결정이 옳았다고 당당하게 확신했을까?

마르틴의 아이처럼, 나 또한 엄마가 견딘 고난을 보상해준 존재였냐고 물어볼 수 있다면 얼마나 좋을까.

아니면 그 고난을 더 악화시킨 건 아니냐고 물어볼 수만 있다면.

* * *

그날 밤 나는 잠을 이룰 수 없었다. 눈을 감을 때마다 진료소 진찰실 문이 보였다. 마르틴이 나오며 나를 보던 시선, 입술을 꽉 다물고 희미하게 웃던 미소도 보였다. 마르틴의 혈액으로 시퀀싱 작업을 할 사람은 없을 테고, 한다고 해도 그녀가 클론이라는 표식은 알아차리지 못할 것이다. 들통 날 위험은 없었다. 그렇지만 마르틴은 의사와 단둘이 있었다. 나는 거기에 없었기에 의사가 병력에 대해 이리저리 캐물을 때 그녀 대신 답변해줄 수 없었다. 거기에 없었기에 우리의 비밀이 비밀로 남을 수 있는지 확인하지 못했다.

이제 시작일 뿐이다. 나는 안전한 인생을 위해 평생 마르틴을 감시하며 보내고 싶지 않았다. 그녀 때문에 얼기설기 짠 거짓말을 유지해야 하는 삶은 싫었다. 하지만 다른 미래는 보이지 않았다.

나는 침대에서 나와 커피 한잔 하려고 아래층으로 내려갔다. 그리고 얼마 전 이혼서류에 서명했던 탁자에 앉았다. 두 손으로 머그잔을 감싼 채 네이선은 어떻게 이토록 오랫동안 이 일을 해낸 건지 생각했다. 어떻게 나한테 이 모든 걸 숨길 수 있었지? 온전히 자기 책임인 마르틴이라는 한 사람을, 그동안 어떻게 숨겼던 걸까?

나도 알았다. 내가 제대로 보고 있지 않았다는 사실을. 나는 그에게 신경 써야 하는 게 싫었다. 그것만은 우리 관계에서 변하지 않는 진실이었다. 애정에 굶주려하는 그가 지긋지긋해질 때 싸움은 최악으로 치닫곤 했다. 그의 내부에는 무력감이 있었고, 나는 거기에서 멀어지거나 본능적으로 그걸 무시했다. 그의 무력감은 내 마음속에 그에 대한 경멸을 심었고, 나는 단 한 번도 그 경멸에 대항해 싸우지 않고 매번 그게 당연하다고 느꼈다.

그래서 그가 뭔가를 숨길 때에도, 그걸 알아차릴 만큼 충분히 관심을 갖지 않았다. 제기랄, 그가 개에 물렸다는 것도 알아차리지 못했으니 뭐. 네이선의 거짓말 실력이 좋은지 나쁜지는 모르겠다. 그가 거짓말을 했다고 해도, 나는 그가 거짓말을 한다고 느낀 적이 단 한 번도 없었다.

그가 마르틴에게 원한 건 관심이었다. 복종보다 더 크고, 기꺼이 아이를 낳겠다는 의지보다 더 큰 감정. 그는 아마도 자신에게 관심을 가져줄 사람을 원했던 것 같다.

그렇지만 그것만이 전부는 아니다. 그는 오직 자신에게만 관심을 가져주는 사람을 원했다. 누군가의 목표, 희망, 두려움, 욕구가 오직 자신의 기분과 요구에 의해서만 영향받기를 원한 것이다.

그래서 마르틴이 그녀의 갈망은 안 중요하냐고 물었을 때 그녀를 죽이려든 것이다. 그 전까지만 해도, 마르틴은 네이선에게 향한 시선을 절대 거두지 않았다. 그렇지만 그를 생각하는 대신 자기 자신을 생각해도 되냐고 허락을 구한 순간, 마르틴은 그를 실망시켰다. 마르틴은 내가 그토록 오랫동안 그를 실망시킨 법과 아주 똑같은 방식으로 그에게 실망을 안겼다.

나는 주방에 서서 식어가는 차에 시선을 고정하고 있었다. 그리고 마르틴은 그런 내 모습을 지켜보고 있었다.

"안 자고 뭐해요?" 나는 그녀의 수면 기능 프로그래밍의 세부사항을 기억하려 애쓰며 물었다. 그가 훔쳤다고 의심되는 프로그래밍에서 어떤 메커니즘을 사용했는지 기억이 안 났다. 그 순간 모든 것이 너무 멀게만 느껴졌다.

"화장실에 가려고 깼는데 보니까 당신이 침대에 없더라고요." 마르틴이 말했다. 목소리가 잠기운에 들쑥날쑥했다. "괜찮으세요?"

나는 주전자에 물을 채우며 질문에 대해 곰곰이 생각했다. "아니요." 내가 말했다. "안 괜찮아요. 근데 괜찮아요." 마르틴은 남은 의자에 자리를 잡고 앉아 그녀를 위해 머그잔 하나를 더 꺼내는 날 지켜봤다. 주전자 물이 끓을 만한 시간이 지난 후에야 그녀에게 똑같은 질문을 해야겠다는 생각이 들었다. "당신은 괜찮아요?"

"아니요." 마르틴은 처음에는 그냥 한 번 해보듯 천천히 대답했다. 그러더니 다시 한 번 말할 때에는 좀 더 확신을 갖고 말했다. "아니요. 정말 안 괜찮아요."

나는 그녀가 아침마다 마시는 민트 차를 만들어줬다. 그리고 맞은편에 앉아 그녀를 바라봤다. 이마 주름이 더 깊어졌다. 그렇지만 처음 만났을 때보다는 좀 더 편안한 얼굴이었다. 내가 바로 이런 모습이겠구나 하는 생각이 들었다.

나는 목소리를 가다듬고 옳은 말을 할 줄 아는 친절한 사람이 돼야겠다고 결심했다.

"아이에 대해 얘기 나누고 싶어요?" 내가 물었다.

"무서워요." 마르틴이 말했다. "오늘 있는 예약이 겁나요. 제가 할 수 있을지 모르겠어요. 생각만 해도 무서워요."

그녀가 자신의 의혹을 표현한 것은 이때가 처음이었다.

아주 즉각적으로 마음을 열고 얘기했다는 걸 알 수 있었다.

물론 내 본능은 아직도 아이를 원하는 게 맞느냐고 묻고 싶었다. 하지만 마르틴이 차 안에서 거칠게 폭발했던 게 떠올랐다. 그녀의 고통. 그녀의 분노. 나는 거의 다 식은 차를 홀짝이며 그녀가 말을 계속하기를 기다렸지만, 마르틴은 마치 거울처럼 나를 따라 자기 차를 마실 뿐이었다. "뭐가 무서운데요?" 결국 내가 물었다.

"저는 혼자잖아요." 그녀가 대답했다. "이건 저 혼자 할 일이 아니었어요. 네이선이 줄곧 저와 같이 있어줘야 했다고요." 마르틴은 차를 내려놓고 의자에 등을 기댄 채 배를 쓰다듬었다. 그녀의 눈은 나를 보고 있지 않았다. "뭘 어떻게 해야 할지 모르겠어요. 무슨 말인지 아시죠? 제가 뭘 놓치고 있는 건지도 모르겠어요. 저는 피가 나는 게 나쁜 신호라는 것도 몰랐잖아요. 읽어야 하는 책이 있다는 것도, 참석할 수 있는 수업이 있다는 것도 몰랐고요. 근데 아이가 태어나면 그땐 어쩌죠? 조언을 해줄 네이선 없이 어떻게 아이를 돌볼 수 있겠어요?"

나는 고개를 흔들었다. "혼자서 할 필요 없어요." 내가 말했다. "그건 너무 불공평하죠."

"맞아요." 그녀가 동의했다. "불공평해요."

나는 일어서서 주방을 지나 거실로 갔다. 거기서 생물학 교재를 하나 꺼내 왔다. 엄마가 열세 살 된 나를 기숙학교로 보낸 첫해 말, 나는 그 책을 졸업앨범*처럼 사용했다. 안에는 친구들의 서명이 가득했다. 몇몇 삽화에는 애들이 장난친 것도 남아 있었다. 나는 그 책을 마르틴에게 건넸다.

"읽으면 도움이 될 거예요." 내가 말했다. 그런데 그녀의 표정을 보자 잠시 망설여졌다. "글 읽을 수 있죠?"

"당연히 읽을 수 있죠." 그녀가 교재 본문의 첫 페이지를 열며 중얼거렸다. 거기에는 각각의 뉴클레오티드가 색별로 표시된 긴 이중나선 모양의 DNA 그림이 있었다. "네이선이 처음에 가르쳐준 것 중에 이것도 있었어요. 근데 이게 왜 도움이 된다는 거죠?"

"왜냐하면 당신은 본인의 몸에 대해 제대로 알지 못하니까요." 내가 대답했다. 마르틴이 얼굴을 찌푸렸지만 나는 말을 이었다. "내 말은 몸의 기능이라든가, 그렇게 기능하는 이유라든가 하는 거요. 알겠어요?"

"네." 그녀가 답했다. "그래서 제가 이걸 알아야 한다고 생각하시는 거예요?"

나는 고개를 끄덕였다. "이걸 알면 앞으로 변화가 생기더라도 마음이 더 편할 거예요." 나는 그녀의 배를 보지 않으려 애썼다. "그리고 이해가 안 가는 게 생기면 나한테 물어봐요. 세예드한테 물어봐도 되고요." 사실 나는 그녀가 세

* 미국에는 졸업앨범에 학우들이 서로에게 짤막한 글을 남기는 전통이 있다.

예드에게 물어보길 바라고 있었다. "내일 임신이랑 출산에 대해 읽을 책이 있나 좀 찾아볼게요."

마르틴은 나를 보며 미소를 지었다. 진심을 담은 따스한 미소였다. 그녀는 고맙다고 말했지만 그 순간마저도 DNA 가닥만 보고 있었다. 그러고는 차를 한 모금 마시더니 다시 책을 읽기 시작했다.

잠시 후 자리에서 일어난 마르틴이 자리를 떴다. 돌아왔을 때 그녀의 손에는 네이선의 특징을 기록하는 연구실용 리갈 패드가 들려 있었다. 그녀는 새 페이지를 열고 단어를 적었다. 깔끔하고 고른 필기체였다. 뭐하고 있는지 묻자 그녀가 고개를 들지도 않고 대답했다.

"모르는 단어를 적고 있어요. 한 번에 하나씩 묻는 것보다 한꺼번에 묻는 게 나을 것 같아서요."

나는 솟아나려는 미소를 삼켰다. "뭐 좀 보여줄까요?"

그녀는 눈썹을 추켜올리고 나를 올려다봤다. 나는 책 뒷부분을 펼쳐 용어목록, 색인, 부록을 보여줬다. "궁금한 건 여기에 있을 거예요." 내가 말했다.

마르틴은 활짝 웃더니 자신이 모르는 단어 '고분자'를 찾아봤다. 그녀는 입술을 움직대며 단어의 정의를 읽었다. 그러고는 다시 본문으로 돌아와 아까 읽던 부분을 찾고는 그 단어를 포함한 문장을 다시 읽었다. "아." 그녀가 작은 소리를 냈다.

마르틴은 다시 책에 시선을 고정했다. 지금 그녀에게 나는 없는 존재나 마찬가지였다. 그녀는 내 책장을 가득 채운 정보, 자신이 그토록 굶주려했던 정보를 갑자기 손안에 넣은 것이다. 궁극적으로 자신을 창조한 그 정보를.

나는 계단을 올라 침대로 들어갔고 쉬이 잠들었다. 몇 시간 후 잠에서 깨어났는데, 마르틴은 그때까지도 작은 탁자에 붙어 있었다. 인체 골격에 관해 읽는 중이었다. 리갈패드는 정성스럽게 쓴 단정한 필기체로 가득했다.

그녀는 여전히 미소를 지은 채 독서에 빠져 있었다. 너무 몰두한 나머지 내가 집을 떠나는 소리도 듣지 못했다. 나는 현관문을 잠그고 차에 올라 시내로 향했다. 시내에는 아직 책방 한 군데가 남아 있다. 마르틴에게 필요한 책이 거기 있을 것이다. 그걸 읽으면 마르틴은 아이가 어떻게 생기는지, 출산은 어떻게 하는지, 아이는 어떻게 키우는지, 어떻게 혼자 헤쳐 나갈지 알게 될 것이다.

나는 처음으로 마르틴이 그 모든 걸 해낼 수 있을 거라는 확신이 들었다.

21

두 달 반 동안 성장한 시험체 4986-Zed는 조건화를 앞두고 있었다.

클론 진행 상황은 그보다 더 순조로울 수 없었다. 성장 일정은 완벽했다. 조직이 발달하는 동안 신경계 준비를 하는 데에 45일이, 프로그래밍에는 30일이 걸렸다. 우리는 호르몬, 자극제, 억제제, 스테로이드를 주입해 앞으로 만들어질 시험체의 특성을 다듬었다. 우리는 그를 속부터 겉까지 만들어냈고, 부신 반응을 구조화해 앞으로 뒤따를 복잡한 제작 상황에 도움이 되게 했다.

그를 연구소장에게 증거로 들이밀 수만 있다면 얼마나 좋을까. *거봐요, 된다니까요. 게다가 저렴하게 해서 당신은 눈치도 못 챘죠. 그러니 이제 그 빌어먹을 일 좀 하게 날 내버려둬요.*

우리는 조건화 내내 시험체에 진정제를 투여했다. 탱크에서 나온 첫 주에는 완전히 의식이 없도록 만들었다. 그렇게 하는 게 더 편했다. 그래야 우리가 하는 일을 일일이 설명할 필요가 없었다. 우리는 주저 없이, 사과도 없이, 능률적으로 시험체를 만들 수 있었다.

하지만 시험체 4896-Zed는 아직 완료되지 않았다. 그를 마무리하는 게 우리 일이었다.

우리는 수요일에 탱크를 비웠다.

* * *

처음 누군가의 뼈를 부러뜨린 건 사고였다. 술래잡기 도중에 학급 친구를 너무 세게 들이받고 말았다. 제대로 넘어져 엄지가 부러진 그 애는 처음에는 울지도 않고 어리둥절한 상태로 이상하게 꺾인 엄지만 쳐다봤다. 선생님이 달려오는 걸 보며 뭔가 잘못됐다고 느낄 때까지. 그러더니 걱정하는 어른의 얼굴을 보면 울음을 터뜨리는 애들처럼 울부짖기 시작했다.

두 번째로 누군가의 뼈를 부러뜨린 건 고의였다.

초기에 만든 시험체가 실패한 때였다. 그녀는 성장이 너무 빨라 혈액 공급이 따라주질 못했다. 손가락과 발가락이 까매지면서 썩어갔고, 나머지도 곧 그렇게 될 게 확실했다. 나는 그녀의 탱크를 비우고는 세코바르비탈을 넣고 죽기를 기다렸다.

살아 있는 클론보다 죽은 클론을 선호하는 내 모습이 비겁해 보였다. 지금의 나는 인정할 수 있다. 그때의 나는 겁을 먹었다고. 나는 혹시나 골절의 고통 때문에 진정제를 맞은 시험체가 깨어나고, 움찔하고, 소리를 지르는 건 아닐까 무서웠다. 심지어 울면 어떡할까 걱정도 했다. 나는 뼈를 제대로 부러뜨리려면 얼마나 많은 힘이 필요한지도 몰랐고, 시험체의 몸이 진정제와 어떤 대사 반응을 일으킬지도 몰랐다. 그래서 두려웠다.

시험체가 죽자 나는 그녀의 손목을 부러뜨렸다. 손목을 꽉 잡은 후 세고 빠르게 비틀자, 뼈가 부러지는 느낌이 손에 전달됐다. 생각보다 훨씬 쉬웠다. 괜히 걱정했다 싶을 만큼. 아찔해진 나는 작은 웃음을 내뱉었다.

훗날 나는 그 시험체의 뼈가 약했다는 걸 깨달았다. 너무 빠른 성장 때문에 영양 균형에 착오가 생겨 장골이 특히나 약해진 상태였다.

그다음 번 시험체의 손목을 부러뜨려야 했을 때는 고생을 좀 했다. 더 복잡한 뼈들(상완골, 대퇴골, 두개골)은 나의 인내심과 땀, 그리고 자주 세예드의 도움을 필요로 했다. 그렇다 해도 나의 손길로 뼈가 부러지는 걸 느낄 때마다, 나는 똑같이 번쩍이는 희열을 느꼈다.

매번, 나는 똑같이 솟아나는 웃음을 삼켜야 했다. *내가*

했어, 내가 부러뜨렸어. 이제 다신 되돌리지 못할 거야.

* * *

네이선은 맹장이 없었다. 중학교 때 싸우다가 빠져서 어금니도 하나 없었다. 어렸을 때부터 입술을 씹는 버릇 때문에 아랫입술에는 상처가 있었다. 쇄골은 삐뚤어져 있었다. 팔에는 주근깨가 가득했다.

네이선이 죽었을 때, 오른쪽 무릎에는 자전거 사고로 인한 찰과상이 있었다. 검지에는 굳은살이, 팔에는 개에 물린 상처가 있었다. 난 그가 개에 물렸다는 것도 몰랐는데. 목 뒤에는 점 하나가 새로 생겨 있었다. 왼손에는 화상 자국이 있었는데, 마르틴은 그가 화상을 입을 때 그게 상처로 남을 거라 직감했다고 했다.

시험체 4896-Zed를 탱크에서 꺼냈을 때, 그는 네이선처럼 보이지 않았다. 무르고 하얗고 부드럽고 이상해서, 마치 전신에 깁스를 했다가 푼 사람 같았다. 이렇게 미완성인 상태로 세상에 나간다면, 일은 잘못될 터였다.

나는 절대 연구대상을 미완성 상태로 세상에 내놓은 적이 없었다. 막 나온 시험체에 손상을 가해, 본체처럼 보이도록 변화를 주는 게 마지막 남은 다듬기 작업이었다.

4896-Zed는 의식이 없는 상태로 다듬는 과정을 거칠 터

였다. 조건화가 마무리되는 일주일 후 우리는 천천히 그의 의식을 깨워 사지를 움직이게 하고, 치유의 과정을 겪게 하면서 그만의 버릇이 생기게 할 예정이었다. 4896-Zed는 오른쪽 무릎을 조금 더 조심히 다뤄야 하고, 입술에 있는 상처를 만지작거려야 한다. 그는 2주간 깨어 있는 상태로 네이선이 될 준비를 할 것이다.

이 모든 것은 들통 날 위험이 있었다. 하지만 내 일정에는 연구소장이나 잠재적 투자자의 방문 계획 같은 건 전혀 없었다. 그들은 절대 예약 없이 오지 않았다. 갑자기 들이닥쳤다가 뭘 보게 될지 알 수 없었기 때문이다.

실험 과정에는 투자자들이 보기 싫어하는 것들이 많았다. 심지어 연구소장도 보기 싫어했다. 4896-Zed(우리는 그를 제드Zed라 부르기 시작했다)의 조건화를 하루 앞둔 밤, 세예드와 나는 마르틴을 작업에 참여시키는 문제로 격렬한 논쟁을 벌였다. "마르틴이 이걸 보면 안 되죠." 세예드가 말했다. "그녀는 여기서 벌어지는 일을 알면 안 돼요."

"이미 안다니까." 나는 수분을 보충하라는 의미로 세예드에게 물컵을 밀어주며 대답했다.

네이선의 클론 배양을 시작한 이래로, 세예드가 숙취에 시달리며 출근하는 일이 잦아졌다. 나는 그에게 뭐라고 하지는 않았지만, 조건화 첫날부터 그가 뒤처지는 건 감당할 수 없었다. 그는 내 힌트를 알아듣고는 물을 다 마신 후 계속해서 자신의 주장을 펼쳤다.

"머리로 아는 것과 실제로 보는 건 달라요." 세예드가 고개를 저었다. "마르틴은 너무 박식해요. 자신도 이렇게 만들어졌다는 걸 알게 될 거예요. 엉망이 된다고요, 선생님."

"마르틴은 이렇게 만들어진 게 아냐." 내가 말했다. "네이선은 그녀를 조건화하지 않았어. 그는 그녀를…… 나온 상태 그대로 뒀어. 만약 마르틴이 물어보면 내가 솔직히 말할게. 됐지?" 나는 세예드가 표정을 풀어주길 기다렸다. "약속할게."

"마르틴이 괜찮지 않으면 멈추실 거죠?"

"마르틴이 괜찮지 않으면 그만하라고 할게." 내가 답했다.

거짓말이었다. 세예드는 내 친구가 아니다. 나는 그에게 뭔가를 보장할 의무가 없었고, 그가 마르틴과 그녀가 겪을 경험에 대해 이러쿵저러쿵하지 못하도록 빈말을 할 정도의 권리는 있었다. 조건화 작업에서 마르틴을 제외한다는 생각만으로도 차갑고 잔인한 분노가 일었다. 솔직히 인정한다. 나는 그녀의 뒷목을 잡고서라도 4896-Zed 시험체의 피가 부검대 배수로로 빠지는 걸 보게 할 만반의 준비가 돼 있었다.

나는 다음 날 아침까지도 격렬한 분노에 스스로를 맡겼다. 제드의 탱크를 비울 때, 세예드가 나를 도와 그를 부검대로 옮길 때, 나는 마르틴의 얼굴을 자세히 봤다. 주저하거나 약한 모습을 보이지는 않을까 열심히 살폈다. 물론 그때는 내가 그러고 있는 줄도 몰랐다. 나는 그녀의 결점을, 우리가 정말 얼마나 다른지 보여주는 무엇인가를 찾고 있었다.

나는 마르틴을 향한 반감이 아주 약간 시들해졌는데도 그 사실을 인정하려 들지 않았다. 그녀는 내 예전 교재들을 서둘러 보며 열심히 공부했고, 책이 더 없는지 묻기도 했다. 몇 주 동안 아침마다 연구실로 향하는 차 안에서 그녀는 새로 알게 된 것들에 대해 나와 대화를 나눴다. 점심을 먹으면서는 조직구조나 신체발달, 시냅스 부패에 대해 질문을 퍼부으며 세예드를 궁지로 몰았다. 마르틴은 좀 더 직접적으로, 좀 더 솔직하게 말하기 시작했다. 허락을 기다리던 버릇을 완전히 멈추진 않았지만, 덜 주저하고 좀 더 적극적이 됐다. 그녀에게 지시를 내리는 게 조금 어려워진 건 가끔 거슬렸다. 하지만 나는 그녀를 조금 더 존경하기 시작했다.

그래서 그녀를 자세히 살폈는지도 모르겠다. 존경심이 생긴다는 사실에 신경이 쓰였나 보다.

마르틴에게 사포를 건네며 제드의 무릎에서 괴사조직 세정을 하라고 말했을 때, 서서히 줄어들던 경멸이 코를 치켜들고 바람결에 날리는 피 냄새를 찾았다. 그녀는 내게 '괴사조직 세정'이 뭐냐고 물었다.

"엄밀히 말하면요," 내가 대답했다. "죽은 조직을 씻어내는 걸 말해요. 감염된 피부, 딱지 그런 것들요." 나는 제드의 완벽하고 흠 하나 없는 무릎을 가리키며 말했다. "근데 지금은 네이선의 흉터와 똑같은 상처를 다시 만드는 걸 의미해요. 피부에 사포질을 하세요. 자전거 타다 떨어졌을 때 아스팔트에 까진 것처럼요." 나는 그녀가 정확한 지점을 기억하지 못했을 경우를 대비해 볼펜으로 동그라미를 쳐줬다. "이 타원형 안의 피부를 진피까지 깐 다음 조금 더 하세요. 피가 날 거예요."

마르틴은 내가 무릎에 대충 그린 타원을 쳐다보더니 제드의 얼굴로 시선을 돌렸다. 나는 그녀가 불안해하기만을 기다렸다.

"진피가 얼마나 깊죠?" 수술용 마스크 때문에 목소리가 분명치 않았다. 마음속 깊은 곳의 비열한 잔인함이 승리를 외쳤다. 그녀는 제드에게 상처 주는 걸 두려워하는구나, 내가 옳았어. 그녀는 약해, 약해, *약하다고*. 그런데 그녀는 내가 대답하기도 전에 나를 향해 몸을 돌리고 말을 이었다. "반항할지도 모르는데 끈으로 묶어야 할까요?"

나는 마르틴이 그렇게 말할 줄은 꿈에도 몰랐다. 전혀 예상치 못한 반응이었다.

"그는 의식이 없어요." 내가 말했다. "오늘 오후에 아무런 탈 없이 이를 뽑을 만큼요. 저라면 걱정 않겠어요."

"좋아요." 그녀는 이렇게 대답하더니 그의 무릎 쪽으로

가 사포로 원 안에 있는 건강한 피부를 긁기 시작했다. "제 생각엔요," 마르틴이 작업에 몰두한 채 말했다. "길바닥에서 긁힌 거라면 한 방향으로 상처가 났을 것 같아요. 그러니 앞뒤로 긁으면 안 될 것 같은데요. 반대하지 않으신다면 말이에요."

나는 반대하지 않는다는 뜻으로 고개를 흔든 후에 깨달았다. 마르틴은 나를 보고 있지 않았다. 내게 의견을 물었지만 자신의 선택이 괜찮은지 확인하려고 겁먹은 눈으로 나를 보지 않았다. 내가 반대할지 몰라서 작업을 멈춘 상황도 아니었다. 내 생각은 하지도 않고 있었다.

"그래요, 좋은 생각이네요." 나는 이렇게 말하며 몇 초간 마르틴을 쳐다봤다. 내 감독은 필요하지 않아 보였으므로, 고압 멸균기로 가 오후에 쓸 치과 기구들이 준비됐는지 확인했다. 그녀는 여전히 제드의 무릎 위에서 몸을 굽히고 콧노래를 흥얼거리며 피부를 한 겹씩 벗겨내고 있었다.

나는 제드의 발치작업까지 끝낸 후 세예드에게 청소를 맡겼다. 그러면서 일을 마친 마르틴이 괜찮은지 확인해달라고 말했다. 그는 제드의 몸에서 혈액과 타액을 씻어내고, 물기를 닦은 다음 회복실로 옮겨 하룻밤 둬야 했다. 또 부검대 세척도 하고 생물의학 폐기물을 처리하고 기구도 멸균해야 했다. 두 사람이 달라붙어 할 분량이었지만, 그는 주저하는 기색 없이 알겠다고 했다.

"아마도 만신창이가 됐겠죠." 그는 마르틴이 항균비누로 팔뚝에 거품을 내는 걸 보며 말했다.

"아마 그렇겠지." 나는 중얼거렸다. 나도 그녀를 보고 있었다. 확고하고 서슴없는 그녀의 손짓. 세면대 배수구로 흘러 나가는 거품을 보며 옆으로 기울인 목의 각도. 그리고 입가에 스민 약간의 만족감. "아니, 하지 마." 나는 덧붙였다. "내가 확인할게."

그날 밤 마르틴에게 기분이 어떠냐고 묻자 그녀는 웃어 보였다. 무심코 배 아랫쪽을 만지며 태동이 느껴지는 곳을 누르는 것 같았다. 페퍼민트 차에서 따스한 김이 회오리 모양으로 솟아났다.

"아주 좋아요." 그녀가 말했다. "마냥 좋네요. 당신은 어때요?"

"정말요?" 내가 눈을 가늘게 뜨고 물었다. "왜냐하면 조건화는 보기에도 힘들고, 같이 해도 힘든 작업이거든요."

마르틴은 고개를 흔들고 잔을 들더니 후 하고 불어 차를 식혔다. 입술이 거의 머그잔에 닿을 정도였다. "괜찮던데요. 네이선을 제대로 세팅할 수 있어서 좋았어요."

"제드 말하는 거죠?"

"네. 물론이죠. 그렇지만 이제 네이선이라 불러야 하지 않을까요." 마르틴이 눈을 감고 차를 한 모금 마셨다. "그가 깨어났을 때 우리도 적응이 돼 있어야 하잖아요. 그 사람은 자기 이름에 제대로 반응을 해야 하고요, 그렇죠?"

"곧 그래야죠. 하지만 아직은 아니에요. 조건화가 끝날 때까지는. 그런데 '그를 제대로 세팅한다'는 말이 무슨 뜻이에요?"

"그 사람을 원래대로 만들고 있잖아요. 우리가 사랑했던 사람으로." 그녀는 손바닥을 다시 배에 대고 길게 눌렀다.

"그 사람을 사랑했나요?" 내가 물었다. 마르틴은 여전히 눈을 감은 채 고개를 끄덕였다.

"아주 많이요." 그녀가 속삭였다. "당신은요?"

나는 식어가는 찻잔을 보며 머뭇거렸다. 힘든 시간을 보내기 전, 네이선을 사랑하던 그 좋은 시절을 기억하는 건 어려웠다. 설사 좋은 시절이 아니었다 해도, 여전히 싸울 가치가 있던 그때를. 나는 그때 내가 어떤 기분이었는지 기억하는 것조차 어려웠다. "그랬던 것 같아요." 내가 대답했다. "네. 오랫동안. 그 사람을 사랑했어요. 그를 사랑했을 때는요."

"그가 죽었을 때는요? 그때도 사랑했어요?"

찻잔에서 시선을 들어 올리자 나를 골똘히 보고 있는 마르틴과 눈이 마주쳤다. "그랬던 것 같지는 않아요." 나는 잠시 후 말을 이었다. "그러니까, 그때는, 그 사람이 싫었어요."

그녀가 끄덕였다. "네." 그리고 덧붙였다. "저도요. 저도 그 사람이 싫었어요."

"마지막에요?" 내가 물었다.

"매 순간마다요." 그녀가 고개를 흔들었다. 눈에는 눈물이 빛나고 있었다. 그때야 비로소 나는 그녀의 입매에 감춰진 절제된 분노를 알아봤다. "나는 그 사람이 매 순간 싫었어요."

22

마르틴은 제드의 조건화 작업에 놀랄 만큼 열정을 가지고 몰두하기 시작했다. 움찔하지도 않았다. 맹장을 꺼낼 때에도, 토치로 손에 화상을 입힐 때에도, 쇄골을 부러뜨릴 때에도. 전혀 주저하는 법이 없었고 시선을 돌리지도 않았다.

마지막 작업은 아주 섬세하게 진행해야 하는 일이었다. 모든 게 계획대로만 된다면 제드는 이제 네이선이 될 것이다. 눈꺼풀에 있는 상처. 이 일을 마지막으로 남겨놓은 이유는, 워낙 작은 상처라 회복이 빠를 테니 시간이 부족한 경우에도 걸림돌이 될 리가 없어서였다. 네이선은 그 미세한 상처의 원인을 기억하지 못했다. 왼쪽 눈가에 주름처럼 생긴 그 상처는 대부분 속눈썹으로 가려졌지만 사진을 찍으면 하얗게 표가 났다. 나는 그의 왼쪽 눈가에 깊은 골짜기를 만들듯 상처를 내며 근접 작업을 했다. 마르틴은 장갑 낀 손으로 그의 눈꺼풀을 들어 올리며 보조했다.

네이선의 눈은 우리를 향했지만 아무것도 보지 못했다. 뇌는 여전히 진정제라는 두꺼운 이불로 꽁꽁 싸인 상태였다.

"지혈집게." 뒤로 손을 뻗으며 말하자 세예드가 손바닥 위에 기구를 올려놓았다. 나는 느슨하게 잘라낸 피부 끝을 움켜쥐고 잡아당겼다.

"이 사람이 이걸 기억할까요?" 마르틴이 물었다. 너무 가까워 내 얼굴에 대고 속삭이는 것 같았다. 그녀의 숨결이 관자놀이에 따스하게 와 닿았다.

"아니요." 내가 말했다. "병원에서 깰 때까지 아무것도 기억하지 못할 거예요."

"그러니까 우리가 자신을 만들어냈다는 사실을 모를 거라는 얘기죠?"

"어떤 자극이 오더라도 자연적으로 생성된 기억을 가진 사람처럼 반응하도록 프로그래밍했어요. 뇌의 대부분에 기억을 심을 거예요. 그는 자신이 네이선이라고 생각하겠죠. 그가 기억해내는 것들은 네이선이 갖고 있던 기억들일 거고요. 우리는 그가 차에 치었고, 그래서 병원에 데려온 거라고 말할 거예요. 그러면 신경 쪽에 뭔가 이상한 부분이 있다 해도 의사들은 뇌진탕 때문에 그런 거라 생각하겠죠. 쉬워요."

마르틴은 잠자코 있었다.

강하게 끓어오르는 듯한 긴장감이 공간을 가득 채웠다.

마음속 깊은 곳에 묻힌 오래된 두려움이 끌려 나오는 것만 같았다. 무거운 발자국 소리가 나고 현관 열쇠가 돌아갈 때면, 엄마는 공포로 뻣뻣해진 어깨 너머로 고개를 돌려 나를 향해 머리를 흔들었다. 그러면 다시 침대로 기어올라야 했던 때의 두려움.

나는 코로 숨을 깊이 들이마시고 입으로 내쉬었다. 다시 살점을 잡아당겼더니 실크가 찢어지는 소리가 나며 조직이 느슨해졌다. 지혈집게를 제드의 가슴에 올려두고 거즈가 달린 집게로 교체했다.

하얀색 거즈가 피로 서서히 물들었다.

"뭐 문제 있어요, 마르틴?" 세예드가 무심한 듯 물었다.

"아니에요." 딱 봐도 거짓말이었다. 나는 피로 젖은 거즈를 교체했다.

"뭔가 잘못된 것처럼 보이는데요." 내가 중얼거렸다. "이제 눈 놔도 돼요."

마르틴은 한숨을 쉬더니 제드의 얼굴에서 손을 뗐다. 나는 과감하게 그녀를 훑어봤다. 그녀가 손바닥을 등허리에 대고 스트레칭을 하자 배가 나를 향해 불쑥 튀어나왔다. "몰랐어요." 그녀가 말했다. "그게 다예요."

"뭘 몰랐다는 거예요?" 내가 물었다. 상처에서 거즈를 뗐더니 빠르게 피가 차올라 재빨리 새 거즈를 대야 했다.

"제가 클론인 줄 몰랐어요. 처음 몇 달 동안요." 마르틴이 말했다. "네이선이 그랬어요. 우린 결혼한 사이고 제가 사고를 당했다고요. 그래서 기억에 문제가 있을 수 있다고요." 잠시 뜸을 들인 그녀가 이어 말했다. "저는 그 말을 믿었어요."

"좋네요." 내가 말했다. "그게 통한다는 의미니까요. 사실 저도 확신하진 못했거든요."

잠시 후, 마르틴은 화장실을 가겠다며 자리를 떴다. 나는 천천히 거즈를 적시는 제드의 피를 보면서 마르틴이 장갑을 벗고, 손을 씻고, 공기차단실을 통해 나가는 소리를 들었다.

세예드가 마르틴이 있던 자리로 와서 내게 말했다. "말씀 한 번 잘하셨네요." 그가 웅얼거렸다.

"왜?" 내가 물었다. "네이선이 한 짓은 이거보다 훨씬 심한데? 그런데도 그가 거짓말한 건 유감이라고 말했어야 해?"

"네. 저는 그 말을 하셨어야 한다고 생각해요."

출혈이 멈추고 있었다. 세예드는 액상접착제가 든 주사기를 내게 건넸다. 나는 아주 조심하며 제드의 눈 옆에 생긴 작은 상처에 접착제를 넣기 시작했다.

"마르틴의 안녕에 대해 왜 그렇게 신경 쓰는 건데?" 내가 물었다. "그녀는 시험체야. 나 같은 사람이 아니라고." *손 떨지 마, 그렇지, 바로 그거야.*

세예드는 아무 말 하지 않았다. 나는 접착제를 다 발랐다. 색이 어두워지며 끈적거리는 데까지 3분, 다 굳는 데까지 4분이 걸릴 것이다. 그 후 붕대를 감을 거고, 그러면 끝이다. 나는 체크를 위해 매분 알람이 울리는 타이머의 시작 버튼을 눌렀다. "세예드, 대답해." 나는 자세를 바로하고 수술용 마스크를 목으로 내리며 말했다.

그렇게 그날 세예드를 처음 봤다. 제대로 본 건 아마 며칠 만에 처음인 것 같다는 생각이 들었다. 우리는 한 곳에 있으면서도 조건화 작업 내내 멀찍이서 궤도를 돌듯 서로를 맴돌고 있었다. 그는 내가 하지 못하는 일을 했다. 우리는 파트너라기보다는 릴레이 경주를 하듯 일했다.

나는 주로 마르틴에게만 신경을 쓰고 있었다.

그는 좋아 보이지 않았다. 뺨과 목에 얼룩덜룩하게 자란 수염이 보였다. 얼굴이 부어 있었고, 심하게 갈라진 입술을 보니 씹었거나 그냥 방치하는 듯했다. 눈은 움푹 꺼졌다. 마치 영원한 숙취에 시달리기라도 하는 것처럼 보였다.

내가 요란하게 목소리를 가다듬자 그가 화들짝 놀랐다. 그런데도 여전히 나를 보지 않았다.

타이머 알람이 울렸다. 나는 접착제를 흘끗 봤다. 분홍빛 피 몇 가닥이 섞여 있긴 했지만 여전히 대부분은 맑은 색이었다. 나는 다시 세예드에게 시선을 돌렸지만, 그는 눈을 꼭 감고 있었다.

"말씀드릴 게 있습니다."

"그래. 아직도 도둑질해?"

"아니에요. 아니요, 안 훔쳐요. 그러니까, 그날 이후로 안 합니다. 그 얘기가 아니에요."

"그럼 계속 얘기해봐."

세예드의 숨소리는 너무 커서 모니터 너머로도 들릴 지경이었다. "마르틴에 관한 얘기예요." 그가 말했다. "그렇게 신경 쓰는 이유가 뭐냐고 물어보셨죠."

나는 욕을 했다. "그녀에게 감정이 있다고 말하지 마, 세예드. 그건 엄청나게 심각한 윤리 위반이야. 그리고, 세상에, 이상하잖아. 그냥 그러면—" 타이머가 또 울렸다. 나는 접착제를 확인했다. 색이 점점 어두워지고 있었다.

"제 말을 끝까지 들어주세요. 제 입으로 말하고 싶습니다."

나는 기다렸지만 그는 말을 하지 않았다. 그가 용기를 모으는 시간 동안 영원과 같은 침묵이 내려앉았다. 나는 그를 흔들고 싶었다. 철썩 때리고 싶었다. *다 말하라고.*

나는 이미 다 알고 있다고 말하고 싶었다.

"제가 도왔어요."

그걸로 충분했다. 두 단어로 난 모든 걸 알게 됐다. 그런데도 나는 기다렸다. 마치 그것 말고도 다른 설명이 있을 거란 듯이.

나는 그에게 거짓말할 기회를 주고 싶었다. 그리고 거짓말을 받아줬을 것이다.

거짓말이라고 바로 알아챘겠지만, 그래도 모른 척했을 것이다. 그래야만 그가 남을 수 있기 때문이다. 그는 내가 준 용서를 유지할 수 있었다. 도둑질 말고는 아무 일 없었다는 듯 행동할 수 있었다. 그건 정말 사소한 일이었다. 다른 것과 비교하면 도둑질은 아무것도 아니었다.

그렇지만 역시 세예드는 거짓말을 원치 않았다. 사실을 말하지 않았다는 게 이미 그를 좀먹고 있었는데, 나는 눈치도 못 채고 있었다.

나는 전혀 몰랐다. 문제가 커지고 있는데도 몰랐다.

"저는 네이선 선생님의 작업을 도와서—." 그가 말했다. "처음에는 저도 몰랐어요. 그 재료들로 그녀를 만들 거라고는요. 그냥 없어져도 눈치채지 못할 물품을 몇 개만 달라고 했고, 그게 자기 연구 때문이라고 했어요. 저는 그분께 빚이 있잖아요." 세예드는 제발 이해해달라는 눈빛을 하며 덧붙였다. "그분 덕에 제가 선생님 밑에서 일을 하게 됐으니, 그분이 이 일을 주신 거나 마찬가지예요. 저는 그저 보답을 하고 싶었어요." 그는 입술을 핥고는 힘겹게 침을 삼켰다. "그랬는데 시퀀싱 작업에서 어려움을 겪으셨고, 단백질 체인에 문제가 있어서 저를 부르셨어요. 그게, 저는 그분께 은혜를 입었잖아요, 아시죠? 게다가 저는 도울 수 있는 방법을 알았고 그분은 엄청 큰돈을 비밀리에 주시겠다고 했어요. 그래서," 그는 중간에 말을 끊고 덜덜 떨며 숨을 쉬었다.

타이머가 알람을 울렸다.

접착제는 탁해져 있었다. 나는 장갑 낀 손으로 건드려봤다. 아직 덜 마른 상태였다.

거의 다 됐다.

"세예드, 네가 마르틴을 만들었어?"

세예드가 재빨리 고개를 저었다. "아니에요. 저는 그저 네이선 선생님이 프로젝트를 할 수 있게 도와드린 것뿐이에요. 보조로요. 그게 다예요."

터무니없게도 제일 먼저 떠오른 생각은 이거였다. *세예드가 마르틴의 나체를 봤겠구나.* 그런 다음 두 번째 터무니없는 생각이 떠올랐다. *세예드가 마르틴의 시퀀싱을 봤구나.*

"그러니까 알고 있었다는 거지?" 의도한 것보다 더 작은 목소리가 튀어나왔다. 마르틴에게 안전벨트를 매라고 말했던 때처럼 조용하지만 위협적인 목소리였다. 그렇지만 이번에는 의도적으로 그런 건 아니었다. "머리카락 시퀀싱을 했을 때 거기서 표식을 봤잖아. 그럼 그때 마르틴의 머리카락인 줄 알았던 거야?"

"짐작은 했습니다." 그가 말했다. "제 말은, 거의 그럴 것 같았어요. 그렇지만 그분이…… 그랬을 거라고는 생각 안 했어요. 그러니까 프로젝트 말이에요. 저는 그게 연구소 일인 줄만 알았고 성공했는지 아닌지만 본 거예요. 실패했을 거라 생각했거든요."

세예드의 깊은 한숨 속에는 안도하는 기색이 담겨 있었다. 말을 하고 나니 마음이 놓인 거였다. 그는 자신의 죄책감을 나의 분노로 바꿔놓았다. 이제 나는 그 짐을 지고 살아야 한다. 그런데 그렇게 안도하다니 뻔뻔하기도 하지!

"프로그래밍도 도왔어?" 내가 물었다. 나는 세예드가 그렇다고 답하길, 그래서 내 목을 옥죄어오는 분노를 쏟아부어 그를 공격할 빌미를 주길 원했다.

그가 고개를 저었다. "아닙니다. 그건 단백질 체인 문제 이전에 다 처리된 상황이었어요. 저는 본체가 박사님일 거라고는 상상도 못 했어요. 그러니까 그 시퀀싱이라는 건 방법론에 불과하고, 그리고……."

"세상에! 시퀀싱 작업엔 당연히 네가 필요했겠지. 네이선 혼자서는 못해. 그건 나도 알아."

세예드는 가쁜 숨을 내쉬며 웃었지만, 나는 그를 날카로운 시선으로 쏘아봤다.

나는 웃어도 된다고 허락한 적이 없었다. 우리는 네이선의 무능을 함께 나누는 동료가 아니었다. 우리는 더이상 같은 편이 아니었다.

그는 내 배려 안에서 머물 수 있는 기회가 있었다. 거짓말을 할 수 있는 기회가.

연구실 안쪽 문이 열렸다. 마르틴이 들어오더니 우리 둘을 보고는 몇 걸음 오다 멈췄다.

타이머가 알람을 울렸다. 접착제는 다 말랐다.

"마르틴, 여기 상처에 붕대 대는 것 좀 도와줄래요." 내가 말했다. 그녀는 세예드에게 시선을 돌리지 않고 천천히 걸어왔다. 그녀의 시선은 내게 고정돼 있었다.

마르틴은 무슨 일이냐고 묻지 않았다. 아무것도 묻지 않았다. 그저 나를 도와 접착제 위에 거즈를 대줬다. 그녀는 잠자코 있었다. 차분하게.

내가 요청할 때만 움직이고 그 외에는 가만히 있었다.

나는 생각이 많아졌다. 마르틴을 처음 진정제에서 깨울 때 세예드가 도와줬을까? 마르틴이 세예드를 알아본 건 아닐까? 마르틴을 알아보고 그의 얼굴에 드러났던 공포가 떠올랐다. 그건 진짜였을까? 그는 자신의 행각이 걸렸다고, 내가 알게 됐다고 생각한 거였다. 마르틴의 배를 보고 잿빛이 된 그의 얼굴이 떠올랐다.

분노가 내 목을 자꾸, 더욱, 점점, 세게 조였다.

거즈를 붙인 후 나는 장갑을 벗었다. "세예드, 여기 청소 좀."

"정말 죄송합니다." 그가 나직이 말했다. "정말 죄송해요. 저는 몰랐어요. 저는 절대로, 저는 정말 그분이 뭘 하는지 몰랐고, 그분이, 그러니까 그녀가 아이를 갖게 될 거라고는 생각도 못했어요. 저는 정말—."

"고마워." 나는 말했다. 부드럽지만 딱 부러지게. 엄마는 간호사가 우리 중 누구라도 너무 오래 붙잡고 있으면 그런 식으로 말했다. 이건 초대의 반의어였다. 대화가 끝났다는 뜻이었다.

그날 집으로 오는 길은 조용했다.

마르틴은 내내 두 손을 무릎에 두고 눈을 내리떴다. 집 앞에 차를 댔는데도 내리지 않았다. 나 역시 그랬다. 잠시 후 그녀가 미안하다고 속삭였다.

"뭐가 미안해요?" 내가 물었다.

"제가 한 게 뭐든지요." 그녀가 말했다.

나는 그녀가 잘못한 건 하나도 없다고 말할 참이었다. 그러다 잠시 머뭇거렸다. 어쩌면 있을 수도 있으니까. "세예드를 알고 있었어요? 우리가 연구실 가기 전에 말이에요."

마르틴이 고개를 저으며 말했다. "아니요. 그날 처음 봤어요." 그녀는 그 질문을 왜 하는지 묻지 않았다. 시선은 여전히 두 손에 있었다. 가만히 앉아 있는 그녀의 어깨를 보니 먹이가 될 거라는 동물적 공포에 시달리던 엄마의 어깨가 떠올랐다. 그러자 목 안에 똬리를 틀고 있던 뭔가가 갑자기 스르르 풀어졌다.

그 이후의 몇 분은 내 기억에 생생한 사진처럼 남았다. 내 어깨에 올린 마르틴의 손. 조수석의 문이 닫히는 소리. 내

쪽으로 와서 안전벨트를 풀어줄 때 그녀 머리에서 나던 향기. 그녀의 부축을 받고 비틀거리며 현관으로 올라가던 것. 네이선의 눈에서 솟아나던 피처럼 붉은 와인이 눈앞의 컵에 쏟아지던 모습.

나는 울지 않았다. 울지 않을 것이다.

그렇지만 그녀의 구슬림에 와인을 한 모금 마시고 나서 말하기 시작했다. 세예드가 나한테 한 얘기를 모두 했다. 모든 게 딱 들어맞았다. 세예드가 내 물품을 네이선에게 넘긴 것, 더불어 내 연구를 이해하도록 도와준 것, 덕분에 네이선이 나를 배신할 수 있었다는 것. 그래서 네이선이 그녀를, 좀 더 나은 버전의 나를 창조할 수 있었단 것까지.

마르틴은 내 잔을 가득 채워준 후 손바닥을 탁자에 댔다. "그러니까 저더러 세예드를 아냐고 물었던 건, 그가…… 그걸 할 때 아냐고 물었던 거군요." 내가 끄덕였다. "저는 몰랐어요." 그녀는 그렇게 간단히 답했다.

날 받치고 지탱하던 발판이 사라진 듯한 느낌이었다. 네이선의 기만과 세예드의 배신에 대한 분노, 이 모든 게 너무나 깨지기 쉬웠다. 그 감정이 잠시 사라지자, 세예드가 저지른 일을 알아내기 직전의 순간이 떠올랐다.

그때 마르틴은 연구실에서 자리를 비웠지.

내가 상처를 줬기 때문에.

"아까 말한 거는요." 내가 말을 시작했다. "당신이 감당하는 일에 대해 좀 더 신중했어야 하는데. 그 모든 과정은요……." 나는 힘들게 침을 삼켰고, 목에 걸린 말을 꺼내기 위해 와인을 한 모금 마셨다. "어려울 거예요. 네이선이 당신에게 했던 거짓말을 이제 우리가 제드에게 똑같이 한다는 게 어떤 느낌일지 상상이 안 되네요."

마르틴이 고개를 끄덕였다. "속상하긴 해요. 하지만 이해돼요."

"정말요?" 내가 반문했다.

"아닐 수도 있고요. 어쩌면 이해했다고 생각하도록 프로그래밍된 걸 수도 있죠. 반사작용일 수도 있고요. 어쩌면 그 둘 다일 수도 있고요. 그런 식으로 제가 화를 내지 않도록 했겠죠. 비록 그게 사실이라 해도, 어쨌든 이해돼요. 왜 그렇게 해야 하는지 보이니까요."

나는 마르틴에게 손을 뻗었다. 그녀는 거부하지 않았고, 고개를 끄덕여 보였다.

"알아요." 마르틴이 말했다. "굳이 말로 하지 않아도 돼요."

그렇지만 나는 말로 해야 했다. 하지만 겁쟁이처럼, 나는 고마운 마음을 느끼며 그녀의 사면을 받아들였다. 와인을 다 마실 때까지 마르틴의 손을 잡았고, 그녀는 내 잔을 더 채워줬다. 하지만 나는 끝내 사과하진 않았다.

23

아빠를 마지막으로 봤을 때, 우리는 서재에 있었다.

다음 날은 손목 깁스를 푸는 날이었다. 나는 아빠에게 체액에 대해 설명해달라고 부탁했다. 서로 다른 시스템 때문에 헷갈려하던 참이었다. 림프와 혈장의 차이를 이해하지 못했고, 그 둘이 왜 분리돼야 하는지 알 수가 없었다. 한 시간가량 대화를 나눴고, 아빠는 시간이 다 되자 언제나 그러듯 책상 너머로 손을 내밀어 악수를 했다.

나는 아빠가 가르쳐준 대로 엄지와 검지 사이에 있는 갈퀴를 아빠와 맞댔다. 단단하게, 하지만 너무 꽉 쥐지 않도록 손을 잡고 두 번 흔들었다. *세 번 흔들면,* 아빠는 말하곤 했다. *사람이 불안해 보인단다*. 그는 잘했다는 듯이 고개를 끄덕이고는(내가 제대로 했다는 의미였다) 나를 내보냈다.

우리의 미팅은 끝났다.

그때 난 아홉 살이었다.

정확히 말하면, 아빠가 사라지고 나서 아빨 그리워한 적은 없었다. 나는 종종 아빠의 실종에 대해 생각하곤 했다. 그걸 둘러싼 상황과 말하면 안 되는 일들에 대해. 그런 생각은 아빠를 그리워하는 것과는 거리가 멀었다. 아빠가 머물렀던 장소는 우리 삶에서 생소하고 낯선 공간으로 변했다. 마치 몇 년 동안 욱신거리던 썩은 이를 발치하고 큰 구멍이 생긴 것처럼. 나는 잇몸의 틈이 닫힐 때까지 존재감이 큰 그 공간에 계속해서 굳이 혀를 댔다. 피 맛이 났고, 매끄러웠으며 왜인지 몰라도 위안이 됐다.

그렇지만 아빠가 있었던 구멍은 놀랍도록 빠른 속도로 치유됐다. 엄마와 나의 일상은 어색하게 변했다. 절대 대화 소재로 꺼내지 않는 것들이 생겼고, 엄마를 따라 정원 일을 돕던 내게 더이상 접근하지 않는 구역이 생겼다. 우리는 굳이 아빠의 서재를 청소하지 않았고, 그냥 문만 닫은 채 원래 없던 방인 양 행동했다. 몇 년 후 내가 기숙학교로 떠나자 아빠의 부재를 둘러싼 침묵은 유지하기가 더욱 쉬워졌다. 모든 것이 충분히 간단했다.

내가 아빠를 그리워하게 된 것은, 그의 모교에 입학해 아빠가 수십 년 전 들은 수업을 들었을 때였다. 그렇지만 아빠가 걷던 통로를 지나던 그때도 내가 그리워한 건 아빠가 아니었다. 교수의 강의 방식이 마음에 안 들 때에도, 약간의 까다로운 이론에도, 복잡한 실험 시간에도, 내가 그리워한 건 매주 아빠의 서재에서 보낸 시간이었다. 기숙사 방에 앉아 언뜻 보기에도 풀 수 없을 것 같은 문제를 보고 있을 때면 그때의 쉬운 답변들이 아쉬워지곤 했다. 나를 위해 준비된 안락의자에 앉아 발을 차던 것, 책상 뒤에서 손잡이 달린 네모난 시계가 째깍거리던 것, 내가 이해할 때까지 설명해주던 아빠의 낮고 웅웅대는 목소리가 떠오르곤 했다.

혼자의 힘으로 문제를 풀어낼 때면(교수님의 속기법을 분류한다거나, 이론의 뿌리를 찾는다거나, 혹은 적정*을 제대로 했을 때면) 나는 그 악수가 그리웠다. 양측 모두가 자신의 역할을 증명하기 위해 전략을 성공적으로 완수했다는 어른의 느낌이 그리웠던 것이다.

나는 내가 의심의 여지없이 일을 제대로 했다는 그 느낌이 그리웠다.

* * *

다음 날 아침 마르틴과 내가 연구실에 도착했을 때 세예드는 없었다. 그를 대면하지 않아도 된다는 생각에 마음이

* 이미 농도를 알고 있는 표준 용액을 이용해 화학물질의 농도를 결정하기 위해 사용하는 정량분석법.

놓였다. 이제 시험체를 깨울 시간이었다.

나는 서랍을 뒤져 오래된 이력서 뭉치를 꺼내 한 장씩 넘겨봤다. 그리고 모두 재활용 쓰레기통에 던져버렸다. 너무 오래돼 하등 쓸모가 없었다. 인사과에 연락해 새로운 이력서들을 보내달라고 해야 할 것 같았다.

우리는 제드와 대화를 나눌 준비를 마쳤다. 이제는 네이선이라고 해야 맞겠지. 마르틴과 나는 그에게 말할 때는 물론이고 우리끼리 있을 때에도 그를 네이선이라고 부르기로 합의했다. 실수 때문에 그를 혼란에 빠트릴 수는 없었다.

네이선.

그는 한쪽 팔에 수액을 꽂은 채 회복실 침대에 누워 있었다. 뱀처럼 긴 도뇨관이 침대 시트 아래로 구불구불 나와 있었다. 침대 옆 모니터에서는 바이털 사인을 나타내는 삐 소리가 유쾌하게 흘러나왔다. 그 규칙적인 리듬은 모든 게 괜찮아질 거라고 끊임없이 상기시켰다. 상처는 이미 거의 다 나았는데, 그가 새것이기에 누릴 수 있는 이득이었다. 그의 조직은 마치 아이처럼 탄력 있고 유연했다. 물론 치유인자가 오래가지는 않겠지만, 그래도 빨리 나아서 흉터가 남아야 하는 초기에는 유용했다.

그는 내 기억에 남은 그 사람과 거의 완벽하게 똑같아 보였다. 숱 많은 갈색 머리는 탱크에서 나온 첫날 세예드가 잘라줬는데도 이제는 짧은 머리라고 할 수 없을 정도로 많이 자라 있었다. 뺨에 떨어진 속눈썹은 색이 옅었지만 놀랄 만큼 길었다. 입은 아주 살짝 열려 있었다. 입술은(얇고, 큰 데다 입꼬리는 살짝 올라간 상태였다) 전날 밤에 건조, 틈, 갈라짐 방지를 위해 세예드가 바른 라놀린 때문에 여전히 반짝였다.

마르틴과 나는 오랫동안 그를 쳐다봤다. 할 말도, 말할 이유도 없었다. 나는 그녀가 무슨 생각을 하는지 알았고, 그녀 역시 내 생각을 알았을 거라 확신한다.

이건 네이선이었다.

이 사람을 바꿀 생각을 한 번도 안 했다면 그건 거짓말이다. 이 사람이 어떤 사람이 될지는 오로지 내 손에 달려 있었다. 나는 네이선을 좀 다르게, 나와 남은 생을 같이 보낼 사람으로 만들 수도 있었다. 좀 더 용기 있는 사람으로, 작은 일에 좀 더 신경을 쓰는 사람으로. 나를 따라잡을 수 있는 사람으로, 그게 안 되더라도 그걸 위협으로 생각하지 않는 사람으로.

나는 그를 여전히 나를 사랑하는 사람으로, 아니 다시 사랑해줄 사람으로 만들 수 있었다. 그런 다음 보란 듯 집으로 데리고 가 우리의 결혼생활을 재정비하고 재결합할 수 있었다. 그러면 그 누구도 우리 관계를 의심하지 않을 테고, 나는 뛰어나고, 순하고, 고마움을 아는 사람을 독차지할 수 있었다.

그렇지만 그 사람은 네이선이 될 수 없었다. 누구든 그를 만나면 뭔가 이상하다는 생각을 할 것이다. 네이선은 언제나 천성적으로 내가 원하는 수준에 못 미치는 사람이었다. 그러니 결국 그 모습을 보게 될 터였다. 그는 절대 흡족할 만큼 좋은 사람이 되지 못할 것이다. 네이선은 원래 뭘 하든 내게 실망만 안겨주는, 뼛속까지 그런 사람이었다.

나는 네이선의 그런 부분을 삭제할 수 없었다. 완전히 새로운 사람을 만드는 게 아니었으니까. 그랬다면 애초에 그와 사랑에 빠질 일도 없었을 테지.

그래서 난 그러지 않았다.

마르틴과 내가 쳐다보고 있는 이 남자, 우리에 의해서 규정돼 깨어나기만 기다리고 있는 이 남자는, 우리가 할 수 있는 한 진짜 네이선에 가깝게 만든 복제인간이었다. 우리가 알았던, 우리가 사랑했던, 우리가 미워했던 사람. 그리고 우리가 묻은 그 사람. 우리는 그의 틀을 재건하고, 기억에 남은 모습대로 유령을 만들어 그 둘을 되는대로 이어 붙였다. 우리는 그의 피부에 인생의 상처와 도장을 새겨서 틀과 유령을 고정시켰다. 우리가 이 사람을 만든 것이다. 둘이 함께.

우리가 그를 만들었다. 그리고 이제, 그는 준비가 됐다.

나는 그가 눈을 떴을 때 연구실을 보지 못하게 침대 주변에 커튼을 쳤다. 마르틴은 내 어깨 뒤에 서 있었다. 하얀

색 실험 가운은 배 부분이 불룩했고, 입과 코는 수술용 마스크로, 머리는 수술모자로 가린 상태였다. 나는 청진기를 목에 걸고 수술용 마스크를 썼다.

우리는 옷과 변장으로 그럴싸한 거짓말을 만들어냈다. 그는 이 거짓말을 자세히 들여다볼 이유가 없었다. 전문적이고 거리감 있는 두 명의 의사. 눈치챌 수 있는 건 아무것도 없었다. 기억할 것도.

우리는 준비가 끝났다.

나는 지난주 동안 그를 불가사의한 수면에 잠기게 했던 진정제 투여 바늘을 떼어냈다. 파괴적인 수술을 위해 그를 더 깊은 어둠으로 밀어 넣긴 했지만, 현재 그는 수면과 각성 사이에서 표류하다가 각성의 표면에 가까워진 상태였다. 이제 어둠으로 끌어당길 진정제가 없으니 금방 깨어날 것이다.

그의 정신은 유연하고 영향을 잘 받는 상태였다. 그는 새로운 자극을 받아들일 준비가 돼 있었다. 눈꺼풀이 파르르 떨리며 열렸다. 네이선은 마치 새로 태어난 사람처럼 잠시 동안 멍한 눈빛을 보였다. 이곳은 그에게 공간으로 느껴지지 않을 터였다. 그저 모양과 색깔, 대비 그리고 움직임으로 인식될 것이다. 그의 두뇌는 압도적으로 몰려드는 정보를 소화하고, 패턴을 형성하고, 그 패턴에 희미한 기억을 붙여서 인식이 가능하도록 만들고 있었다. 우리의 치료는 은폐됐기 때문에, 그가 우리 얼굴을 우리와 연관된 패턴에 연결시킬 위험은 없었다. 그의 두뇌는 '마스크'와 '청진기'를 먼저 볼 것이고, 내 눈을 보고 '에벌린'과 연결된 복잡한 기억을 떠올리기 전에 '의사'라는 단어를 먼저 떠올릴 것이다.

우리는 기다렸다. 그가 막 물에서 떠오른 수영선수처럼 눈을 세게 깜빡이자 나는 그의 이름을 불렀다.

"네이선?"

그는 내게 고개를 돌렸다. 많이 힘들어 보였다. 그의 눈이 내 마스크와 청진기를 발견했다. *바로 그거야. 의사라고.* 그의 마음엔 내가 의사로 닻을 내렸다고, 그의 두뇌에 그 닻이 정박했다고, 내 주변에 있는 모든 정보를 입력하고 처리하는 데에 집중할 거라고, 나라는 사람을 다시 분류하기엔 앞선 정보에 압도된 상황이라고 믿으며 나는 마스크를 내렸다.

나는 그에게 미소를 지었다. "깨어난 걸 보니 좋네요, 네이선." 내가 말했다. 이 이름이 그의 정신에 꽂히려면 몇 번 정도는 반복해 말해야 할 터였다. 그의 의식은 식기 전에 누르면 지문이 남을 정도로 부드러운, 아직 다 굳지 않은 플라스틱 같은 상태였다. 그러니 이 순간을 낭비할 순 없었다. "기분이 어때요?"

"어." 그가 말했다. "저는, 어. 뭐라고요?"

"당신은 사고를 당했어요, 네이선." 나는 말했다. "산으로 휴가를 갔다가 집으로 돌아오는 길에 사고를 당했어요. 여행에서 돌아오는 길이었는데 사고가 있었다고요, 네이선." 나는 미소를 유지한 채 고개를 끄덕였다. 그가 나를 보고 살짝 고개를 끄덕이며 나를 따라 하고 있었다. *좋아.* "기억이 약간 흐릿할 수 있어요. 네이선, 기분 괜찮아요?"

"어, 조금 아파요." 그가 말한 첫 문장. 억양은 거의 비슷했다. "버스에 치인 것 같은 기분이에요. 혹시 물 한 잔 마실 수 있을까요?"

곁눈으로 보니 마르틴의 길고, 가늘고, 배의 속살처럼 흰 팔이 보였다. 흔들림 없는 손으로 반쯤 찬 유리잔을 들고 있었다. 네이선이 컵을 받으려 하자 그녀는 그가 제대로 잡았다는 확신이 든 후에야 손을 놨다.

"네이선, 여기는 병원이에요." 내가 말했다. "하지만 당신은 괜찮아요, 네이선. 약간의 뇌진탕과 타박상이 있을 뿐이에요."

"사고가 기억이 안 나요." 그는 물을 삼키느라 숨소리가 섞인 목소리로 말했다. 마르틴이 컵을 다시 받았다. 그녀가 물을 더 가지러 커튼 뒤로 나가는 소리가 들렸지만 나는 네이선으로부터 시선을 떼지 않았다. 그는 여전히 나를 보고 있었다. 숨김없는 우려의 눈빛으로, 아이와 같은 신뢰를 가지고.

"기억이 안 나요, 네이선?" 내가 부드럽게 말했다. "산에서 휴가를 보내고 집으로 오는 길에 차가 보도 쪽으로 방향을 바꿔서 당신을 친 게 기억 안 나요? 빗속에서 전조등 본 거 기억 안 나요, 네이선? 머리를 땅에 부딪쳤는데 그 차가 당신이 의식을 잃는 동안 그냥 사라진 거는요? 네이선, 후드가 움푹 파인 빨간 차였잖아요? 백인 남자애가 몰던 차 아니었나요, 네이선? 휴가 다녀오는 길에 당신을 친 건 짙은 머리색의 백인 남자애였잖아요?"

"잘 모르겠는데요." 그는 이 말을 천천히 뱉었다. 그래, 바로 그거였다. 기억 속 아직 다 식지 않은 플라스틱에 묻은 지문. "그게…… 맞는 것 같아요. 근데 모든 게 다 약간 흐릿해요."

약간 흐릿. 그는 내가 했던 말을 따라 했다. 좋은 징조였다. 다음 주에 진짜 네이선의 말투처럼 보일 어구들을 쓰게 하는 데 유용할 것이다. 그 사이사이 우리는 그에게 약간의 진정제를 놓을 것이다. 아주 약간 흐릿하게. 외부의 영향을 쉽게 받을 수 있도록.

"괜찮아요, 네이선. 기억은 금방 돌아올 거예요."

마르틴이 다시 안으로 들어왔다. 그녀의 눈은 반짝였지만 빨개지지는 않았다. 그녀는 걸리지 않고 우는 법을 알았다. 그녀의 입장과 동시에 네이선의 시선이 그쪽으로 옮겨 갔다가 거의 즉시 내게로 돌아왔다.

“기억은 금방 돌아올 겁니다, 확실히요.” 그가 말했다. 그러더니 눈을 깜빡이며 내 얼굴을 뚫어지게 쳐다봤다. “제 아내에게는 연락하셨나요? 제가 여기 있는 걸 아내가 압니까?”

24

마르틴과 나는 연구실 입구의 공기차단실에 서 있었다. 우리는 그곳에 서서 바람이 돌고 또 돌도록 내버려뒀다. 바람이 멈출 때마다, 나는 벽에 있는 버튼을 눌러 공기 순환 과정이 다시 시작되도록 했다. 우리는 불편할 만큼 서로에게 바짝 붙어 있었다. 손이라도 움직이려면 서로에게 닿지 않기 위해 조심해야 했다. 공기가 순환되는 소음과 안쪽 문을 밀폐시키는 두꺼운 고무패킹 덕에 네이선은 우리가 하는 얘기를 들을 수가 없었다.

"어쩌다 이걸 놓쳤을까요?" 내가 쉭쉭거리며 말했다. "젠장."

엄청난 문제, 재난급 상황을 간과했다. 우리는 새로운 네이선을 예전 네이선과 가능한 한 비슷하게 프로그래밍했다. 어쩌면 좀 더 온화하게, 좀 더 남의 영향을 잘 받는 사람으로 만들었는지는 몰라도, 그렇게 차이 나게 하지는 않았다. 남들이 갑자기 큰 변화를 느낄 정도는 아니었다. 우리는 그를 이전에 알았던 그 사람으로 만들기 위해 엄청나게 고심하며 일했다. 옹졸하고, 취약하고, 목적의식이 있고, 매력적이며, 대담하고, 성격이 급하고, 이기적이며, 호기심 많고, 조용히 잔인한 사람으로.

나는 그저 일을 완성시키는 데에만, 제대로 하는 것에만 집중했다. 그 뒤에 일어날 일에 대해서는 충분히 생각하지 않았다.

"괜찮아요." 마르틴이 말했다. "제가 알아서 할게요."

나는 고개를 저으며 공기 순환 버튼을 다시 눌렀다. "안 돼요. 다른 방법이 있을 거예요."

"그는 자기한테 아내가 있다는 걸 알잖아요." 그녀가 말했다.

"우리 둘 중 하나를 의미하는 걸 수도 있어요. 어쩌면 아직도 나를 아내로 생각할 수도 있어요. 내가—." 하지만 나는 문장 중간에 말을 끊었다.

왜냐하면 나는 할 수 없었기 때문이다.

나는 내 남편을 충분히 잘 안다고 생각한다. 나는 그가 자신의 수트 세 벌을 모두 싫어한다는 걸 안다. 그가 아버지와 관계가 좋았고, 내 아버지에 대해서는 묻지 않을 만큼 머리가 좋다는 것도 안다. 아플 때면 고집이 세지는 것도 안다. 아이와 동물에게는 다정하지만, 10대와는 어색해하는 것도 안다. '모 아니면 도'라는 말을 들으면 말도 안 되게 화를 낸다는 것도, 수염이 안 나는 걸 거론하면 자신감 하락을 느낀다는 것도 안다.

우리 결혼식 날에는 그가 나를 사랑하고, 나 또한 그를 사랑한다는 것을 알았고, 그래서 그때는 무슨 일이 생기더라도 서로의 삶에서 서로만큼 확실한 것은 없다고 생각했다.

"괜찮아요." 마르틴이 내 눈을 피하며 다시 말했다. "제가 그 사람을 데리고 집에 갈게요. 우리는 그냥……." 그녀가 머뭇거렸다. "멈춘 곳에서 다시 시작하는 거니까요."

공포의 파도가 몰려왔다. 압도적으로, 한 번에 너무 많이. 그 파도는 괜찮아요라는 말이 내려앉은 장소를 침수시켰다.

마르틴에 대한 감정을 알게 된 건 너무 갑작스러웠다.

나는 대부분의 경우, 새로운 사람을 만나면 몇 분 안에 그들에 대해 파악했다. 그래서 유용한 사람, 짜증나는 사람, 매력적인 사람, 우호적인 사람으로 분류했다. 맞는 자리를 찾아 그 분류에 집어넣었고, 마음을 바꿀 만한 이유가 생기지 않은 이상 첫인상대로 그들을 대했다. 첫인상을 벗어나는 사람은 거의 없었다. 하지만 마르틴의 경우에는 답을 알아내기 위해 꽤 오랜 시간을 보냈다. 나는 몇 달 동안 그녀 때문에 짜증이 났고, 그녀의 한계가 불쾌했고, 그녀의 성장에 감탄했고, 그녀를 두려워했고, 그녀를 좋아하려 애썼고, 그녀를 싫어하지 않기 위해 몸부림쳤다. 나는 그녀라는 존재 자체와, 그녀가 내 삶과 세상 어디에 맞는 사람인지 모른다는 사실에 불안해했다.

하지만 공기차단실 안에 있던 순간 갑자기 그녀에 대한 내 감정을 알게 됐다. 그 감정 모두는 내가 나 자신에 대해 느끼는 감정과 정확히 일치했다.

똑같은 절망, 똑같은 애정의 순간들.

마르틴에 대해 느끼는 모든 것이, 바로 나를 향해 느끼는 것이었다.

말할 것도 없이, 그 때문에 그녀가 싫었다. 그러면서도 그녀를 보호할 방법을 찾고 싶었다.

나는 그녀를 예전의 삶으로 돌려보낼 수 없었다. 끊임없이 허락만을 기다리던 집으로, 조용하고 세심하게 지내며 뭘 봐도 파고들지 않는 삶으로 돌려보낼 수 없었다. 그녀에게 그럴 수는 없었다.

그렇다고 내가 네이선을 데리고 갈 수도 없는 노릇이었다. 작년의 일을 없는 일로 만들 수는 없었다. 그리고 우리가 프로그래밍한 바에 의하면 네이선은 나를 더이상 사랑하지 않았다. 네이선의 뇌에 감정적인 기억들을 심은 날 밤, 나는 세예드와 술을 마셨고 약간 취했다. 생각보다 끔찍한 과정이었다. 나는 그 일에 대해 대화하는 걸 거부했고, 그 다음 날 새로운 네이선이 나를 사랑하지 않도록 확실히 프로그래밍하는 데에 몰두했다.

더이상은 나를 사랑하지 않도록.

네이선의 배신과 산산이 부서진 결혼생활은 그 사람이라는 지도의 한 부분이었다. 그의 일부였다. 연구실에 누워 진정제에서 막 깨어났을 때에는 나를 알아보지 못했지만, 곧 알아보게 됨과 동시에 나를 몇 년 전부터 사랑하지 않은 여자로 볼 터였다.

나는 마르틴이 그를 데려가게 할 수 없었다. 나 또한 그를 데려갈 수 없었다. 하지만 우리 중 하나는 그를 데려가야 했다.

버튼을 한 번 더 누르자 공기 순환이 다시 시작됐다.

"그 사람이 당신을 해치려 들 거예요." 내가 말했다.

"안 그럴 거예요." 마르틴이 대답했다. 씩씩하게 어깨를 펴고 있었다. 우리는 키가 정확히 똑같았기 때문에 그녀는 헤매지 않고 똑바로 내 눈을 바라볼 수 있었다. "우리가 프로그래밍한 건 까다로운 사람이지 폭력적인 사람은 아니잖아요. 게다가 그는 한 번도 폭력을 휘두른 적이 없어요."

나는 팔짱을 꼈다. "무슨 말인지 아시잖아요. 그는 지난번에 그랬던 것처럼 당신에게 해를 가할 거라고요."

"제가 알아서 할 수 있어요." 마르틴이 대답했다. 나는 그녀의 목소리에 담긴 고집에 깜짝 놀랐다. 녹음된 내 목소리를 처음으로 듣는 것처럼 이상했다. *나도 저렇게 말하나?*

"당신이 오기 전에도 알아서 했고, 지금도 그럴 수 있어요."

"아니에요." 내가 말했다. "아니요, 당신은 혼자 그럴 필요가……."

"아니요, 혼자 해야 해요." 그녀가 끼어들었다. "그래야만 해요. 왜냐하면 네이선이 나를 만든 이유가 그거니까요. 그래서 내가 만들어진 거예요, 기억하죠?"

나는 찻집에서 내뱉었던 잔인한 말이 되돌아오는 걸 느끼며 움찔했다. 그때의 언쟁이 마치 다른 세계에서 일어난 일인 양 느껴졌다. 마르틴은 누구라도 못 보고 지나칠 수 없을 만큼 많이 불러온 배에 손을 올렸다.

"제가 해야 해요, 에벌린. 저에게는 의무가 있어요. 저는 그렇게 만들어졌는걸요."

꽤 오랫동안 언쟁한 느낌이었다. 그동안 나는 계속 한 번씩 공기순환 버튼을 눌렀다. 하지만 마르틴은 놀랄 만큼 완강하게 자신의 의견을 고집했다. 나는 여러 전략을 시도했지만 종내에는 허망하고 가망 없는 다툼이 됐다. 그녀는 마침내 대놓고 말했다.

"해결책이 없으시잖아요." 마르틴이 딱 잘라 단호하게 말했다. "해결책 없으시잖아요, 왜냐하면 정말 없으니까요. 제가 틀렸다고 설득하려 하시지만 제가 존재하는 한 방법이 없다는 걸 우리 둘 다 아는데, 왜 이러고 있는 거죠? 그러면 조금이라도 기분이 나아지세요?"

"아니요." 이 대답은 진심이었다. "뭔가 방법을 찾고 싶어서 그래요. 당신을 보호하기 위한 더 나은 방법이 있을 거예요."

마르틴은 입을 꽉 다물고 웃는 눈으로 고개를 저었다. "이렇게 될 거라는 걸 알고 있었어요." 그녀가 말했다. "물론 당신은 여러 방법을 다 살펴보셨겠죠."

나는 그녀를 실망시킬 때처럼, 결코 원치 않았던 사람을 돌봐야 하는 뜻밖의 역할에 실패했을 때처럼 큰 타격을 받았다.

죄책감의 구덩이에서 무너져 내리는 내 자신을 느끼면서도, 나의 일부는 앞으로의 상황을 정당화하기 위해 질주하고 있었다. *정말이야.* 그 일부가 속삭였다. *그녀가 옳아. 그녀는 이 일을 위해 만들어졌어. 예전과 다를 바 없을 거야. 내가 이 문제를 해결할 필요는 없어.*

"그는 곧 깨어날 거예요." 마르틴이 말을 이었다. "다시 안으로 들어가 봐야죠. 제가 가서 면회 왔다고 하면서 옷을 갈아입힐게요. 당신한테 연락을 받고 온 척하면 돼요."

"하지만 당신은 거짓말을 못하잖아요. 그러니까 할 수 있긴 하겠지만, 티가 난다고요." 나는 바보가 된 것만 같았다. 마치 한 발 뒤처져 있는 것처럼 느껴지면서도, 어쩌다 그렇게 된 건지 영문을 모르고 있었다.

"저 거짓말할 수 있어요." 마르틴이 말했다. "그래서 그 사람이 행복해진다면요. 그렇게 하는 건 늘 쉬웠죠. 아마 그렇게 프로그래밍된 것 같아요." 그녀의 미소는 차가웠다. "네이선이 듣고 싶어 하는 말을 하는 거라면, 저도 거짓말할 수 있어요."

그녀는 공기가 순환되고 있는 도중에 공기차단실 밖으로 걸어 나갔다.

연구실로 통하는 문 위로 경고등이 반짝거렸다. 나는 버튼을 다시 한 번 눌러 공기를 순환시켰고, 내게 묻은 바깥세계의 것들이 다 날아갈 때까지 가만히 있기로 했다. 경고등은 결국 꺼졌다.

내가 안으로 들어갔을 때 마르틴은 이미 평상복으로 갈아입은 상태였다. 처음 보는 연분홍색 카디건이었는데, 마르틴에게 완벽하게 어울렸다. 진주 귀고리에 풍성한 치마를 입었고, 허리 밴드는 배 위에서 늘어나 있었다. 내 눈과 똑같은 그녀의 은빛 섞인 연한 갈색 눈은 밝은 기대감으로 빛났다. 머리띠로 넘긴 흐릿한 색의 차분한 머리카락은 길이만 좀 더 길 뿐 내 머리와 똑같았다. 마르틴은 그 역할에 제격이었다. 그건 그녀의 역할이었다.

마르틴은 이것 때문에 만들어진 거였다. 지금 그녀를 보고 있으니 우리가 다르다는 사실, 그리고 그 모든 차이점이 의도적으로 생겨났다는 끔찍한 사실이 극명하게 드러났다. 우리 사이에 있는 차이점은 전혀 우연이 아니었다. 내가 감명을 받은 그녀의 부분들은 모두 필요에 의해 만들어졌다. 그건 내게서는 결핍됐다고 생각하는 부분이었다. 이걸 견디려면 그녀를 조금이라도 미워해야 했다. 왜냐하면 그녀가 나보다 낫다는 걸 진심으로 믿는다면, 원래의 네이선이 그녀를 만든 건 옳은 결정이 되기 때문이다.

마르틴이 나보다 나은 존재라면, 원래의 네이선이 날 더 이상 사랑하지 않은 건 옳은 결정이었다.

공기차단실을 빠져나와 문을 닫으며 연구실로 들어선 순간, 그녀가 연구실과 침대 사이에 쳐둔 커튼 뒤로 사라지는 게 보였다. "오, 네이선, 여기 있었네!" 밝고 다정한, 안도감이 담긴 그녀의 목소리가 연구실에 퍼졌다. "나 너무 걱정했어, 네이선. 소식 듣자마자 온 거야."

"마르틴." 새 네이선은 느리고 불분명하게 그녀의 이름을 불렀다. 삐 소리가 났다. 그가 정신을 차릴 수 있도록 진정제 투여를 줄이는 소리였다. "당신이 와서 다행이야. 나 사고가 났었어."

"무슨 일이 생긴 거야, 네이선?" 마르틴의 목소리는 여전히 높고 부드러웠다. "오, 얼굴 좀 봐. 당신이 괜찮아서 정말 다행이야."

나는 연구실에 서서 그들의 대화를 들었다. 마르틴은 며칠 동안 남편의 소식을 듣지 못해 불안해하고 걱정한 부인의 역할을 놀랄 만큼 잘 해내고 있었다. 그녀는 계속해서 그의 이름을 불렀고, 어쩌다 그가 혼자 산으로 여행을 갔는지 얘기했다. 또 그 여행이 아이가 태어나기 전에 마지막으로 떠난 긴 여행이었다고 주지시켰다. 그녀는 내 지문 위에 자신의 지문을 얹고 본인의 지문융기와 소용돌이가 남을 때까지 꾹 누르는 중이었다.

나는 연구실을 둘러봤다. 텅스텐 탁자, 키 큰 강화유리 탱크, 거대한 무균작업대, 부검대, 캐비닛. 이 사건은 여기 있는 모든 것에 흉터를 남겼다. 마르틴, 세예드, 그리고 네이선. 그 모두가 내 연구실에 이름을 새겼다. 이제 이곳은 절대 다시 나만의 공간이 되지 못할 것이다, 왜냐하면 이곳의 일부는 언제나 그들의 것이 될 테기 때문이다.

우리의 것.

나는 그 무엇도 우리의 것이 되기를 원치 않았다. 적어도 마르틴과 세예드와는. 그리고 새로운 네이선이자 마르틴을 보고 안도하고 그녀를 더 좋아하는 새로운 버전의 그와도.

"담당 의사가 누구야?" 마르틴이 마음을 움직이는 목소리로 말했다.

"모르겠어." 네이선의 대답도 부드러웠다. 그는 당황한 것 같았다. "이름도 못 들었네. 생긴 건 마치……."

"괜찮아." 마르틴이 재빨리 말했다. "내가 찾아볼게. 언제 집에 갈 수 있는지도 물어보고."

그녀가 그에게 입을 맞췄다. 열정적인 소리는 아니었지만 그렇다고 마음이 없는 것 같지도 않았다. 마르틴이 커튼 뒤에서 나와 연구실을 둘러보다가 나와 눈이 마주쳤을 때, 나는 봤다.

그녀는 행복해하고 있었다.

그가 돌아왔다는 데 안도하고 있었다. 연기도 아니었고, 목소리에 거짓 애정을 주입한 것도 아니었다. 마르틴은 그를 다시 봐서 기쁜 거였다. 가정이라는 유리덮개 안에 자신을 잡아둔 그 남자를, 오직 자신만 바라보라고 했던 그 남자를.

그녀는 네이선을 다시 만나 기뻐하고 있었다.

"좋아요." 마르틴이 연구실을 가로질러 내게 오자 내가 아주 나직이 속삭였다. 목에서 심장이 뛰는 것 같아서 호흡을 조절하기 위해 노력해야 했다. 그녀가 나의 공포가 아니라 단어를 들을 수 있도록. "좋아요. 알겠어요."

"그가 다시 돌아와서 너무 기뻐요." 마르틴이 턱을 내 어깨에 부딪치며 중얼거렸다. "저를 바보라고 생각하신다는 거 알지만, 저는 그가 너무 그리웠어요. 너무 많이요. 그리고……."

"잠깐만요." 나는 더이상 들을 수가 없어서 마르틴의 말을 끊었다. "내 말을 들어요. 저도 알겠어요. 이해해요. 근데 그는 이전에 당신을 해치려고 했고, 또다시 그럴지도 몰라요."

"안 그럴 거예요. 저는 알아요." 그녀의 목소리에 담긴 밝은 희망이 내 몸을 때렸다.

"대책 없이 그를 집으로 데려가게 할 순 없어요." 내가 말했다. 눈 깜짝할 새에 아이디어가 만들어져 모양을 갖췄다. "방법이 하나 있어요. 작동중지 스위치요. 쉬워요. 매번 하거든요. 사람들이……." 나는 머뭇거렸고, 내가 말할 내용이 마르틴에게 상처가 될 거라 머뭇거렸다는 사실을 깨달았다. 이런 배려는 나약함처럼 느껴졌다. "클론을 사용한 사람들이 골치 아픈 일 없이 그들을 없애고 싶을 때 쓰는 방법이에요."

마르틴은 내가 보일 때까지 머리를 뒤로 뺐다. 그녀의 시선이 내 눈 깊숙이 꽂혔다.

커튼 뒤에서 네이선이 그녀의 이름을 불렀다. 마르틴과 나는 동시에 돌아봤고, 우리의 눈은 이곳과 그를 만들어낸 장소를 가르는 천에 고정됐다.

"잠시만, 자기야." 마르틴이 말했다. "금방 갈게." 그런 다음 나를 보더니 이를 꽉 물고 고개를 끄덕였다. "작동중지 스위치." 너무 작게 얘기해서 마치 한숨을 쉬는 것처럼 들렸다. "그게 뭔지 모르겠지만, 나중에 얘기해주세요, 됐죠? 일단 우선은 일을 빨리 해치우죠." 그녀가 미소를 지으며 커튼 뒤로 시선을 보냈다. "일을 끝내자고요."

25

깁스를 푼 날은 아빠를 본 마지막 날이었다. 엄마는 병원에서 나를 데리고 와서는 위층으로 올려 보내며 깁스를 푼 팔에서 나는 시큼한 냄새를 씻어내라고 했다. 나는 창문을 통해 비치는 네모난 빛이 바닥을 가로지르며 이동하는 동안 침대에 머물렀고, 엎드려선 발을 뒤로 차면서 책을 읽었다.

나는 침대에 몸을 묻은 채 며칠을 보냈고, 몇 시간마다, 혹은 서재 문이 쿵 하고 닫히는 소리가 들리면 아래로 슬금슬금 내려가 먹을 것을 찾았다. 어떤 날은 엄마가 과자와 물을 쟁반에 담아 방문 앞에 남겨두기도 했다.

엄마는 언제나 나보다 조용하게 계단을 오르내렸다. 나는 엄마가 왔다 가는 소리를 들은 적이 한 번도 없었다. 방문을 열면 유산지로 싼 샌드위치나 쿠키 한 무더기가 문틀 가까이 놓여 있기도 했다. 눈여겨보지 않으면 뭐가 있는지 단번에 알아채기 힘든 장소였다.

그런데 그날은 아니었다. 아빠가 사라진 날에는 아무것도 없었다.

그날 오후 서재에서 뭔가 둔탁한 소리가 났다. 나는 그걸 기회로 여겼다. 그래서 소리를 내지 않으려 문손잡이를 계속 잡은 채 침실 문을 조심스레 열었다. 복도로 나간 나는 양말을 신은 발로 가능한 한 조용히 계단을 내려갔다. 1층은 커튼이 내려져 대부분 어두웠고, 거실 난로에 남아 죽어가는 불빛만이 깜빡이고 있었다.

내 방과 현관 중간쯤에 도달했을 때, 나는 이상하고도 규칙적인 소리를 감지했다. 톱질하는 것 같은 고르지 못한 소음이었다. 마치 진공청소기에 뭔가가 걸렸을 때 나는 소리 같았다.

현관문 쪽에 다다랐을 때 그 소리는 두 개로 나뉘었다.

두 소리 모두 힘겨운 호흡이 내는 소리였다. 꾸준하게 헐떡이는 소리와, 불규칙적으로 쌕쌕거리며 침이 넘어가고 으르렁대며 목이 졸리는 소리가 서로 대조를 이루며 하모니를 만들어냈다.

멈칫거리는.

점점 느려지는.

나는 달리고 싶지만 그러지 않았다. 안으로 뛰어 들어갈 만큼 바보는 아니었다.

대신 살금살금 걸어가서 복도 모서리에서 머리를 내밀고 거실 소파 뒤편이 보일 때까지 몸을 기울였다. 소파가 나와 소리 사이를 가로막고 있었다. 그 너머로 엄마의 상반신이 보였다. 엄마는 모서리가 둥근 작은 칼라가 달린 원피스를 입고 목 끝까지 버튼을 채운 상태였다. 하얀 칼라는 빳빳했고 무언가로 얼룩져 있었다. 고개를 억지로 꺾어 보니 칼라에 내려앉은 그림자가 엄마 얼굴까지 드리워진 게 눈에 띄었다. 엄마는 힘겹게 숨을 쉬며 바닥에 있는 무언가를 내려다보고 있었다. 난로 불빛이 엄마의 머리를 비췄다.

계단에서 들었던 하모니 중 멜로디를 담당한 헐떡거리는 소리는 보이지 않는 곳, 엄마 발치 어딘가에서 나고 있었다.

난로 불빛으로 일그러진 그림자가 거대하게 소파 아래로 손을 뻗었다.

엄마는 아주 살짝, 경고한다는 의미로 목을 꺾으며 고개를 돌렸다. 보이지는 않지만 내 소리를 들었다는 걸 알려주는 익숙한 그 모습. 다시 침대로 기어 들어가라는 의미였다. 나는 이해했다. 지금은 내가 아래층에 있으면 안 되는 시간이라고.

다음 날 아침, 엄마가 내 침대 발치에 앉자 그쪽 매트리스가 살짝 내려앉았다. 나는 내내 잠을 잔 척했다. 팔꿈치로 몸을 들어 올리고 눈을 비볐다. 엄마는 아빠가 어디 있는지 모르겠다고, 어젯밤에 집에 들어오지 않았다고 말했다. 나는 조용히 고개를 끄덕이며 들었다. 엄마는 말을 하면서 내 눈을 뚫어지게 바라봤다. 눈 한 번 깜빡이지 않고.

나는 정답으로 대답해야 했다. 정답이 있다는 걸 알았다. 그 답을 찾으려 애썼고, 결국엔 엄마가 원하는 답을 내놓았다.

"알았어요." 나는 이불을 꽉 쥐지 않으려 애쓰며 말했다. 손을 편하게 두는 게 중요한 일처럼 느껴졌다. "경찰한테 전화해야겠죠?" 엄마의 얼굴을 보며 나는 재빨리 덧붙였다. "아빠가 집에 안 왔다는 걸 알려야 하잖아요."

엄마는 눈을 깜빡이더니 풀어진 얼굴로 미소를 지었다. 그리고 이불 아래에 있는 내 발을 토닥였다. 잘 문질러 닦은 엄마의 손은 부드러웠지만 손톱 하나가 깊게 패였다. 엄마에게 정원의 쿰쿰한 냄새가 달라붙어 있었다. "아주 좋은 생각이구나. 그래, 경찰한테 연락한 다음 아빠가 집에 오지 않아 우리가 걱정하고 있다고 얘기하자."

엄마는 자기가 무슨 생각을 하는지 말해주지 않고 오랫동안 나만 바라봤다. 나 역시 내 생각을 말하지 않으며 엄마를 마주봤다. 엄마가 손을 뻗어 머리 한 움큼을 귀 뒤로 넘겨주자 흙냄새가 내 주위를 맴돌았다.

"이제 옷 입어. 경찰 왔을 때 이런 모습으로 있으면 안 되지."

경찰이 집에 도착했을 때 엄마는 깨끗한 손을 이리저리

흔들며 꼼지락거렸다. 불편을 끼쳐 죄송하다며 거듭 사과했다. 경찰은 엄마가 너무 과하게 걱정하는 거라고 말했다. 아마 밤새 사무실에 있었을 테고 곧 집에 올 거라면서. 그들은 아빠가 불륜을 저지르는 것 같다는 의미의 눈빛을 교환했는데, 하도 티가 나 내가 알아챌 정도였다. 나는 주머니에 손을 찔러 넣은 채 엄마 옆에 서 있었고, 경찰 한 명이 쪼그려 앉아 나와 눈을 마주쳤을 때는 겁에 질린 척했다.

그는 내게 걱정하지 말라고 했다. 아빠는 금방 오실 거라면서.

엄마는 낙엽처럼 가볍게 내 어깨에 손을 올리고는 남편이 곧 오지 않으면 다시 연락하겠다고 말했다.

"남편이 전화하겠죠." 엄마는 떨면서도 대담하게 말했다. "그래서 어디 있는지 알려줄 거예요. 곧 연락이 올 거라 확신해요."

* * *

네이선이 회복하는 데에는 일주일이 더 필요했다.

그는 자신의 이름, 나이, 인생의 사건들을 정신에 새겼다. 그는 우리가 중요하다고 하는 기억이라면 그게 뭐든지 매달렸다. 마르틴과 나는 그가 패턴을 발견하고 그걸 의식에 담을 수 있게 도와줬다. 대화는 이렇게 하고, 이런 걸 추구하라고. 그는 우리가 보라는 것을 봤고, 그 방법을 익히느라 너무 바빠 다른 것들에 주의를 기울일 시간이 없었다.

나는 종종 마르틴이 사색에 빠진 모습을 발견했다. 그녀가 생각하는 게 뭔지 알아차리는 건 어렵지 않았다. 우리가 새로운 네이선에게 하고 있는 행동은 예전, 그러니까 마르틴의 기억이 없을 당시 진짜 네이선이 마르틴에게 했던 것과 똑같은 일이었다. 생각이 의도적으로 지워진 그 시기에 네이선은 그녀의 이름이 마르틴이고, 자신의 아내이며, 자신을 사랑하는 사람이라고 그녀에게 주입시켰다.

마르틴은 그를 믿었다.

그녀 이마에 새겨진 주름이 더 깊어졌다. 내 알 바는 아니었다. 마르틴은 마르틴이었고, 그녀는 목적을 갖고 만들어진 사람이었다. 나는 그 부분에 대한 그녀 감정에 책임을 질 이유가 없었다. 나는 그녀가 생각에 빠질 때마다 절대 내용을 묻지 않았다. 그저 네이선의 프로그래밍 마지막 단계를 도와달라고 요청했을 뿐이다.

그녀는 머뭇거리는 법이 없었다. 네이선의 조건화를 하는 동안 한 번도 주저하지 않았던 것처럼, 그의 마지막 교정 작업을 하면서도 부담감으로 무너진 적이 없었다. 나는 그걸 괜찮다는 사인으로 받아들였다. 그래서 더 들추지 않기로 마음먹었다.

나는 알 필요가 없었다.

그래서 새로운 네이선이 연구실에 머물렀던 마지막 일주일 동안, 나는 아무것도 묻지 않았다.

그 둘이 연구실을 떠난 날 아침의 기억은 비현실적으로 선명했다. 아직 어둑어둑한 이른 시간이었다. 연구소 밖 공기는 차가웠지만 쨍하게 춥지는 않았다. 시간은 봄을 향해 달려가고 있었다.

우리는 앱 대신 연구소 전화를 사용해 택시를 불렀다. 디지털 기록이 남지 않게 구식으로 연락해 자신과 연구실을 연결 짓지 못하게 하라는 마르틴의 제안을 따랐다. 나는 음식 포장 당번을 적어놓은 종이를 손가락으로 문지르며 택시를 불렀다. 기록은 이렇게 남아 있었다. 세, 에, 세, 에, 세, 세, 세, 에, 에, 세, 에. 세예드가 꼼꼼한 필체로 적은 마르틴의 이름과 전화번호도 여전히 거기 있었다.

우리는 네이선을 데리고 주차장까지 같이 갔다. 그는 비틀거릴 정도로 진정제를 맞았으니 자신이 어디에 있었는지 기억하지 못할 터였다. 마르틴은 그에게 원래의 네이선이 입었던 스웨터와 슬랙스를 입히고, 거의 다섯 달 동안 신지 않았던 신발을 신겼다. 그 모든 게 완벽하게 몸에 맞는 걸 보니 기분이 이상했다. 우연의 일치라고 말할 수도 있었지만, 물론 전혀 우연이 아니었다.

우리가 그렇게 만들었으니까.

네이선은 마르틴에게 기댄 채 생애 처음으로 연구실을 나섰다. 새로운 네이선의 눈은 침대를 둘러싼 커튼 밖 세상을 처음 보는 거였다. 물론 진정제가 투여된 터라 뭔가를 본다고 해도 제대로 보는 상태는 아니었다. 새로운 인생 첫 주에 보는 세상은 희미하고 모호하고 거대할 것이었다. 그의 뇌가 씹어 먹을 수 있을 만큼 부드러울 것이다. 잔잔하고 이해가 가능한 모양과 소리와 패턴들일 것이다.

건물 복도는 내가 처음 마르틴을 연구실에 데려왔을 때처럼 어두웠다. 우리가 주차장에 갔을 때 택시는 이미 도착해 있었다. 초록 문을 단 하얀 택시였다. 창문에는 다른 승객들이 손을 대거나 머리를 기대면서 남긴 얼룩이 있었다. 기사는 우리가 뒷문을 열 때에도 전화기에서 시선을 들지 않았다.

마르틴은 네이선의 팔꿈치에 손을 대고 그가 차에 오르는 것을 도왔다. 그리고 그를 따라 뒷자리에 탔다. 임신한 지 일곱 달 반이라 배는 이미 많이 나와 있었다. 윗배가 불룩한가,* 그녀가 말해준 바에 의하면 그렇다. 그녀는 배가 다치지 않게 조심히 안전벨트를 매느라 애썼다. 그녀 옆에 앉은 네이선은 이전 승객들이 남긴 흔적 위에 자신의 얼룩을 새로 남기며 차 창문에 머리를 대고 늘어져 있었다.

* 미국에서는 윗배가 불룩하면 딸, 아래가 불룩하면 아들이라 믿는 풍습이 있다.

마르틴이 제대로 자리 잡은 걸 본 나는 차문을 닫았다. 그녀가 차에 잘 탔는지, 혹시나 닫히는 문에 끼이지는 않을지 꼼꼼히 확인했다. 그녀는 네이선의 안전벨트를 해주느라 집중하고 있었다. 택시가 출발할 때에도 여전히 그를 향해 몸을 구부리고 있느라 나를 보지 못했다. 나는 그들이 아침을 향해 떠나는 것을 지켜봤다. 택시의 미등과 방향지시등이 작아지는 모습이 이상하게 느껴졌다. 이 심각한 상황에서 보기에 너무 현실적이었다.

나는 양팔로 몸을 감싸 안은 채 주차장에 서 있었다. 그들이 떠난 후에도 한참 동안은 움직일 수 없었다. 만약을 위해서 머무르는 게 중요하다고 느껴졌다. 확실히 하기 위해 기다리는 게 중요하다고 느껴졌다.

일은 끝났다.

그들은 떠났다.

26

네 달 동안 나는 평화로웠다.

평화, 아니면 그 비슷한 무언가의 시간.

마르틴과 나는 네이선이 집에 있는 첫 달 동안 몇 번에 걸쳐 만나며 상태를 확인하고 모든 것이 계획대로 흘러가는지 확인했다. 만남은 매번 우리 집에서 이뤄졌다. 우리가 함께 있는 걸 누구에게도 들킬 위험이 없고, 그녀를 발각시킬 어색한 질문을 피할 수 있는 곳. 마르틴은 집에 들어올 때마다 집 안을 살펴보며 자신이 몇 달간 머물렀던 때와 달라진 게 없는지 확인하곤 했다. 자신이 스스로 앞길을 개척한 그 공간이 여전히 비어 있는지 보는 것 같았다.

우리는 차를 마셨고, 마르틴은 진척사항에 대한 정보를 갱신했다. 그녀는 네이선이 아주 대단하다고 말했다. 친구와 동료들에게 우리가 그에게 새겨 넣은 모든 것들을 말했다고 한다. 그는 사람들에게 자신이 산으로 연구차 여행을 다녀왔다고 말했다. 이혼을 똑바로 마주하기 위해 잠시 멀리 떠나 얼마간 오두막에 있었다고. 그리고 집으로 오는 길에 사고가 생겼다고. 두부 손상에 뇌진탕을 일으켰지만 아주 심각한 일은 없었고 그저 약간 정신이 멍한 것이라고. 그래서 많은 것들에 대해 기억이 오락가락한다고. 그렇다, 그는 여전히 일을 할 수 있다고 말했다. 아니다, 걱정할 필요는 없다고 했다.

"다들 믿더라고요." 마르틴이 마지막으로 왔을 때 한 말이었다. "넙죽 믿던데요. 제가 생각한 것보다 더 쉬웠어요. 이상하다고 생각하는 사람은 아무도 없는 것 같아요." 그녀는 찻잔 옆면을 손가락으로 두드렸다. "제 생각에는 작은 차이점들을 알아차릴 만큼 충분히 친한 사람이 없는 것 같아요."

"없어요." 내가 말했다. "없었던 것 같아요."

그건 사실이었다. 나는 네이선과 친했던, 그러니까 진짜로 가까웠던 사람을 한 명도 떠올릴 수 없었다. 동료도 있었고, 친구가 된 예전 동료도 있었고, 친척도 있었고, 종종 같이 시간을 보낸 사람도 있었지만, 우리 삶에 끼어든 사람은 하나도 없었다. 내가 그를 떠났을 때, 그들 중 누구도 내게 연락해서 상황을 알아보려고 하지 않았다. 내가 집을 나오고 몇 주 동안 그에게 기댈 사람이 하나도 없다는 게 확실해지자, 나의 승리는 죄책감으로 깨져버렸다. 하지만 너무 화가 난 터라 죄책감 때문에 다시 돌아갈 순 없었다. 그렇지만 그 사실은 여전했다. 내가 그를 혼자 남겨뒀다는 것.

뭐, 마르틴이 있긴 했지.

마르틴의 맞은편에 앉은 나는, 나라고 과연 다를까 하고 생각하게 됐다. 보아하니 새로운 네이선의 달라진 점을 알아챈 사람은 하나도 없는 것 같았다. 우리는 그를 약간 부드러운 사람으로 만들었고, 변화를 주거나 간과하거나 심지어 완전히 틀린 부분도 있었는데 아무도 그걸 발견하지 못했다. 내가 그렇게 조금이라도 달라지면 과연 그 차이를 발견할 만큼 가까운 사람이 있을까 생각해봤다. 누군가 나를 복제해 내 자리를 대체한다면, 누가 알아채기라도 할까?

마르틴이라면 그러겠지. 마르틴은 알아챌 것이다. 그녀는 그만큼 나와 가까이서 많은 시간을 보냈고, 내 있는 모습 그대로를 목격했다. 그녀는 나를 뼛속까지 알았다. 누군가 나를 빼낸 뒤 나처럼 움직이고 나처럼 말하고 내 기억을 가진 복제인간으로 대체한다 해도, 마르틴은 그 모든 걸 한데 이어붙인 바늘땀을 알아볼 것이다.

이상한 고독감에 사로잡힌 그 몇 달(4개월이라는 평화의 기간) 동안, 네이선이라면 과연 어땠을까 생각하곤 했다. 원래의 네이선, 나와 이혼하고 마르틴이 죽인 그 네이선. 그는 내가 사라졌다가 조금 이상해져서 돌아오면 그 차이를 느꼈을까? 아니면 자신이 고치고 싶은 부분만을 봤을까?

우리는 과연 서로를 제대로 보긴 했을까?

* * *

한 달 뒤, 마르틴과 나는 우리 집에서 마지막으로 차를 마셨다. 그녀는 뭔가 일이 잘못되면 연락하겠다고 약속한 후 자리를 떴다.

그녀는 천천히 의자에서 몸을 일으켰고, 임신한 사람들이 그러듯 두 손으로 허리를 받쳤다. 출산 예정일을 일주일 앞둔 때였다. 그날 우리의 마지막 인사는 이상할 만큼 전문적이고 업무적이었다. 착수한 일을 끝냈으니 거래가 끝났다는 듯이.

나는 인사를 하며 포옹을 해야 할까 고민했다.

그러나 그러지 않았다.

* * *

나는 연구 보조를 새로 뽑았다.

세예드는 정식으로 사직서를 제출했는데, 이제는 가족과 가까운 곳에서 살고 싶다며 그동안 멘토로서 자신을 성장하게 해주셔서 감사하다는 내용이 적혀 있었다. 우리는 말로 직접 꺼내진 않아도 서로의 생존에 필수적인 암묵적 합의를 한 상태였다. 그는 누구에게도 네이선과 마르틴 얘기를 하지 않겠다는 것, 그리고 나는 그의 절도에 대한 보고 없이 사직서를 받아들이고 필요할 경우 추천서를 제공한다는 것이었다.

사직서를 받았다고 짧은 메시지를 보냈으니 그는 내가 이해했음을 알 것이다. 우리의 결속은 단단했다. 그는 답신을 보내지는 않았지만, 내가 보내기 버튼을 누르고 1분도 채 되지 않아 읽음 표시가 나타났다. 그걸로 충분했다. 우리 거래는 끝났다.

내가 인사부에 알리자마자 그의 사직이 처리됐다. 다음 날 아침 새로운 이력서 뭉텅이가 나를 기다리고 있었다.

세예드를 대신해서 온 새로운 보조는 한 달 정도 일했다. 그 다음 사람은 조금 더 길게 6주 있었다. 그녀는 해고를 당해 퇴직수당을 타려는 것 같았지만, 결국 내가 자르기 전에 먼저 그만뒀다. 나는 그녀가 나가며 시작된 공기 순환이 끝나기도 전에 새로운 이력서를 들춰보기 시작했다.

마음이 약해질 때면 세예드가 그리웠다. 우리가 죽이 척척 맞는 동료였고, 내가 그의 능력을 무조건적으로 신뢰했다는 사실 때문만이 아니었다. 나는 그가 그리웠다. 세예드는 내가 사라졌다가 다시 돌아왔을 때 차이점을 눈치챌 만한 사람이었다. 나는 동료나 동년배가 수없이 많았지만 친구는 없었다. 나에겐 동료가 있었다. 삶의 주변에는 로나도 어렴풋이 보인다. 하지만 세예드는, 그는 친구 같은 사람이었다.

세예드는 내게 고통(나와 내 직업, 결혼생활까지 배신한 것)을 선사했지만, 네이선의 경우처럼 그게 분노로 굳어지지는 않았다. 나는 분노가 솟아나 그의 기만 때문에 느낀 혼란스러운 고통을 휩쓸어가기를 바랐다. 그가 떠났다는 게 다행으로 여겨지는 순간을, 그와의 모든 기억이 괴로움으로 덧입혀지는 순간이 오기를 기다렸다. 나는 해방되고 싶었다.

그러나 그런 순간은 오지 않았다. 나는 그로부터 이해받을 때 느꼈던 감정, 그를 신뢰할 때 느꼈던 감정을 다른 이에게서는 다시 느낄 수 없었다. 새로운 연구 보조들과는 정중하게 거리를 뒀다. 그들에게는 나를 콜드웰 박사로 불러 달라 요청했고, 그들이 실수를 하거나 에벌린이라고 부를 때면 못 들은 척했다. 다른 동료들과도 격식을 지켰다. 나는 종종 새로운 네이선을 만드는 3개월 동안 그 누구도, 단 한 사람도 내가 느꼈던 압박감을 알아채지 못했다는 사실 때문에 솟구치는 분노를 삼켜야 했다.

물론 그 전에 위기가 닥쳤을 때에도 아무도 눈치채지 못했다. 내가 뭔가 잘못됐다는 걸 느끼고, 남편의 불륜을 발견하고, 마르틴을 보고, 그와 대면하고, 그가 이사를 나가 이혼서류를 보냈던 최악의 시간 동안 말이다. 잠 못 이루던 밤들, 분노, 슬픔, 모든 게 갑자기 잘못됐다는 낯선 혼란 또한 아무도 몰랐다.

내 동료 중 누구도 그 혼란에 대해 알지 못했다. 아는 사람은 오직 세예드뿐이었다.

물론 내가 동료에 대해 느끼는 이 분노는 완전히 부당한 것이었다. 혹여 누군가 나한테 무슨 일이 있다는 걸 알아챘다면 그건 그것 나름대로 불쾌하게 생각했을 테니까. 그들이 내 상황을 거론하면 나는 당황하며 화를 냈을 테고, 내 삶을 엿본 것에 대해 격분했을 테고, 사생활을 침해하는 것 같은 기미가 보이는 즉시 분노했을 테니까. 나는 내 인생이 여러 개로 조각나 평가를 받고 새롭게 분류되는 방식에 어찌할 바를 몰랐다. 그렇지만 절대 그 사실을 인정하지는 않을 것이다. 마르틴과 세예드, 그리고 내가 얽힌 이 프로젝트의 중압감 때문에 허우적거렸다는 사실을 결코 인정하지 않을 것이다.

그건 억울했다. 그리고 부당했다. 그런데도 내 마음 한구석은 아무것도 모르는, 뭔가 잘못됐다는 사실을 눈치채지 못하는 동료들에게 화를 내고 있었다.

그 누구도 내가 변하고 있다는 걸 감지하지 못했다.

나는 언젠가부터 그들을 가까이서 지켜보기 시작했다.

상점이나 길거리에서 마주치는 모르는 사람들도 지켜봤다. 사람들이 서로를 보는 방식, 눈길을 피하는 방식을 봤다. 조심스레 서로의 관심을 피하고, 부딪치지 않기 위해 양손을 반쯤 들고 개인 공간을 지켜내는 모습도.

나는 저들의 인생에는 변화를 알아채는 사람이 얼마나 있을지 궁금했다. 만약 그들이 사라졌다가 다른 사람이 돼 돌아온다면, 만약 그들이 끝없는 싸움으로 밤마다 잠을 설친다면, 만약 그들이 낯선 집의 텅 빈 공간에서 혼자 울다 눈이 붓는다면, 만약 그들이 자신이 저지르는 일이 발각될 수도 있다는 공포에 사로잡혀 있다면, 혹은 누구에게도 말하지 못하는 비밀 작업을 성공했다는 승리감에 빛난다면, 과연 알아줄 사람이 있을까.

자신을 끔찍하게, 쓸모 있게, 아주 제한된 사양으로 만든 괴물과 한 집에 갇혀 산다면.

그 사실을 알아차리는 사람이라면 누구든 신경을 쓸 것이다. 하지만 누가 알아챌 것인가? 그만큼 관심을 갖고 보는 사람이 과연 있을까?

나는 살아오면서 처음으로 일하는 데 방해를 받지 않았다. 주의를 빼앗는 건 아무것도 없었다. 그런데도 작업은 터무니없을 만큼 진척이 안 됐다. 나는 스스로를 더이상 몰아세우지 않았다. 나의 혁신적인 작업이 실패한 걸 눈치챈 단 한 사람은 연구소장으로, 그는 내가 약속한 기간 내에 지출보고서를 제출하지 않았다고 지적했다. 나는 회의를 뒤로, 뒤로, 뒤로 미뤘다. 그는 점점 더 안달하며 데이터를 달라고 요구했다. 내년 자금을 지원받는다는 보장이 없는 상황이었는데, 연구소장과 앉아서 세부사항을 타결하기 전까지는 자금 지원을 신청하는 것 자체가 불가능했다.

그렇지만 차마 그럴 수 없었다. 내가 한 일이라곤 나를 진정으로 아는 사람은 단 한 사람도 없다는 확고하고도 냉정한 사실을 인식하며 내 삶을 훑어본 것뿐이었다. 예전의 나를 알았던 사람은 한 사람도 없었다. 그 후의 나에 대해서 아는 사람도 역시 없었다. 내 생애 가장 큰 영예를 얻었던 뇌프만 연회의 영광의 순간과 4월 어느 날 꼭두새벽에 위대한 업적을 택시에 태워 세상 밖에 내놓은 영광의 순간 사이, 나는 뚜렷한 상처를 얻었지만 그걸 알아본 사람은 아무도 없었다.

새로운 네이선이 마르틴과 함께 집에 갔을 때, 나는 이전의 외로움보다 더 깊은 외로움을 느꼈다. 심지어 이삿짐 박스로 가득 찬 새 집에 있던 첫날 밤보다 더 외로웠다.

그 순간부터, 진정으로 날 아는 사람은 나밖에 없었다. 내가 저지른 일을 아는 사람도 역시 나밖에 없었다.

이런 생각을 하며 혼자 있자니 그동안 느껴보지 못한 지독한 기분이 나를 덮쳤다. 이 상황을 이해한다는 건 어마

어마하게 심각하고 끔찍한 일이었다. 그날 밤 양말을 신고 살금살금 걷는 내 발소리를 듣기 전 몇 분 동안 엄마가 어떤 감정을 느꼈을지 마침내 알 것 같았다. 해야 할 일을 하고, 그 사실을 누구에게도 말할 수 없다는 것. 내게는 영원히 외로운 부분이 생긴 것이었다.

엄마는 아빠와의 결혼생활 동안 차츰차츰 자신을 깎아 나갔고, 아빠가 분노를 휘두를 때면 그걸 날려 보낼 텅 빈 공간을 만들었다. 아빠가 사라지자 엄마는 그 공간을 다시 채우기 시작했다. 자신에게 할당된 만큼의 공간만을 차지하면서. 나는 엄마가 왜 거기서 멈췄는지, 아빠가 남긴 공간을 집어삼키며 포도나무처럼 가지를 뻗어 영역을 넓히지 않은 이유는 뭔지 오랫동안 궁금해했다. 나는 아빠가 없는 동안 엄마가 괴물이 되지 못한 것에 조용히 경멸을 키우며 사춘기를 보냈다.

물론 그 경멸을 키운 것은 네이선이었다. 그는 내가 엄마와 닮은 모습을 싫어하는 걸 보고 그 안에 있는 나약함과 취약함을 인지했다. 두려워하고 갈팡질팡하는 모습과 숨고 사과하고 달래려는 충동. 나는 엄마가 자신의 상황을 기꺼이 받아들인 것과, 지금보다 영역을 더 넓게 확장할 수 있다는 생각 자체를 하지 않은 것에 공포를 느꼈다. 그래서 내 능력을 평가절하하는 나의 일부를 뿌리 뽑기 위해 열심히 땅을 파 내려갔지만, 네이선과 함께 있으면 그 뿌리는 더욱 깊어지기만 했다.

나는 마르틴의 부재를 통해 엄마가 느꼈던 바로 그 외로움을 느끼게 됐다. 엄마와 나의 관계는 나와 새로운 연구 보조의 관계와 똑같았다. 같이 있었고 돌봄이 필요했지만, 정확히 같이 있다고는 말할 수 없는 관계였다. 가쁜 숨을 쉬며 거실에 있던 그날 밤, 엄마는 세상에 큰 구멍 하나를 팠다. 엄마의 몸집과 엄마가 저지른 일은 그 구멍에 딱 맞았다. 엄마는 현실이라는 조직 속 구멍 안으로 들어갔고, 그 안에서 자신이 한 일과 단둘이만 지냈다.

나는 이제야 그런 외로움을 이해할 수 있게 됐다. 나는 엄마가 외로움이 만들어낸 공간을 제 것으로 승화하지 않는 걸 보며 늘 비웃곤 했는데. 이제 누구에게도 말할 수 없는 비밀을 혼자 간직한다는 사실이 늘 나와 함께하며 내게도 그런 공간을 선사했다. 비밀은 밤이면 침대 옆자리에서 몸을 웅크리고 누워 내 종아리에 자신의 발바닥을 대고 같은 공기를 들이마셨다. 단단히 팔짱을 끼고는 나와 나란히 걸었다.

나는 누구에게도 나를 바꿔놓은 것에 대해 말할 수 없었다. 내가 얘기하지 않으니 아는 사람도 없었다. 새로운 네이선을 만든 여파에 시달렸을 때 나를 알게 된 사람이 있다 해도, 그냥 보는 것만으로는 아무런 추측을 할 수 없었을 것이다. 누구도 나를 하나로 묶어주는 솔기를 못 봤을 테고, 그게 상처라고 생각지도 않았을 거다.

물론 엄마는 성장하는 것을 멈추기로 마음먹었다. 그냥 두려움 없이 사는 것만으로도 충분하다고 결정을 내린 것이다.

나는 여전히 엄마와 닮은 모습이 보이면 자책한다. 막 사과를 하려는 순간이나, 손가락 사이로 냅킨을 비트는 순간, 혹은 사람들이 어디 있는지 보려고 주변을 두리번거리는 나 자신을 발견하는 순간에 말이다. 나는 매번 움츠러들고 싶을 때마다 엄마가 안절부절못하며 경찰에게 거듭 사과하던 쓰라린 순간을 떠올린다.

나는 아직도 엄마가 겁쟁이라 생각한다. 하지만 나 또한 엄마와 똑같은 겁쟁이가 될 수도 있다는 사실을 애써 부정하는 건 그만뒀다.

숨어 있다는 건 편안한 일이다. 늘 알고 있었다. 그토록 외롭다는 건, 달리 보자면 안전하다는 거였다. 나는 구멍 안에 나를 파묻고 내 비밀이 서늘하고 조용히 썩어가는 곳까지 파 내려갔다.

엄마는 자신이 있는 곳에 머무르겠다고 결심했고, 그저 자신을 가둔 곳에 딱 들어맞을 만큼만 영역을 확장했다. 나는 마치 어린 시절 말도 안 되게 좁은 공간에 몸을 끼워 넣고 어둠 속에 몸을 숨길 때의 승리감 같은 걸 느꼈다. *아무도 내가 여기 있는 건 모르겠지.*

내 비밀에 딸려 온 고립을 받아들이자, 나는 무슨 일이 생기더라도 적어도 숨을 수는 있겠구나 하며 안심했다. 아무도 나를 제대로 알지 못할 것이다. 왜냐하면 무슨 일이 있었는지 아는 사람이 아무도 없기 때문이다.

내 안에는 어느 누구도 다다를 수 없는 또 다른 내가 있다.

내 삶은 안정된 리듬을 찾기 시작했다. 나는 기계처럼 일했고, 연구에 진척을 보였고, 연구실 미래에 대한 대화는 회피했다. 꾸준하게 연구 보조를 갈아치웠다. 저녁으로 샐러드와 레토르트 파스타를 먹었다. 와인을 마셨다. 은둔자가 되지 않기 위해 며칠에 한 번씩은 목적지도 없이 동네를 걸어 다녔다. 일주일에 한 번 재활용 쓰레기를 내놨다. 나는 새로운 방식에 정착했다. 괜찮게 지내고 있었다. 잘 지낸다고 할 수는 없지만, 그렇다고 문제가 있지도 않았다.

그 네 달 동안은 평화로웠다.

그러다 9월, 나는 마르틴의 전화를 받았다.

* * *

그 집은 원래의 네이선이 살아 있을 때와 똑같아 보였다.

다만 약간의 변화는 있었다. 마르틴이 집으로 이어지는 길을 따라 밝은 국화를 심어놓았고, 현관문에는 빨간색과

주황색 잎으로 엮은 화관이 매달려 있었다. 그런 변화에도 여전히 네이선이 자신의 새로운 삶을 위해 원했던 집으로 보였다. 마르틴의 중노동으로 깔끔하게 유지되는 그런 공간. 아이를 키울 공간. 비현실적이었고 쌀쌀했던 그날 밤, 앞마당을 가로지르며 마르틴과 담판 지을 말을 연습하던 그때처럼 그네와 통유리창도 여전히 그대로였다.

집은 달라진 점이 없었다. 그 집의 어떤 것도 안에서 피가 쏟아졌다는 사실을 발설하지 않았다.

네이선이 죽은 날 밤, 마르틴은 내가 노크를 하기도 전에 문을 열었다. 그런데 이번은 아니었다. 나는 문을 두드리며 화관에 달린 잎이 흔들리는 것을 봤다.

걱정이 될 때쯤 그녀가 문을 열었다.

내가 전화를 받았을 때, 마르틴은 제정신이 아닌 것 같았다. 그렇게 당황하는 목소리는 처음이었다. *제발요, 우리 집에 좀 와주세요. 일이 생겼는데, 전화상으로는 말할 수 없어요, 지금 제발 와주세요.*

나는 마르틴이 또다시 그를 죽이지 않았기를 조용히 기도했고, 그렇다 해도 이번에는 도울 수 없다고 다짐하며 차를 몰고 온 참이었다. 그렇지만 문이 열리지 않자 걱정이 되기 시작했다. 어쩌면 상황이 생각보다 더 심각한 것일까, 어쩌면 무슨 일이 생겨 나오지 못하는 건 아닐까. 만약 우리가 새로운 네이선의 프로그래밍을 잘못한 거라면? 만약 우리가 그의 성격을 누그러뜨린 게 아니라면? 만약 우리가 그를 불안정하고 변덕스럽고 위험하게 만든 거라면? 틀에 잘못 부어서 진짜 네이선보다 더 나쁜 사람이 됐다면?

이런 생각을 하던 터라 마침내 마르틴이 문을 열었을 때 내가 느낀 감정은 안도감이었다. 그녀가 괜찮다는 걸 알고 주저앉을 뻔했다. 너무 오랜만에 느낀 이상한 감정이었다.

마르틴은 내가 혼자가 아닐 수 있다는 것처럼 내 어깨 너머를 봤다. "혼자예요?" 그녀가 물었다.

"당연하죠." 나는 대답했다. 그리고 멀쩡하게 모습을 드러낸 그녀를 자세히 뜯어보기 시작했다.

그녀는 달라졌다. 달라진 건 당연한 일이었다. 더이상 임신부가 아니었으니까. 살이 빠졌는데 나보다 더 말라서 턱이 뾰족했다. 움푹 꺼지진 않았지만 눈에는 피로가 새겨져 있었다. 내 생각에는 아무래도 아이 때문에 깊은 피로감을 느끼는 듯했다.

머리는 짧게 자른 상태였다. 현대적이고 산뜻하고 어려 보여서 그녀와 잘 어울렸다. 나는 저런 식으로 자를 생각을 한 번도 안 해봤는데. 나는 마르틴이 먼저 시도했다는 이유로 즉시 그 모양을 절대 하지 않을 헤어스타일의 범주에 넣으며 분개했다.

그녀는 흙 범벅이었다. 얼굴에도, 옷 주름에도, 손톱에도 흙이 가득했다. 흙냄새가 진동을 했다. 나는 숨을 들이쉬며 지난번 그 냄새에 휩싸였던 때를 떠올리지 않으려 애썼다.

"들어오세요." 마르틴이 말했다. "제발요. 서두르셔야 해요."

입구부터 집 안까지 흙 자국이 있었다. 진흙이 묻은 족적은 뒷마당으로 향했다. 그녀는 나를 기다리며 서둘렀다.

"뭐가 그리 급해요?" 내가 물었다.

"아이가 자요." 그녀가 말했는데 나는 그게 대답인지 그냥 말하는 것인지 구분할 수 없었다. 그녀의 말은 제대로 된 순서 없이 너무 빠르게 쏟아져 나왔다. "네이선은 일해요. 술을 마셨는데, 누구랑 같이요, 상관이었나 뭐 그랬어요. 기억 안 나네요, 그게. 지금 몇 시예요?"

"1시쯤 됐어요. 대체 무슨 일이에요?"

"시간이 얼마 없네요." 마르틴이 말했다. "좋아요, 괜찮아요. 우리는 시간을 좀, 이리 오셔야 해요. 그게, 제발요. 말로는 못해요. 보여드려야 해요. 보셔야 해요."

나는 타일에 묻은 진흙을 피하며 그녀를 따라 집을 통과했다. 그녀는 내 앞에서 걸으며 주먹을 쥐었다 폈다 했다. 목덜미를 뒤덮은 잔털에 흙이 붙어 있었다.

마르틴이 세상을 헤쳐 나가는 익숙한 모습을 바라보며, 나는 그녀를 그리워한 나 자신에게 짜증이 치밀어 오르는 걸 꾹 참았다.

그러다 뒷마당에 도착하자 이 모든 생각을 잊게 됐다. 분한 마음, 안도감, 열망, 이 모든 것을 잊어버렸다.

내 생각을 덮친 건 오직 시체뿐이었다.

27

총 열두 구였다.

부패한 시험체를 본 건 이날이 처음이었다. 연구 목적으로 해볼 수도 있었지만 그럴 필요가 없었다. 발달 단계나 조건화 중 실패한 시험체가 있으면 부검 후 즉시 사체를 화장했기 때문이다. 생물의학 폐기물을 묻는 일은 없었다. 연구실 밖에서 사용된 시험체, 즉 규격에 따라 제작돼 쓸모를 다하고 버려진 경우 역시 마찬가지로 화장됐다. 그건 계약서마다 명기된 처분 조항이었다. 그래야 살아 있는 사람들의 유전자를 지닌 유해 조직이 세상에 떠다니지 않을 테니까 말이다.

이날 오후 마르틴의 뒷마당에 오기 전까지, 나는 땅 속에서 부패되는 클론 조직을 본 적이 없었다.

대부분의 시신은 여전히 반쯤 묻혀 있었다. 손, 얼굴, 하얀 종아리가 땅에서 불쑥 솟아나 있었고, 시간순으로 마지막에 묻힌 시신이 제일 많이 파헤쳐진 상태였다. 거의 쑥대밭이 된 마르틴의 장미 화단, 그러니까 가장 멀리 떨어진 시신이 있는 부드러운 땅에는 삽 하나가 깊숙이 꽂혀 있었다. 뒷마당은 공포의 구덩이가 가득했지만, 장미 화단만큼은 잘 가꿔져 있었다. 하지만 꽃이 파헤쳐진 잔해 사이로 열두 구의 시신이 뿌리 뽑혀 있었고, 그 광경은 그저 광란의 도가니로 보일 따름이었다.

집에서 가장 가까운 곳에 묻힌 시신은 완전히 드러나 있었다. 부패가 거의 진행되지 않은 상태였다. 그녀의 머리를 덮은 비닐은 찢어져 있었다. 내가 도착하기 직전까지 꽁꽁 밀봉돼 있던 것 같았다. 내가 한 일을 떠올리자, 나는 그녀가 어떻게 그렇게 양호한 상태로 남았는지 추측할 수 있었다.

클론 조직이 정체 상태에서도 발달을 한다는 사실, 토양의 pH농도, 그리고 정원에 뿌린 석회가루가 불러온 현상이었다. 석회가루 상자가 그렇게나 많더라니. 아마 네이선은 프로젝트를 시작하자마자 도매로 석회를 구입한 듯하다. 그건 처음부터 적어도 몇 구의 시신을 묻겠다는 계획이 있었다는 의미였다.

네이선은 연구를 하면서 자신의 가설을 절대 검증하지 않았다. 늘 게을렀고, 의기양양해서 자신이 옳다고만 생각했다.

하지만 잘못된 종류의 석회가루를 잘못된 상황에 사용했고, 그게 결국 방부제 역할을 했다. 게다가 클론의 조직은 인간과 달랐다. 겉으로는 똑같아 보이지만 반응은 다르게 나타난다. 그들의 조직은 아주 새로운 것이라 인간의 조직과는 다르게 부패되는 법을 모른다.

그럼에도, 집에서 가장 가까이 묻힌 시험체는 땅 속에 적어도 2년은 있었던 것 같았다. 그녀는 집에서 고작 12미터 거리의 마구 파헤쳐진 구덩이 속에 있었다.

마르틴과 같이 네이선의 서재를 뒤져 진실을 종합한 후, 나는 셈을 해봤다. 그녀는 적어도 2년, 길어봤자 2년 동안 묻혀 있던 거였다. 왜냐하면 그 당시 마르틴이 약 2세였고, 두 사람이 겹친 적은 없기 때문이다. 그들은 절대 만난 적이 없었다. 땅 속에 2년이나 있었는데도 얼굴을 즉시 알아볼 수 있을 정도로 부패가 진행되지 않은 상태였다.

그녀는 마르틴과 똑같이 생겼다.

나와 똑같이 생겼다.

나는 팔짱을 끼고 뒷문 베란다에 서 있는 마르틴을 지나치며 베란다 계단을 오르내렸다. 모든 것이 너무 시끄러웠고 너무 무거웠다. 한 발 한 발 내딛는 발걸음에서 중압감이 느껴졌다.

마르틴은 내 등을 보고 있었고 나는 그걸 느낄 수 있었다. 그녀가 나를 보고 있다는 것을. 공기가 우리 사이에서 웅웅거리고 있었다. 나는 고개를 들어 지나가는 비행기가 없나 살펴봤다. 이 마당에 우리만 있는 것 같지 않았고, 이 많은 시신이 눈에 띄지 않을 수는 없다는 생각이 들었다. 우리 둘만 목격하기에는 너무 큰 사건이었다.

하지만 아무도 없었다. 우리만, 그리고 시신만 있을 뿐이었다.

“어떻게 된 거예요?” 내가 물었다. 이 말은 아주 조용히 속삭임처럼 튀어나왔지만 마르틴은 바로 대답해줬다.

“정원을 손질하고 있었어요.” 그녀가 말했다. 목소리가 거의 진정돼 있었다. “묘목 두어 그루를 심으려고 했어요.” 시선을 돌려 보니 사실이었다. 묘목이 두 그루 있었다. 사과나무처럼 보였다. 그녀 바로 옆에, 혼자 지탱할 수 없을 만큼 가늘어 굵은 말뚝에 묶인 상태로 아직 화분에 담겨 있었다. 저게 원래 저기에 있었나? 내가 나무를 봤던가 기억을 더듬으며 그 옆을 걸어봤지만 마당에는 열두 구의 시신만 있을 뿐이었다. 그 작은 나무는 어쩌면 마법처럼 뿅 하고 나타난 걸 수도 있었다. 내가 그녀를 등지고 있을 때 마르틴이 주머니에서 꺼냈을 수도 있다는 이상한 생각마저 들었다. “저는 땅을 파기 시작했고, 그리고…… 저 사람을 발견했어요.” 마르틴이 말을 이었다. “얼굴에 비닐이 덮여 있더라고요. 그래서 누군지 보려고 뜯었어요. 그랬더니 다른 시신이 보이더라고요. 그 옆에는 또 다른 시신이 있고요."

나는 첫 번째 시신, 거의 대부분이 땅에 묻힌 시신으로 다가갔다. 시신은 모로 누워 있었는데 마르틴이 잘 때와는 다르게 웅크리지 않은 형태였다. 얼굴은 하늘을 향해 돌려져 있었다. 입을 벌린 상태였다. 흙이 묻어 치아가 까맸다. 마르틴이 시신의 얼굴을 확인하려고 비닐을 뜯은 후 다른 시신들을 파면서 입에 흙을 떨어트린 것 같았다.

자세히 보지 않아도 입 안에 흙이 가득하다는 걸 알 수 있었다. 알고 싶지 않았지만 그냥 보는 것만으로도 즉시 알 수 있었다. 턱이 벌어진 모양, 치아 뒤로 보이는 짙은 어둠. 두 번 생각하지 않고도 알 수 있었다. 누구도 이런 종류의 기억은 쉽게 잊을 수 없다. 나는 시신의 입을 봤고, 정원에 가득한 헤집어진 흙냄새가 너무 강렬해 숨이 막힐 것 같았다.

시신은 스트레칭을 하는 듯 팔 하나를 뒤로 하고 있었다. 그 손은 옆에 있는 시신의 죽 뻗은 손가락에 거의 닿을 지경이었다.

나는 마르틴이 처음으로 시신을 발견하고, 파내고, 시신의 얼굴에서 흙을 털어내는 모습을 그 무엇보다 선명하게 상상할 수 있었다. 두 번째 시신의 손가락을 발견하고, 삽을 들어올리고, 그리고 또다시, 또다시, 분노와 두려움에 사로잡혀 자문했겠지. 얼마나 더 있는 걸까? 점점 속도를 높여 끔찍한 도랑을 파고 그곳에서 악몽을 수확하는 모습이 생생하게 그려졌다. 생명을 잃은 열두 개의 얼굴이 장미나무 아래 숨겨져 있었다. 몇몇은 반쯤 썩었고, 몇몇은 흙에 목이 막혔는데 모두가 마르틴과 똑같은 모습이었다. 한 번도 만나지 않은 이상한 가족.

생명 없는 비밀스런 자매들.

나는 첫 번째부터 마지막까지 시신을 둘러봤다. 마르틴은 집에서 가장 멀리 있는 시신은 거의 파내지 않았다. 밝은 금발과 턱만 살짝 보이는 흙더미일 뿐이었다. 다른 시신이 없었다면 포석 옆으로 돌출된 나무뿌리라고 생각했을 정도였다. 그냥 지나쳐 걸을 수도 있을 만큼.

나는 웅크리고 앉아 반쯤 뒤집어진 흙을 쓸어냈다. 그녀를 파내기 위한 발굴 작업은 거의 진행되지 않은 것처럼 보였다. 내 안의 일부가 이 현실 같지 않은 일에 반항하며 이건 사기라 소리치고 있었다. 그녀는 바로 여기에, 누구라도 걸려 넘어질 수 있을 만큼 얕게 묻혀 있었다. 이렇게 땅 표면에 가까운 상태로 얼마나 오랫동안 있었던 걸까? 이토록 얕게 묻혔는데도 어떻게 발견되지 않을 수 있었지?

"거기서 멈출 수밖에 없었어요." 마르틴이 집 옆에 서서 말했다. "그쪽에 있는 시신을 마지막으로 발견하고 나서 전화드린 거예요. 저는……. 저는 계속할 수가 없었어요."

나는 마지막으로 손을 들어 흙을 한 번 쓸어내 클론의

얼굴을 드러냈다. 이전 시신보다 훨씬 부패가 진행돼 피부가 거의 남아 있지 않았다. 사람이라고 인식하기도 어려울 정도였다.

땅을 뒤집어서인지 흙냄새의 소용돌이가 나를 감쌌다. 나는 힘겹게 침을 삼켰다.

집중해, 에벌린. 집중해. 그렇지, 바로 그거야.

“이건 잘못됐어.” 나는 혼자 중얼거린 뒤 다시 큰 소리로 마르틴에게 말했다. “이건 잘못됐어요. 여기 와서 봐요.”

우리가 만난 후로 마르틴이 바뀌기는 했지만, 내가 불러도 안 올 정도로 변하지는 않았다. 그녀는 주저도 반대도 하지 않았다. 가벼운 발걸음으로 막 폐허가 된 정원 위를 걸어오는 소리가 들렸다. 그리고 내가 지적한 것을 보기 위해 내 옆에 섰다.

그녀가 보기 싫어할 수도 있다는 생각이 떠올랐다. 보기 싫으면 안 봐도 된다는 말을 했어야 하나? 배려하는 척 그래야 했을까? 하지만 나는 그녀가 보기를 원했고, 내가 이해한 걸 그녀도 이해해주길 바랐다. 네이선이 저지른 짓을 혼자만 알고 싶지는 않았다. 나만의 비밀이야 지킬 수 있었지만, 이건 아니었다. 이것만은 아니었다.

“보세요.” 나는 이렇게 말하며 부패한 시험체의 노출된 나선형 턱뼈 위에서 중지를 빙빙 돌렸다. 턱뼈는 소라 중앙 부분처럼 회오리 모양이었고, 20여 개의 치아가 나선의 바깥 윤곽을 따라 길게 박혀 있었다.

"이게 뭐죠?" 마르틴은 이렇게만 말하고 더 말을 잇지 않았다. 그녀는 손을 뻗었고, 살점이 사라지고 하얗게 뼈만 남은 부분을 손가락으로 살짝 만졌다.

"잘못됐어요." 내가 말했다. "잘못 만들어진 거예요. 실패한 거죠." 나는 부분적으로 드러난 시신들이 줄지어 있는 것을 봤다. 상황을 뚜렷이 보고 나니 아리송했던 생각이 확고해졌다. 나는 몸을 일으켜 시신을 따라 걸었고, 몇몇 시험체는 좀 더 철저하게 살피기 위해 한 장소에 잠시 머무르기도 하며 자세히 살펴봤다.

모든 시험체가 각기 다른 방식으로 잘못돼 있었다. 집에서 가장 멀리 있는 시신이 최악으로, 언뜻 봐도 과실이 있다는 걸 알 수 있었다. 어떤 시험체는 가슴 부분이 함몰됐다. 그 모양을 보니 연골과 콜라겐의 발달 문제를 처리하지 못해 벌어진 내 초기의 실패가 떠올랐다. 또 다른 시험체는 공기가 빠진 듯 움푹 꺼져 있었다. 뼈가 자리를 잡지 못한 거였다. 세 번째 시신의 다리를 보기 위해 손으로 흙을 퍼냈더니 근막에 거미줄처럼 보라색 반점이 있었다. 성장률에 문제가 있는 거였다. 나는 시신을 따라 걸으며 네이선이 숨겨놓은 실수를 모두 찾아냈다.

마지막 시신, 제대로 발굴한 그 시신만이 제대로 된 성공이었다. 그렇지만 뭔가가 네이선 생각엔 만족스럽지 않았을 테지. 그녀의 어떤 모습이 알고 보니 그가 원하는 방식이 아니었을 테지. 그건 뭐라도 될 수 있었다. 목소리, 프로그래밍, 행동양식, 생식능력.

네이선은 그녀의 모습이 맘에 들지 않는다는 이유로 살해하고, 다른 시신과 같이 묻은 다음, 다시 시작한 거였다.

나는 알파벳으로 시신을 세어봤다. 열두 개였다. A부터 L까지.

"마르틴." 내가 속삭였다. "당신이 열세 번째 시도였어요."

집 안에서 소음이 들려오기 시작했다. 마르틴은 내게서 시선을 거두고 2층의 반쯤 열린 창문에서 들려오는 울음소리를 향해 고개를 돌렸다.

아이가 잠에서 깼다.

* * *

우리는 네이선을 프로그래밍하기 전에 그가 개인적으로 보관한 파일을 조사했어야 했다.

그 실수는 내 책임이다. 지금 와서 보니 내가 얼마나 서둘렀는지 명확히 보였다. 네이선의 시체를 파내고 핵심 샘플을 취해 연구실로 돌진해 복제부터 시작했으니. 너무 성급했고 엉성했다. 사실 마르틴이 존재한다는 것 자체가 내가 네이선의 내면 지도를 제대로 그리지 못했다는 증거였음에도, 나는 일을 진행할 만큼 네이선을 충분히 안다고 생각했다.

나는 그의 모든 비밀을 알지 못했다. 마르틴도 마찬가지였다.

우리 둘은 네이선이라는 사람에 대해 갖고 있던 관점을 한데 모았다. 그건 각자의 시각으로는 만들 수 없는 좀 더 포괄적인 그림을 선사했다. 그럼에도 우리는 많은 것을 놓쳤다. 그가 긴 시간 동안 에너지와 집중력을 가지고 숨기고 있던 야망과 비밀, 프로젝트를 놓친 것이었다.

우리는 몰랐고, 살펴볼 생각도 안 했다. 절박함에 등 떠밀리고 자만의 힘을 얻어 등한시했다. 우리가 네이선에 대해 모든 것을 알 리는 없었지만, 그래도 어느 정도는 알고 있다고 생각했다.

착각이었다.

마르틴은 나를 집 안으로 데리고 들어가며, 자신이 임신하기 전만 해도 아이 방은 네이선의 사무실이었다고 말했다. 그녀는 그건 그저 임시로 합의 본 사항이라고 했고, 아이의 울음소리가 더 커지자 발걸음을 재촉하며 말했다. "저는 제 평생 동안 이 방을 준비했어요."

마르틴을 도와 막 사망한 네이선의 시신을 묻은 밤, 나는 이 방만 빼고 다 봤다. 그날의 임무를 수행하며 자연스럽게 집 안을 둘러보긴 했지만, 마르틴의 입장에서 아이 방을 보여줄 이유는 없었고 나 또한 물어볼 생각을 하지 않았다. 물론 조금이라도 생각을 깊게 했다면 집 안에 아이 방이 있다는 것쯤은 알았을 것이다. 나는 내가 마르틴의 집에 대해 꽤 자세하게 알고 있다고 여겼다. 그 정도면 충분하다고.

이해할 만큼 충분히 봤다고 생각했다.

그런데 하얀색 문 뒤로 아이 방이 있다니. 그 방은 네이선이 원했던 것을, 마르틴이 원했던 것을, 즉 둘이서 함께 만들어갈 인생을 대변했다. 채도가 낮은 풀색 벽에 하얀 장식 몰딩을 붙이고, 자줏빛 꽃들로 수놓은 짙은 가지를 손으로 직접 그려 넣은 방이었다. 높은 위치에 있는 작은 창문에는 두 겹으로 된 커튼이 있었다. 한 장은 두껍고 다른 한 장은 얇은 천으로 둘 다 모두 꼼꼼하게 여민 상태라 방은 어두웠다. 아이 침대 위쪽으로는 천으로 만든 호박벌과 꽃 모빌이 걸려 있었다. 두꺼운 양탄자, 구석에 있는 흔들의자. 그 모든 것과 모든 색, 구석구석의 작은 것까지 마르틴의 손길이 닿은 것을 알 수 있었다.

"방이 예쁘네요." 내가 말했다. 진심이었다.

"그 사람 책상은 아직도 다이닝룸에 있어요." 마르틴이 말했다. "그렇지만 파일 몇 개는 여기 옷장에 있죠." 옷장 미닫이문을 열자 파일이 보였다. 믿을 수 없을 만큼 작은 옷걸이에 걸린 유아용 우주복이 두 줄로 늘어서 있었고, 그 아래에 쌓인 서류 상자가 옷장 반을 가득 채우고 있었다. 마르틴이 아이 기저귀를 가는 동안 나는 서류 상자를 살펴봤다. 그녀는 작고 부드러운 목소리로 뭐라고 중얼거렸는데, 아이의 울음을 멈추게 하지는 못했지만 톤을 조금 낮추는 효과는 있었다.

"아이 이름이 뭐예요?" 첫 번째 상자를 열어 소득신고서를 넘겨보며 물었다.

"바이올렛이요." 그녀가 말했다. "네이선의 할머니 이름을 땄어요." 기저귀 교환대에 누운 바이올렛은 막 탱크에서 나와 경련하는 시험체처럼 사지를 마구 흔들며 울었다.

세 번째 상자에서 원하는 기록을 찾아냈다. 상자를 열었을 때 아이의 울음도 멈췄다. 나는 상자 뚜껑을 손에 든 채 어깨 너머로 시선을 돌렸는데, 그때 마침 마르틴이 흔들의자에 앉아 아이에게 젖을 물리고 있었다. 이상하게도 당혹감이 솟아올랐다. 그녀의 가슴을 봤다는 사실 때문이 아니라 얼굴에 보이는 만족감 때문이었다.

내게 보여주려고 짓는 표정이 아니었다.

누구를 위해서 만든 표정이 아니었다. 나는 깨달았다. 이 순간만큼은 그녀가 어떤 목적을 위해 표정을 지어내고 있지 않다는 것을. 다른 사람이 행복, 권위, 안전, 혹은 죄책감을 느끼게 하려는 게 아니었다. 그렇지만 그녀는 자신의 얼굴, 목소리, 몸짓이 다른 사람들에게 어떤 감정을 불러일으키는지 끊임없이 생각하도록 만들어진 피조물이었다. 주변 사람들의 감정을 세심히 살피라고 만들어진 존재였다. 타인에게 신경을 쓰라고 만들어진 존재였다.

그렇지만 이 순간만큼은, 만족감은 오롯이 그녀만의 것이었다. 자신이 만든 무언가가 전적으로 혼자만의 것이고, 누구도 빼앗을 수 없다는 만족감.

그것은 내가 느껴보지 못할 감정이었다. 아이를 가슴에 안는 생각을 하니 마치 시험체 조건화를 위해 손톱을 뽑을 때처럼 다소 불쾌한 감정이 느껴졌다. 그렇다고 그녀의 사생활, 이 소유의 순간을 못마땅해할 수는 없었다. 나는 그녀를 방해하고 있다는 감정을 떨칠 수가 없었다. 여기에 있다는 사실만으로.

나는 여기에 있으면 안 되는 사람이었다.

이 느낌이 사실로 판명 난 것은 건강 보험이란 라벨이 붙은 상자를 열어 그 안에 있는 노란 공책 뭉텅이를 발견했을 때였다. 대학원 다닐 때 썼던 것과 같은 종류의 공책이 열세 권 있었다. 노란색 표지 중앙에는 네이선이 두꺼운 매직펜으로 삐죽삐죽하고 울퉁불퉁하게 쓴 제목이 달려 있었다.

A애거서, B베타니, C코린, D데이나, E에디트, F페이스, G제너비브, H헬렌, I잉그리드, J재클린, K카트리나, L라일라.

그리고 M마르틴.

공책은 네이선의 실험 과정과 방법으로 가득했다. 첫 열두 권의 마지막 장은 한 페이지를 가득 채운 X자로 끝났다. 바로 그날 시험체를 포기했다는 표시였다. 시험 날짜는 겹쳤다. 그 말은 즉 이전의 시험체가 실패로 끝나기 전에 개선된 방법으로 새로운 시도를 준비했다는 의미였다.

마르틴의 공책은 한 페이지를 일기처럼 가득 채워 쓴 글로 끝났다. 그 글의 날짜는 내가 네이선이 불륜을 저지른다는 증거를 가지고 따져 물은 것보다 고작 2~3주 앞서 있었다.

마침내 성공했다는 확신을 담은 글이었다. 그는 안도했다. 의기양양해했다. 드디어 자신이 원하던 삶을 살 수 있게 됐다며.

그의 글에 의하면 이제 남은 일은 나를 어떻게 하느냐는 것이었다. 나는 묘한 거리감을 느끼며 그 문장을 바라봤다. 이제 남은 문제는 에벌린을 어떻게 처리하느냐 하는 것뿐이다. 마르틴을 만들기 위해 열두 번이나 반복된 일을 본 상황에서, 나는 그가 나를 어떻게 처리하려고 했는지 알 것 같았다.

"뭐예요?" 마르틴이 속삭여 물었다.

나는 고개를 들었고, 생각보다 오랜 시간을 조용히 바닥에 앉아 공책만 읽고 있었다는 걸 깨달았다. 마르틴은 여전히 바이올렛을 안고 흔들의자에 앉아 일정한 리듬을 타며 의자를 앞뒤로 흔들고 있었다. 나는 아이가 잠에 든 건지,

그냥 조용한 건지 구분할 수 없었다.

나는 진정하고 목소리를 낮게 유지했다. 그리고 마르틴에게 공책 표지, 이름, 날짜를 보여줬다. 실패에 대한 자세한 사항은 공유하지 않았지만 내가 이해한 것의 개요는 설명해줬다. 네이선이 서둘렀고, 추정에 근거해 실험했고, 실패했고, 또 실패했다는 내용이었다. 나를 복제하려는, 더 나은 나를 만들겠다는 시도가 실패할 때마다 그는 클론을 죽였고, 땅에 묻고는, 처음부터 다시 시작했다. 내 결과를 성공적으로 재현하기까지 총 18개월이 걸린 것 같았다. 적어도 그가 적어놓은 바에 의하면 그랬다. 첫 실패부터 마지막 클론까지 걸린 시간은 3년이었다.

마르틴이 그의 성공이었다고, 그의 업적의 정점을 찍은 결과라고 말하는 동안, 나는 그녀의 얼굴을 보고도 생각을 읽을 수가 없었다. "당신은 그야말로 대성공이었던 거죠." 내가 말하자 그녀는 하얗게 질린 입술을 하고 시선을 돌렸다.

"그가 당신을 죽이려 했던 거예요." 마르틴이 말했다. 그녀의 팔에 안긴 바이올렛은 부드럽게 고음을 질렀다.

"내 생각도 그래요."

"그가 당신을 죽이려 했다고요. 저랑 같이 있으려고 말이에요. 그런 다음엔 저를 죽이려 했겠죠. 왜냐하면 저 또한 실패했다고 생각했으니까요. 우리 둘을 그렇게 처리하려고 했던 거예요."

나는 상자 뚜껑을 닫았다. "네. 그래요. 그런 것 같아요. 우리를 죽여 정원에 묻었을 거예요. 그러니까 다른…… 여성들에게 한 것처럼요." 나는 여성이라는 단어를 힘겹게 뱉었다.

그들은 여성이 아니었다. 그들은 사람도 아니었다. 그들은 내가 아니었다.

그들은 시험체, 연구 소재, 시신, 시체, 사체, 실패, 정보 자료였다. 그들은 생물의학 폐기물이었다.

하지만 네이선에게 있어서 그들은 여성이었다.

그는 어떤 한 가지 기능만 염두에 두고 복제인간을 만든 게 아니었다. 총알받이도 아니었고, 장기 기증자도 아니었고, 실험적 요법을 수행하기 위해 만들어진 것도 아니었다. 그들은 아내가 되기 위해 만들어졌다. 함께 살기 위해 만든 거였다. 불완전한 삶이 됐을 텐데, 그는 그런 식으로 생각하지 않은 것 같았다. 그래서 집을 사고, 옷을 사고, 정원에는 장미를 심었겠지. 그는 자신이 만든 클론과 가정을 꾸리고 삶을 나누려 노력했다. 나와 함께 가정을 꾸리고 삶을 나누려 했던 것처럼.

내 이름을 단 공책은 없었다. 그렇지만 네이선은 집 뒤에 매장한 시험체와 나를 사실상 다른 존재로 생각하지는 않았다. 그에게 있어, 우리 모두는 같은 시험을 위해 반복되는 존재일 뿐이었다. 우리 모두는 그의 꿈을 실어 나르는 운송 수단일 뿐이었다.

마르틴에 앞서 실패한 횟수는 열두 번이 아니었다. 열세 번이었다.

첫 번째 실수는 바로 나였다.

28

아이는 내가 예상했던 것보다 마르틴의 손길을 더 많이 필요로 했다. 나는 그 둘을 느릿느릿 따라 걸으며, 그녀가 거의 평생을 함께 산 남자의 실상에 대해 얘기를 나눴다. 마르틴은 바이올렛을 무슨 복잡한 끈으로 동여맸는데, 그 덕에 아이를 마치 셔츠처럼 입을 수 있었다. 그녀는 내게 발달과정에서는 피부 접촉이 필요하고 초기에 유대관계를 형성하는 게 중요하다는 얘기를 했다.

나는 영아발달에 대해 포괄적인 지식을 갖고 있다고 생각해 왔다. 원료만 있으면 기능적인 인간을 만들 수 있을 만큼. 하지만 그때, 나는 무언가를 놓친 게 아닌가 하는 의구심이 들었다. 마르틴은 내가 처음 듣는 구절을 인용하고 이론을 거론했는데, 지금 와서 보니 우리가 함께 살 때 갖다 준 책에서 본 애착이론의 일부분 같았다. 유아 중심에 지나치게 단순하고, 생리학적이라기보다는 행태론적 이론이라며 제쳐놓은 것들을 그녀는 열심히 공부했던 것이다.

그녀는 내게 물었다. 클론을 인지발달 초기 단계에서 고립시켰을 경우 받게 될 장기적 효과에 대해 분석한 적이 있느냐고. 클론들이 진정제에서 깨어난 직후 몇 시간 동안 서로를 만나게 해볼 생각은 없냐고.

클론이 자신의 조건화 과정을 기억하지 못하는 게 확실하냐고도 물었다.

나는 그 질문을 그녀에게 되돌려줬고, 마르틴은 내가 연구실에서 보여주지 못했던 엄청난 인내심을 가지고 답변을 해줬다. 그러자 그녀가 내 생각보다 훨씬 더 열심히 공부했다는 사실이 드러났다. 그녀는 육아 모델이 서로 얽히며 만든 거대한 미로에 대해 묘사했고, 각각의 이론을 해석했으며, 그녀가 왜 그런 논리를 선택하게 됐는지를 설명했다. "저는 부모님이 없었잖아요." 그녀의 목소리를 듣고 있으니 내 강의 녹음을 듣는 것 같았다. 그녀는 자신감이 있었고 권위가 있었다.

그리고 확신에 차 있었다.

"저는 보고 배울 모델이 없었잖아요. 그래서 뭐가 되고 뭐가 안 되는 건지 머릿속에 박힌 생각이 없었죠."

그녀는 바이올렛의 머리를 받쳐주는 천 끈 위로 아이의 머리를 쓰다듬었다. 마르틴은 다른 한 손을 들어 손가락을 하나 들어 보인 뒤 아이 방을 향해 사라졌다. 다시 돌아왔을 때에는 표지에 자신의 이름이 쓰인 노란 공책을 들고 있었다.

"사실은 말이에요." 그녀가 중얼거렸다. "제 말이 틀렸을지도 모르겠네요." 네이선이 죽던 날 양파가 있던 바로 그 아일랜드 식탁 위로, 마르틴은 공책을 툭 내려놓았다. "네이선은 저를 프로그래밍할 때 뭐가 중요하고 뭐가 안 중요한지 정했잖아요. 그러니까 우선순위를 주입했다는 거죠." 그녀는 손가락으로 노트 표지를 두드리며 불안한 듯 입술을 깨물었다. 처음 보는 행동이었다. 못 본 사이 생긴 새로운 버릇. 마르틴의 시선이 멍해졌다. 나는 그녀가 표지에 시선을 두고 이름에 있는 M자를 손가락으로 반복해 그리는 것을 보며 가만히 있었다. 마침내 그녀가 고개를 끄덕였다. 결정을 내린 것이다. "읽을게요."

"좋은 생각일까요?" 내가 물었다.

그녀는 반론의 여지를 주지 않겠다는 듯 권위적인 모습으로 고개를 끄덕였다. "네. 좋은 생각 맞아요. 그래서 읽겠다는 거예요."

마르틴은 아무런 설명을 하지 않았고, 내 의구심이 끼어들 만한 틈도 주지 않았다. 나는 내가 만든 덫에 걸린 듯한 이상한 기분이 들었다. 마르틴과 언쟁을 하고 싶었고, 그녀의 확신을 무너뜨려 마음을 고쳐먹게 만들고 싶었다. 하지만 마르틴은 마음을 바꿀 생각이 없었다.

마르틴은 마르틴처럼 얘기하지 않았다. 나처럼 얘기하고 있었다.

바로 그 순간 마르틴이 내게 요구한 것은, 자신이 무엇을 원하는지 안다는 사실을 인정하라는 거였다. 내 허락 따위 필요 없다는 듯이 말이다. 어떤 면에서, 나는 여전히 그녀를 애처럼 생각하고 있었다. 그러니 그녀는 내가 동료들에게 보이는 만큼의 존중을 자신에게도 베풀어달라고 요청한 거였다.

그래서 난 그렇게 해줬다. 그녀의 추론에 대해 설명해달라고 부탁했다.

"저는 제가 뭔가를 선택할 때, 왜 그걸 선택하는지 그 이유를 알고 싶어요." 그녀가 포대기로 단단히 여민 바이올렛의 등을 길게 쓰다듬으며 말했다. "바이올렛 때문이기도 하고, 아니기도 해요. 저는 그저—." 그녀는 천을 살짝 들어 그 사이로 보이는 아이 얼굴에 대고 미소를 지은 뒤 천을 다시 제자리에 놓았다. 고개를 들어 나를 봤을 때, 그녀는 미리 준비한 듯한 표정을 지었다. 억지로 지어낸 것 같은, 뭔가 결심했다는 표정이었다. "저는 대부분의 시간을 프로그래밍에 따라 반응하지만, 그대로 행동할지 말지는 내가 직접 결정한다는 느낌을 갖고 싶어요." 마르틴은 고개를 작게 흔들더니 다시 말했다. "아니. 결정한다는 느낌 말고요. 실제로 결정하고 싶어요. 선택권이 있으니 저는 그걸 행사할 거예요."

불현듯 나는 그녀가 왜 그렇게 형식적이고 뻣뻣했는지 이해가 갔다. 왜 전투를 앞두고 대비한 것처럼 보였는지도.

마르틴은 내가 했던 작업에 맞서는 일을 할 예정이었다.

그렇지만 그녀를 프로그래밍한 건 내가 아니었다. 나는 그녀가 뭘 하든 상관없다고 말할 수도 있었다. 왜냐하면 자신의 프로그래밍에 대항해 어떤 결정을 내리게 된다면, 그것은 더도 덜도 아니고 네이선의 기술이 빈약했다는 표시였기 때문이다.

하지만 그렇게 말한다면 그건 거짓말이겠지.

네이선은 마르틴을 제대로 잘 만들어냈다. 그런데도 그녀가 프로그래밍을 떨쳐낸다면, 이는 내 연구 방식에 구멍이 있다는 걸 증명하는 거나 마찬가지였다.

그녀는 자신이 자유의 몸이라는 걸 증명하려고 노력하는 중이었다.

그 목표에 동의하면, 그게 타당하다고 인정하는 것이다. 그렇지만 동의하지 않으면, 그녀의 자아실현 욕구가 내 연구 전체를 위협한다는 걸 인정하는 꼴이었다. 만약 이게 의지의 싸움이라면, 나는 이미 패한 쪽이었다.

마르틴은 용감하게 행동하고 있었다. 나는 그녀를 향해 고개를 끄덕이고는 공책 위에 있는 그녀의 손 옆에 내 손을 올렸다. 우리의 손가락 관절은 똑같은 모양이었지만 손은 달랐다. 마르틴의 손에는 굳은살과 작은 상처가 더 많았다. 손톱도 더 짧았다. 우리의 손은 각자의 추수를 위해 씨를 뿌린 시간을 반영한 것이었다. 그녀는 정원에서 손에 흙을 묻혔고, 나는 연구실에서 장갑으로 손을 보호했다.

나 또한 언제라도 그녀처럼 될 수 있었다. 그러니 자신이 어떤 존재가 될 수 있을지 알아보겠다는 마음을 못마땅해할 수는 없었다.

"좋아요." 내가 말했다. "설명이 필요한 일이 생기면 언제든 물어보세요."

마르틴은 천 아래를 다시 들여다봤다. 아일랜드 식탁에 기대 있는 내게 부드럽게 굴곡진 아이의 귀와 밝은 금발머리가 보였다. 가는 잔털 사이로 보이는 두피에는 파란 정맥이 드러나 있었다.

"드디어." 마르틴이 숨을 내뱉었다. "아이가 잠들었네요."

"벌써요?" 나는 오븐에 있는 시계를 흘끗 보며 내가 몇 시에 도착했는지 기억을 더듬었다. 그때 마르틴은 몇 시간밖에 없다고 했었는데. 아이가 얼마 동안 깨어 있었지? 네이선은 언제 집에 오지?

"오후에는 이런 식이에요." 그녀가 말했다. "한 시간 정도 깼다가 다시 잠들죠. 이제 한참 후에나 깰 거예요." 마르틴은 가슴에 고정시켰던 아이를 내리기 위해 끈을 풀기 시작했다. "보통은 잠에 들어도 계속 매고 있지만, 오늘 우리는 뒤뜰을 정리해야 하니까요, 그쵸? 아이 눕히고 올게요. 1분이면 될 거예요. 눕히면 좀 울 거예요. 늘 그렇거든요. 그렇지만 1분 정도 지나면 다시 잠들어요."

그녀는 집 뒤쪽으로 사라졌다. 나는 식탁에 놓인 공책에 시선을 고정하고 마르틴이 아이를 침대에 눕히는 소리에 귀를 기울였다. 우는 소리가 잠시 들렸다가 다시 사라졌다. 나는 공책을 파괴하고 싶다는, 버너 4개를 다 켜고 그 위로 종이를 올리고는 부드러운 손가락 끝에 불길이 닿을 때까지 기다리고 싶다는 강력한 충동에 사로잡혔다. 나는 나 자신을 자제하기 위해 식탁 모서리를 꽉 잡았다. 그리고 마르틴을 그녀 자신으로부터 보호하는 건 내가 할 일이 아니라는 점을 상기했다. 그녀는 내가 책임져야 하는 사람이 아니다. 나랑 피가 섞인 사람도 아니다.

나는 내 자신과 연구를 보호하기 위해 공책이 사라지면 좋겠다는 생각은 굳이 하지 않았다. 그 정도로 솔직해봤자 아무런 이득이 없으니까.

내가 뭘 원하는지는 중요하지 않았다. 적어도 지금은, 이 문제에 대해서는.

마르틴이 선택할 수 있게 해줘야 한다.

아이 방의 문이 열렸다가 조용히 닫히는 소리가 났다. 나는 마르틴이 쓰는 기술을 정확히 알았다. 손바닥으로 문손잡이를 감싸 쥐고 조심스레 돌리는 것. 나올 때는 천천히 문을 닫은 후 천천히, 아주 천천히 손잡이를 제자리로 돌려놓는 것. 찰칵, 혹은 탁 하는 갑작스러운 소리로 주의를 끈다거나 자는 사람을 깨우지 않는 방법이었다.

나 또한 아빠가 있을 때, 스스로를 보호하기 위해 나만의 방법을 고안했었다. 마르틴은 아이를 낳고 나서 깨우지 않기 위해 방법을 고안한 것이고. 그녀와 똑같은 동시에 완전히 다르다는 사실을 느끼자 나를 둘러싼 공기가 흔들렸다.

마르틴이 조심스레 양탄자를 밟으며 복도로 걸어 나왔다. 나는 천천히 심호흡을 했다. 그러면서 문손잡이를 마음속에서 몰아냈다. 정원에 시신이 가득한 지금 아빠에 대해 생각할 여유는 없었다.

그렇지만 정원에 있는 시신들이 아빠 생각을 멈추는 데 도움이 되지는 않았다.

4초 동안 들이마시고, 5초 동안 내쉬어, 차분하게. 침착하게, 에벌린. 바로 그거야.

마르틴이 주방으로 왔을 때쯤 나는 진정했다. 나는 아빠를 그가 있어야 할 곳으로 다시 밀어 넣었고, 내 호흡의 뿌리가 그의 주위에서 빽빽하게 자라나게 했다. 그가 시야에서 사라질 때까지, 그래서 내가 논리적으로 생각할 수 있을 때까지.

"좋아요." 나는 도착하는 마르틴을 보며 말했다. "정원 정리해야 하는데, 우리한테 시간이 얼마나 있죠?"

그녀가 나를 공허한 눈빛으로 바라봤다. “원하는 만큼이요.”

나는 지난번 바로 이곳에서 마르틴의 지능을 과소평가했던 걸 떠올리며, 그녀를 멍청하고 아둔한 사람으로 여기고자 하는 충동을 억눌렀다. “네이선이 오기 전에 일을 마쳐야죠. 그렇잖아요. 그가 시신을 보면 안 되니까요. 그는 여기에 대한 기억이 없으니 깜짝 놀랄 게 뻔해요.”

마르틴은 내 웃음과는 전혀 다르게, 사랑스럽고도 가벼운 소리로 웃었다. “아, 그거요!” 그녀는 고개를 젓고 내게 미소를 지었다. “그 걱정이라면 안 하셔도 돼요. 네이선 걱정은 전혀 할 필요가 없어요.”

“안 해도 된다고요?” 나는 그녀가 왜 웃는지 이해하지 못한 채 나도 모르게 조금 미소를 짓기 시작했다. 그녀의 확신에는 전염성이 있었다.

“물론 안 해도 되죠.” 마르틴이 내 손을 잡으며 말했다. “왜냐하면 네이선은 저 문으로 들어오는 즉시 죽게 될 거니까요.”

29

나는 흥분으로 빛나는 마르틴의 눈을 보며 심장이 내려앉았다. 그녀를 잘못 판단했다는 걸 너무 늦게 깨달았다. 나는 마르틴이 일을 잘 처리하고 있다고, 초기의 공포는 없어지고 그 자리에 현실감이 자리 잡았다고 생각해왔다. 나쁘게 생각해봤자 그녀가 아이를 위해 침착함을 유지하는 거라 여겼다.

그렇지만 아니었다.

마르틴이 침착했던 건 무슨 일을 할지 다 정해놨기 때문이다. 결정을 내렸기 때문이다.

“그러면 안 돼요. 마르틴. 그건 해결책이 아니에요.” 나는 천천히, 분명한 발음으로 말했다. 나는 지금 합리적으로 생각하고 있으며 내 말을 듣는 게 좋은 생각이라고 주지시키고 싶었다. 그녀의 확신 사이로 비집고 들어가 네이선을 죽이겠다는 생각에서 얻는 위안을 사라지게 해야 했다. “그를 죽일 수는 없어요."

"우린 할 수 있어요." 그녀는 격려를 전한다는 듯 내 손을 꽉 잡았다. 마르틴은 여전히 평화로운 미소를 짓고 있었는데, 그 미소는 걱정하지 말라고, 모든 게 괜찮을 거라 얘기하고 있었다. "작동중지 스위치를 설정했잖아요. 기억나요? 이런 상황에 대비해 설정한 거잖아요. 그저 암호문만 말하면 모든 게 다 괜찮아질 거예요. 그렇죠?"

"아니요. 그건…… 그러니까 우리가 작동중지 스위치를 설정한 건 혹시나 그가 당신을 해치려 할까 봐 그런 거예요." 그녀가 너무 합리적으로 확신을 가지고 말하는 바람에, 나는 현실의 발판을 찾으려 버둥거리고 있었다. *그래서 우리가 작동중지 스위치를 설정한 거야. 마르틴을 안전하게 하기 위해서.* 나는 미친 듯이 생각을 정리했다. *마르틴은 잘못됐어. 모든 게 다 잘못됐다고.* "우리가 그걸 설정한 건 당신이 위험에 처할 때를 대비한 거였어요."

"그렇죠." 마르틴이 내 손을 떨궜다. "그런데 저는 지금 위험에 처했잖아요. 그는 살인자예요. 그는…… 그러니까, 연쇄살인범이라고요!" 그녀는 내게서 한 발 뒤로 물러서 뒷마당을 가리켰다. 아직 소리치지는 않았지만, 목소리에서는 공포가 끓어오르기 시작했다. "당신 눈에는 저 뒤에 쌓인 시신들이 안 보이나요?"

"제발 상황을 제대로 보자고요." 나는 팔짱을 끼며 말했다.

마르틴은 고개를 저었다. 뒷마당을 가리키던 손가락이 떨리기 시작했다. "아니요." 그녀가 말했다. "제대로 보라 마라 말하지 마요. 이성적으로 생각하라 말하지 마요. 내가 미쳤다고 말하지 마요. 전 안 미쳤어요. 저기에 시체가 있잖아요! 저 시체들은 나처럼 생겼다고요. 그 사람은 살인자예요. 그가 하려고 했던 건……." 갈라진 목소리로 말하던 그녀는 손을 내리고 팔로 자신의 몸을 감쌌다. "그는 나를 죽이려 한 거예요."

주방을 둘러보는 그녀의 눈에 눈물이 글썽글썽했고 입술은 하얗게 질려 있었다. 나는 지금 그녀의 생각을 읽을 수 있었다. *저기는 칼꽂이가 있는 곳, 여기는 양파를 썰던 곳, 그리고 여기는 그가 내 목에 손을 두르고 내가 말을 뱉지 못할 때까지 꽉 조르던 곳. 저기서 나는 그를 처음 찔렀고, 그리고 한 번 더, 한 번 더 찔렀지. 저기는 그가 죽었던 곳인데, 어쩌면 저 시신들도 여기서 죽었을 수도 있어. 그리고 나 또한 그랬을 수 있고.*

"그 사람이 그런 게 아니에요." 내가 속삭이며 다가가자 마르틴이 뒤로 한 발 물러났다. 그녀는 자기 팔을 너무 꽉 쥐고 있었다. 나중에 멍이 생길 텐데.

"그 사람 맞아요." 마르틴이 여전히 주방 바닥을 응시한 채 말했다. 바닥에는 혈흔이 없었지만, 그녀는 나처럼 피 웅덩이를 떠올리고 있는 게 분명했다.

"아니라니까요." 나는 고개를 기울여 그녀와 눈을 맞추려 했다. "그 사람이 아니에요. 그걸 저지른 건 진짜 네이선이에요. 지금의 네이선이 저지르지 않은 일로 그를 죽일 순 없어요. 제발요." 나는 이 말을 또 했다. "상황을 제대로 보자고요."

그녀는 빠르고 힘차게 코로 숨을 쉬었다. 마음속에서 비명이 올라오는 게 보일 정도였다. 그렇지만 집 안에서 비명을 내지르진 않았다. 대신 뒤를 돌아 주방에서 성큼성큼 나갔다. 뛰는 듯 빠른 발걸음이었다. 나는 그녀의 이름을 불렀지만 그녀는 뒤를 돌아보지도, 대답하지도 않았다. 뒷문이 열렸다 닫히는 소리가 났고, 나는 집 안에 혼자 남겨졌다. 아이 방에서 희미하게 새어 나오는 음악소리가 들리는 이 공간에.

내가 뒷마당으로 나갔을 때 마르틴은 이미 손에 삽을 들고 있었다. 그녀는 집에서 가장 멀리 있던, 나선형 턱뼈를 가진 시신 위로 재빨리 흙을 덮는 중이었다. 씩씩하게 그 시신을 다 묻은 후엔 다음 시신을 향해 당당히 걸어가 작업을 계속했다. 나는 뒷문 발치에 서서 그녀가 삽으로 두 번째 시신을 흙으로 덮는 모습을 바라봤다.

나는 최악의 말을 내뱉은 거였다. 그 정도는 알아차릴 수 있었다. 상황을 제대로 보자고 말한 건 실수였다. 공포에 사로잡힌 상태에서 그 공포는 근거가 없다는 말을 듣고 싶어 할 사람은 없으니까 말이다.

하지만 무서워할 이유는 없었다. 몇 시간 뒤 집에 올 네이선은 마르틴의 선임자들을 죽인 괴물이 아니었다. 그의 머리에 남은 것은 아내에게 불만이 있던 자신이 명석한 과학자임을 증명하며 새로운 파트너를 성공적으로 만들었다는 기억뿐이었다. 더 나은 버전을 만들었다고, 사랑스러운 정원이 딸린 좋은 집과 아이를 원하는 클론을 만들었다고 생각하고 있을 터였다. 이건 두 번째 기회라고.

원래의 네이선은 자신이 마르틴을 사랑한다고 생각했다. 그녀 또한 자신을 사랑한다고 생각했다.

마르틴과 나는 네이선이 원래 이런 사람이라고 생각하고 그대로 설정했기에, 새로운 네이선도 자신을 그렇게 생각할 터였다.

그렇지만 마르틴은 상황을 그렇게 보고 있지 않았다.

객관적으로 보면 이해할 수 있는 일이었다. 그녀가 처한 상황은 말할 수 없을 만큼 어려웠으니까. 그렇지만 지금은 분별없이 공포에 잠길 시간이 아니었다. 우리는 이러고 있을 시간이 없었다.

그녀가 세 번째 시신을 땅에 묻기 시작할 때, 나는 정원을 가로질러 그녀와 합류했다. 최선을 다해 입으로 숨을 쉬었지만 뒤집힌 땅에서 나는 냄새가 코를 뚫고 들어와 피할 수가 없었다. 나는 억지로 발걸음을 뗐다. *앞으로 가, 에벌린.* 나는 스스로에게 말했다. *언제나 앞만 향해 가는 거야.*

"당신은 신경도 안 쓰잖아요." 내가 충분히 가까이 왔다고 생각했는지 그녀가 입을 뗐다. "그 사람은 살인자인데 당신은 전혀 신경을 안 쓴다고요." 그녀는 몇 초에 한 번씩 헐거운 흙을 삽으로 퍼냈고, 그녀의 말 사이사이 흙이 떨어지는 소리가 들렸다. "좋으시겠죠. 그저 기다리고만 있으면 그 사람이 문제를 다 해결해줄 테니까요. 안 그래요?"

나는 짜증이 솟는 걸 꾹 참았고, 마르틴이 심통난 아이가 히스테리 상태로 터무니없이 구는 것처럼 행동하는 게 아니라는 사실을 떠올렸다. 원래의 네이선은 정말로 그녀를 죽이려 했기 때문이다. 당연히 트라우마가 생겼을 텐데, 그날 밤 이후로 그런 생각은 해보지도 않았다. 말은 안 해도 트라우마를 제대로 다루지 않은 게 분명했다.

마르틴은 화가 날 만했다. 나는 내가 뱉는 말이 나 또한 설득해주기를 바라며 입을 열었다.

"내가 그렇게 생각하지 않는다는 거 알잖아요." 나는 이렇게 말하며 손을 뻗어 삽을 잡았다. 그녀가 삽을 놓지 않고 잡아당기는 바람에 넘어질 뻔했다. 하지만 우리의 힘은 비등비등했고, 결국 팽팽한 긴장의 순간이 지난 뒤 그녀의 어깨에서 힘이 빠졌다. 마르틴은 여전히 삽을 움켜잡은 채 땅으로 주저앉았다. 나는 손을 놓았다. 그녀가 앉는 동시에 삽이 두 개의 구덩이 사이로 떨어졌다.

"그렇게 생각하지 않으시는 거 알아요." 마르틴이 동의하며 얼굴을 들고 나를 바라봤다. 바닥에 떨어진 계란처럼 표정이 엉망이었다. "그렇지만 사실은 사실이잖아요, 안 그래요? 원래의 네이선은 살인자였어요. 나는 2년 반 동안이나 그와 함께 살았고요. 그 사람을 믿었는데, 저는……." 그녀가 삽을 쥔 손에 힘을 줬다. "저는 그 사람이랑 잠자리도 했어요. 그래서 그의 아이를 임신했고요. 그런데 그러는 내내, 이 사람들이 여기 있었던 거예요." 마르틴은 무덤뿐만 아니라 마당 전체를 향해 팔을 휘둘렀다. 마당 곳곳에 얕게 땅을 판 곳이 보였고, 나는 그녀가 마당 전체가 공동묘지인 건 아닌가 하는 마음으로 시체를 더 찾아봤다는 사실을 알아차렸다. "이 사람들은 여기 묻혀 있었고, 그는 계속 준비된 상태였어요. 그 시간 내내 나 또한 여기 묻을 준비를 하고 있던 거예요."

나는 그녀를 내려다봤다. 허벅지 위로 삽을 올려놓은 채 땅에 무릎을 꿇고 앉아 있었다. 마치 회개라도 하는 사람처럼. 나는 그녀를 위로해야 했고, 이 끔찍한 사실에 그녀의 책임이 없다는 사실을 알려줘야 했다. 마르틴은 나를 올려다봤다. 마치 내가 자신이 겪는 고통을 이해할 수 있을지도 모른다는 듯이. 그렇지만 나는 이해하고 싶지 않았고, 그녀의 고통에 참여하고 싶지 않았다.

하지만 나는 그렇게 했다.

나는 마르틴 옆에 꿇어앉았다. 무릎이 땅에 닿자마자 바지에 흙이 묻는 게 느껴졌다. '망가진'이라는 단어가 머릿속에서 반짝거렸다. 나는 스스로에게 이건 문제도 아니라고 주지시켰다.

때때로 뭐든 망가지는 일이 생기는 법이다. 원래 그렇다.

"알아요." 내가 말했다. "그 기분 알아요. 그가 나도 죽이려 했잖아요, 기억하죠?"

마르틴이 삽 위로 몸을 수그렸다. 그러더니 꺼져가는 호흡처럼 조용한 목소리로 말했다. "그런데도 그 사람이랑 사실 수 있겠어요? 그걸 다 아는 상태에서?"

나는 생각을 해봤다. 새로운 네이선과 이 집으로 들어오는 생각을. 그리고 그의 유전자는 나를 죽이고 다른 실패작 옆에 묻으려고 했던 사람에게서 나온 것이라는 생각을. 생각이 거기에 미치자 얼굴이 멍해졌다. "그건 달라요." 내가 말했다. 하지만 말이 입을 떠나기도 전에 거짓의 맛이 느껴졌다.

마르틴은 나와 언쟁할 생각도 없어 보였다. 그녀는 바닥에 삽을 내려놓고 양 손을 무릎 옆으로 내려 흙을 만졌다. "못 하실 걸요. 그 사실을 알고도 그와 함께 지낼 수는 없을 거예요. 저 역시 못하겠어요." 그녀가 말했다.

"하지만 이번 네이선은," 나는 절박함을 담아 말했다. "그는…… 그는 이 사실을 알지도 못해요. 시신을 다시 묻고 장미를 심어놓으면 영원히 모를 수밖에 없어요. 그를 프로그래밍할 때 살인이 해결책이 된다는 생각은 심지 않았으니까요. 그는 아무도 죽인 적 없어요."

"그렇지만 죽였잖아요." 마르틴이 말했다. "어떤 면에서 보면 그가 한 거예요. 어딘가에 낙인처럼 남았을 거라고요. 그럴 수밖에 없어요." 그녀는 손에 있는 흙을 꽉 쥐었다가 땅에 떨어뜨리고 다시 퍼 올렸다. "이런 종류의 일은 절대 그냥 없어지지 않아요. 새로운 버전의 사람을 만들었다고 해도 말이에요. 그 사람은 새롭고 깨끗한 존재가 되지 못해요. 그가 아무 일도 저지르지 않은 것처럼 그냥 내버려둔다면 여기 있는 사람들이 너무 불쌍하잖아요. 안 그래요?"

나는 그녀의 치마에 묻은 흙을 털어주고 싶은 욕망을 누르며 머리를 가로저었다. "이건 왜 다르다고 생각해요?"

"무슨 말이에요?"

나는 그녀가 멍청하지 않다는 사실을 되뇌고 또 되뇌었다. 그녀는 아둔하지도 않았다.

"이전이랑 뭐가 달라졌나는 말이에요. 그 사람이 살인자라는 거, 당신을 죽이려 했다는 거 다 알았잖아요. 그 사람이 끔찍하다는 것도 알았고요. 당신 말고 다른 사람한테도 끔찍하게 굴어서 그렇다고 말할 순 없을 걸요. 왜냐하면 그 부분도 이미 알았으니까요." 뜨겁게 가슴을 후벼 파는 분노가 모르핀처럼 목 뒤를 가득 채웠다. 왜냐하면 진짜 분노였기 때문이다. 엄지손톱에 꽂힌 작은 조각 같은, 내가 참을 수 없는 것. "나한테도 끔찍하게 굴었다는 거 알았잖아요. 근데 지금은 뭐가 다르다는 거죠? 뭐가 달라서 더이상 여기 못 있겠다는 거예요?"

그녀는 흙 속에서 주먹을 몇 번 꽉 쥔 후에야 대답했다. 고개를 옆으로 기울이고 나를 보는 그녀의 얼굴은 음침하게 굳어 있었다. 처음 보는 표정이었다. 그녀는 마침내 긴 한숨을 내뱉고는 말을 시작했다. "왜냐하면 이 사람들은 이런 취급을 받으면 안 되니까요."

나는 발뒤꿈치에 체중을 싣고 몸을 뒤로 뺐다. "뭐라고요?"

"여기 있는 누구도 이런 취급을 받으면 안 됐어요." 마르틴이 손바닥을 비비자 먼지가 떨어졌다. "이 사람들이 네이선의 기대에 못 미친 것, 그러니까 그들이 실패한 건 네이선이 먼저 실패했기 때문이에요. 하지만 나와 당신은, 우리는 스스로 실패했죠. 그렇죠? 우리는 일부러 망쳤어요."

나는 격렬하게 분노를 쏟아내고 싶었다. 그녀를 밀어 넘어뜨려서 땅에 머리를 박으며 소리치고 싶었다. *어떻게 감히 네가, 감히 내게 이럴 수가 있어.* 하지만 그럴 수 없었다. 왜냐하면 나 또한 똑같은 생각을 한 백 번은 했으니까. 새 집 바닥에 주저앉아 와인병을 붙잡고, 내가 줄 수 있는 최대의 실망을 그에게 안겨줬다고 생각했었으니까.

나는 화를 내며 대응할 수 없었다. 내 안의 분노가 제대로 느끼기도 전에 사라졌기 때문이다. 대신 나는 내가 듣고 싶었던 대답을 마르틴에게 해줬다.

"아니요. 우리가 그에게 실망을 준 것은 그럴 수밖에 없었기 때문이에요. 그가 원하는 사람이 되려고 노력했다면 나는 부서져버렸을 거예요. 당신도 마찬가지예요. 그가 당신에게 원했던 대로, 주변에서 일어나는 일들을 못 본 척하고 살았다면 무너졌을 거예요." 마르틴이 비탄에 잠겨 고개를 흔들었지만 나는 계속 말을 이었다. "우리가 부당하게 대우받았다는 게 문제가 아니에요. 그러니까 문제는, 우리는 어떤 식으로든 죽었을 거라 생각해요. 숨을 쉬고 있다고 해도, 여전히 지상에 서 있다고 해도, 우리는 죽은 거나 마찬가지였을 거예요. 나도 그랬을 거고요. 확신하건대 당신도 마찬가지였을걸요."

마르틴은 풀이 죽었다. 얼굴을 감싸려 손을 들었다가 그제야 손이 더럽다는 사실을 알아챘는지 손을 떨구고 고개를 숙였다.

그녀는 완전히 지쳐 보였다. 나는 그녀의 혹독한 수면 주기를 떠올리며 밤마다 아이가 그녀를 얼마나 깨워댈까 상상해봤다. 잠을 보충할 시간 따위 없을 것이다. 계속 이런 식으로 피곤할 수밖에 없는 상황이었다.

"저는 제가 만들어진 목적대로 살지도 못했어요." 마르틴이 나직이 말했다. "그가 심혈을 기울여 만들었는데도, 저는 그에게 만족을 주는 존재가 되지 못했어요. 그마저도 제대로 하지 못한다면, 저는 무엇 때문에 존재하는 거죠?"

나는 어떻게 대답해야 할지 알 수 없었다. 따져보면 틀린 말이 아니었으니까. 그녀는 만들어진 존재였고, 목적에 부합하지 못했다. 하지만 다 잘못됐다. 그녀에게는 뭔가 다른 대답이 필요했다. 그렇지만 왠지 모르게 내키지 않았고, 무슨 대답을 해야 할지도 몰랐다. 이 상황이 얼마나 부조리한지 다시 한 번 깨달았다. 시험체의 존재 이유를 두고 위로를 하는 상황이 온 것이다. 나는 마르틴이 마치 사람인 듯 말하고 있었다.

나는 그녀를 사람으로 여기기 시작했다.

그 생각을 멈출 수 없었다.

나는 다르게 생각하고 싶었다. 그래서 내가 처분했던 그 모든 시험체를 떠올렸다. 망가진 시계 같은, 벌레 먹은 사과 같은, 그대로는 어디에도 사용하지 못하는 쓸모없는 시험체를. 그렇지만 마르틴의 앞쪽 땅이 눈물로 젖은 것을 보자 그녀에게 손을 뻗고 싶었다. 이 생각은 나를 어지럽게 만들었다. 왜냐하면 그녀는 사람이 아니었고, 그저 망가진 존재였기 때문이었다. 외모도 목소리도 나와 완벽하게 똑같은 망가진 존재.

"이번 네이선은 당신이 실패작이라는 걸 몰라요." 마침내 내가 말했다. 당신은 실패작이 아니라며 설전을 벌였어야 했을까. 하지만 그건 거짓말이었고, 이 문제와는 상관없는 일이었다. "그는 당신 이전에도 이런 시도가 있었다는 사실을 몰라요. 이 상황에 대해 아무것도 모른다고요. 그러니 그 사람과 완벽하게 좋은 삶을 살 수 있어요."

"아니면," 마르틴이 말을 받았다. "우리가 그 사람을 작동중지시킬 수도 있죠. 자연사로 보일 테고, 그러고 나면 저는 이곳에서 바이올렛과 완벽하게 좋은 삶을 살 수 있어요."

나는 더이상 참을 수 없었다. 여기 이러고 앉아서 그녀와 언쟁을 하고, 그녀를 위로하고, 이 흙냄새를 계속 맡고 있을 수 없었다. 이 모든 게 내 목을 졸랐고, 입과 목, 폐 속까지 암울함으로 가득 찬 흙이 천천히 쌓이는 느낌이 들었다. 이러다간 죽을 것 같았다.

나는 일어서서 부질없이 바지의 먼지를 털어냈다. 손을 내밀자 마르틴이 잡았고, 나는 그녀를 잡아당겨 일으켜 세웠다. "우리는 그 사람을 죽일 수 없어요." 내가 말했다.

"왜 안 돼요?" 그녀가 삽을 집으려고 몸을 숙이며 아무렇지도 않게 말했다.

내게는 마땅한 대답이 없었다. *왜냐하면 살인은 나쁜 짓이니까요*는 들어맞지 않았다. 나만의 근거에 따르면 그는 그저 다른 시험체와 마찬가지로 클론일 뿐이었다. 그가 제대로 만들어지지 않았다면, 나는 주저 없이 마르틴에게 작동중지를 하라고 말했을 것이다. *왜냐하면 잘못을 저지른 건 그가 아니니까요*도 통하지 않을 것이다. 마르틴은 그가 세포 차원에서부터 살인자가 아니라는 말을 들으려고 하지도, 받아들이지도 않을 것이다.

나는 다른 각도로 접근했다. 하루가 끝날 때 그의 옆자리에서 잠을 잘 수 있을 만큼 그녀의 기분을 나아지게 해줄 말을 시도했다.

"만약 우리가 그를 죽이면요, 우리 역시 원래의 네이선과 똑같은 사람이 되는 거잖아요?"

마르틴은 삽을 잡고 있다는 사실을 잊은 듯 손에서 힘을 푼 채 나를 뚫어지게 봤다. 그러더니 몸을 돌려 세 번째 시신을 묻기 시작했다. 아까보다는 덜 서두르며 천천히 움직였다. 공포심으로 타오르지도 않았다. 그저 깔끔하게 정리하는 중이었다. 반사적으로 행동하며 자신을 위로하는 것처럼 보였다. 그래서 이번만큼은 그녀의 작업을 막지 않았다.

"방금 그 말은 대답을 들으려고 하신 질문이 아니죠." 그녀가 말했다. "그럴 리가 없어요. 그저 제 마음을 돌리고 싶은 거지 대답을 들으려는 게 아니에요."

나는 더러운 손을 주머니에 넣었다. 너무 서툴렀나 싶었다. 그녀 말이 맞았고, 옳지 못한 행동이었다. 상황이 내 통제를 벗어나고 있었다. 그녀는 내가 대는 이유를 모조리 제압했고, 어떤 버튼을 눌러야 내가 폭주할지 알고 있었다.

이런 느낌은 정말이지 너무 싫었다.

그렇지만 최악은, 그게 먹힐 거라는 점이었다. 나는 그녀가 뭘 하는지 알면서도 거기에 대항할 수 없었다. "대답해 봐요." 대답을 들으면 상황이 더 악화될 걸 알면서도 나는 대답을 요구했다.

그녀는 여전히 세 번째 시신 위로 흙을 덮으며 머뭇거리더니 어깨를 으쓱해 보였다. "나는 당신이 네이선과 다르다는 생각은 안 해요." 그녀가 말했다. "사람을 만들었다가 다 쓰고 처분하잖아요. 네이선이 했던 것처럼요. 만약 이 상황이 연구실에서 일어났다면, 그리고 피해자들이 당신과 다르게 생겼다면 어땠을까요? 당신은 일말의 갈등도 하지 않았을 걸요. 그 사람이 뭘 잘못해서 그런 거라는 생각은 안 했을 거라고요."

마르틴은 삽의 뒷면으로 땅을 다진 후, 방향을 바꿔 네 번째 시신을 묻기 시작했다. 나는 거기에 맞설 대답도, 주장할 말도 없었다. 그녀는 내내 옳은 말만 했고, 그래서 너무 싫었다. 마치 고자질당하는 아이가 반사적으로 앙심을 품는 것처럼 그녀가 싫었다. 그렇지만 내가 할 수 있는 말은 없었다. 나는 그녀를 알았지만, 그녀는 나에 대해 더 많이 알았다. 내가 알려주고 싶지 않은 것들까지 알고 있었다.

할 말이 없어진 나는 정원 창고로 가서 마르틴이 네이선을 묻을 때 썼던 작은 삽을 들고 나왔다. 나는 다섯 번째 시신을 묻었고, 여섯 번째 시신을 같이 묻은 후 일곱 번째 시신으로 옮겨갔다. 열한 번째 시신을 묻을 때까지 우리는 한 마디도 나누지 않았다. 마지막 시신, 그러니까 제일 많이 파헤쳐진 시신으로 갈 때는 밟지 않으려고 조심히 발을 디뎠다.

"그 사람을 죽이면 안 된다고 생각하신다면," 마르틴이 차분하게 말을 시작했다. "더 좋은 생각이라도 있으신 건가요? 그는 이제 한 네 시간 정도면 집에 올 텐데, 오늘밤 같이 있고 싶지 않아요. 저는 할 일은 하겠지만, 그의 옆에서 잠드는 일은 없을 거예요."

나는 삽질을 멈췄다. 더 좋은 생각이 없었기 때문이다. 내게는 살인이라는 방법을 영원히 효과적으로 갈아뭉갤 해결책이 없었다. 그녀는 다른 모든 사실들과 함께 그 부분도 잘 알고 있었다.

내 마음 한쪽은 어쩌면 새로운 네이선을 죽여야 할지도 모른다고 생각했고, 나는 그 생각과 맞서느라 너무 지쳐 있었다. 나는 모종의 이유로 집에 들렀다가 그가 죽어 있는 걸 발견한 척할 수 있었다. 경찰이 시신을 인도해 가는 동안 마르틴과 아이는 숨기면 된다. 그렇게 되면 집이 어떻게 될지는 모르겠지만, 그래도—.

"그 사람은 아무 잘못 없어요." 나는 이렇게 말하며 안도감으로 가득 찼다. 내 자신에게 말했던 것보다 더 명확하게 들렸기 때문이다.

이기적이었지만, 그래도 명확했다.

나는 이기적이 되는 방법을 알았다. 내 이익을 보호하는 방법, 나 자신을 우선순위에 두는 법을 잘 알았다. 마르틴과의 이 일이 도덕적 딜레마가 될 필요는 없었다. 나에 대한 그녀의 의견과, 나 자신에 대한 나의 의견 사이에서 싸울 필요가 없었다. 옳고 그름에 관한 문제로 만들 필요가 없었다.

나는 차가운 샴페인을 마시듯 이 명확성을 삼켰다. 옳고 그름에 관한 문제로 만들 필요 없다. 뭐가 옳은지 알아낼 필요도 없다.

나는 일단 내 생각만 해야 한다.

"나도 잘못한 거 없어요." 마르틴이 냉랭하게 말했다. "그런데도……."

"아니요. 당신은 이해를 못하고 있어요." 내가 끼어들었다. "우리는 불가능한 일을 해냈어요. 그를 만들었다고요. 성공하지 말았어야 했어요. 그 일은 손에 닿기 어려운, 승산 없는 일이었는데 정말로 이뤄진 거예요. 우리가 했다고요. 거기에 대해서는 논문도 못 쓸 테고, 누구한테 얘기도 못하겠지만, 그래도 당신이 그를 죽이게 내버려두지는 않을 거예요. 그는 내 성공작이라고요."

마르틴은 귀에 거슬리는 웃음을 터뜨렸다. "당신의 성공작이라고요?" 그녀는 못 믿겠다는 듯 어질어질한 표정으로 말했다. "그러시겠죠. 내가 미쳤지. 당신의 업적을 그런 식으로 무너뜨릴 수야 있겠어요."

"난 진심이에요." 나는 열한 번째 시신의 늘어진 피부 위로 흙을 덮으며 말했다. 내 기억이 카트리나라는 이름을 속삭였다. *이 사람 이름은 카트리나야.* "그는 내 작업의 최고봉이라고요, 그만 좀 웃어요." 나는 삽 뒷면으로 무덤을 덮은 흙을 다졌다. 마르틴은 열두 번째 시신 라일라에게 방향을 돌렸다. 딱정벌레와 버러지들이 그녀의 부드러운 부분을 약탈하기 전이라 눈과 입술이 제자리에 있었다. 나는 마르틴 앞을 막아서서 그녀가 어쩔 수 없이 멈춰 서게 했다. 그리고 곧 해고할 연구 보조에게 하듯 그녀를 노려봤다. 차갑고, 논리적이고, 단도직입적이고, 자비 없는 눈빛으로. *그래, 바로 그거야.*

"당신 진심이군요." 마르틴은 이렇게 말하며 팔짱을 꼈다. 그녀가 보인 전의는 그게 다였다. 조금이라도 세게 밀면 나가떨어질 듯했다.

"당신을 위해 새로운 버전의 네이선을 만든 건 내 자신을 갉아먹는 일이었어요." 나는 아빠가 내 손목 깁스를 볼 때

보여준 차갑고 무자비한 확신을 불러일으키려 애썼다. “나는 누구에게도 그에 대해 얘기할 수 없고, 그를 만들었다고 상도 받지 못할 거예요. 그래도 나는 당신이 내가 살면서 쌓아온 모든 것을 파괴한 것처럼 그 사람을 파괴하게 두지는 않을 거예요.” 그런 후, 그녀가 차에서 내리지 못하도록 위협했던 것처럼 목소리를 낮추고 말을 이었다. “여기에 대해서 더이상의 논쟁은 없어요. 이건 부탁이 아니에요, 마르틴. 명령이에요.”

이 말은 싹트기 시작하는 그녀의 반항을 꺾기에 충분했다. 그녀는 여전히 팔짱을 끼고 있었지만 자신을 보호하려는 듯 어깨를 올리며 등을 구부렸다. 나는 냉혹한 만족감을 느꼈다. 내가 이겼다. 그녀를 짓밟았다. 나는 그녀가 처음 나를 보기 전, 네이선을 죽이기 전, 자신이 어떻게 만들어졌는지 자세한 내용을 듣기 전에 어떤 존재였는지를 상기시켰다.

그것은 권력이었다. 나는 그녀에게 자립심을 줬고, 도로 빼앗을 수 있었다.

권력의 뒤를 바짝 따라 죄책감이 돌진하고 있었지만, 지금은 그럴 때가 아니었다. 나는 수치심을 뺨 안에 넣고 빙빙 돌려 말했다. 후회는 나중에 해도 된다. 지금 중요한 건 승리였다. 중요한 건 그것뿐이다.

마르틴의 시선은 나를 지나쳐 묻히지 않은 마지막 시신

으로 향했다. 라일라. 그녀는 한쪽 뺨을 비닐봉지에 댄 채 고개를 돌리고 있었다. 나는 그녀의 텅 빈 눈을 보지 않았다는 것에 감사했다. 그렇지만 목에 두른 얇은 멍까지 피할 수는 없었다. 목 위쪽에 뚜렷한 보라색이 남아 있었다. 비닐이 묶인 그 자리, 질식하는 와중에도 발버둥 쳤던 그 자리.

"일을 마무리해야 해요." 마르틴이 작게 말했다. "그가 오기 전에 묻어야죠. 만약 네이선과 함께 지내야 한다 해도, 이것에 대한 질문은 받고 싶지 않아요. 적어도 그 정도는 하고 싶어요."

나는 죄책감을 숨겨놓은 볼 안쪽을 깨물었다. 회피할 순 없었다. 그러나 거기엔 뭔가 다른 게 있었다.

좋은 계획이.

"사실은 말이죠," 나는 천천히 말을 시작했다. 인공 양수에서 육체 조직이 생겨나듯 마음속에서 계획 하나가 합쳐지고 있었다. "이 시신을 묻지 않아도 될 것 같아요. 네이선은 살려두고 당신을 빼낼 방법이 있어요."

그녀의 눈은 빛나지 않았다. 끝없는 할 일 목록 가운데 어쩌면 완료할 수 있을지도 모르는 항목을 보는 듯 의무감으로 나를 쳐다봤다.

승리로 인해 느꼈던 냉혹한 만족감이 차갑게 식었다. 모든 게 엉망이 됐다. 나의 굳은 결심, 단호한 투지, 그리고 수단을 정당화하기 위해 사용했던 모든 목표가.

이것은 승리가 아니었다. 이미 부서진 걸 다시 확인하는 데 승리 따위 있을 리가 없었다.

이 순간, 나는 그저 침실에 숨어 문을 잠가버리고 싶었다. 내 안에 아빠가 있다는 것을 아는 사람으로부터 도망칠 기숙학교 브로셔 더미를 들여다보고 싶었다. 적어도 엄마는 도망치게는 해줬는데.

하지만 여기서 도망칠 방법은 없었다. 뛰지도, 숨지도, 만일의 경우에 대비해 휴일 동안 어딘가로 떠날 수도 없었다. 나는 마르틴을 외면할 수 없었다.

나는 내가 작정한 만큼 피해를 입혔다. 나는 괴물처럼 잔혹한 씨앗이 내 안에 싹을 틔울 만큼 우월해지기를 간절히 바라왔고, 이제 그 우월함을 갖게 됐으니 사용해야 했다.

그녀는 나중에 손보면 된다. 나중에 시간이 될 때.

"시신을 안으로 들여야 해요." 나는 삽을 바닥으로 던지며 말했다. 마르틴이 멍한 눈으로 고개를 끄덕였다. 내가 먼저 움직이고 난 후에야 열린 무덤으로 걸어왔다. 나는 급한 일부터 처리하기 위해 집중하려고 노력했다. *앞으로 전진하는 거야*. "발목을 잡으세요." 나는 라일라의 목에 남은 띠 모양의 보라색 멍을 보며 지시를 내렸다. "시간이 별로 없어요."

30

숨이 붙어 있지 않은 시험체를 목욕시키는 일은 어색한 작업이 아니었다. 부검을 위해서는 으레 해야 하는 일이니까. 솔직히 말하면 나는 그 작업(차가운 시신의 피부에 젤처럼 엉겨 있는 양막을 씻어내는 시간은 절대 즐겁지 않았다)의 대부분을 보조들에게 넘기곤 했다. 하지만 이 기이한 작업과, 그 과정에서 어디 한군데 부러뜨리지 않고 흐느적거리는 시체를 부드럽게 옮기는 요령쯤은 잘 알고 있었다.

이런 경험 덕분에 라일라를 씻는 과정은 편하게 흘러갔다. 일단 그녀를 욕조에 제대로 옮기고 나니 이미 잘 아는 작업을 할 거라는 사실만으로 위안이 되는 것 같았다. 우리는 반쯤 썩은 옷을 잘라내고 흙이 떨어지지 않도록 자른 옷을 개수대에 던져 넣었다. 샤워기를 손에 들고 시신에 물을 뿌렸고, 배수구로 빠지는 물이 거의 맑아질 때까지 물로 씻어냈다.

마르틴은 나를 도와 라일라의 사지에 비누칠을 했다. 손에 묻은 네이선의 피를 씻어낼 때 쓴 바닐라 향 비누였다. 나는 라일라에게서 죽음을 들어내기 위해 비누를 펑펑 묻혀 손으로 원을 그리며 몸을 닦았다.

비누거품을 씻어내자 그녀는 거의 새로 태어난 듯 보였다. 라일라는 마르틴처럼 조건화를 오래 한 상태가 아니었다. 피부는 부드럽고 창백했으며, 주근깨도 없었고, 상처도 없었다. 심지어 손가락에 굳은살도 없었다. 네이선은 라일라와 도대체 얼마 동안 같이 살다가 그녀가 충분하지 않다는 생각을 하게 된 걸까 궁금해졌다.

나는 보통 부검 절차를 위해 시험체의 머리를 감겨주는 일은 하지 않는다. 내 생각에는 너무 이상한 절차였다. 머리카락을 밀기 전에 물로 헹군 적은 있었다. 그렇게 하면 피부와 뼈, 뇌를 살펴볼 때 편했으니까. 그렇지만 절대 머리를 감겨주거나 빗어주지는 않았다. 누구에게도 그렇게 해준 기억이 없었다. 살아 있든 죽어 있든 간에. 그 행동은 너무 친밀하게 느껴졌다. 너무 가깝게.

그렇지만 라일라의 머리에는 흙이 잔뜩 엉겨 붙어 있었고, 물로 헹구는 데에는 한계가 있어 별다른 도리가 없었다. 나는 어떻게 하면 머리를 감겨줄 수 있을지 궁리하며 서투르게 머리를 들었다 놨다 했다. 목에는 힘이 안 들어가고 머리는 너무 무거워 모든 게 너무 번거로웠다. 나는 손을 놓쳤고, 머리가 욕조 바닥에 부딪치며 텅 하고 울리는 소리가 났다.

"제가 해볼까요?" 마르틴이 부드럽게 물었다. 나는 그녀를 위해 자리를 내줬다. 마르틴은 욕조로 몸을 숙였고, 라일라의 머리를 두 손으로 부드럽게 받치며 클론의 축축한 머리카락에 손가락을 넣었다. 몸을 숙이는 모습이 꼭 죽은 여자한테 키스를 하려는 것 같았다. 그런 다음 한 손으로는 머리를 받치고 다른 손은 라일라의 어깨 밑으로 넣어 차분하게 들어 올려서 앉은 자세로 만들었다.

나는 짜증을 느끼며 생각했다. 이건 해결책이 아니라고. 마르틴이 가로막고 있으면 라일라의 머리를 감겨줄 수 없다고. 문제를 잘못 풀고 있다고.

그런데 그때, 마르틴이 욕조 안으로 들어가 클론이 자기 앞에 오도록 자리를 잡고 앉았다. 마르틴의 치마는 욕조와 라일라의 피부에 묻은 물에 젖으며 점점 짙은 색으로 변했다. 그녀는 라일라를 사이에 두고 다리를 양쪽으로 뻗었고, 손바닥으로 클론의 축 처진 어깨를 받쳐줬다. "됐네요." 그녀가 말했다. 마르틴은 그저 앞으로 까닥거리는 라일라의 머리에만 시선을 고정한 채 나를 쳐다보지도 않았다. "이러면 수월할 거예요."

나는 힘겹게 침을 삼키고 일을 진행했다. 마르틴은 마치 바이올렛에게 하듯 라일라를 부드럽게 다뤘다. 나는 손바닥 가득 샴푸를 짜서 라일라의 머리카락에 묻혔다. 마르틴보다 더 길어서 나는 나중에 꼭 잘라야겠다고 마음에 새겼다. 턱이 가슴에 닿을 듯 고개를 숙이고 있던 터라 거품이 얼굴로 흘러내렸다. 그녀의 감은 눈 위로 거품이 넘쳐나자 눈이 매워 눈물이 나지 않을까 생각하며 움찔했지만, 이내 고개를 흔들며 그 생각을 지웠다.

제일 어려웠던 작업은 입을 헹구는 거였다.

나는 그걸 마르틴한테 시킬 수가 없었다. 그게 왜 힘든 작업인지 설명할 방법도 없었다. 그래서 부탁하지 않았다. 그저 담즙과 공포를 삼키며 손가락을 라일라의 입에 넣고 치아 사이에 있는 흙을 끄집어냈다. 내 손에 닿은 그녀의 혀는 얼굴 피부처럼 건조한 상태였다. 마르틴이 마당에서 흙을 털어낸 것처럼, 흙이 라일라의 무릎으로 쏟아졌다. 다리에 있는 흙과 물이 만나 진흙으로 바뀌는 걸 보며, 나는 이 작업을 제일 처음 하지 않은 나 자신을 책망했다.

그렇지만 이걸 처음으로 할 수는 없었다.

마침내 그녀의 입 안이 비워진 후, 나는 샤워기를 이용해 치아와 혀를 헹궜다. 그런데 이걸로는 부족했다. 잇몸과 치아 사이에 낀 흙이 문제였다. 헹구고 또 헹궜지만 시간 낭비였다. 몇 분 동안 애쓰던 나는 무릎을 꿇고 주저앉았다. 마르틴은 나를 보며 기다렸다. 여전히 멍하던 그녀의 눈은 내가 혹시 남는 칫솔이 있냐고 묻자 빛을 내기 시작했다.

라일라를 다 씻기고 난 후, 우리는 할 수 있는 한 부드럽게 수건으로 닦았다. 그녀의 피부는 한눈에 봐도 마르틴만큼 좋은 상태가 아니었고, 목은 엉망이었다. 그렇지만 비닐봉지를 씌워놓은 덕에 얼굴은 보존이 잘 돼 있었고 나머지 부분도 최상의 상태였다. 연구자 아니랄까봐, 나는 바로 이때 텔로미어 공급이 부패에 미치는 영향에 대해 더 시간을 들여 연구해야겠다고 결심했다. 라일라의 젖은 머리칼에 컨디셔너를 바르고, 칫솔질을 시키고, 수건 모서리로 눈꺼풀의 물기를 닦아내며 라일라를 목욕시키는 내내, 머릿속으로는 보조금 신청서를 쓰고 제안서의 윤곽을 잡는 데 몰두해 있었다. 이 프로젝트를 하려면 보조가 몇 명이나 필요할까 세어보면서.

나는 그 시간 동안 내가 하고 있는 일에 대해서는 생각하지 않았다. 만약 내가 비닐봉지를 얼굴에 뒤집어쓴 채 3년간 묻혀 있었다면 과연 라일라와 달라 보였을까 궁금했다. 그래서 그냥 연구에 대해서만 생각했다.

일을 끝내자, 준비를 위한 시간은 두 시간밖에 남지 않았다.

"이 계획에 대해 물어볼 게 있어요." 마르틴은 작업을 계속하며 질문했고 내가 끄덕여 보이자 말을 이었다. "그러니까, 사람들이 라일라를 발견하면 죽은 지 오래됐다는 걸 알지 않을까요? 겉으로는 괜찮아 보이지만 누구라도 자세히 들여다보면……."

나는 최근에 자른 마르틴의 머리 길이를 주시하며 가위를 집어 들었다. 라일라의 머리를 빗고 자르며 고개를 끄덕였다. "그렇지만 누구도 자세히 들여다보지 않을 거예요. 네이선이 패닉에 빠질 테니까요. 라일라를 감추려고 하겠죠. 당신을 만든 건 불법이에요, 기억하죠? 당신은 있어서는 안 되는 존재라고요. 네이선은 당신을 가져서는 안 됐어요. 그도 그 사실을 알고 있고요. 게다가 당신 이전에 만든 클론들을 죽인 것도 모르는 상태니 클론이 죽은 모습도 처음 볼 거예요. 그는 클론이 죽으면 액화된다고 알고 있거든요."

마르틴은 자신의 손에 있는 느슨한 밧줄과 내 손에 있는 가위를 번갈아 봤다. "이 방법이 통하면 좋겠네요." 그녀가 나직이 말했다.

"통할 거예요." 나는 확신한다는 듯 말했다.

우리는 라일라에게 마르틴의 옷을 입혔다. 마르틴은 그녀의 겨드랑이에 손을 넣어 눈높이까지 들어 올렸고, 나는 앞쪽으로부터 손을 뻗어 수유용 브래지어의 후크를 잠갔다. 마르틴의 옷 중에서 괜찮은 원피스를 골라 입혔다. 초록색에 연한 노란색 꽃으로 장식된 옷으로, 소매가 길고 목선이 높게 올라와서 팔과 등에 남은 시반을 감출 수 있었기 때문이다. 라일라는 처음에 묻혀 있을 때에도 옷을 입은 상태였기에, 이번이라고 나체로 묻을 거라는 생각이 들지는 않았다.

우리는 현관 벽장 안 튼튼한 나무 봉에 걸린 외투들을 양쪽 끝으로 밀었다. 그리고 그 안으로 들어가 등을 맞대고 가능한 한 납작해질 때까지 옷을 벽 쪽으로 밀었다.

마르틴이 올가미를 걸었고, 나는 그걸 라일라의 목에 둘렀다. 밧줄을 목에 난 보라색 선에 맞춘 후 그 자리에 고정하기 위해 조였다. 올가미가 라일라의 피부를 파고들자 마르틴이 작고도 높은 신음을 뱉었다.

지금 생각해도 왜 그랬는지 모르겠지만, 그 소리를 듣자 나는 올가미를 푸르고 싶어졌다. 다른 모든 건 참을 수 있었다. 그렇지만 그 소리, 나오다 만 훌쩍거림을 들으니 라일라를 풀어주고 싶어졌다.

"이건 라일라에게 너무 부당해요." 마르틴이 말했다. "이 모든 일이 다요."

"나도 알아요." 내가 말했다. 라일라를 한 사람으로(한 여성으로, 있는지도 몰랐던 먼 친척쯤으로) 보려는 내 마음 한구석은 이 모든 게 끔찍하게 부당하다고 느끼고 있었다. 라일라는 태어났고, 숨겨졌고, 살해됐고, 묻혔다. 그런데도 끝나지 않았다. 아직도 자유를 찾지 못한 것이다.

나는 그녀를 오직 시험체로 보라는 마음의 소리를 듣기 위해 꽤나 애썼다. 시험체는 도움이 되기 위해 만들어진다.

기능을 충실히 이행하거나 기능에 맞지 않으면 죽음을 맞는다. 시험체가 죽은 후에 일어나는 일은 중요하지도 않고, 도덕적 무게를 지니지도 않는다.

하지만 현관 벽장 앞바닥에 누워 있는 라일라를 보는 이 순간만큼은, *중요하지 않아*라는 말이 객관적 사실이라기보다는 내 일을 정당화하는 말에 불과하다고 느껴졌다. 잘못됐다는 기분을 지울 수 없었다. 나는 마르틴에게 그냥 그쯤 하라고, 잊으라고, 일이나 마무리하자고 말할 수 없었다. 왜냐하면 이미 우리는 라일라가 마르틴처럼 보이도록 그녀의 옷을 입혔고, 향기까지 맞추기 위해 그녀의 샴푸를 썼기 때문이었다. 게다가 저 시신에는 내 유전자가 있었다.

라일라는 죽었고, 그녀의 얼굴은 우리와 똑같았다. 그리고 마르틴이 옳았다. 이건 부당했다. 우리 모두에게 부당한 일이었다.

마르틴은 라일라를 위로 들어올렸다. 그녀는 클론의 허벅지에 자신의 팔을 두르고 헐떡이며 떠받쳤다. 나는 발판 사다리를 밟고 올라서 로프의 끝을 벽장 봉에 묶었다. 매듭은 한 번, 두 번, 세 번. 가능한 한 튼튼하게.

마르틴은 천천히, 라일라의 목에 두른 끈이 팽팽해질 때까지 그녀를 아래로 내렸다. 그녀는 가쁜 숨을 쉬었고, 이마에는 땀이 맺혀 있었다. 나라면 혼자 저렇게 이 무게를 들어 올릴 수 없을 것 같았다. 저 힘은 도대체 어디서 나오는 거지?

라일라의 발가락이 거의 땅을 스쳤다.

봉에서는 불길하게 삐걱거리는 소리가 났지만, 어쨌든 버티고 있었다. 적어도 지금은. 봉이 부러진다면 그러라지. 네이선은 바닥에 떨어진 시신을 발견하게 될 것이다.

거기 있는 그녀를 보고 있자니 약간 몽환적인 기분이 들었다. 마르틴과 함께 네이선을 만드는 몇 달 동안, 나는 나와 똑같은 얼굴로 짓는 낯선 표정들에 익숙해진 터였다. 자는 모습, 먹는 모습, 토하는 모습까지. 마당에 있는 시신들은 유례없이 끔찍했는데, 그래도 그들은 나와 구분할 수 있을 만큼은 다르게 생겼었다.

그렇지만 지금 이건 달랐다. 라일라는 정말 나와 똑같이 생겼고, 마르틴과도 똑같이 생겼으며, 평온한 얼굴로 완전히 죽은 상태였다.

나는 이렇게 생각이나 하고 있을 시간이 없다고 되뇌며 그녀로부터 등을 돌렸다.

아직도 할 일이 많았다.

우리는 라일라가 입고 있던 옷을 쓰레기봉투에 넣었고, 내가 도착하기 전 마르틴이 집 안에 묻힌 흙을 싹 치웠다. 그리고 뒷마당으로 나가 마지막 무덤과 잔디 여기저기 대충 파놓은 구멍을 흙으로 채우고 장미 나무를 심었다. 네이선이 정원이 파헤쳐진 것에 대해 의심하지 않도록 무덤 위에는 사과나무를 심었다. 심지어 나무가 잘 자라게 물도 줬다. 마르틴은 어둠 속으로 사라지기 전에 일정에 있는 모든 항목을 완료하는 데에 전념했고, 우리는 마르틴이 할 법한 모든 일을 마쳤다.

우리가 오후 동안 한 일은 그 자체로 인상적이었다. 하지만 이미 해는 지고 있었고, 네이선은 다른 때보다 늦었기에 그 작품을 감상할 시간이 없었다.

"좋아요." 내가 말했다. "이제 갈 시간이에요. 준비됐어요?"

마르틴은 나를 쳐다보더니 집 안으로 들어갔다. 그러더니 잠시 후 꽁꽁 싸맨 바이올렛을 가슴에 품고 노란 공책이 든 상자를 팔에 들고 나타났다.

"아," 나는 잊고 있었다. 어떻게 그럴 수 있지? 그렇지만 당연했다. 나는 작업에 몰두했고 목표에만 집중하고 있었으니 아이의 존재를 잊은 거였다.

"마르틴," 나는 그녀가 혼자 깨치기를 바라는 마음으로 바이올렛을 바라보며 그녀의 이름을 불렀다. 그러나 그녀는 알아채지 못했다. 내가 직접 말해야 했다. 부드럽게 말할 여유는 없었다. 머뭇거리거나 나긋나긋하게 굴 시간이 없었다. 그런데도 나는 여전히 친절하게 말하려 노력했다. 잔인하게 들리지 않도록. "마르틴. 우리는 바이올렛을 데려갈 수 없어요."

그녀가 나를 멍하니 바라봤다. "뭐라고요?"

"데려갈 수 없다고요." 이 순간은 마치 어렸을 때 손목이 부러지는 지독한 아픔을 기억하는 것처럼 내 기억에 남았다. 아이를 두고 떠나야 한다고 말하자 마르틴이 얼굴을 떨궜던 그 순간, 나는 스스로가 싫어지기 시작했다. 이전엔 그런 적이 없었다. 심지어 내가 마르틴에게 가혹하게 굴 때도, 나 편하자고 그녀를 굴복시켰을 때도 이러지 않았는데.

바이올렛을 두고 가야 한다고 말했을 때, 마르틴은 왜 그래야 하는지 이해를 못하는 눈치였다. 슬픔과 혼동과 약간의 분노를 느끼는 것 같았다. 그렇지만 놀라는 표정은 아니었다. 우리가 아이를 데리고 갈 수 없는 이유가 뭔지는 몰라도 내가 그녀에게 괴로운 얘기, 그녀가 보기에 불필요한 얘기를 한다는 사실에는 놀란 것 같지 않았다.

그녀가 나를 그런 존재로 생각한다고 해서 원망할 수는 없었다.

"네이선은 당연히 아이가 집에 있을 거라 생각할 거예요." 나는 설명을 시작했다. 그녀에게 상처를 주지 않으면서 설명하는 일은 불가능했다. 왜냐하면 설명할수록 내 말이 맞는다는 것을 느낄 테니까. 놀라게 하면 겁을 먹고 도망갈까봐 나는 천천히 마르틴에게 다가갔다. "심지어 당신이 죽는다고 해도요." 나는 말을 잇다가 그녀의 얼굴을 보고는 재빨리 말을 바꿨다. "심지어 그가 당신이 죽었다고 생각해도요. 네이선은 라일라의 시체를 발견하는 순간 제일 먼저 아이를 확인하려 들 거예요. 그런데 아이가 없다면, 뭔가 이상하다는 걸 알게 되겠죠."

마르틴은 내가 틀렸다는 걸 증명할 무언가를 찾는 듯 뒷마당 쪽으로 시선을 돌렸다. 물론 그런 건 없었다. 내 말은 옳았고, 그녀도 그 사실을 알았다. 아이는 집에 남아야 했다. 바이올렛이 사라질 이유는 없었고, 만약 사라진다면 네이선이 이 일을 파헤치지 않을 이유가 없었다.

우리 계획의 성패는 그가 파헤치지 않아야 한다는 사실에 기초했다. 말로 표현하지는 않았지만, 혼자 남은 그가 아이를 키우는 것이 우리 목적을 이루는 데에 도움이 될 수 있다는 생각이 들었다. 그는 육아에 매달리느라 지쳐 어쩔 줄 모를 것이다. 그러면 그저 자살로 보이는 이 사건을 조사하기 위해 시간을 쓰는 건 의미가 없다고 느끼게 되겠지.

나는 마르틴에게서 노란 공책이 들어 있는 상자를 천천히 받아들었다.

"아이 놓고 오셔야 해요." 내가 말했다. "아이를 침대에 누이고 작별 인사를 하세요. 그러고 나서 가야 해요."

나는 마르틴의 얼굴이 무너진 후 첫 번째 눈물이 떨어진 모습을 묘사하지 않을 것이다. 그녀의 감정을 파악하려고 노력하지도 않을 것이다. 내가 무슨 짓을 하든 간에 그녀의 일부분은 이 감정 때문에 영원히 나를 책망할 터였다.

나는 그걸 설명하려고 애쓰지 않을 것이다.

그렇지만 절대 잊지도 않을 것이다.

나는 마르틴이 집 안으로 혼자 가게 했다. 그녀가 집으로 들어가고 1~2분이 지나자 바이올렛이 우는 소리가 들리기 시작했다. 마르틴이 아이를 침대에 누였다. 주방에 서서 마르틴의 유전학적 청사진이 담긴 공책을 찢을까 말까 생각할 때 들려왔던 것과 똑같은 울음소리가 들렸다.

그렇지만 이번 울음은 줄어들지 않았다. 사이렌처럼 점점 커졌다. 크기와 부피가 점점 부풀어 오르는 것 같았고, 마르틴이 뒷마당으로 난 문을 빠져 나오자 공포에 사로잡힌 울음소리는 가혹할 만큼 귀에 거슬리고 시끄러워졌다.

차고 문이 열리는 소리를 덮을 만큼 큰 울음소리였다.

"두고 나왔어요." 마르틴이 말했다. 그녀는 싸늘한 목소리로 말하며 끊임없이 눈물을 흘렸지만 표정만은 차분했다. 마르틴은 팔로 자신의 몸을 감싼 채 깊고 잔혹하게 손톱으로 피부를 찔렀다. "저는, 저는 견딜 수가 없었어요, 저는 거기 서서 아이를 재울 수도 없었고, 노래도 불러주지 못했고, 저는 그냥……."

집 안에서 문이 열렸다가 닫히는 소리가 났다. 바이올렛이 울부짖는 소리 속에, 네이선이 마르틴에게 다녀왔다고 인사하는 소리가 섞여 들어갔다.

시간이 없었다. 그가 집에 왔으니, 곧 라일라의 시신을 발견할 터였다.

“마르틴, 이제 떠나야 해요. 지금 가야 해요.” 이렇게 말하는 나를 마르틴은 크고 멍한 눈으로 바라봤다. “그가 왔다고요.” 그녀는 천천히 끄덕였지만 내 말을 전혀 듣고 있지 않았다.

나는 마르틴의 팔꿈치를 잡고는 집 옆으로 난 정원 입구 쪽으로 끌고 갔다. 그곳을 빠져 나온 우리는 한 블록 아래 차를 세워둔 곳까지 갔다. 그녀를 조수석에 태우고 몸을 숙여 안전벨트도 매줬다. 그러는 내내 바이올렛이 울고, 울고, 또 우는 소리가 들렸다.

그러나 운전석 문을 여는 순간, 아이의 울음소리가 멈췄다. 네이선이 아이를 찾아내 함께 있는 게 분명했다. 바이올렛은 더이상 혼자가 아니었다.

바이올렛은 아빠와 있었다.

우리는 차를 타고 끔찍하고도 갑작스러운 침묵으로부터 점점 멀어졌다. 마르틴과 나는 아무 말 하지 않았다. 말로 할 수 없는 것들이 너무 많아서 침묵을 유지했다. 우리 집으로 올 때까지, 우리는 그렇게 잠자코 있었다.

31

네이선이 나를 찾아온 것은 그로부터 딱 일주일 후였다.

그 한 주 동안 마르틴과 함께 있는 건 너무 힘들었다. 이전과는 전혀 다른 수준으로. 첫날 나는 그녀를 침대에서 끌어낼 수도, 말 한마디 들을 수도 없었다. 그녀는 침묵을 지키며 꼼짝하지 않았고, 내가 바라는 만큼 빨리 회복하는 걸 거절하며 나를 좌절하게 했다. 그러나 그 다음 날부터는 오히려 혼자 몸을 말고 누워 베개에 얼굴을 묻고 조용히 우는 모습이 그리울 정도였다. 그녀는 내가 방향을 정해 줄 때까지 정처 없이 돌아다니기 시작했고, 상처의 딱지를 떼는 것에는 관심도 없이 무기력하게 시키는 일만 했다.

마르틴은 집에만 붙어 있었고, 모든 방을 자신의 슬픔으로 채우는 바람에 질식할 것 같았다. 나도 모르게 창문을 열어 바람을 쐴 정도였다. 나는 그녀의 비통함이 내게로 스며들고, 나를 중독시키고, 그녀처럼 망가뜨릴까 하는 마음에 침대에서 함께 자는 대신 소파를 택했다. 그렇지만 그녀를 완전히 피하는 건 불가능했다. 낮에는 일터로 가서 가능한 늦은 귀가를 했지만, 밤늦게 집에 오면 마르틴의 슬픔이 만들어낸 숨 막힐 듯 답답한 안개가 언제나 나를 기다리고 있었다.

나는 말로 할 수 없을 만큼 그녀가 미웠다. 그녀를 구해준 건 나였다. 나는 그녀가 살인을 저지르지 않게 도와주고 네이선에게서 깔끔하게 떠날 수 있게 해줬다. 그래서 마르틴이 길 잃은 표정을 하고 내가 있는 방에 들어오기라도 하면, 그녀를 바쁘게 만들 임무를 생각해내기 전까지 내 마음 한구석에서는 '배은망덕'이란 단어가 계속해서 떠올랐다. 그녀는 아이를 너무 그리워하는 탓에 내가 그녀를 위해 떠맡은 일의 무게와 위험의 규모 따위는 보지도 못하는 것 같았다.

그녀를 보낼 곳이라곤 없었다. 그녀 인생에 생긴 빈자리가 계속해서 나를 괴롭히고 있었지만 그녀를 보낼 기숙학교 같은 건 없었다.

마르틴은 늘 집에 머물렀고, 벽만 바라보며 턱 밑으로 눈물을 떨어뜨렸다. 네이선이 그녀를 프로그래밍할 때 우는 법까지 넣었는지 궁금해했던 기억이 났다. 일주일 동안 그녀의 슬픔을 보고 난 후, 나는 그가 그러지 않았으면 얼마나 좋았을까 하는 악랄한 생각을 하게 됐다.

그러면서 마르틴에게 다른 집을 알아보라고 말할까 곰곰이 따져보기 시작했다. 물론 그녀가 갈 곳은 없었다. 그녀가 아는 사람도 없었다. 아는 사람이라곤 세에드뿐이었는데, 왠지 아무리 어려워도 그에게 의지하지는 않을 거라는 생각이 들었다. 내연녀를 숨기듯 따로 집을 구해 보낼까 하는 생각만은 하지 않았는데, 사실 그게 가장 인간적인 방법으로 느껴졌다.

솔직히 말하자면 그녀를 죽일까 하는 생각을 안 한 건 아니었다. 그러나 바로 그 순간부터 나는 그 생각을 즉시 떨칠 수 있는 방법이 있기를 바라왔다.

나는 그녀를 죽일 수도 없었고, 집에서 쫓아낼 수도 없었다. 울지 말라고 소리칠 수도 없었다. 그 일주일 내내 이 모든 생각이 반복해서 나를 덮쳤고, 나는 입으로 튀어나오려는 아빠의 목소리를 힘껏 삼켜야 했다. 그때 아빠는 내 피부 바로 아래서 기포처럼 보글거리며 수면으로 떠오르려는 참이었다. 파헤쳐진 흙의 맛, 무덤 위 진흙 속에 뿌리를 내린 장미, 말할 수 없는 것들로 가득 찬 집. 나는 이 모든 것을 너무 잘 알고 있었다. 마르틴은 쉼 없이 손을 떨며 조용히 계단을 내려왔고, 나는 내 역할이 무엇인지 뼛속까지 잘 알았다. 그녀는 우리 아빠의 형상에 꼭 맞는 공간을 만들었고, 그 공간이 가진 중력은 너무나도 강력했다.

하지만 나는 하지 않았다. 그러지 않았다. 그녀에게 소리를 치지도, 그녀의 척추가 휠 만큼 냉혹하게 대하지도, 조용히 복종하라고 요구하지도 않았다.

나는 그녀를 죽이지 않았다. 죽이지 않았는데, 살려둬서 잘했다고 칭찬을 해줄 사람이 이 세상에 단 하나도 없었다.

나는 마르틴 문제를 곰곰이 생각하며, 이제는 다른 벽에다 대고 슬픔을 쏟아낼 때가 됐다는 말을 어떻게 시작해야 할지 고민하는 중이었다. 초인종이 울린 건 바로 그때였다. 현관문에 손을 댈 때쯤, 그녀는 이미 위층으로 몸을 숨겼다. 초인종이 울리면 만약을 대비해 침실로 뛰어가기. 그건 나와 함께 지낸 봄 동안 그녀가 몸에 익힌 습관이었다. 아니면 네이선과 함께 있을 때 생긴 버릇이 여전히 남은 것일 수도 있었다. 나는 그녀에게 터무니없다고 몇 번이나 말했다. 우리는 이미 밖에 같이 나갔고, 사람들이 있는 곳에, 혹은 내 차에, 연구실에, 상점에 간 적이 있기 때문이다. 나는 물론 그녀를 숨기고 싶었는데, 사람들이 굳이 쳐다보지 않는 곳, 사람들이 눈 맞춤을 피하는 곳에서 숨기는 건 아주 쉬웠다. 이상하게도 마르틴은 집에 있을 때 두려움을 느꼈다. 나는 그녀가 2층으로 뛰어 올라가는 걸 멈추게 할 도리가 없었다.

그렇지만 이번만은 그녀의 조심성 덕분에 마음을 놓을 수 있었다. 문을 열었을 때 층계참에 서 있던 건 바로 네이선이었기 때문이다.

그는 바이올렛을 안은 채 절박한 표정을 하고 있었다.

* * *

그가 떠난 후, 나는 전화기를 들어 아직도 이 번호가 맞을지 궁금해하며 전화를 걸었다. 번호를 누르면서도 세 번이나 확인했다. 신호음이 울리자 나는 기숙학교에 간 첫 주에 생긴 버릇을 따라 엄지손가락 끝을 씹기 시작했다. 그리고 반쯤은 음성사서함으로 넘어가길 바라며 기다렸다.

그녀는 전화를 받았다.

나는 *안녕하세요, 목소리 들으니까 좋아요, 네, 이번에 너무 오랜만에 전화했죠* 같은 말을 한 후 굳이 사교적인 말은 덧붙이지 않았다. 언제나 전화를 받기만 했으니, 그녀는 역할이 바뀐 데 분명히 놀랐을 것이다.

목소리를 들으니 어떻게든 끊고 싶어 하는 게 느껴졌다. 내가 길게 얘기하지 않겠다고 말한 건 우리 둘 다에게 고마운 일이었다.

“집이 필요해요.” 내가 말했다.

“오.”

엄마가 말한 건 그게 다였다. 내가 처음으로 빠진 이를 보여줬을 때, 대담하게도 첫 키스에 대해 얘기했을 때, 부어오른 팔을 감추지 못했을 때 내게 뱉은 그 소리.

"그 집을 팔지는 않으셨을 것 같은데요." 내가 말했다. "집이 있어야 해요. 제가 구매할게요. 만약 엄마가……."

"아니다. 그럴 필요 없어. 내가 죽으면 어차피 너한테 갈 건데, 그때까지 비워놓는 건 바보 같은 일이야."

"좋아요." 나는 엄지를 심하게 깨물었다. 평소 같으면 아파서 소리를 냈겠지만, 내 귀에는 늘 나를 침묵하게 만드는 엄마의 목소리가 있었다.

엄마는 잠시 말이 없었다. 뭔가 작게 짤그락 하는 소리가 들렸다. 틀림없이 뭔가를 꼼지락거리는 중이겠지. 유리잔을 손톱으로 두드린다거나, 목걸이 펜던트를 줄에 대고 이리저리 잡아당긴다거나 하는 식으로. *빌어먹을 경련 인간*. 아빠는 가끔 엄마를 그렇게 불렀고, 나는 그 말을 떠올릴 때면 향수와는 정반대의 지독한 감정을 경험했다. 그것은 부모님 사이에서 일어난 모든 일과 그들이 함께했던 사람들에 대한 미움이자, 자신들의 공포와 분노에 나를 가두고 세상 모든 사람에게 괜찮은 척했던 노력, 나 역시 괜찮고 우리 집은 굳건한 반석 위에 세워진 듯 행동하느라 처절할 만큼 노력한 것에 대한 증오였다. 그 집과 거기서의 삶을 절대 잊을 수 없다는 사실은 너무도 씁쓸해서, 혀에서 그 독소를 없애기 위해 침을 뱉고 싶을 정도였다.

"그럼 잘됐네." 엄마가 말했다. "열쇠는 우편으로 보내줄게. 그거면 되겠지."

나는 고맙다고 인사하고 우리 집 주소를 제대로 알고 있는지 확인했다. 그렇게 간단한 일이었다. 우리는 인사를 나눴고, 나는 전화를 끊고 침실에 있는 마르틴을 데리고 오려고 위층에 올라갔다. 계단을 반쯤 오르던 나는 잠시 멈추고 다리를 내려다봤다.

내 발은 벽에 바짝 붙어 있었다.

나는 신중하게 발을 들어 올린 후 계단 중간에 다시 내려놓았다. 그러자 작게 삐거덕거리는 소리가 났다. 잠시 후 계단 위 침실 문이 열렸다.

"아래층으로 내려와요." 나는 문 사이로 빼꼼 보이는 마르틴의 얼굴에 대고 말했다. "할 얘기가 있어요."

탁자에는 여전히 두 개의 찻잔과, 네이선이 바이올렛의 우유병을 잘못 만져 쏟아진 우유 때문에 생긴 작은 웅덩이가 있었다. 마르틴은 늘 앉던 자리에 앉았고, 우유 사이로 손가락을 그었다. "유축기를 안 샀어요." 그녀가 중얼거렸다.

나는 컵을 치우고 우유를 닦기 위해 행주를 탁자에 올렸다. "뭘 안 했다고요?"

"유축기를 안 샀다고요." 그녀가 대답했다. "그는 분명히 조제분유를 먹이고 있을 거예요." 그녀는 흉골 옆 왼쪽 가슴을 손으로 누르며 열심히 문질렀다. "그렇게 일찍 젖을 뗄 계획이 없었거든요. 마지막 며칠은 손으로 짜냈는데, 곧

끊지 않으면 계속 나올 거라는 생각만 했어요. 책에서 그러는데 그게 아플 거라고……."

"네네." 나는 짜증이 나서 말했다. "그래서 뭐 필요한 거 있어요?"

마르틴은 천천히 나와 시선을 맞췄다. "아니요." 그녀가 답했다. "죄송해요. 전 괜찮아요. 그래서 하실 얘기는 뭔가요?"

나는 행주로 탁자를 몇 번 닦고는 싱크대에 던져 넣었다. 행주가 찻잔에 부딪치는 소리에 그녀가 움찔했다. 나는 입을 다문 채 억지로 미소를 지어 보였다. 그리고 맞은편에 앉아 작은 탁자 위에서 두 손을 모았다.

나는 그녀가 미소로 화답해줄 때까지 기다렸다.

마침내 그녀의 미소를 본 나는, 네이선의 요구에 대해 말하기 시작했다.

* * *

그가 바이올렛을 안는 방법은 서툴렀다.

아이를 제대로 안지 못하는 건 나도 마찬가지였다. 정확히 말하자면 나라고 그보다 더 잘 안아주지는 못할 터였다. 그래도 그가 잘못하고 있다는 건 알 수 있었다. 아이는 그의 팔 안에서 벌레처럼 몸을 꼬며 꿈틀댔다. 한쪽 발에만 양말이 신겨 있었고, 다른 쪽 맨발은 통통하고 발바닥은 이상하리만큼 매끄러웠다. 아이는 발가락을 오므렸다 폈다 했고, 찡그린 얼굴은 시뻘겋게 달아올라 그 고통이 손에 잡힐 듯했다.

네이선의 얼굴 주름이 그의 깊은 피로를 보여주고 있었다. 그는 한 손으로 뒷목을 부드럽게 감쌌는데, 한눈에 봐도 불편해 보였다. 그는 아이한테 손대는 걸 싫어하는 것 같았다. 열두 명의 복제인간을 죽이고 (우리가 함께한 인생도 망치고) 결혼을 망쳐 가며 손에 넣은 아이인데도 말이다.

나는 그를 좀 더 주의 깊게 관찰했다. 내 원래 남편도 이렇게까지 자세히 본 적 없었다. 내 앞에 앉은 그는 성인처럼 행동하고 말했지만, 그저 태어난 지 몇 개월밖에 안 된 존재였다. 보거나 경험하지 못한 게 너무나 많았고, 실제로 알지도 못하면서 안다고 생각하는 것도 너무 많았다. 그는 자신이 스스로가 생각하는 그런 사람이 아니라는 사실을 전혀 인지하지 못하고 있었다.

네이선은 자신의 키보다 훨씬 깊은 곳에서 물장구를 치며 해안에서 고작 몇 미터 떨어져 있다고 생각하고 있었다. 그가 얼마나 길을 잃었는지 정확히 아는 건 나와 마르틴뿐이었다.

나는 차를 끓였고, 그는 내내 서서 일하다가 처음으로 앉는 사람처럼 주방 식탁에 자리를 잡았다. 이번 버전의 네이선은 지쳐 있었다. 그렇지만 마르틴의 잠 못 드는 밤과 낮잠이 불가능한 상황을 떠올리니 동정이 가지는 않았다. 그는 마치 우리 집 현관으로 들어왔다가 정신 차리고 보니 달 표면에 서 있다는 듯 위화감을 느끼고 있었다. 주변을 둘러보며 주방을 눈여겨봤고, 도움이 안 되는 손길로 바이올렛의 등을 두드렸다.

나는 그의 눈길을 따라갔다. 머그잔과 싱크대 건조장에 걸린 와인 잔, 오븐 손잡이에 걸린 접시용 행주, 자석이라고는 하나도 없는 냉장고. 잠시 어색한 시간이 지난 뒤 그가 눈썹을 찌푸렸다.

"이상하네." 그가 말했다. "우리 옛날 주방이 어떻게 생겼는지 기억이 안 나."

"흠." 나는 이 소리에 그가 적절한 의미를 부여하길 바라며 응답했다. 그가 기억 못하는 건 당연했다. 기억을 주입하지 않았으니까. 프로그래밍을 할 때, 그가 옛날 집의 내부를 기억하는 건 중요하게 보이지 않았다. 그래야 할 이유라든가, 우리가 함께 꾸민 집과 나 혼자 꾸민 집을 비교하게 될 상황이 올 거란 생각은 들지 않았다. "얼굴 보니까 좋다." 내가 덧붙였다.

좋긴 좋았다. 약간 더 단순하고, 약간 더 나은, 내 전남편과 똑같이 생긴 이번 버전의 네이선을 보는 건 좋았다. 그를 관찰할 수도, 그가 발전하는 과정을 볼 수도 없다는 사실에 마음 한구석이 슬퍼졌다. 하지만 그는 지금 여기 있었고, 나는 그가 자기 자신에게 적응하는 모습을 볼 수 있었다. 그는 예전 네이선처럼 행동했고, 그가 쓰던 억양으로 말했다. 고등학교 동창회에서 예전 친구를 본 느낌이었다. 그는 달라졌지만 또한 완벽하게 똑같기도 했다. 그에게 말할 순 없었지만 그를 보고 막연한 행복을 느끼는 건 어쩔 수 없었다. 익숙해서 그런 것뿐이다. 익숙함과 내 호기심에 대한 만족감 때문에.

"나한테 좀…… 안 좋은 소식이 있어." 네이선이 아이의 무게를 한 팔에서 다른 팔로 옮기며 말했다.

"어?" 나는 그에게 감초가 섞인 차를 내밀었다. 원래 네이선이 싫어하는 맛이었다. 나는 그가 정말로 싫어했던 건지, 아니면 성미가 고약해 싫은 척했던 건지 늘 궁금했다. 옹졸하게 구는 걸 수도 있었지만, 어떤 식으로든 해답을 얻고 싶었다.

그가 차를 한 모금 마셨다. 몸서리를 치거나 얼굴을 찡그리거나 눈을 가늘게 뜨지는 않았다. 내가 이긴 셈이었다. 그는 좋아했다. *그럴 줄 알았어.* 그는 머그잔을 내려놓고는 호기심 어린 눈빛으로 그걸 쳐다보다가 (어쩌면 '좋아한다'는 표현은 너무 강했던 걸까) 목소리를 가다듬었다.

"마르틴에 대한 얘기야."

그는 얘기를 시작했다.

집에 와서 그녀의 시신을 발견한 것에 대해서. 그가 말했다. 한 달 전이었어. 그리고 덧붙였다. 자연사였어. 심장에 문제가 있었거든. 크림이 흐르듯 거짓말이 술술 흘러나왔다. 그는 얘기를 하는 내내 나와 눈을 맞췄고, 자신 때문에 그녀에게 결함이 생긴 거라며 조심스레 자신을 책망했다. 그는 한 달 내내 혼자 아이를 돌보다가 결국은 두 손 두 발 들고 내게 오게 됐다며 자신을 의연한 사람으로 포장했고, 말하는 내내 단 한 번도 말을 더듬지 않았다.

그는 아무렇지도 않게 거짓말을 했다. 그런 모습을 보고 나니 나는 그가 잘려 나온 원본 생각이 났다. 이 사람은 결국 내가 아는 사람이었다.

나는 네이선이 '심장 문제'에 대해 더 자세히 얘기하기 전에 말을 끊었다. 내 앞에서 쇼하는 걸 보고 싶지도 않았고, 연습한 대본대로 말하는 걸 듣고 싶지도 않았다. 그저 이 일이 끝나기만을 바랐다. "그래서 뭐가 필요해?" 내 질문은 날카롭고 퉁명스러웠다. 잔인하게 굴고 싶지는 않았지만 말이 그렇게 나갔다. 그는 상처받은 것처럼 보였다.

"어떻게 해야 할지 모르겠어." 그가 중얼거렸다. "나는, 나는 아이에 대해서는 아는 게 없어. 아는 줄 알았는데, 바이올렛이 태어난 후부터 모든 걸 새로 배우는 중이야. 말하자면 이런 거." 그는 이렇게 말하며 팔에 안은 아이의 무게를 다른 팔로 옮겼다. "제대로 안는 법도 모르겠어. 한 달 내내 노력했는데, 심지어 핸드폰으로 검색도 했고." 그가 웃었다. "우리 집에 컴퓨터가 없다는 게 믿어져? 생각도 못하고 있었어. 나는 늘 회사에서 컴퓨터를 썼으니까. 근데 집에 컴퓨터가 없다니, 황당한 일이지?"

입 안에 머금은 차를 삼키는 데에는 노력이 필요했다. 특대 사이즈의 알약을 삼키는 것 같았다. 집에 컴퓨터가 없는 건 당연한 일이었다. 원래의 네이선은 마르틴이 인터넷을 사용하지 못하게 했다. 그녀가 인터넷으로 이런저런 것들을 알게 되는 게 싫었기 때문이다. 읽을 만한 책을 주지도 않았다. 내가 생각하기에 그건 소홀해서 그런 게 아니었다. 그는 그녀를 탑에 가뒀다. 문이 닫혀 있지는 않았지만, 마르틴을 무지 속에 빠뜨려 헤어 나오지 못하게 했다. 의도적으로.

이번 네이선은 그걸 몰랐다. 알 수가 없었다. 하지만 잠시나마 마음속에서 원래의 네이선과 이번 네이선의 경계가 하나로 섞였고, 분노하는 찰나에 나는 그가 정말로 모른다는 사실을 잊고 말았다. *또 거짓말이야*. 나는 생각했다. *마르틴한테 일부러 그런 게 아닌 척하는 것 좀 봐*. 뼛속 깊은 곳에서부터 분노가 우글거리는 게 느껴졌다. 원래의 네이선이 나에 대해 한 말이 옳다는 것도 느꼈다. *말벌 같아*. 그는 혐오와 앙심을 담아 나를 이렇게 부르곤 했는데, 그가 옳았다. 왜냐하면 탁자 건너편에 있는 새로운 네이선을 보니 그저 쏘고, 쏘고, 또 쏘아 퉁퉁 부은 상태로 죽게 만들고 싶었기 때문이다.

아까 새로운 네이선에게 원하는 게 뭐냐고 물었을 때는 잔인하게 굴 의향이 없었다. 하지만 지금, 나는 그에게 상처를 주고 싶었다. "도와줄 친구가 하나도 없어?" 나는 '하나도'라는 단어에 버터를 발라 무게감이 느껴지게 했다.

이 말은 내 예상대로 그를 한 대 치는 효과를 가져왔다. 그는 찻잔을 한 번 보고 한 모금 마신 다음 얼굴을 찡그렸다. "애 있는 친구는 없어서." 그는 예전과 똑같은 방법으로 다시 거짓말을 했다. 예전에 그는 딱 필요한 만큼의 진실만을 말했다. 그렇다고 틀린 말은 아닌 그런 말들을. 지금 그는 내게 자신의 고립에 대해 말을 아끼고 있었다.

나는 마음속으로 히죽히죽 미소를 지었다. 나는 그가 얼마나 약한지, 그가 느끼는 고통의 맛이 어떨지 알고 있었다. 그런데 바로 그때, 바이올렛이 의자가 바닥을 긁는 것처럼 소리를 내질렀고 현실은 다시 제자리로 돌아왔다. 이 사람은 진짜 네이선이 아니다. 상처를 받아야 되는 사람도, 마르틴이 죽이려 했을 때 죽어야 했던 사람도 아니다.

어쨌거나 그를 이 상황에 빠뜨린 건 나였다. 내가 그를 지금의 사람으로 만들었고, 그 집에 넣었으니까. 그러니 그를 이렇게 냉담하게 대하는 건 부당했다. 이렇게 상처를 주려는 것도.

나는 한 번도 내 남편인 적 없는 이 남자의 말을 들어줬다. 말을 끊지도, 부담을 주지도 않으려 노력했다. 나에 대한 사랑을 멈출 수 있을 만큼만 나를 좋아했다고 믿는, 자신이 나를 배신했다고 믿는 그를 보는 건 너무 힘들었다. 아이를 제대로 안지도 못하는 모습을 보는 일도 마찬가지였다. 노력했지만 그의 입 모양, 솟아오르는 손가락 관절, 목의 움푹 들어간 부분만 보이고 다른 것들은 전부 뿌옇게 보였다.

그가 보여주는 모든 것은 네이선이었고, 내가 보여주는 모든 것은 말벌이었으니, 나는 그를 미워하지 않을 수가 없었다.

"어쨌거나," 그가 말했다. "내가 뭘 하고 있는지 모르겠는데, 나는 도움이 필요해. 당신이 아이를 원한 적 없다는 건 알지만, 그래도…… 나는 지금 혼자야, 에벌린. 난 이걸 혼자 할 수 없어."

나는 어깨를 으쓱했다. "하나 더 만들어. 첫 시도에 제대로 만들었잖아. 뭐, 거의 제대로였지. 심장 문제만 빼면." 마지막 말에 그는 고개를 돌렸다. 진실이 아니라는 걸 알았으니까.

"아니." 그가 천천히 말했다. "아니, 난 더 만들 수 없어. 당신이 못하겠다고 해도 이해해, 하지만…… 나는 마르틴을 사랑해. 그녀를 누구와도 대체할 수 없어."

그 말은 폐에서 숨을 빼앗듯 나를 너무 아프게 했다. 너무 아파서 차라리 그 자리에서 돌이 되고 싶었다. 하지만 나를 만든 재료는 돌이 아니라 뼈와 손톱, 마실 수 없는 물이었다.

아마 그래서 내가 그토록 나약하고 바보 같은, 처량한 말을 하게 된 거겠지. "하지만 당신 나는 대체했잖아."

그가 고개를 저었다. "제발. 지금 그 얘기는 꺼내지 말자."

손바닥으로 따귀를 맞은 듯 뜨거운 눈물이 솟았다. 나는 눈을 깜빡여 눈물을 삼키며 이 문제는 나중에 생각하자고 다짐했다. 그래서 깊은 곳에 보이지 않게 고통을 숨겼다. '만약 — 그렇다면'이라는 고통에는 네이선의 진심이 담겨 있었다. *만약 당신을 정말 사랑했다면, 그렇다면 대체할 일도 없었겠지.*

"알았어. 신경 쓰지 마. 중요한 일도 아닌데 뭐." 내 목소리는 싸늘했다. 나는 탁자 아래로 손을 숨기고 허벅지를 손톱으로 찔렀다. 근육에 경련이 오고 멍이 들 만큼. 나는 고통에 헉 하고 숨을 들이쉰 후, 얼굴에 힘을 풀고 다시 그에게 시선을 돌렸다. "뭘 도와줄까, 네이선?"

그는 이 말도 안 되는 요청을 하며 내내 더듬거렸다. 이 요청은 그가 줄곧 지녀온 생각, 그러니까 내가 언젠가는 마음을 바꿔 아이를 원할 거라는 확신에 근거했다. 그는 늘 내가 아이 없이 살겠다고 결심한 게 그저 순간적인 실수이고, 내가 임신을 뒤로 미루고 있을 뿐인 듯 행동했다. 그는 여성이라면 누구나 선천적으로 아이를 잘 알고 아이를 갖고 싶어 한다고 생각했다(적어도 예전 네이선은 그랬다). 그래서 그가 바이올렛을 키우는 데 도움을 달라고 할 때, 나는 전혀 놀라지 않았다.

그렇지만 그는 놀랐을 것이다. 내가 그러겠다고 대답했으니까.

32

어렸을 때, 도시는 끝없이 멀게만 느껴졌다. 나는 내 방 창문을 열어놓고 줄지어 선 나무 꼭대기 너머를 봤고, 지평선을 이루는 저 먼 언덕 뒤 도시가 있다는 사실을 인지하며 차 소리가 들리지나 않을까 귀를 기울이곤 했다. 아빠가 낮에 도시에서 일한다는 건 알았지만 통근시간이 얼마나 긴지는 몰랐다. 그냥 통근을 한다는 것만 알았다.

그 당시 나는 집에서 도시까지 차로 정확히 얼마나 걸리는지 알지 못했다. 성인이 돼 도시에서 살면서도 여전히 거리 감각이 없었다. 잘 몰랐다는 말이다. 80킬로미터 정도 된다는 건 알았지만 그 길을 지날 때 어떤 느낌인지는 알지 못했다. 나는 그 길을 따라 운전하지도, 그 집에 다시 가지도 않았으니까. 기숙학교로 가며 그곳을 떠났고 뒤돌아보지 않았다.

나는 엄마가 그 집을 팔지 않은 이유에 대해 전혀 궁금해하지 않았다. 팔아버리라고 부추기지도 않았다. 그 집을 산 사람이 정원을 파헤칠 위험이 있었기 때문이다. 엄마가 전화상으로 얘기한 것처럼 나는 그 집을 물려받게 될 터였다. 엄마가 돌아가시면 나는 그 집을 팔거나, 아니면 내 소유로 유지한 채 죽을 때까지 부모님의 비밀을 간직할 수도 있었다. 그렇게 된다면 아마도 방치해 정원에 풀이 마구 자라 썩을 때까지 내버려두겠지. 마르틴을 알게 되기 전까지만 해도 그 집에서 산다는 생각은 해본 적이 없었다.

그렇지만 이제 상황이 달라졌다. 나는 이제 그 80킬로미터가 내 아래에서 지나가며 8차선이 4차선이 됐다가 다시 2차선으로 바뀌는 길을 잘 안다. 도시와 마을의 경계선을 지나면 건물들이 줄어들고 나무 간격은 빽빽해지는 길. 풍경을 덮은 회색이 초록으로 바뀌고, 수북한 덤불을 경계 삼아 모퉁이를 돌아야 하는 그 길.

해가 떠 있을 때 운전을 하면 나무의 손길이 미치지 않는 틈새로 쏟아지는 햇빛을 볼 수 있었다. 그 현상을 일컫는 용어는 수관기피였다. 나무의 윗부분이 서로 닿지 않아 잎들이 햇빛을 받겠다고 경쟁하지 않아도 되는 자연의 섭리를 뜻했다.

해가 졌을 때 운전을 하면 나는 더욱 천천히 차를 몰았다. 제한속도 40킬로미터 구간의 도로에는 급격한 커브가 많아 어디서 사슴이나 토끼가 튀어나올지 몰랐기 때문이다. 나는 속도를 더 늦춘다. 만약 브레이크를 급하게 밟으면 뒷좌석에 있는 아이가 깰 것이다.

처음에만 해도, 나는 싫다는 대답으로 네이선을 한 방 먹이려 했다. 그의 청을 거절하여 그가 맞이한 실패를 차가운 물처럼 들이키고 싶었다. 그는 아이를 얻겠다는 심산으로 나를, 우리의 결혼을, 내 연구를 배신했으니, 나는 그를 자신이 만든 침대에 쓸쓸히 혼자 눕힐 준비가 돼 있었다. 내가 싫다고 대답하려 했던 건 앙심에 차 보복하려는 마음에서였는지도 모른다. 그가 내 도움을 청했을 때, 나는 피 맛을 알게 됐다. 그 맛을 더 느끼고 싶었다.

하지만 위층 바닥에서 삐거덕하는 소리가 들린 그 순간, 모든 것이 맞아떨어졌다.

내가 네이선과 협의한 사항은 간단했다. 5주에 한 번 일주일 동안 그에게 아이를 맡길 것. 그 정도라면 자신이 육아에 참여하는 좋은 아빠라고 느끼기에 충분한 시간이었다. 그는 여전히 아이를 서투르게 안았고, 아이의 성장과 습관을 이해하기 위해 고군분투하고 있었다. 그래서 나는 마르틴이 다 읽은 책을 그에게 주는 데 익숙해졌다. 그는 천천히 따라잡았다.

나는 그보다 마르틴이 훨씬 더 빠르게 학습한다는 사실에 적지 않은 만족감을 느꼈다.

네이선은 내가 마음속 깊은 우물에서 모성본능을 찾아냈

다고 생각하고 있다. 그리고 보조금을 받는 연구를 하려고 외딴 벽지에 있는 연구실로 아이를 데려갔다고 믿고 있다.

그는 내 연구에 대해 더 자세한 사항은 묻지 않았지만, 만약 물어봤다면 진실을 말해줄 터였다. 나는 복제인간의 장수에 대해 연구 중이었다. 왜 그들의 세포 조직은 인간의 것보다 훨씬 느리게 부패하는지 이유를 찾고 있었다. 클론의 프로그래밍을 바꿔 그들이 낮잠을 자게 만들 수 있는지 알아보고 있었다.

진짜 네이선이 죽자마자 마르틴은 아주 빠르게 변했고, 나는 복제인간이 어떻게 그럴 수 있는지 알아내려는 중이다. 그녀는 자신에게 입력된 일부 프로그래밍에 너무 쉽게 맞섰다. 생각할 여유가 있는 지금, 나는 그게 유용한 데이터가 되리란 사실을 알아차렸다. 클론에게 그럴 가능성이 있다는 생각을 전혀 하지 않았기에, 프로그래밍 과정을 더욱 완벽하게 만들 방법을 고심하지도 않았던 것이다.

나는 마침내 연구소장과 면담을 했다.

그렇게 내 연구 주제는 바뀌었다. 보조금이 증가했다.

나는 지금, 내 연구를 진행할 수 있는 개인 연구실을 갖고 있다. 이제 보이는 면은 신경 쓰지 않아도 된다. 연구소장을 구워삶으려고 노력하지 않아도 되고, 이사회 사람들이 험한 광경을 볼까봐 차단막을 치지 않아도 된다. 그냥 일만 하면 된다.

도심에서 55킬로미터, 내가 잠자코 어린 시절을 보냈던 집과는 25킬로미터 떨어진 이곳에는 나무들이 워낙 빽빽하게 자리 잡아 어디서 봐도 똑같은 풍경이 보인다. 도로 양옆으로 촘촘하게 자란 나무들은 마치 위협하듯 녹색 벽을 이루고 있다. 바이올렛이 조금 더 크면 과연 이 숲을 보고 겁을 먹을까 궁금해진다. 지금 당장 아이의 시력은 나무들을 제대로 구분할 만큼 예리하지 않다. 이건 마르틴한테 들은 거였다. 얼굴은 구분하지만 아직 숲은 구분하지 못한다고.

바이올렛은 내가 엄마가 아니라는 걸 안다. 나와 마르틴의 차이점을 구별하는 것이다. 어떻게 그럴 수 있는지는 모르겠지만(마르틴이라면 얘기해줄 수 있을 것이다) 바이올렛은 상대방에 따라 행동을 달리한다. 아이는 마르틴의 가슴에 안겨 잠을 자고, 마르틴이 내는 소리에 웃음을 터뜨린다. 내가 안으면 꼼짝 않고 아무 소리도 내지 않은 채 긴장한다. 나랑 있으면 울지는 않지만 울기 직전까지 간다.

그리고 마르틴의 품 안에 안길 때까지 아무 소리도 내지 않는다.

도시 외곽 70킬로미터를 벗어나면 나무의 밀도가 다시 낮아진다. 거기에는 주로 작은 집들이 있는 소도시가 있다. 식료품점, 주유소, 우체국, 보안관 사무실이 있고 길은 곧게 뻗어 있다. 일시정지 표시를 다섯 개 지나면 과수원이 나온다. 우리는 관개시설이 있는 사과나무 사이로 차를 몬다. 사과나무는 관개 시 물에 잠기는 곳에 서 있었고, 가지는 동화책에서 나온 것처럼 꼬여 있었다. 결국 마르틴은 사과를 따겠다는 계획을 세운다. 나는 두고 보자고 했다. 그녀에게 이 말을 자주 하는 편이다.

네이선이 했던 것처럼 마르틴을 숨기고 살 의향은 없다. 그저 그녀를 어떻게 세상에 내보낼 것인지, 어떻게 하면 우리 모두를 위험에 빠뜨리지 않은 채 그녀에게 원하는 자유를 선사할 것인지 계획이 없을 뿐이다. 그렇지만 제때에 알아낼 것이다. 지금 당장은 연구에 몰두해야 한다. 그녀는 이런 상황을 이해한다.

과수원을 지나니 도로는 더욱 좁아진다. 왼쪽으로, 오른쪽으로 급커브를 돈 후에야 우리는 도착한다.

집에 온 것이다.

바이올렛은 거의 매번 차가 긴 진입로에 깔린 자갈을 밟으며 으드득 거리는 소리를 내면 잠에서 깬다. 나는 장미나무 사이로 서서히 차를 몰고 간다. 엄마가 돌보던 장미는 오래 자라 헝클어졌고, 엄마의 부재 속에서 고집스럽게 가늘고 긴 줄기로 변했다. 마르틴이 새로 심은 장미는 내게 가져오라고 부탁한 꺾꽂이가지가 자란 것이다.

나는 그녀가 내게 무엇을 요구하든, 사리에서 벗어나지 않는 한 해주려고 노력한다.

차를 주차할 때쯤 바이올렛은 거의 잠에서 깨어나 진입로 끝에 이르자 완전히 정신을 차렸다. 아이는 바로 울지 않고, 마치 말을 하려고 준비를 하듯 작게 킁킁거리고 낮은 소리로 잉잉거렸다. 내가 카시트 밖으로 안아 올리자 아이는 조용히 아무 소리도 내지 않고, 내게 안길 때면 언제나 그러듯 주변을 살펴본다. 나는 한 팔로 아이를 안고 다른 팔에는 가방을 멘다.

나는 네이선보다 아이를 더 잘 안는다.

바이올렛이 자기 딸이라고 믿는 남자에게서 아이를 데려올 때면 매번 똑같다. 주차를 하고, 카시트에서 아이를 안아 올리고, 차의 잠금장치가 활성화될 때쯤 현관문이 열린다. 마르틴의 실루엣이 두 손을 꼭 맞잡은 채 거기서 우리를 기다린다. 우리가 현관까지 가는 동안 간절한 마음으로 잔뜩 긴장하며 기다리는 것이다.

나는 바로 바이올렛을 넘겨준다. 네이선이 뭐라고 생각하든 상관없이, 나는 필요 이상 오래 아이를 안고 싶지 않다. 게다가 마르틴은 바이올렛과 일주일 내내 떨어져 있는 걸 힘들어했다. 그녀는 아이가 없을 때마다 조바심을 냈고, 신경이 날카로워졌다. 그러니 이렇게 하는 게 모두에게 좋았다. 내가 아이를 넘기면 그녀는 미소를 지었고, 때로는 조금 울기도 했다.

그런 다음 안으로 들어가 현관을 잠그면 우리 셋만이 남는다.

마르틴은 이 집을 바꿔놓았지만 딱히 내 스타일은 아니다. 그녀가 한 일이 멋지기는 하다. 나는 마르틴이 먼저 정착하고 집 정리를 할 수 있도록 나보다 한 달 앞서 이곳에 데려다줬다. 나는 그동안 집 물건들을 정리하고 근무전환에 대해 협상했다. 무능한 보조들, 계속되는 실수, 미로처럼 복잡한 윤리적 검토라는 짐을 덜어내는 건 정말로 내게 위안이 됐다.

나는 1년 전에 신청했던 이삿짐센터에 연락해 집을 정리했다. 그들은 나를 기억했다.

도시에서 80킬로미터 떨어진 이 집으로 이사 올 때쯤, 마르틴은 이곳을 정말 집 같은 곳으로 만들어놓았다. 가구를 덮었던 천을 모두 걷어내고, 대부분을 다시 배치했으며, 양탄자를 두드려 먼지를 털고, 서까래에 있는 거미줄을 모두 없앴다. 심지어 정원도 조금 손봤다. 나는 그녀에게 북서쪽 끝부분은 내버려두라고 주의를 줬다. 그곳은 집 담벼락에서 가까운 부분이다. 그녀는 왜냐고 묻지 않았다. 그냥 내 말을 들어줬다.

마르틴은 그쪽 정원과 서재는 손대지 않았다.

바이올렛을 데리고 오는 날이면 나는 바로 마르틴에게 아이를 넘겨준다. 나와 마르틴이 합의를 본 내용이었다. 아이가 집에 있을 때는 마르틴이 원하는 만큼 둘이 시간을 보낼 수 있게 한다. 그래서 바이올렛이 깨어 있을 때면 그 둘은 언제나 함께했고, 나는 그다지 간섭하지 않았다. 어쨌거나 나 역시 해야 할 일이 있었으니까.

그렇지만 바이올렛이 잠에 빠지거나 아빠 집에 가 있으면, 마르틴의 시간은 내 것이었다. 나는 네이선의 도움 요청을 받았던 당시에 그녀에게 제안했다. "이제 말도 안 되는 정체성 장애는 사양해요." 내가 말했다. "하비샴*처럼 배신당한 건 이제 훌훌 털어버려야죠. 지금부터 진짜 사람이 되는 거예요, 알겠죠?"

마르틴은 눈썹을 찡그리며 고개를 끄덕였다. 손가락을 너무 세게 비트는 바람에 나는 고개를 돌렸다. "네, 물론이에요. 무슨 일이든 할게요." 그녀가 말했다.

나는 두 손을 몸 앞에서 포갰다. 그건 내가 듣고 싶던 대답이었다. *무슨 일이든 할게요.* 이 일은 모두를 위해 아주 잘 풀렸다. 바이올렛은 엄마 곁에서 한 번에 몇 주씩 보냈고, 마르틴은 자신의 아이를 볼 수 있었으니까. 나로 말하자면 지칠 줄 모르는 연구 보조와 협조적인 연구대상을 동시에 갖게 됐다.

나는 마르틴이 어떻게 만들어진 건지 알아낼 작정이다.

* 찰스 디킨스의 소설 『위대한 유산』의 등장인물 미스 하비샴. 결혼식 날 약혼자에게 파혼당해 남성에 대한 복수심을 지니고 산다.

네이선이 어떻게 생식능력을 갖춘 클론을 만들었는지 알아내고, 그녀가 어떻게 자신에게 주입된 프로그래밍을 깬 건지 밝혀낼 것이다. 이미 큰 진전을 보고 있다.

나는 그 둘이 인사를 나누는 동안 아래층으로 내려간다. 둘이서 서로를 향해 내는 작은 소리, 마르틴이 네이선을 떠날 당시엔 다시는 되찾지 못할 거라고 생각했던 아이와 속삭이는 대화가 들려온다. 집 안에서는 대개 음식 냄새가 난다. 내가 도시에 다녀오는 동안 마르틴은 음식을 한다. 그녀는 내가 집에 도착할 때쯤 저녁 준비를 마치고 벽난로를 켜놓는 걸 좋아한다.

거실에 있던 예전 소파는 사라졌다. 지금은 내가 산 새 소파가 자리하고 있다. 여기에는 어떤 추억도 깃들어 있지 않다. 거기에 대해 생각하지 않아도 된다는 건 설명할 수 없을 만큼 위안이 된다.

나는 집에 왔고, 어린 시절을 보냈던 아래층 공간으로 걸어간다. 마르틴은 그곳을 우리 셋을 위한 공간으로 만들었다. 저녁이 되면 나는 계단 중앙을 밟으며 위층으로 올라가 우리의 침실에서 잠을 청한다. 아이는 내 어린 시절의 침실, 그러니까 마르틴이 자신의 취향에 맞춰 꾸민 지금의 아이 방에서 지낸다. 마르틴과 나는 부모님이 쓰시던 침실의 오래된 침대 프레임 위에 새 매트리스를 깔았고, 밤이 되면 등을 맞대고 잠을 잔다. 가끔 밤에 잠에서 깨면 그녀의 숨소리가 들린다. 하지만 보통은 전혀 들리지 않는다. 그 이유는 그녀의 숨소리가 내 숨소리와 완벽하게 겹치기 때문이다.

나는 집에 와서도 잠자리에 들기 전까지는 일을 해야 한다. 할 일도, 배워야 할 것도 넘쳐났다. 게다가 뒷마당 창고에 실제로 연구실을 하나 차리는 중이다. 내가 얻기 위해 그토록 싸웠던 연구실과 비슷한 수준은 아니라 해도 이 연구실은 내 것, 그저 나의 것이었고, 그거면 됐다. 곧 무너질 듯 오래된 설비와 낡은 기계를 가지고 얼렁뚱땅 만든 그곳은 대학원 시절을 떠올리게 한다. 낭만적이지 않은가, 정말로.

이렇게 연구실이 틀을 갖춰가고, 마르틴과 바이올렛 둘이서 달콤하게 속삭이는 동안에도 할 일은 너무나 많다. 일이 차고 넘친다. 그래서 일단 마르틴이 아이를 품에 안으면 나는 곧바로 서재로 향한다.

나는 이제 책상 맞은편이 아니라 책상에 앉는다. 아빠 물건을 치우고 내 물건으로 채웠다. 아빠의 펜과 노트패드, 문진 같은 것들은 상자에 담아 방구석에 놓았다. 시간이 생기면 그때 자세히 살펴볼 예정이다. 좀 더 긴급한 일들이 해결되고 나면.

나는 문을 닫고 자리에 앉는다. 마르틴은 저녁을 가져다 줄 때가 아니면 작업하는 동안에 나를 방해하지 말아야 한다는 걸 잘 알고 있다. 나는 너무 자주 저녁 시간까지 일하지 않으려 노력한다. 그래야 다른 가족들처럼 식탁에 둘러 앉아 함께 식사를 할 수 있으니 말이다. 그렇지만 종종 어쩔 수 없을 때가 있다. 그러면 마르틴은 내가 작업을 계속할 수 있도록 따뜻한 음식을 가져다준다. 그녀는 내가 작업할 때 조용히 해야 한다는 것도 안다. 그래서 가능한 한 아이를 조용하게 만든다. 내게 집중할 수 있는 시간이 필요하다는 걸 아는 것이다.

그렇지만 한 가지 예외가 있다. 일주일에 한 번(무슨 일이 있어도 매주) 밤이 되면 마르틴은 아이를 누이고 서재 문을 두드린다. 그녀는 내가 들어오라고 말한 후에야 안으로 들어와 책상을 사이에 두고 내 앞에 자리를 잡는다. 손에는 노트패드가 있다. 그 안에는 항상 질문이 가득하다. 읽고 있는 책에 대해, 이해하지 못하는 것에 대해, 혹은 짜 맞추지 못한 지식, 실험 과정에서 내가 그녀에게 했던 것들에 대한 질문들이다.

일주일에 한 번 이 시간이 되면, 그녀는 준비한 질문을 한다. 나는 최선을 다해 답해준다. 아빠의 모래시계는 구석에 놓인 상자 속에 있다. 모래시계는 필요 없다. 마르틴은 한 시간 이상 있다 간다. 질문이 떨어지거나 혹은 아이가 깰 때까지, 나는 답변을 다 해준다.

나는 괴물이 아니다.

우리는 이곳에서 괜찮은 삶을 꾸렸다. 나는 연구와 내

공간을 갖게 됐다. 마르틴은 바이올렛을 차지했다. 많은 사람들과 알고 지내진 못하지만, 다 괜찮다. 우리는 우리가 만든 이 집에서 행복하게 지내고 있다.

이렇게 사는 게 더 낫다. 우리는 이렇게 사는 게 더 낫다. 필요한 모든 것을 가졌으니까.

생각하면 할수록, 이 모든 것들을 바꿀 이유는 전혀 없다는 게 확실해진다.

작가의 말

일반적으로 이 부분에서는 작가들이 감사의 마음을 표합니다. 그렇지만 이 책에는 감사의 마음이 아니라 조금 다른 게 기록돼야 할 것 같습니다. 감사의 말이라는 단어의 원래 뜻인 '인정'이라고 쓰는 게 더 맞겠네요. 설명이 필요한 부분들이 있거든요. 집필을 마치고 난 후, 저는 이 책을 세상에 나오게 해준 사람들의 존재를 인정하지 않는 것은 부정직하다고 느꼈습니다. 여기에는 "감사합니다"라는 말로는 턱없이 부족한 사람이 있는가 하면, "감사합니다"라는 말을 하면 거짓이 되는 사람들이 있습니다.

이분들이 없었다면 제 책이 나오는 건 불가능했을 겁니다.

10대와 20대 초반의 내게 그루밍 범죄를 저지르고 학대를 가하면서 아직 굳지 않은 내 뇌를 온 힘을 다해 꽉 쥐어

지문을 남기고, 나를 다치게 하는 것이 사랑의 한 형태라고 믿게 만든 성인 남성.

그를 부추기고, 그가 저지른 일을 덮어주며, 그를 보호하고, 그의 행동으로 이득을 취했던 사람들.

때가 왔을 때 내가 그로부터 도망갈 수 있게 도와준 사람들.

내 곁에 머물러준 사람들과 그러지 못했던 사람들.

이런 나도 자아를 가질 수 있다고 말해줬던 상담선생님.

나와 같이 시가를 피우면서도 오토바이는 타지 말라고 말해준 목사님.

나를 맞아주고 사랑해준 후 소진시키고, 결국은 내 자리가 남지 않게 만든 교회 공동체.

내가 결혼했던 놀라울 만큼 친절했던 남자와, 그와의 결혼이 끝났을 때 우리 둘 모두를 돌봐주고 사랑해준 사람들.

내가 중심을 잃었을 때도 방향을 잡을 수 있게 도와준 친구들.

막판에 수영복을 사주고, 나와 함께 깃털 목도리의 냄새를 맡아준 친구들.

이 책에 대한 아이디어를 떠올렸을 때부터 좋아해준 문예저작권 대리인이자 친구인 송동원.

그 아이디어를 집으로 가져가, 내가 생각하지 못한 방법으로 풍부한 이야기를 만들어준 탁월한 편집자 미리엄 와인버그.

원고 초안을 쓰며 학대와 그루밍 범죄, 그리고 정체성을 파헤치느라 불도저처럼 돌진할 때 위스키의 맛을 알게 해준 포틀랜드 엔젤페이스의 바텐더 분들.

내게 일어난 일은 잘못된 것이라고 말해주신 상담선생님.

초고는 물론이고 퇴고를 거듭하는 동안 원고를 읽고 지지해주고 기반이 돼준 친구들.

견줄 수 없는 탁월함으로 이 책을 풍성하게 해주고 지지해줬던 토르 출판사의 모든 팀.

내 몸이 작동을 멈췄을 때 나를 돌봐준 친구들.

내가 다시 두 발로 설 수 있게 도와준 의료종사자 분들.

친절하고 참을성 있었던 애인들과, 그렇지 못한 애인들.

내 뇌에 자신의 지문을 남기려 했던 애인들과, 내게 해를 가하려는 사람들에게 화를 내도 된다고 알려준 애인들.

직면할 용기가 없는 기억을 마주해도 된다고 말해준 상담선생님.

나와 내 글에 대해 지지하고 비평해준 글쓰기 동료들.

내게 인내와 친절함, 그리고 끝없는 연민을 보여준 퀴어 공동체.

내 책을 독자의 손에 닿게 해준 서적상과 사서 분들.

내게 선량함과 가족의 의미를 보여준 애인.

우리 주변에 있는 아름다운 집과 가정.

그리고 누구보다, 독자 분들. 모든 것은 여러분을 위한 것이에요.

학대는 사랑이 아니며 집은 두려운 공간이 돼서는 안 됩니다. 주변에 가정폭력의 피해자가 있는 경우, 하루 24시간 내내 도움을 줄 수 있는 곳이 있습니다. 전국 가정폭력 핫라인(1-800-799-SAFE)과 전국 성폭력 상담서비스(1-800-656-HOPE)입니다. 더 자세한 사항은 다음의 홈페이지에 있습니다. https://ncadv.org/resources*

* 한국 가정폭력 피해, 성폭력 피해에 대한 상담은 여성 긴급전화, 국번 없이 1366으로 전화하면 된다. 365일 24시간 운영하며, 홈페이지는 https://women1366.kr/이다.

옮긴이 | 안은주 숭실대학교 영어영문학과를 졸업한 뒤 10년 동안 라디오 및 TV 방송작가로 일했다. 이후 방송통신대학 불문학과에 진학하며 번역의 세계에 발을 들였고, 졸업 후 영어와 프랑스어 전문 번역가로 활동하고 있다. 번역이란 멀리 떨어진 두 세계를 연결해주는 행위라 믿으며 이에 임하고 있다. 옮긴 책으로 『128호실의 원고』, 『수어사이드 하우스』, 『어둠이 돌아오라 부를 때』가 있다.

일회용 아내

1판 1쇄 인쇄 2022년 1월 19일
1판 1쇄 발행 2022년 1월 25일

지은이 세라 게일리
옮긴이 안은주
펴낸이 김기옥

문학팀 김세화 | **마케팅** 김주현
경영지원 고광현, 김형식, 임민진

표지디자인 곰곰사무소 | **본문디자인** 고은주
인쇄·제본 (주)민언프린텍

펴낸곳 한스미디어(한즈미디어(주))
주소 (04037) 서울시 마포구 양화로 11길 13(서교동, 강원빌딩 5층)
전화 02-707-0337 | **팩스** 02-707-0198 | **홈페이지** www.hansmedia.com
출판신고번호 제313-2003-227호 | **신고일자** 2003년 6월 25일

ISBN 979-11-6007-767-4 (03840)

한스미디어 소설 카페 http://cafe.naver.com/ragno | **트위터** @hans_media
페이스북 www.facebook.com/hansmediabooks | **인스타그램** @hansmystery

책값은 뒤표지에 있습니다.
잘못 만들어진 책은 구입하신 서점에서 교환해드립니다.